异世奇情系列006

一世倾城

武侠奇幻

1 风云起

YISHI QINGCHENG

苏小暖 著

SUXIAONUAN WORKS

下

江苏文艺出版社
JIANGSU LITERATURE AND ART PUBLISHING HOUSE

第二卷
生死大战

传说，晋王殿下最恐怖之处不在于武功，而是脾气；传说，晋王殿下喜怒无常，阴晴不定，残忍暴虐；传说，晋王殿下只有懒得动手的时候，却没有不敢杀的人；传说，江湖上有无数关于晋王殿下的传说。

一世倾城

第二十一章 街头追杀

苏落东拐西拐，在一个死胡同里停住脚步，回过身来，笑道："柳家的朋友这是亲自送我回家呢？现在我已经到家门口了，要不要进来喝杯茶？"

苏落话音刚落，面前突然出现两个身影。这两个人神色冷凝，眼中杀机正盛。此刻，他们一步一步朝苏落走来，一左一右将她围在中间。

"你们想杀我？为什么？"苏落挑眉看向二人。

"你知道得太多了。"其中的高个子冷哼一声。

"主动将青色晶石交出来，就留你全尸，否则……"矮个子阴冷地哼哼道。

这两个人面容很普通，放在人群中一下子就会被淹没了，但是，他们的实力却不低，竟然都在三阶。苏落只在二阶巅峰，若是两人一拥而上，她根本就打不过。为今之计，就只有先杀掉其中一人，再做打算。

苏落转念间便算计好了，她似笑非笑地看着那矮个子，"想要青色晶石？这有何难？接着——"话音未落，一小块晶石便在空中划过，朝远处飞射而去。

这一掷，用尽了苏落所有的力气，所以，那块晶石飞得很远。矮个子飞速朝苏落身后掠去，试图去追那块晶石。那高个子又岂能坐视不理？他的身影如魅影般朝前扑去，跟着去追那块晶石。

就在高个子的身影经过苏落身边时，忽然一个手印从天而降，这枚大虚空掌印稳稳当当地砸向高个子头顶。瞬间，毫无防备的高个子脑袋被击中，他只觉得眼前一黑，整个人有些晕晕乎乎的。

就在此时，苏落手中多了一把森冷匕首。

趁你病，要你命！这句话一向是苏落对待敌人的宗旨之一。

就在高个子晕晕乎乎之际，苏落手中的匕首毫不犹豫地朝他咽喉要害部位抹过去，瞬间，一道殷红的血线自咽喉处往外飞溅。

“呃……”高个子眼睁睁地看着一道血雾自他咽喉处飞出，有些难以置信地抬手去抹，这一抹却让他如坠冰窖。

“你……”他用怨恨的目光不甘地盯着苏落，身子重重往后跌去。一个三阶武者，就这么被苏落偷袭致死。

“老三！”一道嘶吼声自苏落身后传来，那矮个子瞬间飞扑过来，难以置信地看着倒在地上咽喉处血如泉涌的老三。

“臭丫头，你敢骗我，还杀了老三，受死吧！”矮个子愤怒至极，手中幻化出繁复的招式劈向苏落，动作中挟带着腾腾杀气，可谓招招致命。

刚才苏落朝远处扔出去的根本就不是青色晶石，而是一块赤色晶石，不过却成功地调走了矮个子。

黑色的雾气笼罩着天空，将苏落覆盖在下方，发出一阵隆隆之声。就在这时候，苏落出手了，一个金色的大掌印朝矮个子头顶拍去。

“就凭这破手印，也敢出来丢人现眼！”矮个子完全没将苏落的大虚空掌印放在眼底，他身子轻轻一动，便避开了。

然而，谁会想到，这不过是苏落的虚招。就在此时，一道黑影猛然朝矮个子袭去，对着他的小腿就狠咬一口。

“啊！”矮个子发出惨烈的叫声。

小神龙实在是太狠了，一口咬下去，直接将矮个子的小半条腿都给咬断了。只剩下单条腿支地的矮个子强忍住剧痛，将手中的长剑狠狠朝苏落掷去。今日，就算要交代在这里，他也必须要为老三报仇！但是，让他几乎要昏厥的是，他完全没料到那咬他的小狗速度竟然那样快，它的小身子不知道什么时候竟然趴在了那柄被他掷出去的长剑上。

等长剑飞到对方身边时……嗯，长剑竟然不见了！

矮个子的双眼难以置信地睁得老大，他无法想象……他看到了什么？他竟然看到一只小狗趴在剑身上，在那么短短的一瞬间，竟将整柄长剑都吞了下去。

就在矮个子茫然之际，苏落那大虚空掌印又从上往下狠狠砸过来。

砰！毫无防备的矮个子脑袋顿时被开瓢了，鲜血狂飙而出。此时，矮个子似乎才回过神来。他虽然行动不便，但是身手依旧灵活。他从靴子里掏出一把森冷的匕首，朝着苏落就刺过去。

就在此时，站在苏落肩膀上的小神龙一口龙息喷过去。

“好！”苏落大喝一声。一口龙息过去，这矮个子还能有剩？然而，下一刻，苏落的笑容却僵在嘴角。小神龙在搞什么？怎么这次喷的不是火，而是——水？

被浇了一头水的矮个子像看鬼一样看着眼前的小奶狗。他实在是想不明白，这到底是何种生物？它身上到底还有什么神奇之处？难道这小奶狗还会水系元素不成？这还是不是狗了？简直成精了！

此刻，苏落差点仰天长啸道："拜托，喷水没用啊，要用火，火！"

小神龙有些委屈地瘪瘪小嘴，明明想喷火来着，谁知道就喷出水来了。

"神兽，这是神兽，绝对是神兽！"忽然，矮个子像是发现了巨大的秘密，兴奋地大喊大叫起来。之后，他阴冷地瞪向苏落，"既然如此，那就让你再多活一天吧。"

忽然多了一只神兽，矮个子没有把握能够在这样的情况下杀死对方，且能抢到神兽，所以，最为稳妥的方法就是将消息带回去，请主上发落。若是主上知道有这么一只神兽，定会非常高兴。矮个子心中异常兴奋。

话音刚落，矮个子就如离弦的箭，飞速往前冲去。

"绝对不能让他跑掉，不然后患无穷！"苏落眼中浮现出一抹不安。对方知道了小神龙的存在，如果这个消息散播出去，自己会有很大的麻烦，往后就别想有好日子过了。

唰！苏落速度飙到极限，手中的匕首凌空朝矮个子后背掷去，试图一击必杀。然而，等级的差距在这时候就明显地显现出来了。

矮个子背后像是长了眼睛似的，身子迅速往左边倾斜，轻易避过这一招，匕首砰的一声掉落地面。他轻蔑地道："想杀老子？下辈子吧。哈哈哈——"

话音落，还未等他转身继续跑路，一道惊天雷劈下，正巧击中了他的脑袋。瞬间，矮个子被定在原地，身子僵硬如木桩。

唉，谁叫他之前被小神龙劈头盖脸喷了一头的水呢。他全身上下都是湿漉漉的，所以当雷击中他的时候，他整个人都被电到，浑身颤抖，还不断地往外冒着青烟。

"好，太棒了。快继续、继续放！"苏落原本还担心，见此顿时激动了，催促着小神龙加油。是的，刚才那道雷是小神龙代表老天爷惩罚矮个子的。

其实，小神龙听了苏落的话，想喷火来着，谁知道难以自控的它一不小心就喷出了雷电。谁叫它还是婴儿龙嘛。人类婴儿还大小便失禁什么的，它喷错元素也很正常啦。原本它还自责得很呢，谁知道歪打正着将矮个子电到，这下是真赚了。

眼看着坏人口吐白沫、全身颤抖，小神龙兴奋极了。它口中连绵不绝地开始喷元素。一会儿水，一会儿火，一会儿又来个雷电。一时间，噼里啪啦，火星四溅。

矮个子整个人如抽风似的，不住地颤抖，口中白沫不停地往外喷，脑袋上的头发根根冲天竖起，全身焦黑似炭，几乎看不出本来面目。最后，他僵硬挺直地栽倒在地。

终于将这矮个子也干掉了。苏落心中的一块大石头总算是落地了。

今日还真是多亏了小神龙相助，若是只有她自己的话，只怕就要让这矮个子逃脱了。苏落心有余悸地想，一定要赶紧将武功修炼上去，否则以后有自己吃瘪的时候。

苏落从矮个子身上寻回赤色晶石，赏给小神龙当零食。今天小神龙表现得很不错，该好好奖励一番。

收拾好现场，扫去自己的痕迹后，苏落便抱着小神龙快步走回苏府。出来得有些久了，也不知道府里如今怎样了呢。

记得之前出来的时候，苏清的烈豹发疯，横冲直撞，毁坏了无数建筑，将整个苏府闹得那叫一个乌烟瘴气啊，也不知道现在被控制住了没有。若是好戏还在上演，那就好玩了，她不介意再插上一脚。苏落一边想着，一边哼着小曲迈着轻松的步子。

行到距离苏府约一百米的地方，忽然，苏落有一种不太好的预感，她的脚步开始放慢。出于杀手的本能，苏落很不幸地发现，她被人跟踪了。对方什么时候跟踪上她的，她不清楚，但她很确定，跟踪她的人武功修为要远高于她。幸好她还不曾一脚踏进苏府，不然自己苏家四小姐的废柴身份只怕就要被曝光了。

苏落抱着小神龙的手微微一紧，头也不回地径直往前而去。

苏家四小姐的身份不能暴露，更不能在这时候曝光。况且，苏落很想知道，跟踪她的人是谁，跟之前那两个人是不是一伙的。

苏落一直不紧不慢地走着，身后的人也不近不远地跟着，似乎没有上前打劫的意思。

这一路上，苏落曾试图甩开对方，还用上了前世熟悉的反追踪技巧，但遗憾的是，等级差距过大，她根本无法锁定对方的身影。

现在怎么办？锁不住，又甩不掉……苏落低垂的眸中闪过一丝阴冷。

前方就是东街闹市区。街上人来人往，川流不息，各种叫卖声此起彼伏，热闹万分。东街上有一家最大的客栈。苏落见此，眼中闪过一丝狡黠的光芒。她抱着小神龙进了客栈，然后神态自若地找小二要了一间客房。

进入客房后，苏落关上房门，将小神龙丢进空间后，迅速从空间中取出一套浅蓝色男装换上。然后，她开始对着镜子化妆。不多时，原本面色蜡黄的少女变成了一位神采奕奕的少年。

苏落对镜中的自己甚为满意，再细细查看一番，找不出破绽后，便开始行动。她没从正门出去，而是打开窗户，动作敏捷地从她的客房这边的窗户跳到对面两丈远的厢房。

对面厢房住着一位书生，此时书生正摇头晃脑地诵读诗书，完全不知道自己的房内闯进了人。苏落放轻脚步，悄无声息地绕过书生，然后神色自若地打开房门，走了出去。

守在苏落门口的武者根本不知道苏落已经离开了，他依旧双手抱剑，稳如磐石地站在那里。

大约过了一刻钟的时间，柳乘风带着一群人浩浩荡荡地赶过来，一脚踹开房门，却发现人已经没了。

柳乘风气得跳脚，一巴掌朝那之前跟踪苏落的人拍去，“蠢货！不是说已经跟踪到了吗？人呢？人在哪里？！”那臭丫头手上可是有一颗青色晶石。今天自己被坑了一次又一次，这笔账决不能就这么算了，绝对不能让她就这么跑了。

跟踪苏落的人叫柳三，是柳家的高级护卫。他有些难以置信地看着空空如也的房间，茫然道：“少爷，之前那臭丫头真的住进了这房间，只是没想到那丫头这么狡猾，竟然溜了。”但是，那臭丫头到底是什么时候溜走的？

“溜？呵呵，她以为她溜得掉吗？”柳乘风嘴角闪过一丝阴冷的笑，大手一挥，一个下人立即抱上一头毛发松软的狐狸犬。

柳乘风取出一根细长的头发，给狐狸犬闻了闻，又喂了一颗丹药给它，最后阴笑着拍拍它的脑袋，“乖，快给少爷我将这个人找出来。找到后重重有赏。”

那根头发是之前他趁苏落没注意的时候从她头上扯的，因为不是连根拔掉，所以苏落根本就没有发现。其实，从一开始他就没想过放苏落离开。

眼前这狐狸犬，千金难买。其最厉害之处就是灵敏的嗅觉，吃了嗅觉丹后，它的嗅觉更是增强十倍。柳乘风为了抓苏落，竟然给灵狐犬喂食极难得的嗅觉丹，可见他追捕苏落的决心有多大。

狐狸犬一口吞食了嗅觉丹后，在房内四处跑动，不断地找寻着什么。然后，只见它小小的身子射向对面的窗户，竟然真的找出了苏落的逃跑路线。

“追！”柳乘风嘴角勾起一抹阴笑，大手一挥，一众人立即跟在他身后，浩浩荡荡地追上去了。

大街上，顺利摆脱监视的苏落并没有急于回苏府，此刻她正好整以暇地在街上闲逛。忽然，她感觉到一股危险的气息逼近，而且越来越近。

她回头望去，顿时觉得不好！她一眼就看到柳乘风带着一群人气势汹汹朝她飞奔而来，而跑在最前面的竟然是一只小小的狐狸犬。

苏落原本很淡定，因为此时的她已经不是之前的打扮了，就算自己站在柳乘风面前，他都未必会认得出来。但是，那只狐狸犬的眼睛一直盯着她，此刻已朝她飞奔过来，这架势……分明就是认出了自己！她的心猛然一跳！

如果只是柳乘风一人倒还可以拼一拼，但现在柳乘风明显是有备而来，他身边带了无数的高手，自己单枪匹马如何斗得过他？唉，多想无益，唯一的办法就是：跑！逃过这一次再说！

此时，苏落心中别提有多憋屈了。她怎么都想不明白，为何自己已经换了装，易了容，却还是被柳乘风跟踪。如此想来，之前那两次被跟踪，也是柳乘风搞的鬼了。她暗中捏紧拳头。这人还真是阴魂不散，等有机会，一定要将他干掉，否则后患无穷。

苏落健步如飞，身形快如闪电，后面柳乘风带着一群高手穷追不舍，眼看双方的距离不断地被拉近，拉近……

此时，热闹的东街大道被这一追逐戏搅得鸡飞狗跳、人仰马翻。

苏落心中暗暗焦急：不好，若是不做改变，自己迟早会被追到！若柳乘风只想要青色晶石那也就罢了，但他如此兴师动众，分明是看上了自己这只肥羊。若是这次被他捉了去，只怕自己往后没好日子过！

苏落眼中闪过一道寒芒，忽然，她看到不远处有一辆马车飞奔而来——

龙鳞马！她顿时心中大喜。龙鳞马代表着什么，她比任何人都清楚。这个时候，要不要向南宫流云求助？不行，那样太掉价了。

苏落眼眸一闪，打定主意，在没有拼力一试之前绝对不要求助于他。欠别人债还好，若是欠了南宫流云人情债，到时候他让自己肉偿，那可怎么办？心念流转间，她就已经想到了办法。

在墙壁的遮掩下，待龙鳞马飞奔而过时，她悄无声息地钩住车壁，反身潜入车底，两只手轻微地涂着车底的紫檀木板，身子与车底平行。

紧追不舍的柳乘风没想到，只眨眼间苏落就不见了踪影，面色顿时变得异常难看。有眼尖的下人立马附在柳乘风耳边，压低声道：“二少爷，小的刚才看到那少年躲到马车上了。”

“那还不赶紧将那辆马车拦住？找死啊！”柳乘风气得一鞭子抽了过去。

“可那是……”

下人话音未落，就被柳乘风一巴掌扇回去，“不管是谁的马车，必须给老子留下！听明白了吗？不管，是谁的，马车！”柳乘风咬着后槽牙一字一顿地说。

那颗青色晶石对他们柳府来说实在是太珍贵了，刚才老爷子传话过来，务必要不惜一切办法，将那颗青色晶石弄到手。是以，有老爷子撑腰的柳乘风现在底气那是相当地足。

那下人被柳乘风打了一巴掌，实在不敢违拗，便只能去拦龙鳞马了。

“停下，快将马车停下！”柳府下人不怕死地双手叉腰，直接站在马路中间，试图阻拦龙鳞马。

但是，龙鳞马岂是那么好拦的？眼见着有人不知好歹地挡在前方，威猛的龙鳞马飞起一双前蹄，毫不犹豫直接就踹过去。

“嗷——”顿时，柳府下人的身子被高高踹飞，在空中划出一道弧线，最后砰然落地。落地的时候，身子四分五裂得不成样子了。

“呼——”

就在这一瞬间，原本喧闹的大街寂静无声，大家全都倒抽一口冷气，傻傻地盯着那匹周身鳞片在阳光下闪闪发光的龙鳞马。

柳乘风也被这突如其来的剧变给弄呆了，不过他很快就回过神来，提上一口气就欲破口大骂，却见龙鳞马车辕上，一张淡漠的脸冷冷地扫向他，“敢挡龙鳞马者，死！”

车辕底下，苏落顿时翻了个白眼。

凌风在南宫流云面前乖得跟猫似的，没想到在人前还挺威风的嘛。

龙、龙鳞马？柳乘风心中大震。此时，他才认出来面前那傲然挺立的马不是别的，正是晋王殿下的龙鳞马。放眼天下，独一无二，只此一匹的龙鳞马，晋王殿下尊贵身份的象征。

柳乘风顿时一口气憋在喉咙里，上不去又下不来，将自己憋了个面红耳赤。刚才他真是傻啊，竟然让人去拦晋王殿下的龙鳞马！

很快，柳乘风就回过神来，他涎着脸凑上去，热情洋溢，一脸谄媚的笑，“没、没想到晋王殿下在此，是、是在下鲁莽了，还望晋王殿下莫见怪，千万莫见怪！”这一刻，柳乘风的姿态放得很低。

马车内一片寂静，但是，却给人一种无法忽视的压迫感。越是如此，柳乘风的心头就越是打战。他卑躬屈膝着，额头上的冷汗不断地往外冒，身子不住地颤抖。

似乎过了许久，车内才传来一道邪魅低沉的声音，“你们在忙什么？”

众人都在猜测，在这邪魅慵懒的声音之下，究竟有一张怎样颠倒众生的容颜？只可惜，晋王殿下一向深居简出，见过他真容的人极少。

此时，在场的人都凝神屏息，生怕吐出一口浊气，就亵渎了天下无双的晋王殿下。

柳乘风竭力忍住心头的恐慌，低声说：“回禀晋王殿下，我们柳府进了贼，丢失了非常贵重的宝贝，在下奉家主之命搜捕盗贼，没想到惊动了晋王殿下。”

“盗贼？”马车内的晋王殿下嘴角勾起一抹玩味的笑，整个人看起来懒洋洋的。

“是！”柳乘风添油加醋道，“这盗贼偷走了我们柳府的镇府之宝青色晶石，所以在下务必要将其捉拿，还望晋王殿下行个方便。”

“偌大的柳府，能让一位盗贼取走镇府之宝，呵呵，柳府的实力竟弱到这种程度了。”晋王殿下漫不经心的一句话，却似一个巴掌，重重抽在柳乘风脸上。

柳乘风面色涨红，讷讷地说不出话，尴尬极了。

“回去。”晋王殿下淡然吩咐，此时的他冷傲孤清却又盛气逼人。

龙鳞马发出一道嘶鸣，双蹄前驱，欲飞奔而去。可那只小小的狐狸犬却不要命似的往马车上跳，似乎那里有吸引它的东西。

“少爷，周围都找过了，没找到那人的踪迹。”一个柳府下人回到柳乘风身边低声禀告。

柳乘风看着不断扑腾的狐狸犬，眼底闪过一道复杂的光芒。不难猜测，周围找不到，是因为人就在晋王殿下的马车里。但是，晋王殿下……柳乘风心中一凝，忽又想起自家老太爷突破七阶在望，未必就比晋王殿下实力差，而这颗青色晶石他必须得到！

心念转动间，他已经下了决定，上前一步，拦住龙鳞马，大声道：“晋王殿下，那盗贼说不定就躲在您的马车上。为了您的安全着想，您还是下车检查一遍吧，免得那盗贼伤了您。”

柳乘风身边带着一堆的武者，一群人在前方站定，将龙鳞马团团围在中间。他话语间虽客气，但却摆出一副逼晋王殿下出马车的架势。

马车内，晋王殿下发出低沉邪魅的笑声，“柳家小子，你这是在要挟本王？”

柳乘风心中慌乱，但面上却始终端着，赔着笑道：“不敢不敢，在下只是想请晋王殿下出马车稍事休息，让在下有机会请殿下喝一碗茶，您觉得可好？”

过了好一会儿，车内传出淡淡的冷哼声，“你依然坚持？”

“是，请晋王殿下下车。”柳乘风捏紧拳头，逼自己双腿不要颤抖。

晋王殿下似乎觉得此事很可笑，扬声笑出来，“喝茶？呵呵，凌风，请他们喝喝晋王府的血茶，看合不合口味。”

“是。”凌风话音未落，长剑已出鞘。

躲在车辕下的苏落不知道凌风是如何出的招，只听见耳旁长剑破空的声音连绵不绝，凄厉的惨叫声不断响起。其实这一切不过发生在一瞬间，但似乎又过了极为漫长的时间。等苏落回过神来，战斗已经结束了。

柳乘风身上全都是血，眼神呆滞，发丝凌乱，此时的他看起来狼狈极了，简直让人不忍直视。他是柳府所有人中唯一站立着的，也是唯一没有受伤的。但此时没受伤的他，看起来比那些受伤的人还要恐怖。

只一刹那，他带来的高手竟然全部被解决了，直到结束，他都不知道对方是如何出的手。怎么会这样……最恐怖的是，这次出手的人只是晋王殿下的贴身护卫。据说，晋王殿下的实力还要更强大、更恐怖、更高深莫测……

传说，晋王殿下最恐怖之处不在于武功，而是脾气。

传说，晋王殿下喜怒无常，阴晴不定，残忍暴虐……前一刻还笑得云淡风轻，下一刻就已经长剑出鞘。

传说，晋王殿下只有懒得动手的时候，却没有不敢杀的人。

他明知，却还故犯，真是傻透了。这一刻，柳乘风懊悔得肠子都青了。

凌风慢条斯理地擦拭着手中长剑，目光淡淡地扫向柳乘风，对马车内的晋王殿下道：“殿下，还剩一个活口。”

“嗯。”晋王殿下慵懒地斜靠在玉椅上，把玩着手中的白玉扳指，漫不经心道：“留着吧，还要让他去柳府报信呢。”

主仆二人旁若无人的对话，几乎让柳乘风咆哮起来。他不是随便一只阿猫阿狗，他是柳家的二少爷，嫡出的二少爷，如今已经是三阶武者的二少爷！在晋王殿下眼中，难道他就这么不堪？柳乘风憋得面色涨红，直直盯着马车。

但是，凌风和龙鳞马连看都懒得看他一眼，径直离开了，更遑论马车中从始至终都不曾现身的晋王殿下了。

四周一片死寂，周围人都躲得远远的，唯有柳乘风傻呆呆的身影孤零零地站着。

柳乘风一遍一遍地回忆之前的片段。他始终不明白，自己不过是想请晋王殿下下马车，为何他要下这样的杀手？柳家的这些家将就这样白白死了吗？还有那颗青色晶石，绝对不能落入晋王殿下手中。晋王殿下不是六阶武者吗？他们家老祖宗也是六阶，到时候未必就输了他去！

想至此，柳乘风撒开腿就往柳府跑去。

第二十二章 晋王府邸

龙鳞马不紧不慢地行走在去往晋王府的路上。车辕下，苏落终于舒了一口气。那讨厌的柳乘风终于被打发走了，她终于逃过了一劫。不过，躲在马车下始终不是长久之计，而且南宫流云……能不见这个人，苏落始终都不想见他。

苏落原本打算悄无声息地落到地面，等龙鳞马过去后，再起身回苏府去。只不过，她的想法很丰满，现实却很骨感。此时的她万分惊愕地发现，她紧贴在车辕上的手掌竟然拿不下来了！这车底就跟贴了强力胶似的，紧紧地将她手掌吸住，任凭她如何用力，手掌始终纹丝不动。

这一刻，苏落不免有些心惊肉跳。发生了什么事？刚才凌风和柳府中人战斗的时候她明明还可以挪动手掌，现在怎么不可以了？而且不仅两只手掌不能动，就连两条腿也跟长在车底上似的，根本动不了，更别说逃跑了。

苏落不断地挣扎、扭动，试图脱困，但都无能为力，此时她是真的有些急了。

与此相反，马车内的晋王殿下正慵懒地斜靠在玉椅上，光滑如绸的青丝倾泻而下，只用一条红绸松松地系着，手随意翻着书卷。似乎是想到了什么好玩的事，他的嘴角忽然勾起一抹夺人心魄的邪魅笑容。随后，那骨节分明的修长手指一下下敲着桌案，凤眸上挑，潋滟的眸光中玩味的笑意一闪而过。

一路上挣扎无果，龙鳞马载着晋王殿下和马车底下的苏落一起回到晋王府。到了府门口，晋王殿信步走出马车，在人群的簇拥下往内院而去。

此时，苏落惊讶地发现自己又恢复正常、行动如初了。她心中暗忖，此时不走更待何时？等被南宫发现事情就变味了。

苏落偷偷摸摸潜出马车，刚爬起来欲跑路之际，忽然，晋王殿下回过头来，邪魅的凤眼灼灼地盯着那鬼鬼祟祟的身影。

“你，新来的？”晋王殿下的声音犹如天籁，却不怒自威。

一句话出，苏落的身子顿时僵立当场。怎么偏偏在最后关头被发现了？不过，南宫没有认出自己？她低头。是了，此刻的自己是做男装打扮的，晋王认不出来也是常理。

“殿下问你话呢，你是府里新招的下人？”见苏落迟迟没有回话，凌风阴冷地扫了她一眼，上前一把将她扭送到晋王殿下面前。

凌风速度如风，苏落根本来不及反抗。此时她心中那叫一个哀怨啊，但即便再别扭，面上她还是做出一副唯唯诺诺的样子来。她诚惶诚恐地卑躬屈膝，“是，小的苏云，正是新来的，在柴房做杂工，方才走错了路，小的立马回去。”说着，苏落脚底抹油就想溜走。

谁知，晋王殿下一双黑瞳波谲诡异，淡淡地说了句：“名字倒是不错。看你长得挺机灵的，以后跟在本王身边贴身伺候吧。”

贴、贴身伺候？苏落顿时傻眼了。这南宫流云搞什么？他是不是故意的？是不是看穿了自己的伪装，故意作弄自己的？怎么好好的，就被要求贴身伺候了呢？

凌风不悦地扫了苏落一眼，“还磨磨蹭蹭干什么？赶紧跟上伺候去！”

不等苏落开口，晋王殿下又丢出一枚炸弹，“侍候本王更衣。”

“啊？”苏落讶异地惊呼出声。

这声音来得委实突兀，晋王殿下优美的薄唇有些玩味地上扬。他俯下身，用纤细白皙的食指挑起苏落光洁白细的下颌。这轻浮的动作，在他做来，却有种浑然天成的魅力。

这、这算被调戏了吧？苏落眨巴着眼，一时有些没回过神。

晋王殿下对上她的视线，美眸里闪动着璀璨如星的光芒，嘴角邪魅勾起，脸上是魅惑众生的笑容，“你，怕本王？”

他说话时吐出的温热气息萦绕在她脸上，飘荡到敏感的耳垂，令她有种酥酥的麻痒，似乎连四肢都痒痒的，最后似乎心脏也被传染了。

她的眼前，是他那张人神共愤、颠倒众生的绝美容颜。她的鼻腔，全部都是属于他的男性味道，似乎吸一口气，满心满肺都装满了他的味道。这一刻，苏落仿佛陷入一种奇妙的感觉中，满脑子都是乱七八糟的想法，小脸绯红，似乎极为燥热。

在无人看到的角度，晋王殿下嘴角有抹一闪而过的满意笑容，“你怕本王？”

“怎么可能！”苏落蓦然抬头，小脸上满是倔强，身侧小拳头紧握。

“那侍候本王沐浴。”晋王殿下声音邪魅且慵懒，不经意间，眼底泛过一抹似笑非笑的淹意，转身往侧殿而去。

沐浴？这两个字传到苏落耳中，再传递到中枢神经，最后反馈到她的意识中，下一瞬，她整个人僵住了。沐浴？侍候他沐浴？南宫流云这厮……是在戏弄她吗？

此时，苏落有了一丝怀疑：难道这厮真的认出自己了？要不要直接甩手走人？抑或是直接翻脸？她脑海中理智小人和冲动小人交战连连，打得难分难解，却难分胜负。

就在她难以决断之际，晋王殿下忽然站定，美眸回转，气定神闲地瞟她一眼，唇角勾起，“反抗本王的下场，你可以自行想象。”

威胁，赤裸裸的威胁！不过若是自己真被拖出去杖责，最后关头还不是得暴露身份？与其到时候痛哭流涕求饶，倒不如现在忍气吞声好好侍候他一番。等找到机会，等离了南宫的视线，她立马就找机会逃离晋王府。是的，立马逃得远远的。

苏落暗中握拳给自己打气，脸上挤出一丝僵硬的笑，溜须拍马地小碎步跟上去，“殿下说哪里话，小人岂敢抗命，这就来侍候您啦。”

晋王殿下微微颔首，似乎对苏落的反应很满意。

偌大的侧殿，热气袅袅，雾气氤氲。

晋王殿下身上不着寸缕，如玉般的身子浸泡在温泉水中，一头漆黑如墨的发用一根红色丝绸松松垮垮地系着，看上去邪魅而狂野。点点水珠从他光洁如玉的美背上滑落，滴落在水面上，泛起点点涟漪。

虽然不是第一次见，苏落还是觉得喉咙有些发紧，她微微侧过脸去。妖孽啊，妖孽！本就是九重天上的妖孽，怎么就跑到人间来祸害人了？这样的妖孽，何人能够抵挡？

“过来。”就在苏落胡思乱想之际，晋王殿下侧身看她，一双美眸如深海中的夜明珠，熠熠生辉。短短两个字，却带着不容抗拒的王者威严。

苏落暗暗挑了挑眉。过去就过去，反正被看的人又不是她。再说，这番世间难得一见的美景，她不好好欣赏一番，岂不暴殄天物？最好给她个相机拍下来，想必能卖个高价吧？苏落一边腹诽，一边走到晋王殿下身边，恭恭敬敬地蹲下来，“殿下您有何吩咐？”

原本作为侍从，必须得低低伏跪着，方显自身卑微与对晋王殿下的恭敬，但苏落取了个巧，不过单膝蹲下。而晋王殿下却视而不见，似乎也不曾发觉。

“给本王搓背。”晋王殿下气定神闲地抛给苏落一条天月锦。此时他的美背被热气蒸得水润光泽，简直诱人犯罪。

妖孽啊！苏落心中腹诽着，手却也不停留，接过柔软的天月锦，在他后背细细擦拭起来。

晋王殿下凤眸微眯，似乎极为满足。

苏落嘴角勾起一抹淡淡的笑意。搓背？南宫流云你挺享受的嘛！将自己后背毫无防备地露给旁人，你还真是胆大呢。她一只手细细地揉搓着，另一只素白的手悄无声息地靠近晋王殿下的雪白颈项，抬手就朝那位置一手刀劈下。

如此近的距离，晋王殿下毫无防备，按理是百发百中的，但是，二人等级的差距太大，实力相差太远，晋王殿下闪电般出手。他后背似长了眼睛，大掌轻巧地握住苏落那劈下的手刀，稍稍一带就将苏落旋到面前。

只听见砰的一声，苏落整个人被拍到水里，还未等她反应过来，晋王殿下已经将她摁坐在自己大腿上，慢条斯理地整理她被水浸透的凌乱黑发。

他那气定神闲的模样，看得苏落真想一拳头揍过去。而且，他一边慢悠悠地替她整理，还一边发出惊呼声。苏落气恼地瞪他一眼。

晋王殿下却邪魅地笑起来，“怪哉怪哉，本王的贴身小厮怎么变成了女的？”

苏落易容的道具很简单，浸水后就现出原形了。

“南宫流云，你够了！”苏落气恼地瞪了他一眼。她觉得自己丢脸丢大发了。非但没有偷袭成功，还被人当场捉住。这也就罢了，竟然连伪装的身份都被对方当场拆穿了。如此一来，她之前的隐忍岂不是全都白费了？南宫流云这品性恶劣的男人，指不定以后还会如何嘲笑自己呢。瞧，现在不就嘲笑上了？

看着眼前气呼呼的小丫头，再想起之前她扮小厮时那装模作样的情景，南宫流云忽然觉得很好笑。越想越觉得好笑，忽然，他笑得整个人趴在羊脂白玉壁上，双手捶打着水面。

“喂，南宫流云你够了啊！别再笑了。再笑小心我捶死你！”他越笑，苏落越觉得自己丢脸，于是，恼羞成怒地站起来，叉腰威胁。

“好、好，不笑了、不笑了。”南宫流云好不容易止住笑，抬眸对上苏落那气恼的小脸，一瞬间，又扑哧一声笑了出来。

“南、宫、流、云！”苏落扑上去试图掐住他的面颊。

然而等她扑近的时候，南宫流云水下的修长小腿微微一勾，苏落整个人站立不稳，直接朝他精壮的胸膛扑去。

砰的一声响，苏落原本以为自己会撞得鼻青脸肿，却发现自己竟然跌倒在一具精壮的胸膛上，南宫那双手稳稳托住她的腰，让她不至于撞得太重。

还有比这更名正言顺的投怀送抱吗？苏落苦着一张脸，恨不得捶自己胸口。

“南宫流云，放手！”苏落气鼓鼓地瞪眼，气恼地说道。

“你确定？”南宫流云看着眼前小人儿气鼓鼓的模样，忍不住伸出手捏捏她粉嫩的脸颊，“好漂亮的小丫头，何必去扮不入流的小厮？可惜了可惜了。”

提起这个她心中更是有气，“你早就知道是不是？刚才一直在戏弄我对不对？南宫流云你给我说实话！”苏落掐着他的脖子，脸上的表情明显是恼羞成怒了。

南宫流云气定神闲地淡淡一笑，握住她的纤腰往他身前一挺，苏落整个人毫无防备地坐在他大腿上。

“要我说什么呢？”南宫流云俊美无双的脸上，洋溢着邪气万分的笑容，“我的傻落儿，你真是太可爱了，就是演技……嗯，稍稍拙劣了那么一点。”

苏落一口血憋在喉咙，不上不去，噎得她难受极了。她就知道，南宫流云这个妖孽早就知道她的身份了，从她钻进龙鳞马的车辕下面开始他就知道了。

是了，龙鳞马最厌恶生人接近，她能够钻进车底而不被赶走，这岂不就直接暴露了她的身份吗？能得龙鳞马承认的人能有几个啊？亏她之前还一直以为自己演得很好，演得连南宫都骗过去了，如今想想……苏落哀怨地捂住脸，好丢人！

南宫流云拍拍她的小脑袋，嘴角勾起，邪气十足地笑了，“好了好了，本王都不介意了，你介意什么呢？放心，本王不会嫌弃你的，嗯？”

“求你别说了。”苏落欲哭无泪，转身捂脸就想跑路。

南宫流云笑着搂住她，“不怕，再丢人那也是本王的人。”

“戏弄我很好玩是不是？”苏落站起身来，居高临下对上那张邪气万分的俊颜，气不打一处来，“早点承认你认出我，会死吗？”

“可是，你不觉得很好玩吗？”南宫流云跟着从水池里站起来，修长的身躯完全暴露在苏落面前。凌乱的墨发，水珠滴滴滑落，精壮的腰际线、修长笔挺的两条腿……这身体简直是上帝最完美的杰作，没有之一。这个男人，该死的性感，该死的诱惑！

苏落有些不好意思地别过脸去，口中却强硬道：“好玩你个渣渣！是你好玩吧？”她是被玩的那个好不好？

“好好好。”南宫流云笑着求饶，修长有力的双腿步步逼近苏落，最后在她面前站定，幽深如星辰的双眸牢牢锁住她，双手扶住她瘦削的双肩，嘴角邪魅勾起，“乖落儿，你说，要如何惩罚本王，你才会解气？”

不等苏落回答，南宫流云又邪笑着凑近苏落耳畔，慢悠悠地呵出一口气，加了一句，“要不，本王给你暖床赔罪？”

苏落小脸微红，怒视他，“南宫流云，你还可以更无耻一点吗？”

南宫流云果然笑得更无耻了，伸手刮了刮苏落娇俏的鼻尖，凤眸微挑，“你喜欢上面吗？本王也可以委屈点自动躺倒的，嗯？”

这个人，果然够无耻！和他拼脸皮，她绝对是输的那一个。苏落认清事实后，果断决定转换话题。她从衣架上扯了一件浴袍劈头盖脸地砸过去，挑眉冷淡道：“把衣服穿上再说。堂堂晋王殿下，如此这般，成何体统？”

南宫流云闻言，顿时一愣，随即仰天大笑起来，神色愉悦至极，“小落落，难道你不觉得这样对话，比较坦诚吗？”南宫流云比划着他和她此时的状况。

南宫流云是赤裸无遗的，苏落也因为掉落温泉池中，从头到脚湿透了，衣服紧贴在身上，玲珑曲线展露无遗。十五岁的苏落已经很有些看头了。南宫流云一双魅惑的桃花眼牢牢锁住她，目光放肆地打量她被水浸透的身躯……

这个人……苏落恨不得一巴掌将他拍晕。她气呼呼地抢过他手中的那件浴袍，直接将自己裹了个密不透风。宽大的衣袍将她娇小却玲珑有致的身躯整个包住，只露出一颗小小的脑袋，显得分外无辜。

南宫流云笑起来，拉着苏落在水池边坐下，掬起一捧水，温柔地清洗着她漆黑如墨的发。

苏落见此，眉头微皱。这种被人温情对待的感觉很陌生，很奇怪，但还不错。苏落没有打断他，因为她了解南宫流云——这个男人做事，从来都是有目的的。

果然，南宫流云一边温柔地清洗着苏落那柔软的黑发，一边邪气凛然地勾起嘴角，“傻丫头，被人下了印记都不知道，真够笨的。”

“啊？”苏落有些疑惑地抬眸。

“是不是不管你如何伪装、如何躲避，都能被柳家那小子找到？”南宫流云眼中有一闪而过的杀气，抚摩发丝的大掌却非常温柔。

“你知道？”苏落确实好奇极了。其实在这段时间里，她一直都在思考这个问题，为何不管她如何化妆、如何躲避，柳乘风总能够找到她？这个问题确实非常困扰她。

南宫流云火热的大掌拂过她白嫩的肌肤，妖魅的眼微微低沉，嘴角勾起一抹嗜血冷笑，声音却温柔得不带一丝火气，“傻丫头，连追踪印记都不知道，你还怎么在这大陆上混啊？”

“追踪印记？那是什么东西？”苏落仰着脑袋，像个好奇宝宝。她的记忆中，确实没有这类高等级的信息存在。

南宫流云温柔地清洗着她的发丝，眼里有一闪而过的冷酷和肃杀，声音却依然温柔无比，“追踪印记啊，其实是一种道具，七阶以上强者才能制作的符印。”

“柳乘风家里有七阶以上的强者？”苏落心中微微一惊。

“那倒没有。不过，这追踪印记却是可以花金币买的。”南宫流云修长的手指轻柔地拧干她的发丝，然后用干净的锦帕擦拭着，“知道对方把追踪印记下在哪儿吗？”

苏落脑中灵光一闪，呆愣地指指自己的头发，“这儿？”

南宫流云宠溺地刮刮她的鼻子，眼中溢满柔情，“还不算太笨。”

苏落无奈地叹了口气，“难怪柳乘风能够一直派人追踪我，原来是这样。不过，现在洗掉的话，就可以了吗？”

“那要看谁洗了。”南宫流云那双桃花眼中有着醉人的宠溺柔波，“若是你自己洗，大概要升到七阶才能洗去吧。”

什么？！这一刻苏落简直咬牙切齿了。好你个柳乘风，竟然给本姑娘下这么恶毒的追踪印记。若是本姑娘没有升到七阶，若是没有七阶的南宫流云帮忙清洗，那就算自己埋到淤泥下，都会被找到了？

这一刻，对这个未知的世界，苏落有了一种前所未有的敬畏之心。

“不用怕，有本王在呢。”南宫流云说罢，站起身来，将她揽入怀中，双眸牢牢锁住她，坚定得不容她逃避，“有本王在，谁敢不长眼地欺负你？找死吗？”

苏落淡淡地回视他，嘴角微微勾起，清冷道：“不需要你假好心，我自己的仇自己会报。”

南宫流云眼中的光芒有一瞬间的黯淡，“本王倒是忘了，你这丫头天赋好到极致呢。来，让本王看看，本王的小王妃修炼进度如何了。”

苏落来不及反应，手腕已经被他钳住。他将修长的手指搭在她的手腕上，只一瞬间，那双一贯玩世不恭的美眸就变得严肃、呆愣、难以置信……

他嘴角微微抽动，深吸一口气后，才定定地盯着苏落，“你、你现在已经二阶了？”

她不仅是二阶，而且还是二阶的巅峰，极有可能在下一瞬间就会突破界限升到三阶。

这怎么可能呢？明明半个多月前他们分开的时候，她还是小小的废柴一枚，一点灵力都没有，怎么可能会有人在短短半个多月的时间，从无到有，从零直接蹦到二阶？连天才中的天才，传说中的晋王殿下都被苏落这种升级速度震呆了。

“你到底怎么练的？”

看南宫惊讶成这样，那自己这修炼速度是真的很神速吧？想至此，苏落不免有些得意，挑眉笑着，很无辜地说：“就这样随便练练就上去啦，很难吗？”

南宫流云无语地拍拍她的脑袋，眉眼间有着淡淡的温情。他叹息一声，“绝世天才也不过如此。真想知道，等你这丫头成长起来，将是怎样的惊才绝艳。”

苏落有些好奇地看着他，美眸流光灵转，“难道我的修炼速度比你还快？”

南宫流云简直不想再跟她说话，俊颜上神色有些复杂，半晌才道：“本王修炼到二阶，用了六个月的时间。犹记得当时老师说，本王的修炼速度古往今来排第一，现在这个纪录被你打破了。”

连南宫都用了六个月时间才到二阶，自己仅仅用了半个多月……苏落嘴角的弧度扩大，再扩大，最后简直抑制不住乐得要发出声来。

砰——南宫流云拍了她脑袋一下，深黑色的美眸带着一抹认真谨慎，“丫头，不管你是怎么练的，但记住，要走正道。修炼不是一朝一夕的事，而需要漫长无涯的岁月，越往后心魔越难克服，你可懂？”

难道南宫以为她走的是邪魔外道吗？其实，她明明修炼的是神龙大人给的大虚空掌印，而且配合空间里无限的时间，才会有这样的修炼速度的。苏落欲言又止，要不要告诉他关于神龙大人的事？如果说出来，小神龙的身份只怕也保不住……南宫流云，他值得自己全心全意地信任吗？这一瞬间……苏落犹豫了。

南宫流云的星眸有一瞬间的黯淡，慵懒中又透着淡淡的伤感，他大力揉揉她脑袋，语气轻快，“想什么呢？放心好了，本王还能觊觎你的修炼功法不成？”

“我……”有那么一瞬间，苏落几乎要脱口而出了，但她的脑海中却忽然闪过一张精美无瑕的容颜。那是他的青梅竹马，他呵护宠溺的对象。她很想问，如果她跟他说了，如果有一天瑶池仙子逼问他，他会说吗？

就这么一瞬间的犹豫，苏落话到嘴边又顿住了。她不想把人心想得那么险恶，也不忍心拿这个秘密去试探南宫，这样太残忍了。

还是不能被全心全意地信任啊！南宫流云偏过头去。外面春暖花开，阳光正好，可他却感觉不到温暖，这种憋闷的感觉令他的心情在一瞬间跌落谷底。

“南宫……”注意到他情绪不佳，苏落想上前安慰。

“傻丫头，收拾收拾就出去吧，免得受寒了。”南宫和颜悦色、云淡风轻地揉揉她的脑袋，眼底带着宠溺。

苏落的心被狠狠揪痛了，望着南宫流云大步离去的背影，她的手紧握成拳。她知道，她瞬间的犹豫伤到他了，但是，她错了吗？若南宫流云只是南宫流云，以他对她的保护，以她对他的信任，他们之间是没有这么多隔阂和怀疑的。但事实并不总是那么简单，至少，就她所知，那位瑶池仙子就能够影响到南宫流云……即使他知道对方追杀自己，依然能够面不改色地糊弄自己，这样的他，如何叫她赌上全部的信任？

她可以信他，但却不能说清他和瑶池仙子之间的关系。所以，她为了保护自己，坚守秘密，这样没有错……应该没有错，对吧？

大殿中热气氤氲，雾气蒸腾，一如苏落此刻的心情，迷雾重重，找不到出路。

既然已经被南宫拆穿假身份，她也不必再去扮演卑躬屈膝的小厮，这晋王府她也没有必要留了。她摇摇头让自己清醒过来，然后开始整理行装。

这里没有女人的衣服，只有南宫流云那宽大的锦袍。无法，苏落只能先套上。衣服是最上等的天蚕丝制成，滑腻柔软得一塌糊涂，还有几分属于他独有的温软味道。

苏落觉得有些不自在，但现如今也只能先这样了。套上袍子后，苏落直接往外走去，但还没等她走出南宫流云的寝宫，就在门口被人拦下了。

寝宫门口，站着一排铠甲护卫，个个面色冷凝肃杀，威慑力十足。

“姑娘，您不能出去。”一位护卫首领面容严肃，声音冰冷地道。

“南宫的意思？”苏落皱眉。她怎么就不能出去了？谁定的规矩？

敢直呼晋王殿下的名讳？护卫首领心惊肉跳地盯着苏落，面色不显，只拦着路，“没有殿下命令，闲杂人等不能随意出入寝宫。”

苏落笑了，“我这闲杂人等不就进来了吗？现在我要出去。”

护卫首领面色严肃，不容讨价还价，“没有殿下的手谕，任何人都不能随意进出。”

苏落垂眸，淡淡地说：“那你请示一下你们家殿下，告诉他，现在我要回家。”

谁知那护卫首领一本正经地回绝，“对不起，放您进来是殿下的意思，您的去留没有殿下的手谕，我们不能擅自做主，还请您回寝宫。”

苏落暗暗咬牙。她进来时是做小厮打扮，现在出去是换了真容的，如果不是有南宫流云提前打过招呼，护卫首领如何能认出自己？还说这不是南宫流云搞的鬼？

“如果我执意要走呢？”苏落冰冷地怒视着他们。

“那就只有得罪了，我们会亲自将您劈昏了拖回去。”护卫首领垂眸，却据实以答。

苏落气得握拳。没有实力果然没有人权！就连小小的护卫队长都能果断地说出劈昏她这种大逆不道的话来。她指着他们，咬牙切齿地道：“你们这群、这群为虎作伥的混账。哼！”

说完，苏四小姐很神气地转身，大步朝寝宫走去。

南宫流云，这笔账，咱们得好好算算！苏落咬着后槽牙，面露薄怒之色。

问了下人后，知道南宫流云在饭厅里，她就径直走了过去。

南宫流云看到苏落，脸上洋溢着邪魅的笑容，轻快地招手，“小落落快过来，来得早不如来得巧，你算是赶上时候了。”

苏落在他面前站定，淡淡地瞟他一眼。

南宫流云似乎对苏落的怒气毫无所觉，自顾高兴地拉着她，将沉默的她摁到紫檀木椅子上，对恭敬立在一边的下人道：“本王的小落落都饿了，还不快上菜？”

对南宫流云的热情，苏落表示无语。这个男人还真奇怪，之前在浴室里两人不欢而散，他还一副黯然伤神的样子，现在却似乎完全没那回事。

边上站立的下人难以置信地看着他们家殿下，以至于几乎没听他的吩咐。

“还不快去？”南宫流云声音清冷平和，却有一种不怒自威的威慑力。

闻言，下人们赶紧神色惶恐地退下去端菜。

也难怪他们会如此失态，毕竟在此之前，他们在晋王府侍奉了殿下十几年，从未见过殿下会对一个人如此热情，热情得几近低声下气。而且，还是对一个女人。

晋王府从来都是女人止步的，就连公主殿下都只敢候在王府门口。可是……现在殿下竟与一位姑娘同桌而坐，而且还在哄她！这还是他们那尊贵如九重天上神祇的晋王殿下吗？

苏落并不知道她在晋王府的特殊待遇，也不知道那些下人跟看神仙一样看待她，她只觉得她快要被南宫流云气死了。这个男人是怎么回事？一个劲儿地往她碗里夹菜。

“好了好了，赶紧吃你自己的吧。我这碗里都快堆成小山了。”苏落无可奈何地护着自己面前的碗，恼怒地瞪向南宫流云，“南宫流云，你想胖死我是不是？”

闻言，站立在边上的下人倒抽一口冷气。这位姑娘脑抽了吧？竟然敢这样对殿下说话！他们同情地闭上眼，可以预料，接下来餐桌上肯定会变成炼狱……

犹记得上次在皇宫里，安侯家的三小姐因为仰慕殿下，在殿下用餐的时候多说了句话，那位可怜的姑娘直接被一掌拍飞，之后足足养了三个月的内伤。

然而，让他们大跌眼镜的是，他们眼中如地狱修罗般冷酷绝情的晋王殿下，他、他竟然笑得邪魅又荡漾，而且他、他竟然还顺势凑近那姑娘，纤细白皙的手挑起她尖细光洁的下颌，眼波中盈满醉人柔情，媚眼如丝地瞧着她。

媚、媚眼如丝……虽然用这词语来形容殿下总觉得怪怪的，但却没有比这词更适合的了。

而且，他们的晋王殿下竟然还用那种诱哄的语气，细语轻声地说：“落落乖，你这么瘦，多吃点才会快点长大。”

天、天、天啊！这还是那杀伐果决晋王殿下吗？他们家殿下这是被谁附体了吗？简直太、太可怕了！

然而，对于苏落来说，眼前的南宫流云却是最熟悉不过的。因为一直以来，在她面前，南宫流云都是这种玩世不恭、邪魅妖娆的样子，所以她没有半点适应不良。

苏落单手隔开他的手指，恼怒地瞪他一眼，“吃饭就好好吃饭，少动手动脚的，一点规矩都不懂。”

此话一出，南宫流云还没什么反应，一圈下人却全都吓傻了。他们简直难以想象，世上竟然还有如眼前姑娘这般上赶着送死的！他们对苏落即将面临的遭遇深表同情。

但、但是，他们再一次错愕了。他们家殿下竟然没有生气，还爽朗地大笑起来，且笑得前俯后仰。不过，笑完了总该执行刑罚了吧？不，没有，他们的殿下非但没有处罚那姑娘，还乐不可支地搂着她，一个劲地往她跟前凑。人家姑娘越抗拒，他越是起劲，简直就是登徒子作风。完了完了，殿下肯定是被人附体了……

不管下人如何震惊、如何难以置信、如何匪夷所思，南宫流云就是逼着苏落将大大的一碗饭全给吞了。苏落无奈地放下碗筷，目光冷然地直视南宫流云，“好了，现在饭也吃过了，总该让我回府去了吧？”

她出来有些时候了，要是回去晚了，还不知道府里会发生什么事呢。苏清和苏溪可都虎视眈眈地盯着她的院子呢！

南宫流云气定神闲地单手支在餐桌上，偏头似笑非笑地斜睨她，“小落落，你真要回去？”

“什么意思？”苏落神色一紧。南宫流云这泰然自若的眼神看得她心底有些发毛。

南宫流云眉头微蹙，然后展颜一笑，朝苏落招手。苏落狐疑地瞥他一眼，却忍不住心中好奇，小步走过去，在他面前站定，蹙眉道：“有话说话，别鬼鬼祟祟的。”

南宫流云毫不在意苏落的态度，伸手一扯将她圈到怀里，待苏落挣扎时，他却好整以暇地吐出一句话，“小落落，以你的聪明，难道就不曾想过现在的处境？”

“处境？”苏落皱眉道。

“嗯，你设身处地想想，假如你是柳家那小子，嗯，然后你会如何做？”南宫流云炙热的鼻息喷在苏落敏感的耳畔，弄得苏落从脚底心开始发痒。

苏落将他那张俊脸推得远远的，低头沉思起来。如果她是柳乘风，既然下了这么大的血本来搜捕，就一定不会轻易放弃。既然明知道对方进了晋王府，那么……

苏落倏然间抬头，却不料南宫流云正往她跟前凑。砰的一声响，苏落额头撞到南宫流云鼻子上，酸得他眼眶都有些红了。

苏落不好意思地帮着他揉鼻子，“你……没事吧？要不要紧？”难得看到南宫在她面前吃瘪，苏落面上一副不安的神色，心中却早已乐翻了。

“要紧，很要紧！严重，很严重！”南宫捂住鼻子，扫了她一眼，神情哀怨。

没想到晋王殿下还跟个孩子似的会撒娇，真好玩。她难得好声好气地哄他道：“那怎么办呢，你说？”

“帮我吹吹。”南宫流云皱眉，指着红肿的鼻翼。

刚才她明明看见没这么红，装，装，继续装。苏落十分鄙夷地扫了他一眼，说：“晋王殿下还是小孩子吗？也信这一套？吹吹就能好了？”真幼稚，也不怕人笑话。

果然，那一圈下人都低头垂眼，脸色憋得通红。

晋王殿下冷眸一扫，犹如三伏天普降霜雪，他们的面色顿时冻僵，一个个眼观鼻，鼻观心，连动都不敢动。

霸权主义！强权政策！苏落在心中腹诽，对他身边的下人报以最深切的同情。伺候这撒旦般喜怒无常阴晴不定的殿下，他们真的很辛苦吧？

谁知，南宫流云转头面对她时，又是一脸的可怜兮兮，“痛，真的很痛！”

好幼稚！苏落咬着后槽牙，很想将这个装可爱的晋王殿下给甩开，但一对上那双眼睛……她瞬间被打败了。

“好，帮你吹吹，我帮你吹！”苏落鄙视地瞟了他一眼，一把拉开他的手，俯下身，一口气就吹过去。敷衍地吹了两下，苏落一把将他推开，干脆地站起来，道："现在可以了吧？"

"你不负责任。"南宫流云一脸控诉地捂着鼻子。

"怎么不负责任了？"苏落表示很疑惑。

南宫流云一下子坐起来，瞧着苏落，"不该是捧着对方的脸，轻声细语地安慰，然后温温柔柔地吹吗？"

这样的南宫还真让人欲哭无泪，苏落喝了一声："你的要求还真多。"

南宫流云一脸无辜，半躺在紫檀木椅子上，瞧了瞧苏落，慢腾腾地说："别的我也就不要求你了，不过，你总得多吹几下吧？最基本的你都没做到。"说这话的时候，他竟然还有几分小委屈。

苏落捏紧拳头，怒瞪着他，简直服了这个妖孽了。

"为什么一定要我来做？你们府上最不缺的就是下人，想必晋王殿下一声令下，成千上万的人都会匍匐着过来伺候你的！"苏落瞪他一眼，讲出事实。

南宫流云平静无波地扫视了一圈周围的下人。

"殿、殿下……我们先、先告退了。"一圈下人全都诚惶诚恐地跪下。

"嗯。"南宫流云单手支额，轻哼一声，似答非答。

"喂，你们别急着走啊。"苏落干瞪眼。这些下人走了，南宫岂不是更加得寸进尺？

然而，苏落的声音对这些下人来说犹如催命符，她一出声，他们一瞬间就消失无踪。见此，苏落简直欲哭无泪，无语地对南宫流云道："你们家的下人个个都会凌波微步？"

"逃命关头，潜力自然是无限的。"南宫流云轻哼一声，又转回话题，"过来，给你自己赎罪。"

"南宫流云，你别得寸进尺哦。"苏落远远站定，不悦地瞪他。

南宫流云垂了目，半晌后又默默抬眸看了苏落一眼，"别人都说滴水之恩，涌泉相报，你就不能滴水报一报？"

最受不了他幽幽叹息的哀怨模样了，苏落认输，慢慢走到他面前，低声问："你到底想怎样啊？"

其实他说得没错。之前她躲在马车上，确实应该感谢他。若不是他正好出现，被下了追踪印记的她肯定躲不过柳乘风的追捕。

南宫流云仰头看她，话语中带了些许的撒娇，"你今晚留下来陪我。"

这男人还真是得寸进尺，拿一点小恩小惠来胁迫她，还胁迫得天经地义。但是，她怎么能答应留下来呢？这一答应，就代表着某种程度的退让。况且，她留宿晋王府，若是被传扬出去，别人会怎么看？怎么想？往后，她怎么理直气壮地去追求自己的幸福？

所以，面对他的请求，她一言不发。

“留下来陪我。”他又重复了一遍。

“这事……恐怕不行。”苏落低声回答，目光定定地望着他。

南宫流云没有说话。半晌后，他微扯嘴角，邪魅地笑了，“傻落落，简直笨死了，没有本王的同意，你出得了这晋王府吗？”

说到底，他刚才低声下气装可怜求她不过是策略的一种，他认定的事、认定的人，从来不会放手。

“南宫流云，你无耻。”苏落当然知道这一点。她不是没有出去过，但是她根本连寝宫的大门都出不了，就被直接拦在门口了。

“无耻吗？本王还可以再无耻一点呢，要不要见识一下？”南宫流云一脸得意。

“你别太过分了。”苏落恼怒地瞪他。

“乖落落，别生气嘛。其实你也想到了，柳乘风肯定派了无数的人潜伏在晋王府门口候着呢，小落落一出去就是自投罗网的。我家小落落才没那么笨呢，对不对？”南宫流云双手环胸，一脸阴险的笑。

“晋王殿下如果发话，柳乘风敢不将人撤走？”苏落咬牙，冷声道。

南宫流云很无辜地摊手，固执地摇摇头，“傻落落，一报还一报，你还没报恩呢，本王怎么能继续施恩于你？恩情太多了要肉偿的啊，这对你可不公平呢。”

这个没有下限的男人！苏落握拳，“你说得对，恩情太多了确实不好还。”

南宫流云优雅地点头，顺理成章地道：“嗯，所以今晚先还点利息。”

苏落无奈，道：“你想怎么还？”

南宫流云邪魅一笑，“乖落落，这得问你啊，你预备还多少？还利息？还本金？还是连本带利一起还了？”

苏落无语，没想到他脑子里还有这么多弯弯绕绕，直接瞪他，“利息怎么还？本金怎么还？连本带利又是如何还法？”

南宫流云半垂着眼，慢腾腾地说：“这个，讲究可多了。不过今晚，本王会一一给你讲解的，你别心急，咱们有的是时间。”

谁心急了！苏落十分鄙夷地扫了他一眼，说：“你的想法最好纯洁一点。”

今晚，确实得留下来。没有南宫流云的命令，她确实出不去这晋王府，就算出得晋王府，也不知道晋王府外是怎样的凶险。

只是，今晚注定是不平静的。

苏落早有心理准备，但事情的发展还是出乎了她的意料。

第二十三章 同床共枕

夜晚，天空犹如披了一层黑色轻纱，寂寥的半空挂着几颗残星，发出黯淡的光泽。

苏落从沉思中回过神来，看一眼天色，发现时间不早了。

“我的房间在哪儿？”苏落拉住一个匆匆路过的侍女，皱眉问道。

夜已过半，却没人来通知她今晚该睡哪儿，苏落表示不能理解。

那侍女耳闻这个问题，顿时心惊肉跳，跪地求饶道：“姑、姑娘，这事奴婢不知，您还是自己去问殿下吧，求您、求您饶了奴婢吧……”

她长得有这么吓人吗？怎么下人看见她就跟看见鬼似的？苏落有些无语地摸着自己的脸蛋。这张脸挺漂亮的啊，等长开后，完全是倾国倾城的小美人呢。

“行了行了，告诉我你们家殿下在哪里吧，我自己去问他。”

“殿下，在寝宫卧房。”侍女小心翼翼地说。

“行了，你去吧。”苏落挥手将侍女打发走了。

在晋王府短短半天时间，苏落别的没发现，倒是发现这里的下人对晋王殿下那是从心底敬畏。他们在南宫流云面前噤若寒蝉，连大气都不敢出，简直跟看见阎罗王似的。

苏落就纳闷了，南宫这人虽然玩世不恭了些，流里流气了些，也没那么可怕吧？她一边走一边想，很快就到了卧房。悄无声息地推开门扉，朝里望去。

此时，南宫正双手交负在后，静静站立在推开的窗前，看着天际稀稀落落的残星。他华丽的金丝软袍上绣着妖冶的曼陀罗，乌黑的柔软青丝一泻而下，带着一股清雅狂狷的极致诱惑，侧脸完美得如同古希腊雕刻的神祇，妖冶逼人。

听到响声，他慢腾腾地偏头，一双黑眸带着笑望向苏落。

这一瞬间，苏落只觉得自己的心口漏了个节拍，一种前所未有的奇异感觉让胸口最靠近心脏的位置变得酥酥麻麻，心跳开始加速，难以自控。

“过来。”南宫流云优雅地朝苏落勾勾手指，举手投足间尽显尊贵强势。

苏落只看着他，不说话，也没移步。

南宫流云戏谑地瞟她一眼，“磨磨蹭蹭的，怎么，怕了？”

苏落挑眉，瞪了他一眼，“怕什么？为什么要怕？你长得很恐怖吗？”

南宫流云旋身一动，再睁眼苏落已经落到他怀中。他低头俯视着她，慵懒低沉的嗓音在静谧的夜色中有一丝暗哑，“嗯，本王的落落是最勇敢的，怎么会怕呢？”他一边说，一边用修长的指腹摩挲着她白嫩如水的面颊。

“好好说话，别动手动脚的。”苏落不悦地白他一眼。

南宫流云眉角微抬，眼波幽暗，妖冶动人，“一边说话一边动手动脚，互不妨碍啊。小落落，你在害羞什么？”

苏落只觉得周身都是属于他的特有的男性味道，吸进肺部的空气都带了他的气息。她脸色微红，一把将他推开，板着脸正色道：“南宫流云，别岔开话题，问你呢，你既然逼我留下来，今晚我睡哪儿啊？”

南宫流云美眸中闪着疑惑，继而理所当然道：“傻落落，这问题还需要问吗？当然是睡在这里啊。”

苏落一口气憋在喉咙里，眼眸眯起，盯着南宫流云，一字一顿地说：“你、说、什、么？”

南宫流云动作流畅地倒了两杯琥珀色的酒，垂眸，慢条斯理地摇晃着。

“南宫流云，你给我说清楚！”苏落有点气急败坏地叫道。

南宫流云低垂的眉角微抬，凝望着苏落，嘴角缓缓勾勒出一抹笑意，妖冶动人。

“哼，不说清楚是吧？那我现在就走。”苏落气呼呼地转身欲走。

然而，她才刚经过南宫流云身边，手臂就被他拉住。南宫流云仰头，将琥珀色的酒饮入口中。饮酒的时候，他那双幽暗深邃的眸光一直灼灼地凝视着苏落，一动不动。这样的南宫流云，俊美得一塌糊涂，简直要诱人犯罪。

“放手！”被如狼般狂野目光盯着，苏落心头不免有点慌乱。

然而，还未等她甩开南宫流云，对方却欺身而上。他的手臂如铁钳一样，强而有力，牢牢箍住她盈盈一握的纤腰。一张放大的俊脸出现在她面前，“南宫……”这样的眼神，简直让人心惊。

苏落刚说出两个字，就被他俯身而下攫住柔软的唇瓣。此时的他犹如非洲草原上勇猛的猎豹，性感狂野，啃噬着自己最心爱的猎物。

苏落被灌了满满一口酒，突如其来的侵犯呛得她直咳嗽，拼命地挣扎起来。南宫流云那强而有力的大掌猛然将她纤细的腰肢禁锢在怀中，另一只大掌则覆盖她后脑位置。苏落抗拒挣扎，却徒劳无功。

狂热的吻，铺天盖地，霸道强势，不容拒绝。

唇齿交缠，旖旎烂漫。

他的吻霸道无比，在她口中攻城略地，逼得她无处可逃，被迫回应他的热情。

四周寂静无声，暧昧的因子在寂寥的夜空中迸发。南宫流云身上特有的淡淡青草气息逼近她鼻翼，带着诱惑力，她的整个灵魂都在颤动。此时，苏落脑中完全空白，她忘记了反抗，失去了理智，迷失了自己，几乎失控地沉醉在他编织的温柔乡中，难以自拔。

南宫流云狂野霸道如疾风骤雨般的吻开始放缓、变轻，变得如和风细雨般绵软，蜻蜓点水般轻柔。似乎过了许久许久，他才恋恋不舍地离开她诱人犯罪的唇，用他那修长的大掌依旧怜惜地捧着她小小的脸蛋，认真而仔细地凝望着她。

四周很静，只有他们略微凌乱的喘息声。皎洁的月光在地上投下斑驳阴影，窗外的风轻柔地吹着，房内有种静到极致的妖冶感。

"你……太过分了。"苏落有一种被侵犯的不悦，怒斥出声。

原以为她的声音会很愤怒，但让她自己都羞愤难当的是，此时她的声音绵软无力，沙哑暗沉，与其说是怒斥，倒不如说是欲拒还迎的责备。

这样的声音让她自己都听不下去了，她偏过头去，渐渐调适好纷乱的心情。

南宫流云嘴角勾起一抹笑，不紧不慢地整理她略显凌乱的发丝，"傻落落，这么喜欢本王吻你？"

苏落一口气憋在胸前。什么叫作她喜欢？明明她是被强迫的好不好？她脸上浮现一抹愠色，咬牙一字一顿道："南宫流云，你别得了便宜还卖乖。"

占了便宜偷偷一边儿乐就行了，还反过来卖乖，这就惹众怒了。

南宫流云强而有力的手臂顺势一圈，将苏落搂入怀中，神色得意，"还不肯承认，刚才是谁巴住本王不撒手呢？羞涩的小东西。"

苏落的脸色憋成绯红，一拳砸向南宫流云胸口，凶神恶煞地道："找死是不是？直说啊，别这么含蓄。"

南宫流云漆黑的眸底闪过一抹得色，更紧地抱住苏落，将她整个身子贴向自己，气定神闲地说："我家落落才舍不得呢。本王死了，你得陪本王一块儿的。"

苏落冷冷地哼了一声道："想得倒挺美，谁陪你一块儿？反正那人不是我。"

"嘴硬。"南宫流云俯身，一寸寸，轻轻地柔柔地亲着她。他的动作温柔细腻，与刚才急风暴雨般的掠夺完全不同。

苏落本能地躲闪，然而，南宫流云想做的事，岂会半途而废？只见南宫流云将她双手反剪在后，另一只手捧着她白嫩娇柔的小脸，细细地品味着专属于她的气息。

苏落无处可逃。平心而论，他的气息真的很好闻，让人沉醉，蚀骨销魂，似乎沾上，就会有再也戒不掉的瘾。

片刻，缓缓放开她，抚着她略显肿胀的红唇，南宫流云满足地挑起嘴角，如慵懒的狸猫，“这里本王第一个享用，以后也只有本王能享用，记住了？”

看着满足地微眯凤眸的南宫流云，苏落心中忽然划过一道憋着已久的怒意。继而，她嗤笑出声，“南宫流云，你未免太天真了吧？”苏落指着自己肿胀的红唇，嘴角勾起一抹神秘莫测的冷笑，“这里，怎么可能只有你一个人享用过？”

此话一出，顿时，静谧的空气中犹如寒霜降临。南宫流云幽深的眼眸瞬间迸出一抹凌厉光芒，俊美无双的容颜阴寒得如冰霜笼罩，浑身散发出恐怖的黑暗气息。他神色带着腾腾杀气，暴戾阴狠地瞪着苏落。

这一瞬间，苏落心中划过一丝懊恼。她真的没想到，南宫流云的反应会这么大……不过是一个吻，他竟会如此在意？若是他知道自己在现代进入风月场所逢场作戏，岂不是要被气疯了？

她心中有点惴惴不安，忽然觉得自己有些底气不足。不过，她又有什么好怕的？她又不是他的谁，凭什么要被他管三管四的？

想至此，苏落底气十足地、勇敢地迎视南宫流云那杀气腾腾的目光。

一时间，针尖对麦芒，两人全都凶狠地瞪着对方，谁也不甘示弱。

“还有谁？”南宫流云凤眸危险地半眯，眼中露出一股能让人心跳停止的寒意，一双嗜血的眸子死死盯着苏落，犹如狂暴的野兽。

苏落心中有点底气不足，但面上毫不示弱，勇敢地顶回去，“关你什么事？你管得着吗？”

这句话，顿时如捅了马蜂窝。南宫流云目光似冰封千年的利刃，毫不留情地射向苏落，怒意横生，一字一顿，“你再说一遍。”

苏落有点心虚，但都到这时候了，谁示弱谁就站在输的一方了，所以苏落勇敢地扬起下巴，视线一瞬不瞬地瞪回去，“我的事，与你无关。以前与你没关系，现在与你没关系，未来更是和你没关系！”

南宫流云瞬间如狂风骤雨般爆发，眼底闪着嗜血冰寒。

天空中的月亮隐藏在厚厚的云层中，忽然，一道闪电晃过，紧接着，一道轰隆雷声在寂静的夜中响起。

天色，在这一刻突变。狂风怒吼，暴雨倾盆。电闪雷鸣，天色忽明忽暗，映照在南宫流云俊美无比的侧脸上，更显得此刻的他阴鸷狰狞，凶残得让人不敢直视。

忽然，他修长如玉的手指一把掐住苏落的脖子，一种被隔断呼吸的恐慌在苏落心底蔓延。但是，苏落没有求饶，她只是倔强地去掰他的手，竭尽全力。可二阶的苏落又岂是七阶的南宫流云的对手？更何况，此时的南宫流云正陷入狂躁暴戾的情绪中，他当真是分毫不让。

苏落怎么都掰不开他的手，相反，因为苏落的倔强反抗，南宫流云强而有力的五指犹如铁箍般越收越紧，紧得几乎能掐断她的脖子。咽喉炙痛如灼，呼吸不到新鲜空气，她的面部涨得通红，痛苦地喘息着。

最后，意识越来越模糊……苏落感觉到自己整个人轻飘飘的，似乎灵魂都要飞走了。就在苏落视线模糊的时候，忽然，一道浓重的阴影俯身而下，以无可匹敌之势霸道强势地占据她的红唇，一口新鲜空气如丝如缕地滑进她的肺部。

神志不清的苏落抓到最后一根救命稻草，哪里还会撒手？他强势地在她口中肆意翻搅，她忘情地从他口中补充生存所必需的空气。直到许久许久，那双紧箍在她咽喉部位的修长大掌才挪开，只是，他的眼神依旧嗜血、残忍，冰寒彻骨。

"落落乖，往后，不许再这么淘气了。"南宫流云缓缓地摩挲着苏落被吸吮得肿胀的柔唇，嘴角缓缓勾起，笑意却不达眼底。

这个男人……简直太可怕了。

苏落心有余悸地看着他，抑制不住地后退一步。这一步，犹如深渊。

南宫流云嘴角的笑容越发绚烂了，他摩挲着苏落的粉嫩双颊，似说给苏落听，又像是自说自话，"凤凰折断了羽翼，还会是凤凰吗？"

他的声音如和风细雨，轻描淡写，但听到苏落耳中，却只觉得心惊肉跳。她宁愿他暴怒，宁愿他用杀人的目光森冷地看着自己，也不希望看到这样的他。

这样的他，让她觉得惊惧、害怕。

不能再刺激他了，真的不能了。苏落沉默地看着他，一言不发。

南宫流云笑了，笑得温柔似水，他轻快地拉着苏落的手，牵着她走到床边，宠溺地揉着她头上的黑发，"天色不早了，落丫头陪本王歇息吧。"说着，他不容拒绝地将她摁到床上，随后，他自己也翻身上床。

苏落试图拒绝，却发现她根本动弹不了。

这个喜怒无常、阴晴不定的男人，刚才还暴怒得似乎要杀光全世界，现在又这样一副笑眯眯的样子，真不知道哪一面才是真正的他。苏落心中哀怨地叹息一声。

既然拒绝不了，那就只能接受，毕竟又不是真的怎样，只是睡在一张床上而已。

苏落干脆在锦被上躺平，然后翻卷，将自己卷成一个圆滚滚的蚕蛹状，滚进床内侧，面朝内挺直。她这动作是一气呵成，没有半秒钟的停顿，眨眼间就完成了。

南宫流云目瞪口呆地看着眼前这一幕。半晌，他才伏在她身上，哧哧笑起来，越笑越抑制不住，最后，他几乎笑出眼泪来。他的小落落太可爱了，居然将自己裹成一只蚕蛹。

苏落没好气地滚了九十度，面对面瞪他，“夜深了，还不快睡？笑什么笑！”

不过，南宫流云能笑出来，苏落提着的心也算放下了。相比刚才那阴森得如同地狱修罗场走出来的南宫流云，现在的他虽然可恶，但是看起来却可爱多了。

南宫流云宠溺地揉揉她的小脑袋，语气却显得漫不经心，“小丫头，你以为裹成这样，本王就奈何不了你了？”

苏落心里咯噔一下，颤颤巍巍地伸出小脑袋，瞪了南宫流云一眼。这厮不会真的想要怎样怎样吧？

大约是她的眼神里有什么，也可能是她伸出脑袋的样子太可笑了，南宫流云眼底的笑意更浓了。他伸出手，修长的手指在她脑袋上弹了下去。

苏落两只手都裹进被子里，没法揉被他弹痛的脑袋，只能用水汪汪的眼睛控诉他，“堂堂王爷竟这么小气？不就裹你一被子？这般小气！”

这丫头避重就轻的本事还真不小。南宫流云修长的指腹怜惜地揉揉她额头，手指顺势而下，轻轻地拂过她的唇。

苏落一怔。他的指腹温软如玉，似羽毛般轻轻拂过，酥酥麻麻的，让她从脚底痒到心口。

南宫流云看到她的反应，眼底的笑意更浓了，他低头，几乎与她唇对唇。苏落往后挪，却悲哀地发现她整个人裹在被子里，完全挪不了。南宫流云呼出的炙热气息喷在她脸上，几乎是触碰着她的唇，低声说：“死鸭子嘴硬，这里，除了本王，谁也不曾碰过。”最后，他还轻啄了苏落的柔软红唇。

又轻薄她！苏落怒视他。

南宫流云痞气十足地挑眉，“这就不耐烦了？这会儿，还只是前奏呢。今晚，夜很长……”他捏捏苏落的粉嫩双颊，笑意十足。

他的语气虽然漫不经心，但要表达的意思却是赤裸裸的。苏落听在耳中，只觉得毛骨悚然，脊背发寒。这个恶趣味的男人！他这样折磨自己，竟然还说这只是前奏而已……那接下来会怎么？她恨不得今夜赶紧过去。

怪不得王府里的下人见了他一个个跟见了鬼似的怕得不行，怕不仅仅是惧怕他的权势和实力吧？这个男人，本身就有令人绝望恐慌的资本。

今晚……他会如何？

本能地，苏落有点害怕了，转身就想把头缩回被子里。但是，南宫流云却早她一步。也不知他怎么动的，他只扯住被子一角随意一抖，她整个人就跟肉球一样自动滚到他怀里去了。

不等苏落回身，南宫流云已经俯下身，吻住她的唇。他的气息扑面而来，氤氲在周围，撩拨着她的心。她下意识地用力推他，让她没想到的是，这一推竟然将他推开了。

南宫流云什么时候变得这么脆弱了？

窗外雷声大作，豆大的雨点倾盆而下，稀里哗啦一阵狂响。电闪雷鸣，轰隆声不绝。闪电劈过，房内刹那间亮如白昼，映照在南宫流云脸上。苏落看到他眉宇微蹙。

苏落看着他，想了想，整个人又蜷缩到锦被里，缩到床里边去，睁着一双清澈的乌溜溜的大眼睛，一瞬不瞬地盯着南宫流云。

这厮最爱面子，被她这么推开，只怕会恼羞成怒吧？

然而，出乎苏落意料之外的是，南宫流云非但没有再如狼似虎地扑上来，反而慢慢翻身，半躺在一旁，拉了被子盖着，双手枕在脑后，懒懒地瞟了她一眼，“你觉得你今晚逃得掉？”

苏落抿着唇，若有所思地望着他。不对劲！这厮一向是行动派，行动比说话有力，这会儿他虽然说得嚣张，但行动上分明已经偃旗息鼓了……这是怎么回事？

观察入微的苏落一下就看出了疑点。闪电劈过之际，苏落的视线朝南宫流云望去，她清晰地看到，南宫流云眉头皱得厉害，看起来似乎十分难受。

可他没受伤啊……苏落在心中暗自感到奇怪。

南宫流云瞧见苏落看他，挑挑眉，邪魅地勾起嘴角，懒洋洋地说：“本王给你主动的机会，来吧。”

无耻的男人！不在言语上占她便宜会死吗？苏落恨恨瞪他一眼，但是此时的南宫流云却忽然闭了闭眼，额上似沁着一层汗珠。

“南宫，你是不是……”苏落感觉到不对劲，掀开被子，朝南宫流云的方向挪去。

南宫流云摆摆手，展颜一笑，轻描淡写地道：“没事，有一点旧疾，时候到了，会疼一会儿。”

旧疾？能让南宫流云称之为旧疾的，该是怎样的旧伤？时候到了会疼一会儿，时候到了……难道说，隔一段时间就会间歇性地疼？

苏落心中闪过一抹疼惜。她想不到，能让南宫流云疼得变了脸色的痛，该有多么痛……一时间，她有些不知所措。

南宫流云侧身，单手支额，笑看着她。

“你……”苏落想问他有没有止疼药之类的东西，转念一想，以南宫的实力都克制不住这种痛，止疼药又能有什么用？

南宫流云忽然闭了眼，翻身拉住被子将自己蒙上，“好了，落落，你要是不想睡这里，出去找凌风，他会为你安排好一切。”他的语气有些急促、有些隐忍，闷闷的。

苏落看不清他的神色，但是见他蜷曲着身子，弓着背，被子有些颤抖的样子，似乎很痛苦。她有些愣神，心中一阵阵的不安。

南宫流云到底是怎么了？怎么会痛成这样？而且看他的样子，似乎这旧疾一直困扰着他，周期性地发作？苏落没有走，她坐起身，双手环膝抱住自己，侧脸看着南宫流云。

南宫流云沉沉睡去，蒙住脸的被子滑落到一旁，露出那张汗水密布的苍白俊脸。

外面狂风大作，这样的天气，不将汗水擦干很容易着凉的。苏落想了想，蹑手蹑脚地下床，走到外面。门口一直有下人候着，在苏落的吩咐下，很快就打来一盆热水，还有一块叠好的雪白锦帕。

"我自己进去就行了，你继续守着吧。"苏落一句话打发了那个下人，端着热水进了内室。南宫流云这种要强的男人，一定不想让人看到他脆弱的一面。

苏落将玉盆搁置在桌案上，拧干了帕子，轻柔地擦拭着南宫流云那汗水密布的脸。

南宫流云眉头拧紧，脸色苍白得可怕。

虽然之前恨不得将他拍死，但是现在看到他这样了，苏落心中却划过一抹疼惜，手指不由自主地抚上他的容颜，轻轻地滑向他的眉心。他的神情似乎舒展了一些。

能为他做点力所能及的事，苏落觉得很高兴。然而，还来不及高兴，她的手被睡梦中的他一把拉过。即使是在疼痛中，即使是在睡梦中，他的力气依旧大得惊人。

苏落根本来不及反应，整个人已经跌进他怀里，重重压在他身上。南宫流云被她撞得一声闷哼，但又牢牢抱住她，翻身沉沉睡过去了。

这次，南宫流云只是抱着她，紧紧地抱着，没有别的动作。他的手臂强而有力，像铁钳一般坚硬，苏落几次想掰开他的手指，却都徒劳无功。

南宫流云似乎睡得很沉，呼吸绵长，只眉宇间还是微微拧着。

苏落停止挣扎，看着他的视线闪过一丝连她自己都不曾察觉的柔情。这个男人痛成这样，难得能睡过去，她又怎么忍心将他闹醒？她扯起被子，将他严严实实盖起来，然后在他怀里找了个舒服的位置，抬头看着他的脸。长长的浓密睫毛，俊挺的鼻子，性感的薄唇，五官精致得如精雕细琢过，俊美得一塌糊涂。

他即使睡着了，却依然不安宁，眉间蹙成"川"字。想起他那无与伦比的实力和高不可攀的身份地位，苏落最靠近心脏的位置划过一抹疼惜。

忽然，苏落灵光一闪。她忽然想起，她遗忘了一件很重要的东西。

还记得当初小神龙为何巴着她不放，生生被她骗了来吗？没错，天灵水。既然天灵水对小神龙有莫大的吸引力，那就足以说明这是绝好的宝贝，只不知对南宫流云的痛楚有没有帮助。不过，情况总归不会比现在更坏就是了。

苏落自空间中取出小小一杯天灵水，小心翼翼地端着，然后，她很小声很小声地喊："南宫，醒醒。"

"嗯。"南宫流云搂紧了她，迷迷糊糊中低低应了一声。

苏落又很小心很小心地推他，“来，喝点水，说不定会舒服点呢。”

南宫流云半睡半醒中，乖巧听话地张开嘴。

苏落小心谨慎地将小半杯天灵水都喂给他喝下。她不敢一次性喂得太多，怕出问题。

喝完水后，南宫流云又沉沉睡去，只是他依然抱住苏落不撒手。

苏落轻柔地用衣袖一下一下擦拭他嘴角的水渍，又细细观察他的神色。不知过了多久，他拧着的眉终于舒展开来，神色间似乎不那么痛苦了。见此，苏落很高兴，单手支着下颌，笑逐颜开地看着他。

外面的雨下得越发大了，雷声轰鸣不断。

不知不觉中，苏落沉沉地睡了过去。

这一觉，苏落睡得很沉，等她醒来的时候，已经日上三竿了。

睁开眼，她静静地看着天花板，昨晚的记忆便如潮水般涌进来。南宫的挑逗、南宫的暴怒、南宫的疼痛……一桩桩一件件，纷至沓来，将她的脑袋塞得满满的。最后的记忆是他那张舒展开来的俊颜。

苏落猛然间坐起，侧头望去时，床榻上已经没有了那个男人的身影。

这个男人身居高位，武道修为无可匹敌，权势几乎滔天，却全身都是谜团，让人费解，也让人心生好奇。

苏落伸伸懒腰，磨磨蹭蹭好一会儿才起身下床。

问了下人，南宫流云今天竟早早地出去了，只交代让她好好待在王府里。

一大早就出去了？不知道他身上还痛不痛……苏落一边想一边用着早膳。

早膳完毕后，凌风就自动出现在她面前。

凌风看到苏落，嘴角微微一抽，不冷不热地瞥了她一眼，抱剑静默地站在一边。

凌风没想到昨日那小厮洗干净后竟然会是苏落，此时有些无语地望天。他就说那小厮鬼鬼祟祟的，让他有种奇异的感觉，原来他的感觉并没有出错。

“南宫去哪儿了？什么时候回来？”苏落一边走一边侧身问凌风。

“殿下行踪一向保密，苏小姐还是不要问了。”问了也白问。一贯淡漠的凌风在心中补上一句。

苏落正要翻白眼的时候，凌风又适时补上一句：“殿下说了，苏四小姐早上醒来若是想他想得紧，不妨去西林院坐坐，那里有殿下的画像。”

苏落一口气憋住。这个南宫流云，谁想他了？不过是随口问问罢了。

苏落没好气地瞪了凌风一眼，“骄傲自大的家伙，真以为自己是孔雀开屏万人迷啊，还想他想得紧，真是无语，不去！”

凌风嘴角抽抽，最终还是没搭腔。能够如此评价他家殿下而没有生命危险的，也就只有眼前这位身在福中不知福的苏四姑娘了。

凌风神色依旧淡定，“苏姑娘既然不去书房，便将这些账册处理了吧。”

凌风手一挥，顿时，一排下人鱼贯而入，每个人都双手捧着厚厚的账册。

苏落看看那些账册，又抬眸狐疑地看着凌风，讷讷开口：“什么叫把这些账册处理了？说人话。”

凌风双手抱剑，一脸淡然无波，轻描淡写地说：“殿下交代，这些事都是未来王妃要做的，既然你现在无事可做，便都处理了吧。”

苏落似笑非笑地瞟他一眼，慢腾腾地道：“你也说了是未来王妃要处理的事，凭什么要本姑娘操劳啊？不在其位不谋其政。”

凌风那张面瘫脸上难得勾起一抹淡笑，朝抱账册抱得左摇右晃的仆人冷哼道：“殿下离开之前吩咐了什么，还记得吗？”

六个仆人全都异口同声：“记得，殿下说，苏姑娘已经是殿下的人了，就是未来的晋王妃，如假包换，童叟无欺！”

凌风满意地点点头，轻飘飘的视线落到苏落脸上，只挑眉，不说话。

苏落一口气闷在胸口。那个坏她名誉的家伙！什么叫她已经是他的人了？明明两人什么都没做过好不好？亏她昨晚还担心他的病痛担心得要死，半夜都睡不着觉，后来还取了天灵水给他饮下，他就是这样报答她的吗？

“王妃，这些账册……”账册很多、很重，六个仆人抱得气喘吁吁，身体打摆，但是没有苏落的吩咐他们根本不敢将账册放下。

苏落重重哼了一声，“什么王妃，不要乱叫，会毁人清白的知不知道？”

“是，没有殿下的吩咐，我们不敢乱叫的。”六个下人异口同声地应答，“但是……王妃娘娘，这些账册……”

苏落简直无语。刚答应了不乱叫，这口中又叫的什么？

“这些账册全都搬出去，谁爱看谁看去，反正我是不会看的。”苏落不耐烦地挥挥手。她又不是晋王妃，凭什么替他管府邸的杂事？

六名下人目光齐齐望向凌风。凌风摆摆手，示意他们离开。下人们齐齐弯腰，异口同声对苏落道：“谨遵王妃之命，小的们告退。”

苏落简直要瞪眼了。还未等她发作，六名下人抱着半人高的账册溜得飞快，哪里还有之前那颤颤巍巍随时会摔倒的羸弱感？

苏落不免无语。这晋王府，一个个下人都练过凌波微步吗？逃命的功夫怎么就这么强？

“王妃……”凌风刚说一句，就被苏落挥手打断，她没好气地瞪他，“怎么，连你都来打趣我？”

“不敢。”凌风虽然自称不敢，但神色淡然，没有一丝护卫该有的谦卑。

苏落眉角微微挑起，似笑非笑地瞟了凌风一眼，好整以暇道：“对了，凌风，还记得我们上次打过的赌吗？”她就不信，这都吓不走凌风。

果然，凌风神色瞬间一变，急急地朝苏落道：“苏四小姐在府里好好玩，我忽然想起殿下离去前曾吩咐过一些急需处理的事情，这就先告退了。”

“喂，上次的赌约可是说……”苏落话音未落，凌风的身影已经消失在房内，速度快如闪电，转眼即逝。

看着凌风落荒而逃的背影，苏落扑哧一声笑出来。

上次因为急需绿色晶石救南宫流云，情急之下凌风与她打赌，若是她能凑齐五十颗绿色晶石，凌风就给她做贴身护卫。结果自然是她赢了，不过凌风这厮就好像完全忘记了这个赌约，依旧绷着一张脸我行我素，来去自如。

房内人都逃光了，只留下苏落一人。

这里是南宫流云的内书房，平日里不得允许，旁人不得入内，也只有苏落没有受这限制。

书架上有一排排的书籍，深感无趣的苏落随手挑起一本，扫了封面一眼，竟是《初级炼药师典籍》，苏落眼睛顿时大亮。

犹记得之前在紫火老人的洞府里，她得到那本天下炼药师梦寐以求的《无名丹方》。这《无名丹方》是紫火老人的手迹，记录他一生在丹药方面的认识和经验，里面还附录一些失传已久的上古丹方。只可惜，《无名丹方》虽好，却落到了苏落手中。

紫火老人当年是大陆唯一的一位宗师级炼药师，水平高到让人难以望其项背。他老人家留下的《无名丹方》穷其毕生所学，但因为他实在太厉害了，以至于留下的这本书，很深奥，至少需要中级炼药师才能稍稍看懂。奈何苏落是个连门槛都还没踏进的炼药小白，现在的她拥有宝山，却怎么都找不到进去的钥匙，这种空中楼阁的滋味真真难受。

但是，现在这本《初级炼药师典籍》却正好可以解决苏落眼前所面临的困境。

想起南宫流云昨夜痛成那样，苏落心中忽然有一个想法：若是她提升炼药师等级，说不定能将南宫流云的旧疾治好呢。想至此，她便专心致志地翻阅起那本《初级炼药师典籍》来。

这类初级书籍更多的是注重系统的讲解和理论分析，苏落本就聪明，几乎过目不忘，再加上专心致志，时间一晃就过去了。

等苏落揉揉发涩的眼睛，站起身伸伸懒腰时，发现门口站了一个男人。

今日的南宫流云一袭黑色锦袍，身段修长，凤眸微眯着。

他静静地站在门口，阳光洒落在他周身，即使他只是沉默地看着她，那股与生俱来的骄傲、高贵和霸气，让人根本无法忽视他的存在。

他只是和颜悦色、云淡风轻地看着苏落，但无形中就有一种压迫感，碰触到那双妖魅众生的美眸，苏落发现自己的心失控地跳动起来。

妖孽，不愧是妖孽！甫一出现，就夺去周围所有光彩，似乎世间所有的光华都汇聚于他一身。

南宫流云缓缓朝苏落走近。

最后，他颀长的身子停在苏落面前，那双美眸泛起妖邪般的光芒，绚丽而邪魅，静静地凝望着苏落，嘴角始终勾着一抹邪笑，“看傻眼了？你就这么喜欢本王吗？”

苏落蓦然回神，没好气地翻了个白眼，“胡说八道什么呢，谁喜欢你了？”这个男人不打趣她会死是不是？每次都来这一招。

南宫流云浅浅笑着，目光瞟了她手中的书籍一眼，“《初级炼药师典籍》？是了，我们家落丫头可是天才炼药师的资质呢，不修炼可惜了。”

说起这个，苏落忽然心中一动，静静地凝望着南宫流云，声音清冷道：“你昨晚是怎么回事？旧疾……很严重吗？”

南宫流云长臂一捞，将苏落圈在怀中，低头笑看着她，“本王的小落落心疼了是不是？”

苏落别过脸去，嘟哝一声：“谁心疼了？只是原先不知道，被你吓了一跳罢了。你倒是说啊，到底是怎么回事？你不是晋王吗？就不能找炼药师给你治治？”

南宫流云抿唇笑看着苏落，那一缕明媚的阳光射到他明亮的眼眸上，仿若一道光影在眼前潺潺流动，璀璨华丽。

“说啊，看什么呢。”苏落气恼地推推他强如铁壁的身子。

南宫流云笑出了声，“嘴硬的丫头，还说不关心本王呢。瞧你一急，就说了一大堆的话，平日里想叫你跟本王说说话都难。”

苏落也意识到自己竟然为他而焦急，面上闪过一丝赧色，故作镇定地偏过头去，装作什么都没听见。

南宫流云却爱死了她这份羞涩，他凝望着她，嘴角含着浅浅笑意。他的落丫头就是这样倔强可爱，真是越来越喜欢了呢。

两道身影互相依偎，静静而立，时间仿佛在这一刻静止。

岁月静好，现世安稳。

这般暧昧，似乎他们之间真的有某种关系一样。

苏落心头闪过一丝慌乱，下意识地将南宫流云推开，视线落到掉在地上的那本《初级炼药师典籍》上，眼眸微微一动，决定转移南宫流云的注意力。

“南宫流云，你的伤真的不能治吗？”苏落低声问。

南宫流云深邃魅惑地看着她，轻描淡写地说：“也不是不能治，只是这些庸医太差劲了，我家小落落可是立志要为本王治这旧疾？”

“少东拉西扯，要怎样程度的炼药师才能治好你？”苏落知道他素来没个正经，即便在说他的旧疾，他依旧可以笑得云淡风轻。

“这个嘛……怎么也得宗师级吧？”南宫流云有些不确定了。

“宗、宗师级？”苏落顿时有种高山仰止的感觉。

要知道炼药师分为初级炼药师、中级炼药师、高级炼药师、超级炼药师、大师级炼药师，再接下来才是宗师级炼药师。

炼药师等级森严，每升一级都非常不容易。现在她连门槛都没摸到，要想升到宗师级炼药师……天啊，来道雷劈了她还比较干脆。

南宫流云显然也没将希望寄托在苏落身上，却缠着苏落，“嗯，宗师级炼药师，本王的落丫头可要努力咯，争取早点治好本王的病。说起来，每个月都要发作这么一次，本王都不耐烦得很。”

苏落简直无语了，“还是别指望我了，我这辈子都未必能达到那个高度。”

要知道，整个大陆，当年也就只有紫火老人晋升到宗师级炼药师罢了。虽然她得到了他老人家的传承，但是这条路能走多远，她是真的不知道。

“不行，你必须要治好本王。”南宫流云却执拗地非要赖上苏落不可，“除了你，本王谁也不给治，就等你了。落丫头，为了本王，你可一定要努力升级哦。”

哪有这样任性的人，看病挑医生也就罢了，还挑中她这个现在还是零级的小菜鸟。真真是让她鸭梨很大。

“不许这么任性！”苏落没好气地瞪他。这个男人在外人面前强势得无可匹敌，在她面前却像个无理取闹的任性小孩，让她倍感无语。

南宫流云嘟着红唇，水汪汪雾蒙蒙的大眼睛可怜兮兮、控诉地望着她……

苏落简直要被这样的南宫流云打败了。

“行行行，我答应你好好炼药，但是你也得答应我，若是在往后的日子里碰到宗师炼药师，你也不许拒绝治疗。”苏落不得已，便与他约法三章。

南宫流云妖邪地眨眨眼，嘟囔一句：“本王绕道走还能碰到不成？”

“你说什么？”他的声音很轻，苏落有些听不清楚。

“落落为本王着想，本王心甚慰。你放心，本王一定娶你为妻，将晋王妃的位子给你留着。”南宫流云兴致勃勃地说。

一说到这个，苏落就想起今日府中下人的所为。若不是有眼前这妖孽暗中发话，那些下人岂敢那样称呼她？

“晋王妃的位置，哼，你自己留着吧，姑娘我不稀罕。”

“可本王就稀罕你来坐。”南宫流云眼里透着浓浓的柔情，一把拉住转身欲走的苏落，魅惑众生的脸上带着前所未有的认真凝重，“晋王妃的位置，除了你，永远不会有别人！”

那瑶池仙子呢？这句话苏落几乎要脱口而出了，但是，最后却硬生生忍住。

瑶池仙子……这是他们之间永远无法心平气和的禁忌。每每她为他的执着感动时，脑海中总会浮起那张绝美无双的容颜，那超凡脱俗不食人间烟火的仙子。

这是她心中的一根刺，平时不疼不痒，一到关键处就锥心地疼。

苏落静静地凝视着南宫流云，最后，还是偏过头去。

那个名字，她不想再说出口。

若是有朝一日，不用她说出口，南宫流云就能自动站在她这边维护她、保护她，那么，或许她真的会将心交给他，和他一起共堕爱河，在这异世界携手闯出一片璀璨天空。现在，她不能给予他任何承诺。因为她怕再次受伤。前世愚蠢一次就够了，这一世，她必须为自己而活，活得精彩！

南宫流云聪明绝顶，如何会不懂苏落的欲言又止？可是，这时候的他却什么都不能说……他默默地望着窗外，缓缓吐出一口气。

苏落脸上闪过一抹了然却落寞的笑。

室内的空气此时有些凝重。

南宫流云忽然叹了口气，重重揉了揉苏落的脑袋，“落丫头不是要炼药吗？来，本王带你去药园遛遛，有需要的药材我们就摘回来。”

“药园？”苏落好奇地看着他，“你竟然还有药园？”

南宫流云不置可否地笑了笑，理所当然地牵起苏落的手往外行去。

一路上遇到府中的下人，他们一个个远远地看见晋王殿下过来，就早早地退到路边躬身候着。

昨日能在饭厅里伺候的毕竟是少数，所以如今他们竟亲眼看到他们家如修罗般森冷的殿下竟然孩子般兴致盎然地牵着一位姑娘的手……一时间摔盘子的有之，走路扭到的有之，脖子歪掉的有之，最多的还是跌了一地的下巴……

苏落有些不好意思，想要甩开南宫流云的手，但是南宫流云的手看似轻轻握着，其实苏落是无论如何都甩不开他。

南宫流云旁若无人，兴致勃勃地牵着苏落一路招摇而过。

苏落心中哀怨：完蛋了，这要传出去，她的名声还要不要了啊？

晋王府很大，院落错落有致，不知走了多久，南宫流云将苏落带到一处药香四溢的园子。

当苏落来到药园之中，周身所见的景色令她顿时眼前一亮。

苏落一一辨认，发现药园里草药齐全，那本《初级炼药师典籍》上提到的草药几乎都有。

如此一来就好办多了，也免得她到处去搜寻草药。不过，第一次炼药，炼制什么丹药好呢?

苏落脑中迅速思考着。思考了一会儿，苏落便决定炼制初级灵元丹。

灵元丹，顾名思义就是补充灵力的丹药。

人的灵力是有限的，战斗后会枯竭，但如果当场吞下灵元丹，便可以将灵力恢复过来。

初级灵元丹只能够恢复自身灵力的百分之十，中级灵元丹恢复自身灵力的百分之二十，以此类推。

不过，炼药师在大陆上毕竟是极少数，而且炼制灵元丹的成功率也不高，所以，初级灵元丹的市场价还是不低的，一般的市场价都是一枚一百金币。

因为苏落体内含有木系元素，所以对草药天然具有亲切感，她闭上眼睛，就能够清晰地感应到同类草药中，哪一株活性最强。

苏落自然毫不犹豫地全部挑选活力充沛的药材了。

在药园里采集了炼制灵元丹所需要的十几种药材，苏落一股脑便将所有的药材丢进空间中。

南宫流云原先就猜到苏落解开了空间禁锢，现在一看果真如此。她能当着自己的面使用空间，也足以说明对他的信任。

想到这点，南宫流云嘴角浮现一抹笑容，“落丫头，你不会连药鼎都预备好了吧？”

“那当然，而且告诉你，我那药鼎可是万金难买，你绝对想象不到的。”苏落神气活现地瞟他一眼。

她的药鼎可是紫火老人当年所用的紫火药鼎，炼药成功率足足高上一倍呢，绝不是外面那些药鼎可比的。

“那本王就更期待了。第一次炼药难免会失败，落丫头可不要哭鼻子哦。”南宫流云宠溺地看着她。只要她高兴，无论做什么他都会陪着她一起，只是怕她失败了会失望，所以南宫提前说了。

哭鼻子？当她是什么人了？苏落没好气地白他一眼，她会让他睁大眼睛好好看看，她苏落不仅武道修炼速度惊人，炼药也绝对不输于人。

将南宫流云赶出去后，苏落关好门，灵魂进了空间。

苏落按照《初级炼药师典籍》上写的初级灵元丹的炼制步骤一步步做下来。

首先将十几种草药浸泡在泉水中。苏落也不另外去取别的水了，她空间中最多的就是天灵水，而天灵水的效用经过一人一神龙的验证，绝对了不得。苏落取了天灵水将药草一一浸泡过。

她却不知道，正是因为这偷懒的举动，竟让她有了意想不到的收获，而且对她往后的炼药生涯产生了巨大的影响。

在浸泡药草的过程中，苏落饶有兴致地打量着眼前这紫火药鼎。

紫火药鼎足足有半米高，通体呈紫红色，药鼎雕刻着四只张着血盆大口的龙头，龙头狰狞，龙口大张，似乎滔天火焰要从龙口喷薄而出。

四条龙的龙尾盘踞成团，形成一个特殊的鼎盖。掀开鼎盖，是一个脸盆大小的精铁小锅，这是放置药材的地方。而铁锅上面，则是一片平整的面镜，炼制出的丹药将会出现在此。

紫火药鼎不仅对火焰有一定的增幅，而且其内所掺杂的一些稀有金属，在炼药的过程中，能将成功率足足提升一倍。

苏落将浸泡好的草药一一放入精锅中，把铜鼎盖好，轻轻地在下方的机关上一拍。

火焰……苏落确实是火系法师，而且她现在已经能够凝聚出小火球了，但是总觉得缺少了点什么。

苏落圆圆的眼睛滴溜溜地转着。

忽然，苏落大掌一拍，计上心来。她怎么将那宝贝给忘记了呢？

小神龙啊，它口中喷出的三昧真火可比自己的小火球强多了，威力更是大上无数倍。

苏落将仰躺在原石上，小肚子一鼓一鼓睡得正熟的小神龙捞起来。小神龙努努小嘴，往苏落怀里蹭了蹭，两只小爪子紧紧揪住她衣襟，又沉沉睡去，还打起了小呼噜。

苏落顿时哭笑不得。

为了她的修炼大计，还是要跟小神龙借点小火苗的。

苏落捏住小神龙的鼻子，过了一会儿，小神龙悠悠醒转，睡眼惺忪，迷茫又无辜地望着苏落。

“乖，先别睡，给主人我喷点火先。”苏落抱着小神龙，将它的小嘴对准药鼎的其中一个龙口。

苏落急于让小神龙赞助火种，却没有意识到她现在抱着小神龙两条小腿的姿势很像抱着小盆友嘘嘘。

小神龙看到那上面雕刻的巨龙图案，惺忪的睡眼睁开了大半。

其实苏落还是有点担忧的，因为小神龙这孩子一向不按常理出牌的。想之前，为了灭掉那追踪者，冒险让它出手，结果它第一次喷出水差点闹出大事故，还好第二次误打误撞喷出雷电，将那追杀者直接电成了黑炭。

苏落一遍又一遍地告诫："记住了，是喷火，不要喷水也不要喷雷，千万千万不要喷水啊……"

这水一进去，就全糟了。

可能是这次老天爷也站在苏落这边，她的运气还算不错，小神龙稀里糊涂喷出来的还真是三昧真火。

借了火种后，苏落便让小神龙继续睡，她则开始炼制丹药了。

三昧真火在苏落操控下，蹿进张开的龙口，药鼎上的温度一点一点逐渐提高。

越到后来，苏落的精神力越集中。

这是她第一次炼制丹药，而且炼制的也并非高级丹药，但是她总有一种执念。有天灵水加入，又有小神龙的三昧真火相助，再借助紫火药鼎，她要是还炼制失败的话，就连她自己都不会原谅自己的。所以，无论如何，她都不愿意出现失败的情况。

苏落眼眸微眯，体内那股灵气缓缓波动，手掌心的火焰灵气一层层通过龙口蹿进药鼎之内，药鼎内的火焰不断翻滚燃烧。

苏落小心翼翼地操控着紫火药鼎里的那一团团闹腾的火焰，安抚着它们，就像在安抚调皮闹腾的小火娃。

在她的安抚下，那些四处乱窜各自为政的火焰温顺地低头，听话地整齐排列吞吐。

真的能够操控火焰了？苏落有些惊喜地看着掌心，嘴角缓缓勾起，心情变得很不错。

根据《初级炼药师典籍》上面的说法，未入门者要通过无数次的锤炼、摸索、失败、领悟，最后才能随心所欲地操控火焰。而能够操控火焰，则是初级炼药师的基本功。

可是，她竟然才刚刚第一次试验，就能够操控火焰了呢。

如此说来，她现在已经摸到初级炼药师的门槛了吧。苏落心中窃喜。但她马上强自命令自己镇定下来，因为这才仅仅只是开始，后面还有更难的事等着她去做，丝毫松懈不得。

慢慢地，苏落开始体会到这紫火药鼎的妙处了。

这紫火药鼎好像跟她的灵气很熟悉，她的灵气火焰进入后，所造成的阻碍极小，几乎畅通无阻。

苏落全神贯注地掌控火焰的温度和提炼药材的活性。

在苏落的感应之中，药鼎内的药草和天灵水以及三昧真火正在发生奇异的变化。

各种不同的活性草药在火焰的锤炼下，悄然无声地发生着各种各样的变化，各类药草的活性都被一一催发出来，彼此双双组合，又互相交换着组合。苏落全神贯注，不断地推算其中的药理。

最后，苏落粗粗计算了下，这类药草间的融合竟有一百种之多。

不过是初级的灵元丹，竟然就有如此多细微的组合，若是到后来，天知道会有多复杂。宗师级炼药师，果真是可望不可即的存在。

苏落一刻都不敢放松，双眸微闭，凝聚所有的灵力注入到药鼎中，时刻观察着药鼎内的情形。

忽然，苏落有一种不太好的感觉，因为她察觉到，药鼎内原本温顺的那些药汁忽然间像被惊着了，惊恐万分地四处游走、逃窜，简直让苏落疲于应付。

苏落让自己镇定下来，细细感觉、细细安抚。她有一种感觉，应该是药鼎内的火焰太弱的缘故。

她一向相信自己的直觉，而她的直觉从未出过错。

就这么一瞬间，苏落就做出了选择。

她伸手在药鼎龙口用力一拍，凝聚所有灵力的火焰自她掌心喷薄而出，迅速蹿进药鼎中部，整个药鼎内的火焰温度瞬间升高一倍。

很快，苏落感觉到自己体内的灵力就快要枯竭了。

难道，第一次炼药真的要以失败告终吗？

她不服！

苏落咬牙坚持。

因为灵力处于枯竭边缘，此时的她额头上布满细密的汗珠，脸色苍白得可怕，摁在药鼎上的一双手抑制不住地微微颤抖。

若是南宫流云在此，他绝对会因心疼而毫不犹豫地将苏落抱走，因为此时的苏落看起来摇摇欲坠，痛苦极了。

苏落没有放弃，她依旧咬牙坚持，怎么都不松手。

渐渐地，苏落感觉到意识有些模糊，迷迷糊糊间，就在灵力即将枯竭的最后一刻，苏落感觉到脑袋忽然清醒过来，而丹田中一股热气缓缓升腾，在体内四处游走，而且这种热气越来越热。

苏落的双眸瞬间闪过一道亮光。

这种感觉很熟悉，上次晋级的时候就是这般感觉。她在二阶巅峰徘徊许久，本来就欠缺一个契机晋阶，难道，炼药就是一个契机？

还真给她猜对了。

刚才她全神贯注凝聚在药鼎中，无意中竟突破障碍，一举晋级到三阶。当真是因祸得福，似乎就连上天都特别偏爱她。

短短二十天，直接从零开始晋级到三阶，这修炼速度要是说出去，直接会吓死一堆人的。苏落按捺住雀跃的心情，镇定下来。此时的她因为升到三阶，所以灵力全满，控制起药鼎内的药性来更加得心应手。

不多时，苏落的嘴角终于露出一抹如释重负的笑容。

她知道，第一次炼药，她成功了。

而且，她隐隐觉得，这次炼药带给她的惊喜，还不止突破三阶这么简单。

冷却过后，苏落缓缓揭开药鼎盖子。

顿时，一股浓郁的清香之气扑面而来，在整个空间中弥漫，久久不散。

苏落是见识过灵元丹的，当初从冷药师那里敲诈来的丹药中，其中一种就是灵元丹。

她深吸一口气，嘴角勾起一抹满意的笑容。因为这灵元丹，竟然比冷药师炼制出来的还要香气浓郁。

烟雾散去后，苏落的视线定格在药鼎中。

这一望，不由得让她微微一愣。

灵元丹怎么多了？

记得《初级炼药师典籍》上记载，第一次炼制灵元丹的时候，一个药鼎中能出三颗灵元丹已经非常不错了，多数天赋一般的就只能出两颗，甚至一颗。

但是……苏落看着药鼎的平面镜上，躺着十颗圆滚滚的丹药，每一颗都白白胖胖，看起来圆润可爱，甚是喜人。

她竟然一炉药鼎炼制出了十颗……这成功率、这炼制数量，就连苏落自己都不免有些咋舌。

不管如何，总归是好事就对了。

苏落满意地取出玉瓶，小心翼翼地将十颗灵元丹装到玉瓷瓶中，最后塞住盖子。

将这些丹药收好之后，苏落带着玉瓷瓶，灵魂闪出空间，与空间外沉睡的她合二为一。

出了空间，苏落捏着玉瓷瓶推门就去找南宫流云。

这么好的消息，她迫不及待想要跟他分享了。

不过，在推开门的时候，南宫流云见到的却是一张泫然欲泣的小脸。

第二十四章 打上门来

见苏落抿着下唇，垂头丧气的小模样，南宫流云宠溺地揉揉她的小脑袋，将她搂入怀中，安慰道：“第一次炼药就成功的，大陆上有记载的也就紫火老人一位而已，你不要太伤心。”

“……”苏落沉默，心中却暗道：原来紫火老人也是第一次炼药就成功啊，难怪最后他老人家能够走到宗师级炼药师的位置。

不过，她也不差呢，也是第一次就炼制成功，而且是非常成功。

南宫流云见苏落依旧苦着小脸沉默不语，以为她心情郁闷，修长的手指勾勾她娇俏挺直的鼻子，“你要真想学炼药，本王带你拜师去，保准让你一个月内踏入炼药师行列，嗯？不许再生气了。”

“……”苏落继续沉默。她忽然觉得眼前的南宫流云很好玩。原本的他高高在上，似乎一切都在他掌控之中，从未失控过，但现在他却近乎宠溺地宽慰她。

“这都不行？那你说，想要怎么办？难道非要本王今日就娶你，你才会高兴起来？”南宫流云故作为难地点点她的额头。

“哈——”苏落再也忍不住，笑出声来，但很快又板着脸，推推南宫流云，警告道：“别胡说八道，谁要嫁给你啊，别臭美了。”

“除了小落落，本王谁也不娶。”南宫流云不失时机地表明心迹。

“哼，本姑娘是你想娶就能娶的吗？”苏落扬着下巴，哼哼两声，继而手中亮出一只白玉瓶子，塞到南宫流云手里。

“这是什么？”南宫流云好奇地打量着瓶子。

“打开看看就知道啦。”苏落催促着他赶紧打开。

南宫流云狐疑地看了苏落一眼，犹豫了片刻，才谨慎地缓缓拔出瓶口的塞子。

顿时，一股前所未有的清香弥漫在他鼻腔。

“咦？”南宫流云讶异地惊呼一声。

从玉瓶中倒出的几颗丹药，现如今正静静地躺在他手掌心。

他在丹药方面的认识比苏落要强上许多，只一眼，他就认出这是灵元丹。但仔细闻过、观察过，却又发现这不仅仅是灵元丹，因为灵元丹的香气没有这般浓郁。

“这些丹药……哪儿来的？”南宫流云心中隐隐有一丝猜测，一双美眸紧紧凝视着苏落。

苏落得意地瞥了南宫流云一眼，连南宫流云都这般惊讶，想必别人更是惊愕万分了。

苏落双手交负在后，扬着下巴满脸得色，别过脸去，“你觉得呢？”

虽然别过脸去，但她嘴角抿着的一抹笑，却怎么都掩饰不住。

南宫流云心中一震，以一种看稀世珍宝的目光凝望着苏落，美眸隐隐泛着璀璨光泽。他深吸一口气，双手扶住苏落的双肩，将她扳回来，与她四目相对。

“落丫头，告诉我，这真的是你炼制出来的？”南宫流云的声音前所未有的认真。

“嗯哼，那不然呢？”苏落背着双手，斜睨了南宫流云一眼。

南宫流云一贯万事掌控在手的样子，难得看到他神色微变，当然要好好欣赏个够了。真希望现在手中有个相机，能将他这错愕的一刻拍下来，往后就可以拿出来打趣他了呢。苏落在心中好笑地想着。

南宫流云一瞬不瞬地凝望着苏落，幽深的黑眸透着浓浓的神采，漂亮的喉结一闪一动，仿佛要将苏落给吞到口中。

被这样的目光盯着，苏落忽然有种芒刺在背的感觉。她干咳一声，推了南宫流云一下，“不就是几枚丹药吗？至于这样吗？”她还没说她升级到三阶的事呢，这要说出来，南宫流云会是什么表情？

南宫流云闻言，嘴角微抽。难道这丫头不知道，变异丹药比原丹药的价值会高上许多吗？

南宫流云没有犹豫，取出一枚灵元丹吞入口中。他凤眸微闭，细细感受着那股灵力充沛的感觉。

很快，他睁开眼，目光邪魅地盯着苏落看，直看得苏落有些心底发毛。

不待苏落发问，他溢出一阵清润的笑声，似乎心情极好。

“南宫流云，这灵元丹有什么问题吗？”刚才还得意扬扬的苏落，此时有些狐疑地盯着南宫流云看。自从他吞下那枚灵元丹后，有些奇奇怪怪的呢。

南宫流云朱唇勾起，肩上青丝随风而动，显得极其魅惑人心。

他一双美眸深邃地盯着苏落，半晌才缓声叹道：“落丫头，你还真是个宝啊，天下独一无二的宝贝。我南宫流云何其有幸，能够与你携手同行。”

苏落一双美眸闪过狐疑，“怎么突然间就感叹上了？这灵元丹很奇怪吗？”苏落有些不信，自己取了一颗灵元丹吞下。

灵元丹入腹，苏落能够清晰地感觉到灵力在丹田飙升。

“现在明白你炼制的灵元丹有多不凡了吧？”南宫流云凝视着苏落。

“增加……百分之二十的灵力？”苏落有些难以置信。

即使她在炼药方面如小白，也知道初级灵元丹只能够增加百分之十的灵力，但是，她的初级灵元丹却能够增加百分之二十的灵力。这分明已经不是初级灵元丹，而是中级灵元丹了。

这并不仅仅是灵力增加百分之二十的问题，而是……她能够用初级的药材，炼制出中级的丹药。这才是问题的关键。

以此类推，那她岂不是可以在初级的时候，就有中级的实力？在中级的时候，就有高级的实力？一想到此，苏落简直被自己的大胆猜测震住了。

南宫流云的嘴角邪佞地扬起，一双美眸似笑非笑地望着苏落，“落丫头，别忘了之前的承诺，本王的旧疾就全靠你了呢。”

以旧疾赖上她，这样，她就会经常记挂着他，至少，在她炼药的时候，第一个想起的就是自己。

苏落朝天翻了个白眼，“宗师级炼药师啊，那得何年何月？难道到那时候，我还得天天见你？”

“哼哼，落丫头一朝晋升炼药师就想一脚踹开本王？休想。”南宫流云无赖般搂着她，整个身子都靠在她身上。

苏落简直无语了。

这个男人颠倒黑白的本事还真不错呢。她不过是小小的初级炼药师，而他是无可匹敌的七阶强者，到底谁嫌弃谁啊？

南宫流云抓住苏落的手腕，却在下一瞬间，眼眸陡然间闪过一道亮光。

“落丫头……”南宫流云几乎要被自己的口水呛住了。

这妖孽丫头……竟然三阶了？这……怎么可能？

苏落见他已经知晓了，便也不瞒他，得意扬扬地瞟他一眼，“怎样？”

南宫流云背过身去，深吸一口气，才又回过身，修长大掌覆盖在她头上，重重叹息一声，“看来本王得闭关修炼了。”

他真没见过比苏落还妖孽的天才了。这才多久啊，不过二十来天吧？从零到三阶，简直就是三级跳。

苏落双手环胸，恣意地挑眉，“你得相信，这世上是有真正的天才存在的。”而真正的天才往往都是运气好到爆的。

南宫流云无语地揉揉她脑袋，在心中鞭策自己。别看七阶貌似很超然，但谁能说得好，这丫头一年后不会到七阶？

就在这时，外面忽然传来李管家的声音。

李管家恭恭敬敬地候在一边，神色郑重道：“殿下，柳府的人来了，您看如何处理？”

能让李管家亲自过来，而且要惊动南宫流云的，可见柳府来人并不弱。

南宫流云蹙眉，随意挥手，“让凌风去处理了。”转身又要去抱苏落。

李管家也很不想做电灯泡，但情势所逼，他不得不硬着头皮一口气说完：“回殿下，柳府的老太爷亲自带着柳二公子上门来了，您看要不要见见？”

柳家老太爷柳魄天，六阶巅峰武者，以一人之力撑起整个柳家的繁荣昌盛，是帝都屈指可数的几大高手之一，平日里连皇帝陛下见了都要笑容相待的。

柳家老太爷亲自上门？南宫流云漆黑的眼眸划过一道异样神采，他搂着苏落的纤腰，凑趣道：“丫头想不想去见见？”

苏落也正在思考这个问题。她是真没想到，柳家老太爷会因为一颗青色晶石，亲自打上门来，而且这还是晋王殿下府上的大门。

她是敌不过柳家百年世族，但是所谓大树底下好乘凉，有南宫流云这棵大树在，想必她也吃不了亏。更何况，柳乘风口口声声诬蔑她偷了他的青色晶石，哼哼，不给他点教训瞧瞧，还真以为老天第一他第二呢。

苏落挑眉，漫不经心地瞟了南宫流云一眼，“对付那柳家老头，你可有把握？”

好犀利的丫头，一点面子都不给他留。南宫流云闻言哈哈笑起来。他宠溺地捏捏苏落的鼻子，笑着点头，“我家落丫头亲眼看着，本王怎么都不会输的。”

“那就见吧，好好跟他玩玩。”苏落面上笑意盎然，推南宫流云一下，“你先去，我随后就来。”

南宫流云有些玩味地看了苏落一眼。以他对这丫头的了解，她肯定又要阴人了。不过，他好喜欢这个阴险狡诈的小丫头呢，真是越来越喜欢了呢。

“那好，本王将人给你留着，等你到了再慢慢玩儿。”南宫流云好笑地揉揉她的头。他的落丫头难得有兴致玩人呢，柳家那小子真是有福气。

看着南宫流云渐行渐远的背影，苏落眼眸微眯，嘴角勾起一抹狡黠的笑意。

晋王府前厅。

晋王殿下慵懒而随意地靠在紫檀木太师椅上，手中一下一下慢悠悠地叩着扶手，漫不经心地睨着坐在下首之人。

柳魄天，柳府老太爷，其实此时他也在暗中打量着南宫流云。

柳魄天早就知道晋王殿下乃是当世天才，小小年纪就已经是六阶强者，在年轻一代中简直是翘楚，没人能够望其项背。若是以往，他自然不敢得罪晋王殿下这颗冉冉升起的新星，但是现在嘛……柳魄天嘴角勾起一抹得色。他最近运气好到不行，简直如有神助，在昨日竟然一举突破六阶，达到了梦寐以求的七阶！

七阶，现在的西陵国，还有谁敢在他柳魄天面前嚣张跋扈？就连晋王殿下，是龙他现在也得潜着。

基于晋阶后嘚瑟的心理，从柳乘风口中得知，原本差点到手的青色晶石竟然不翼而飞了，这让此刻斗志昂扬、随时想找人干架以彰显自已强大实力的柳魄天如何忍得下这口气？所以，他二话不说，带着柳乘风气势汹汹就上门了。

不过，还算他有点理智，因为忌惮晋王殿下的天赋实力和权势，所以言行举止还算收敛。

其实柳魄天只顾着自已兴奋，却哪里知道晋王殿下早已先他一步进入七阶境界了，所以这次注定他要狠狠跌一个跟头了。

但是柳魄天不知道，所以，他面对晋王殿下时，用的是那种倚老卖老的口气。

只见他神色淡漠地盯着晋王殿下，冷声道："殿下，听说当日偷走柳府青色晶石的盗贼被殿下接到府上了，可有此事？"柳魄天的神态语气，目空一切，无不彰显着他身为七阶强者的傲慢。

南宫流云只淡淡瞟他一眼，神色淡然，"柳魄天，谁借你的胆子，敢来质问本王？"

柳魄天傲慢地扬眉。

柳乘风这狗腿子在一旁说道："晋王殿下，我爷爷现在已经是七阶强者了，就连陛下都对我爷爷礼遇有加，您的态度未免有失帝国皇子的风度吧。"

柳乘风这墙头草，之前还对南宫流云怕得不行，现在知道他爷爷晋升到七阶，态度立马来了个大转弯。

南宫流云端起青花瓷茶杯，垂眸饮了一口，满足地微眯凤眸。

袅袅升腾的雾气将他漆黑美眸中一闪而过的波光掩盖住。

南宫流云微微挑眉，清冷地哼了句："七阶？"

"是，我爷爷现在可是七阶强者。"柳乘风傲慢地抬头挺胸，自豪万分，似乎那七阶强者不是他爷爷，而是他本人。

谁知，南宫流云下一句话，却让柳乘风几乎气到吐血。只见南宫流云不紧不慢地放下茶盏，嘴角勾起一抹云淡风轻的笑，慢悠悠地随口问了句："李老太爷也有一百多岁了吧？"

言下之意，一百多岁了才到七阶，你也好意思拿到本王面前炫耀？丢人不丢人哪？

南宫流云越是表现得云淡风轻，就越表明他的轻视和不屑。

柳魄天闻言，一口气憋在胸口。他一双眼睛瞪得如铜铃，恶狠狠地盯着南宫流云，一双拳头紧握成拳，心中暗骂：不知天高地厚的毛头小子！

但是，常年身居高位，使得柳魄天的定力还算不错，他硬生生将喷薄而出的怒气竭力忍住，嘴角勾起一抹嘲讽的冷笑，"晋王殿下好高的眼光，竟连七阶修为也不放在眼里。呵呵，只怕陛下也不在您的眼中吧。"

这话太诛心了。若是应答不好，传扬出去，就不止是太子对晋王戒备了，陛下那边只怕也……

南宫流云闻言，嘴角缓缓勾起一抹邪魅妖娆的浅笑，声音轻缓如鸿毛，却字字血腥，"柳魄天，说实话，本王确实没将你放在眼里。"

柳魄天闻言，神色一僵，继而变得铁青，怒气高涨。

可恶的晋王，竟然当着他的面说出这种话，这无异于当场抽他耳光。

柳魄天脸色涨得通红，倏然站起身，怒气冲冲地瞪着南宫流云，然而还未等他说话，南宫流云却似笑非笑地挑眉，慢悠悠地说："柳魄天，你一个小小的武者，能跟本王的父皇相提并论吗？还是，你早有篡位之心？"

若是柳魄天的话诛心，那南宫流云这话简直就是诛心诛肺，五脏六腑都诛了。

这样大的罪名扣下去，柳魄天哪里还按捺得住？这话要是传出去，就算他是七阶又如何？以他一人之力也无法保柳姓全族安宁。

"殿下，莫要胡说，这样的罪名柳家承担不起。"柳魄天眼中燃烧着熊熊烈火，冰冷地瞪着南宫流云。

相较于柳魄天的气急败坏，南宫流云却显得漫不经心，只见他慢腾腾地跷着腿，慵懒地斜靠在紫檀木椅背上，目光轻飘飘地落到柳魄天身上，"哦？你承担不起，本王就承担得起？好一个严于律人宽以待己的七阶柳高手啊。"

柳魄天一口血堵在喉咙里不上不下，憋屈得他难受极了。

是谁告诉他晋王殿下冷漠嗜杀、凶残暴戾的？可怎么没告诉他，这妖孽活脱脱就是一条毒蛇，嘴巴跟淬了毒汁似的，句句直刺人心。

柳魄天气势汹汹而来，但是被晋王殿下几句话就打到尘埃里去了，这让他很不爽，非常不爽。这场子必须找回来，七阶强者的尊严，不容践踏。

"别废这么多话，殿下还是将那位偷盗柳府青色晶石的人叫出来吧。"柳魄天眼底闪过一抹阴毒，瞪着南宫流云。

然而，后者却还是气定神闲地斜靠在紫檀木椅子上，慢腾腾地斜睨他一眼，“偷盗柳府青色晶石的人？柳府何时有过青色晶石？本王怎么不知道？”

柳魄天顿时被噎住，脸色变得异常难看。

青色晶石，何等名贵，即便真的拥有，很多家族都不会往外说，因为一旦消息传扬出去，就是给自己家族招贼。而且，在这盗贼横行的大陆上，谁也不敢百分百确定地说自已府邸是铜墙铁壁。不过，柳府最近几年确实没有青色晶石。前几年有过，但都被柳魄天用于升级了，现在他虽然晋阶，但还不是很稳固，所以急需青色晶石来修炼稳固。

柳魄天斜睨柳乘风。

柳乘风会意，跳出来大声嚷嚷：“殿下有所不知，那块青色晶石是我在原石市场赌石赌过来的，但是谁承想，那盗贼奸诈狡猾，竟然趁我不备将其偷走。而那盗贼，千真万确是跟了殿下进晋王府的，殿下现在还有何话说？”

柳乘风字字诛心，句句都指向晋王殿下。人是他带走的，那青色晶石自然也在晋王手中了，不然，以晋王殿下那乖戾凶残的性格，会那么好心救人？

不止柳乘风这般想，柳魄天自然也是这想法。

南宫流云似笑非笑地挑眉，慢悠悠地说：“且不说你们柳家是不是真有青色晶石，且不说她是不是真的盗走了你们的青色晶石，单说这救人，本王爱救不救，你们算什么东西，敢来置喙本王？”

晋王殿下就是晋王殿下，说话当真是不留情面，打人专打脸。

不仅柳乘风被噎住了，就连柳魄天也被噎住了。爷孙俩这才了悟，晋王殿下是当真没将七阶的柳魄天放在眼里呢。

柳魄天铁青着脸，怒视着南宫流云，“殿下，看在陛下的面上，老夫不与你计较，但是人你必须交出来，那颗青色晶石也必须交出来。”

南宫流云站起来，微微挑眉，“本王若是不交，你待如何？”

柳魄天冷硬着脸，气呼呼地瞪着南宫流云，阴鸷的双眼闪过一抹凶狠，“那晋王殿下就别怪老夫不客气了。这晋王府，老夫怎么也得逛上一逛的。”

南宫流云闻言，极其随意地摆摆手，“行啊，去吧。”

谁也没料到南宫流云会这样随意就放行，柳魄天更是惊疑不定地盯着南宫流云看，原本踏出去的那双脚，又收回来了。

谁不知晋王殿下阴险狡诈以高智商腹黑著称！谁知道他设下什么阴谋在等着自已？柳魄天想至此，反而不动了。

“怎么？不敢去了？”南宫流云一下就戳到柳魄天的软肋。

柳魄天面颊的肌肉一阵抖动。晋王殿下好好说话会死吗？一句句犀利得跟剑刃似的直戳人心。

“殿下，奉劝您一句，还是赶紧将人和晶石交出来吧，不然闹到陛下跟前去，只怕会不太好看。”柳魄天又坐下，阴冷地盯着南宫流云，倚老卖老地说。

这次，南宫流云却理都不理这位七阶强者，凤眸微眯，淡淡地射向柳乘风，“你确定那颗青色晶石是你的？”晋王殿下的眼眸犀利如冰刃，轻描淡写地看着柳乘风。

柳乘风感觉自己如置身冰窖，一股寒气从脚底迅速往上蹿，蔓延到四肢百骸，全身僵硬得几乎动不了。

晋王殿下的眼，太明、太亮，只一眼，柳乘风心中最深处的黑暗几乎都被照亮了，仿佛所有的秘密都摊开在他面前一样。他心底发虚，悄悄别过脸去。

“嗯哼！”柳魄天重哼一声，双眸似蕴含火焰，射向柳乘风。

柳乘风蓦然间回过神来。是了，爷爷如今已经是七阶强者，比晋王殿下的六阶强多了，他现在完全不需要惧怕晋王殿下，完全不需要！

给自己做好心理建设后，柳乘风倏然抬头，坚定地望着南宫流云，神色一本正经，一字一顿道：“是，那青色晶石就是我的，是我当日在原石市场陈老那里买的原石里切出来的。”

“有谁可以做证？”一道清亮的声音自屏风后传来，再定睛一看，原来是一位身穿蓝色大褂的少年。

这位少年五官普通，完全没有特色，淹没在人群中就再也找不到的那种，但是，那一双眼睛却闪着别样的神采，水润灵动，令人见之忘俗。

南宫流云看到苏落这身打扮，默默转过脸去。他之前猜测过苏落打发他先离开就是要做这身装扮，没想到还真被他猜对了。

不过，对于这样的结果，南宫流云并不太乐意。

为何呢？其实说起来也简单。苏落选择用这种方式出场，就表明了她不欲在人前露出她的真实身份，而她既然连真实身份都要隐瞒着，那南宫流云就不能光明正大地牵她的手，宣布落丫头是他的人。

他知道这丫头喜欢扮猪吃老虎，也知道她心有顾虑，所以一直纵容她、宠溺着她，不管她做何选择都支持她。

与南宫流云的反应完全相反，柳乘风见到苏落，简直高兴得不得了，他跳出来大声叫嚷：“呔，你这无耻的盗贼，竟然还有胆子现身，速速将青色晶石交出来。”

苏落似笑非笑地瞥了柳乘风一眼，面容无辜且迷茫，“青色晶石为何要交给你？我欠你的啊？”

柳乘风虽然口口声声对外说那青色晶石是他赌石赌到的，但他和苏落心中都很清楚，那块晶石分明就是苏落赌到的，与他柳乘风没有半点关系。

所以，在苏落那双清澈如墨的眼眸注视下，柳乘风双颊有些发烫，心内有些发虚。

柳魄天见柳乘风这畏畏缩缩的模样，心中就有些恼怒。虽然他也看出了柳乘风有些不对劲，但事情已经闹到这份上了，就算是明抢那也得继续下去，所以，他重重咳嗽一声。

柳乘风回过神来，张大眼睛朝苏落瞪回去，重重哼声，“那青色晶石明明就是我赌到的，明明是你自我手中抢了去，现在却要装无辜，当真是可笑。”

苏落毫不犹豫地顶回去，“可笑？最可笑的就是你柳乘风吧？那青色晶石明明就是我赌到的，跟你有半毛钱关系？”

“你——”柳乘风一口气憋在胸口，怒气冲冲地瞪着苏落。

“你什么你？难道你还真以为，但凡是好东西，你柳家少爷看上一眼，那东西就自动归入你名下了？还真当老天第一你第二了？真真是笑死人了。”苏落径自在南宫流云身边落座，旁若无人地取过茶壶，给自己倒了杯茶，慢悠悠地喝着。

竟然完全无视他！

柳乘风气得差点跳脚，手指指着苏落，“你、你简直是胡说八道，那块原石本来就是我的，不信我们可以去问陈老，是他亲手将那块原石交易给我的。”

“嗯，这点倒是没错。”谁也没想到，喝了一口茶后，苏落竟然顺着柳乘风的话承认。

“那你还敢说，那块青色晶石不是我的？”柳乘风得意地扬眉。

“那块青色晶石本来就不是你的。”苏落用看白痴的眼神瞟了柳乘风一眼。

“哈哈哈——”柳魄天忽然哈哈大笑起来，他冷笑连连地瞪着苏落，周身散发着七阶强者特有的威压，威慑力十足地瞪着苏落，“神经错乱的臭小子，方才你明明承认那块原石是乘风的，怎的后来又不承认青色晶石是乘风的了？简直就是自相矛盾。”

在柳魄天释放威压的时候，南宫流云眼眸不动，身形亦不动，却轻而易举地将那威压挡回去。

同时，苏落也大笑起来，“柳家老爷子，神经错乱的是你吧？难道你家宝贝孙子没告诉你，那块原石他切到一半的时候，却脑抽地卖给我了？”

柳魄天顿时脸色变得铁青。

晋王殿下轻视他也就算了，那是人家有实力，现在一个小小的少年竟然都敢用这种态度对他说话？难道他不知道自己是七阶强者吗？七阶！

其实柳魄天也挺郁闷的。在此之前，在他印象中七阶强者是很强大的存在，是几乎凌驾在所有人之上的强大存在，但是在这晋王府，他这位七阶却一直在吃瘪。

柳老爷子气急攻心，以至于根本没有注意到苏落话中的意思。

还是南宫流云看不过眼，清咳一声，劝住柳老爷子，“柳魄天啊，刚才苏云的话你听清楚了吧？你们家那败家子亲自将原石卖给苏云的，这你可怪不得别人。”

柳家老爷子原本正要暴怒，闻言，忽然浑身一激灵。

什么？竟然是柳乘风亲手将那原石卖给了那少年？这不可能！

柳老爷子目光如电般射向柳乘风。

柳乘风心中忐忑极了，他是当事人，如何不知真相？

在柳老爷子咄咄逼人的目光下，柳乘风强硬起态度，狠狠瞪向苏落，“当时我切到一半，如果不是那只小狗跑来撒了一泡尿，我会将切到一半的原石卖给你？别做梦了！”

苏落漫不经心地说道：“当时是谁，花了一百金币买的原石，明明都切到一半了，就因为被我的灵宠撒了泡尿，硬逼着我花一千金币将其买下的？柳乘风，别告诉我你得了健忘症，这些事都不记得了。”

原来还有这样一段原委。南宫流云闻言，心中暗觉好笑。

世上的事一次是巧合，两次就未必了。

小灵宠无缘无故会去撒尿？柳乘风想讹诈落丫头，却反而丢了西瓜捡芝麻，世上哪有那么巧的事？以他对落丫头的了解，若说此事不是她设计的陷阱，他是怎么都不会信的。

正因为此，他是越来越喜欢他家落丫头了呢。聪明、腹黑、狡诈、阴险，简直跟他如出一辙，这世上再找不出另外一个如她这般与他契合的姑娘了。

南宫流云心中思绪万千，柳家老爷子此时脑中却只剩下恼怒。

“爷爷……不是的、不是这样的。”柳乘风哪肯承认自己因为要讹诈对方却反而被对方称了心如了意？他一把拉住柳魄天的衣角，几乎要跪了，“爷爷，这分明就是他一开始就设计好的！不然好好的，那小狗怎么会跑来撒泡尿。”

柳魄天素来就是目空一切的傲慢性子，最为偏心护短，简直到了无可理喻的地步。只听他冷哼数声，“既然如此，那就将那条狗也奉上来。一千金币是吧？乘风，将金币给她。”

柳乘风见爷爷这态度，立马就得意地从怀中摸出一小袋金币丢给苏落，继而伸出手，“拿着吧，这里有一千多枚金币，便宜你了，快将青色晶石还给我！还有那条可恶的狗，也一并交上来。”

苏落像看白痴一样看着柳乘风。

这人脑子有病吧？先不说青色晶石价值五万金币，单说她的小神龙，那可是无价之宝，卖掉整个西陵国都未必能给神龙大神息怒的。这柳乘风，竟然只拿出一千多枚金币就想得到青色晶石和小神龙？该说他有病呢还是痴心妄想呢？

苏落冷笑地勾起嘴角，“一千枚金币？这是干吗呢，赔礼道歉的茶钱吗？”

“喂，劝你一句，不要太过分，这晋王府的天未必能一直笼罩在你头顶。”柳乘风的威胁已经分外明显。

南宫流云单手将苏落搂住，淡漠地斜睨一眼，“本王的人，你确定要动？”

如果他要动，南宫流云绝对会让他在动手之前，永远地失去那个动手的机会。

柳乘风顿时心中大愕。晋王殿下怎么会……柳乘风简直难以置信。传言不是都说晋王殿下残酷无情吗？怎么会这么在意一个人，而且还是一个少年……

柳魄天上前一步，将柳乘风挡在身后，“殿下，将那人交出来吧，不然弄到陛下面前，大家都不好看。”

“是你不好看，本王无所谓的。”南宫流云冷笑道，“本王还会在意你告黑状不成？”

柳魄天一口气憋在胸口。他知道，讲道理是不可行了，那么，唯有用武力解决这个问题了。

“既然如此，那就让老天决定吧。”柳魄天自从刚才被南宫流云挡开后，对他心生忌惮，便建议道：“就让乘风和这少年比武，看他们谁胜谁负，谁胜了，青色晶石就归谁。”

这分明是不平等条约。青色晶石明明就是苏落的，这要是输了，就要不翼而飞了。

南宫流云岂会让苏落签下这不平等条约？他正要嘲讽几声，却被苏落拉住了。

柳乘风诬蔑她，柳老爷子又气势汹汹地带人打上来，一向爱记仇的苏落岂会这么简单就放过他们？就算武力不行，阴也要阴得他们欲哭无泪才行。

苏落漫不经心地笑了，看着柳老爷子，眼底的讥讽是那么的明显，“您的算盘打得可真好啊。若是输了，一点损失都没；若是赢了，非但能报复我还能免费得到青色晶石，这买卖做得可真是稳赚不赔啊。柳老爷子好会算计呢，不愧能置办下这偌大的柳府产业啊，佩服佩服。”

一番话，连讥带讽，直说得柳老爷子几乎抬不起头来。

他老人家闭关十年了，没想到这一出来，立马就吃了好大的瘪，被个小小少年削了面子，一点颜面都没有了。

他都怀疑这晋王府是不是跟他犯冲啊，怎么这一个两个的都牙尖嘴利，嘴巴就跟淬了毒汁似的，说出来的话刺耳得不得了。

南宫流云嘴角勾起一抹满意的笑。他的落丫头从来都不会让他失望呢。他凝望着苏落，一双桃花眼水汪汪的，眼中闪着醉人的柔波。平常女子若是瞧上一眼，只怕就要误了终身。

但苏落却视若无睹，一把将他推到边上去，嫌他碍了她的视线。

南宫流云无奈叹息。他的落丫头怎的就这么不好追呢？

见柳老爷子怒气冲冲地瞪着他的落丫头，南宫流云不满意了，他哼哼几声清清嗓子，挑着眼眸斜睨他，“怎么，柳魄天，你要恼羞成怒不成？”

柳老爷子一口血憋在喉咙里，直将脸色逼得通红。

南宫流云却似没看到，淡淡说道：“既然不是，那就公平些来比。苏云手里的青色晶石价值五万金币，你们柳府也不是穷光蛋，就拿出五万金币来对赌，谁赢了晶石带金币就全归赢的一方所有，这才公平。”

柳魄天想想，确实如此。

而且刚才他感应过了，对面那少年根本连一点灵力都没有，完完全全是一个小废柴，哪里比得过他家的宝贝孙子？

其实他哪里知道，苏落因为空间法师的关系，灵气内敛，不是绝顶高手根本看不清她的深浅。以柳魄天的实力想看出她的深浅，还差得远。

“好，就按照殿下说的办。”既然是毫无悬念的比试，这个便宜不占，柳魄天都觉得暴殄天物。

但是五万金币谁会随身携带呢？柳魄天是性急之人，他从怀里摸出一块黝黑的铜牌，递给南宫流云，“筹五万金币太过费时费力，没这个必要，这块铜牌还值几个钱，老夫将其押在这，就抵这五万金币了。”

这块铜牌是……南宫流云闻言，眼眸中迅速闪过一道精芒，谁也不曾发现，站在他对面的柳魄天也不曾捕捉到。

正因为这一点疏忽，柳家老爷子在不久的将来会因为这件事而捶胸顿足，呕血得几乎大半年下不得床。

此时，柳家老爷子还不知道自己即将到来的霉运，他一脸不屑地斜睨苏落，完全没将这小废柴放在眼里。

柳乘风亦是如此。

苏落很嫌弃地瞥了眼那铜牌，皱眉道：“这黑乎乎的什么东西啊，能值五万金币？能抵得上我那颗青色晶石？”

柳老爷子瞪着一双铜铃般的大眼，怒斥道：“臭小子，既然你不赌，老子……”

“唉。”南宫流云很好心地拍拍柳老爷子的肩膀，从他手中将那铜牌取来，坚定地握在手中，这才开口道：“老爷子怎么跟这孩子一般见识？这上面刻录的可是柳家的灵舞步，虽然柳家这一代没人有资质学，但还真是值几个金币的。”

柳老爷子闻言，老脸一红，重重哼了一声。

南宫流云又笑道：“行了行了，改来改去多麻烦，就这块铜牌，赌了。”

苏落原本还嫌弃，但是她跟南宫流云多有默契啊，两个同样阴险狡诈有便宜不占王八蛋的人，怎么会让自己吃亏？所以，一见南宫流云这番做派，苏落当时就了悟了。

这铜牌是好东西，至少对于她来说，绝对是好东西。所以，苏落装出一副很勉为其难的样子，“好啦好啦，既然晋王殿下作保，那就赌这块铜牌了。”

此时，在苏落的空间里，小神龙似乎闻到了宝物的味道，两只前腿趴在空间壁上，直立站着，小爪子拍着空间壁，恨不得立刻就飞出去。

这个贪宝的小东西！这也说明了那黝黑的铜牌确实是好东西。既然是宝贝，那又怎么可能再让他回到柳家手中呢？自然是要归她所有了。

不过面上，苏落还很嫌弃地瞥了那铜牌一眼，继而朝柳乘风勾勾手，“打不打？”

柳乘风没想到这臭小子胆子这么大，竟然跟自己这三阶武者叫板，顿时眼眸一瞪，撩起袍子系在腰上，摆出一副打斗的姿势，“来吧。”

柳乘风早已经是三阶武者了。苏落刚好在今日也晋升到三阶，不过她才刚刚升上去，还没有完全稳固，所以这场战斗还有些玄。

柳乘风看向苏落，冷笑道：“给你最后的机会，现在磕头认输我还能饶你一命，要不然等我亲自动手，你的性命便难说了。”

“比武场上，生死不论。柳家二公子，小心点，免得脑袋搬了家却还在那里喋喋不休。”苏落哪里是会吃亏的人，当场就反唇讽刺回去。

柳乘风冷笑连连，“好一个比武场上生死不论。好一个大言不惭的臭小子。好，既然你不怕死，那就来受死吧。”

话音落，柳乘风轻轻一拂，衣袖飘动，双手在胸前凝聚出光圈。很快，他周身便弥漫着水汽，手掌心一片片薄如蝉翼的冰刃出现。

柳乘风，冰系三阶法师，擅长冰刃术。

苏落眼眉微蹙。比拼法力的话，她才堪堪晋级到三阶，胜算太小了，唯有近身战斗，依靠她前世的暗杀手段，这场战斗赢的机会才大。

不等柳乘风射出冰刃，苏落早已先发制人，身形快如闪电，残影闪过之际，她瞬间朝柳乘风冲去。

苏落的速度太快，快得令柳乘风有些错愕。

在柳乘风的印象中，苏落并没有灵力波动，所以他一直觉得苏落很好对付，直接冰刃射出就可以宣布战斗结束了，但事实却狠狠打了他一个耳光。

苏落飞速逼近，柳乘风竟连连后退。

此时，不止柳乘风，就连柳魄天都有些蹙眉了。他没想到对方这小废柴竟然还有两下子。不过，他对柳乘风充满信心。

苏落如影随形地跟着柳乘风，因为只有近身搏斗，她的胜算才大，才能给自己创造赢的机会。

柳乘风之前后退是出于下意识的动作，但他随即回过神来。对方不过是占着速度快冲上来，一个光有速度没有灵力的废物，他又有何惧？

想至此，柳乘风冷哼一声道：“不知天高地厚，真以为我怕你！”

话音未落，他手中三片冰刃随即朝苏落脑门射去。

冰刃寒光闪闪，如有流光闪动，比利剑还要锋锐十倍。

三片冰刃呈品字形，一高二低，因速度极快而发出嗞嗞的破空声。

两片冰刃飞向苏落的眼睛，上面那片冰刃则直取苏落眉心要害。

两人距离很近，冰刃携带冰冷杀气，力道很重，若是被刺中，非死即瞎。

就在这紧要关头，苏落双腿以曼妙的姿势弯曲成弓形，身形顿时矮下一截，那三柄利刃贴着苏落面颊堪堪飞过。

不等苏落回过神，柳乘风手中又多了五片冰刃，寒光闪闪，杀机凛然。

“第一次能躲过去，第二次看你如何躲！”柳乘风乱发飞扬，眼现疯狂杀意，“冰刃术，射！”

顿时，空气中似乎被一股无形的寒气禁锢。

“唰——”

五片薄如蝉翼的冰刃如白光闪过，速度达到极致。

没想到柳乘风看着像绵软无力的纨绔子弟，这一手冰刃术却练得这般好。

苏落见此心中微震，却也没有畏惧。

冰，以火克之。

苏落接连不断拍出五个火球，个个火球都威武地冲上去，在半空中将冰刃包裹其中，冰元素和火元素的能量狂暴。

在同样等级下，元素不分强弱，但天然相克。冰，火融化之，天然便是如此。所以，烈火焚烧间，冰刃很快便化为水珠，再变成青烟消失在空气中。

火球术！柳乘风有些难以置信地瞪着眼前这少年，神色变得颇为古怪，“你竟然是火系法师！”他竟然不是废物，还真是小看他了。

“当然，专门克你这冰系法师，怎么样，怕了？”苏落嘴角勾起一抹冷笑，火球接连不断地朝柳乘风攻击而去。

一开始因为生疏，她的火球生得极小，而且弄得手忙脚乱，但随着战斗时间越久，苏落就越得心应手，手法也越发灵动起来。

柳乘风被苏落打了个措手不及，连连后退。他在三阶停留已久，本就是三阶巅峰了，术法比之苏落自然要强上一些。等柳乘风回过神来后，便接连不断地朝苏落放冰刃。

五片、十片、二十片……

柳乘风眼见冰刃术对苏落没有效果，眼中闪过一抹阴毒，忽然，他双掌合十，口中念念有词，最后，大喝一声：“大雪球术！”

顿时，柳乘风大掌中光芒炽盛，一只巨大的雪球倏然朝苏落迎面砸去。

雪球硕大无比极其炫目，让人几乎睁不开眼，夹带着冰冷刺骨的寒意。很难想象这一掌的威力究竟有多大，但是，一旦被碾压，肯定尸骨无存。

使用大雪球术消耗的灵力非常多，柳乘风发出这一掌之后，身体内的灵力处于枯竭边缘，不过他一点都不后悔，因为他深信，大雪球会以绝对的优势碾压对方，将对方压成肉饼。

苏落心头微震。

很显然小火球已经无法阻止大雪球了。而她现在根本酝酿不出如此大的大火球。

难道就这样认输吗？

当然不！她苏落什么时候认输过？

火系元素不过是她实力的一部分，她的底牌之一大虚空掌印还没出，谁赢谁输还不知道呢。

就在大雪球夹带着雷霆万钧的气势朝苏落碾压而去时，苏落悄无声息地祭出大虚空掌印。

随着苏落晋级到三阶，原本足球大小的手印如今几乎翻了十倍。

黑色的大手印像从天外飞来，黑压压地压制在大雪球上空，重重拍击而下。

一时间，黑色与白色相撞，能量在瞬间狂暴，大虚空掌印顿时化为虚无，而大雪球也在这一火拼中分崩离析，变成雪片，散在地面。

手印，竟然凭空出现一只大掌！这臭小子竟然还留着这一手。

难道刚才那手印竟是大虚空掌印？应该不是，大虚空掌印乃是不世绝学，就连他也只耳闻而不曾真正见过，这臭小子怎么可能会？

只是，柳魄天神色颇为凝重，因为他发现他竟然有些看不透这少年了。

此时的南宫流云却嘴角含笑，心情愉悦地凝望着苏落。我的落丫头就像一个神奇的宝箱，平时闷声不响，关键时刻却总能现出宝物让人眼前一亮呢。真是个宝丫头啊。

最最憋屈的人其实是柳乘风。

刚才使用大雪球术耗费了他几乎所有的灵力，因为认定能够将对方碾压，所以他的灵力用得很奢侈且毫无保留，现在，大雪球竟然被对方拍碎了，这让他几乎欲哭无泪。

苏落冷冷一笑，“呵呵，没灵力了吧，看你还如何嚣张。”

话音刚落，苏落再次在半空中祭出黑色的大虚空掌印，一时间气势巍峨磅礴，在柳乘风头顶犹如压了一座黑乎乎的巨山。

此时，柳乘风神色剧变，他怎么都没想到对方竟然会来这一手。

柳魄天脸上的肌肉也变得非常僵硬。这一掌下去，灵力消耗殆尽的柳乘风根本无法抵挡，他不仅会输了这场战斗，而且会有生命之危。

这场战斗，柳家绝对不能输！

原本以为稳赢，柳魄天才拿出那块黝黑铜牌，他根本就没想过要将那铜牌输出去。那可是柳家至宝。虽然柳家这一代的孩子资质不够不能练，但下一代谁知道会不会出一个惊才绝艳的人物？若是宝物在他手上输出去，叫他如何去见柳家的列祖列宗？

一时间，柳魄天的双眼迸射出一道精光，忽然，他衣袖一抖，一个翠绿小瓷瓶直直朝柳乘风面门射去。

柳乘风接过小瓷瓶打开一看。

初级灵元丹，一颗足以恢复百分之十的灵力。对于现在的他来说是最好的灵丹妙药。

柳乘风顿时心中大喜，挑出一颗就咽入口中，同时，他朝苏落冷笑出声，“哈哈哈，想打败我？下辈子吧。现在，受死吧。”

话音落，柳乘风对天长啸，黑发倒竖，就在大虚空掌印落下之际，他将所有的灵力集中到右拳上，朝天挥出巨大拳头，一时间大地轰隆隆作响。

柳乘风徒手撕裂大虚空掌印！

“你作弊！”苏落指着柳乘风大声怒斥。

柳乘风得意扬扬地冷笑，“战斗时携带灵宠和用灵丹妙药本就是合情合理的，有本事你也用灵元丹啊，可惜你没有。臭小子，今天你死定了！”柳乘风脸上一抹阴毒的冷笑。

方才老爷子可是给了他一瓶呢，目测里面有五颗左右，有了这些灵元丹，他还打不死对方的话，那他就真可以去跳江了。

苏落眼眸闪过一抹冷笑，“灵元丹是吧？不过是小小的初级丹药，还真以为这世上就你有了？”苏落边说边从怀中掏出一个白玉瓷瓶，倒出一枚圆滚滚的灵元丹。

见到躺在苏落掌心的灵元丹，柳乘风不免哈哈大笑起来，“哈哈哈，真是笑死我了，你这也好意思叫灵元丹？不会是哪个未入门的学徒炼废掉的丹药被你捡到的吧？傻子，真正的灵元丹是长我这样的。”说着，柳乘风还很好心地将灵元丹在苏落面前晃晃，示意他的才是真灵元丹，苏落那种根本就是假冒伪劣产品。

苏落已经懒得跟他废话了。无知的人总是那么可笑，等她的加强版灵元丹拿到拍卖会上拍卖时，到时候传扬开来，柳乘风会知道今日的他有多么可笑。

苏落淡淡一笑，随口将那枚增幅百分之二十的灵元丹服下。

只一瞬间，苏落感觉到体内灵气暴涨，一股热气迅速流遍全身，似乎全身上下都充满了力气，脑子清醒，速度也敏捷了许多。

很好！柳乘风那瓷瓶那么小，装满也不过五六颗，这场战斗就算是拼丹药，她苏落也稳赢不输。

果然，柳乘风以为自己稳操胜券，于是，他又有恃无恐地使用大雪球术。

但让他崩溃的是，在他灵力几乎快枯竭的时候，竟然见到那大雪球又被黑色大掌印拍飞。

而更让他气得吐血的是，每当他吞药补灵的时候，对方竟然也在吞药丸，而且怎么感觉她那丹药补充的灵气源源不绝，似乎永远都不会枯竭……难道她的竟然是中级灵元丹？

不可能！柳乘风马上就否定了自己的猜测。因为中级灵元丹极少出现，一旦出现在拍卖场，几乎都被人抢购一空，对面这臭小子怎么可能会有中级灵元丹？而且还是以瓶来论的？

直到最后的最后，柳乘风将最后一颗灵元丹吞下，毅然决绝地将瓷瓶丢开。

让他郁闷到吐血的是，对方也跟着吞下一颗丹药，而且，她似乎为了气自己，又紧跟着吞了一颗……

这、这简直是欺人太甚！

苏落故意在柳乘风面前连吞两枚灵元丹，就是为了气他，扰乱他的心绪，给他心理上造成压力。

再说，对于别人来说灵元丹很难得，但是于她而言，不过是花费一点时间，就可以炼制出十颗，效率高得不行，又有什么难的？所以，她吃起来一点都不心疼。

果然，柳乘风被苏落的小手段影响了。

大虚空掌印再次祭出，高高悬浮在柳乘风头顶，黑压压的一片，犹如乌云罩顶。

“啪！”柳乘风拳头击天，锐不可当，巨大的黑手印被他当场震散，顿时化为虚无。

但是，苏落随即又连发数枚火球，将柳乘风缠得避无可避，同时，一道大手印以雷霆万钧之势猛然砸向柳乘风脊背。

这道凝聚苏落所有灵力而成的大虚空掌印，破空而出，光气势就让人心惊肉跳。

“又是手印、又是手印，除了大手印你还会不会别的啊！”柳乘风简直要被苏落气死了。

对方就像刚学会修炼的菜鸟，来来去去不是大手印就是火球术，打散了又凝聚，凝聚了又打散，如此重复。

但该死的，这大手印却逼得他几乎弹尽粮绝，毫无退路。

其实苏落的战斗技能还真是少得可怜，她除了只会大虚空掌印外，还仅仅只会这么一招。

大虚空掌印第一式，砸。她就只会砸。但笨法子也有笨的优势，她就是跟柳乘风死磕。不是拼灵力吗？不是拼吞药吗？本姑娘还就是不怕你。

所以，在柳乘风灵元丹嗑没了之后，这就是苏落一个人的舞台了。

砰的一声巨响。

大虚空掌印重重砸下，灵力枯竭的柳乘风根本无力阻挡，他长啸一声，挥舞着拳头想要击碎那黑色笼罩的大掌，但是，此时没有灵力的他的反击却显得那么无力。

黑色压顶，重重击下，一下子将柳乘风淹没了。

眼看着自家宝贝孙子就要输了，柳魄天双眸闪过一道毒辣的光芒，他手掌聚拢，一道炽热的火焰猛然间朝苏落蹿去。

这个臭小子，只有当场将他格杀，柳家才能找回颜面，铜牌才能保住。

“滔天烈焰。”南宫流云重哼出声，脸上布满阴霾。柳魄天竟然用滔天烈焰这一招!

他竟然敢插手战斗，还敢用七阶的绝杀技滔天烈焰去对付他的落丫头，简直是吃了熊心豹子胆，找死!

“万海归一！”南宫流云后发先至，水球将滔天烈焰瞬间包裹起来。

两大七阶强者各自出手。

激烈的大碰撞，天空大地都沸腾了。

水球在外，火焰在内，水火不相容，相互缠斗，战况非常激烈。

最后，湛蓝的水球湮灭一切，很明显是南宫流云略胜一筹。

与此同时，那水球还朝着柳魄天迎面砸去。很显然，南宫流云怒气未消。

柳魄天眼中闪过震怒。他怎么都没想到，晋王殿下年纪轻轻，竟然已经是七阶强者了。

是的，能够将他的滔天烈焰湮灭，那么，他的万海归一就必须是七阶，不然，绝对不可能。

难怪见到同样七阶的自己，他会如此漫不经心，毫不将自己放在眼里……不到二十岁的七阶强者，这样的修炼速度，从古至今极少极少，而仅有的几位，全都在历史长河中画下浓重笔墨，成为后人景仰膜拜的存在。

七阶的晋王，难道就真的那么难以战胜吗？柳魄天不信!

他随之出招!

南宫流云凤眸微眯，眼眸中闪过一抹嗜血的凶残。敢欺负他的落丫头，不管是谁，都别想轻易逃过。

两人在空中对掌，各尽手段。

南宫流云结结实实一拳砸中柳魄天的胸口，打得柳魄天一个趔趄，但死要面子的柳魄天却竭力忍住不后退，闷哼一声将喷涌至喉咙的鲜血死命压回去。

南宫流云双手交负在后背，目光冰冷地瞥了柳魄天一眼。

若他刚才借力后退，卸去自己的重力轰击，内伤倒还不严重，但柳魄天死要面子，当场将那口鲜血咽下去，那么，等待他的将是噩梦的开始，这内伤不养个一年半载，他别想走出柳府大门。

柳魄天双手紧握成拳，双目震惊地望着南宫流云。他不明白，为何两人明明都是七阶，他的实力却远不如晋王殿下？他不甘心，真的好不甘心！

但是……输就是输。而且这内伤，初看并不严重，但站立越久，他就发现南宫流云拍入他体内的劲气勇猛刚强，在他体内四处乱窜，现在重伤的他几乎要压制不住了。

柳魄天现在是泥菩萨过江自身难保，哪里还有精力去顾及柳乘风？

而柳魄天没有出手相助，柳乘风整个人就悲剧了。

他被苏落那一掌大虚空掌印重重砸下，无力阻挡的他整个人被拍平，地面上已经看不到他的人了，此时的他深深陷入地下。

原本平整的地面，此时多出了一个大手印形状的坑，而柳乘风正面朝黄土，趴在坑底呕血不止。

“咳咳咳……”柳乘风感觉到自己被苏落那最后一掌拍得脑袋嗡嗡作响，五脏六腑几乎移了位，痛得他挪动一下就嗷嗷叫。

但是，不等他爬起来，苏落又是一道黑色大手印笼罩在他头顶。

面对这黑色大手印，柳乘风几乎要气到吐血了。又是大手印，怎么还是大手印！他跟这大手印就犯冲吗？

他就不明白了，对方的大手印威力这么强，都不需要灵力的吗？或者是，对方的灵力怎么就源源不绝，好像怎么都用不完似的。

眼见着那黑色大手印又要砸下来了，柳乘风顿时吓得魂飞魄散。

刚才他眼睁睁地看着自家爷爷被晋王打成重伤，又想起对方说过战斗场上不论生死这句话，他绝对相信，对方要是有机会，绝对会毫不留情地杀死自己，而不会看在自己是柳魄天的孙子分上饶过他。

想至此，柳乘风吓得脸色苍白，大声尖叫：“我——”认输二字还没说完，就遭遇苏落毫不留情的袭击了。

苏落恼怒他之前对自己的追杀，哪里会这么容易就放过他？上次若不是南宫流云刚好出现，若不是他能够解开自己身上的追踪术，自己现在是什么下场，简直无法想象。

不等柳乘风再说第二个字，苏落手中的匕首顺势飞出，气势凛然。

“啊！”匕首的速度达到不可思议的地步，那股极致的力道，破空的声音嗞嗞作响，直接朝柳乘风咽喉而去。柳乘风神色骤然大变，用尽所有的力气朝边上滚去。

匕首越来越近，来势汹汹，杀气腾腾，声势吓人，充满了毁灭性的力道，非常可怕。天，对方根本就是要杀他！柳乘风心中惊恐，竭尽全力一跃，堪堪避过匕首的袭击。但是那柄削铁如泥的匕首却没入他的手臂，将他的左手手腕齐根切断。

“啊！”柳乘风口中发出一道惨烈的叫声，痛苦地在坑底满地打滚。

柳魄天如凶狠的野兽，死死瞪着苏落，恨不得立时就将她毙命。苏落冰冷地勾起嘴角，声音冷淡，“战斗还没结束。”话音未落，她又在柳乘风头顶祭出那只黑色大掌印。

哼，不过是一只手腕而已，比起他柳乘风所做的那些事，他的手段还算轻的呢。

柳乘风早已经被苏落的黑色大掌印吓得心神俱裂了，大声尖叫道：“我认输！我认输！我认输！住手！快住手！”随着惨烈的叫声，他眼泪鼻涕一齐滚落，看上去狼狈而疯狂。

柳魄天觉得丢脸极了，朝柳乘风怒声咆哮道：“还不快起来！”然后，他转身瞪着南宫流云，强力压下胸口的怒火，道：“殿下，你也看见了，乘风的手被那臭小子齐腕切断，你预备怎么办？”

面对柳魄天气势汹汹的质问，南宫流云气定神闲地瞟了他一眼，慢悠悠地说：“怎么办？”

“嗯。殿下预备怎么办？难道乘风的手腕就这样白白被切断了？”柳魄天如今已经了解了晋王殿下那无可匹敌的实力，不敢再像之前那么造次了，但他还是执意要个说法。不然柳乘风在自己面前被人切断手腕，此事传扬出去，对自己的名声非常不利。身为柳家老祖宗却保护不了儿孙，这让别人怎么看他？

南宫流云像看白痴一样看了柳魄天一眼，懒洋洋地说：“战斗场上，生死不论，难道刚才你聋了？”

哎呀，我的晋王殿下，您说话能不能稍稍委婉含蓄点呢？那好歹是柳丞相的爹啊……苏落偏过脸去，不忍再看。

“他是我柳府的嫡孙！”柳魄天大怒，大声叫嚷。

南宫流云慵懒地叹了口气，慢悠悠地说：“现在不过是小小一只手腕而已，大惊小怪什么？人还没死呢。再说，就算人死了，战斗场上刀剑无眼，那也是没办法的事。”很显然，他是打算包庇苏落到底了。

“既然如此，哼哼！”柳魄天气得冷笑连连，“此事绝不能就这么算了。有本事这臭小子永远别出晋王府，否则，哼哼……”说完，柳魄天伸手去抓那放置在托盘里的黝黑铜牌，但是，有一只修长白皙的手却先他一步，将铜牌给拿走了。

“殿下！”柳魄天本来是打算拿了铜牌后就离开晋王府的，但是，铜牌却被晋王殿下先拿走了。

南宫流云不无鄙夷地皱眉，“柳魄天，你也不是小孩子了，说出的话就跟放出的屁一样，放完就算了？”

“请殿下慎言！”柳魄天气得不得了。他原本就被南宫流云那一掌拍得气血不顺，现在又被南宫流云一字一句地损着，他那口强制压抑住的鲜血已经蠢蠢欲动，要喷薄而出了。

“难道不是吗？刚才这枚铜牌可是拿来当赌注的，既然你们输了，就要愿赌服输啊。”南宫流云很理所当然地看着柳魄天。

见他气得脸上的肌肉不断地颤抖，晋王殿下很无辜地问：“难道本王说错了？”

怎么会错？当然是没错，赌注确实是这样的。

让柳魄天呕血的是，他之前是觉得柳乘风百分百会胜利，这才押下铜牌当赌注的啊，实际上那铜牌若是到了资质绝佳的天才之手，别说五万金币，就是五十万金币也绝对是眼不眨地就会买去的。

但是，现在他又能说什么？说不赌了？丢不起这个人啊……柳魄天几乎要以头抢地了。

今日原本是打上门要说法的，想着就算那盗贼捉不住，总能讨回青色晶石吧，但谁会预料到，堂堂七阶强者，在晋王府里，在晋王殿下面前那就是个渣，连个屁都不算！

今日别说讨回青色晶石了，他刚晋级到七阶，意气风发之际，却带回了剧烈内伤，鬼知道什么时候会痊愈。

他好好的孙子，被对方切断了手腕，他却无力阻止，且无力报仇。还有那块铜牌，那可是柳府的传家之宝啊，就这样被他输掉了……

柳魄天真是越想越气，越想越恨，他再也压抑不住，一口鲜血喷出去。

“爷爷——”柳乘风手腕上的血好不容易才止住，刚抬头就看到自家的定海神针老爷子呕血不止，吓得他脸色苍白，飞扑过来。

此时，柳魄天恨不得将柳乘风这个小破孩给掐死。如果不是他贪图那枚青色晶石而在自己面前说谎，今天这一切全都不会发生，全部都不会！

其实柳魄天也不想想，若不是他自己也贪图那枚青色晶石，这一切更不会发生了。

“爷爷——”迎上柳魄天那凶神恶煞般的面容，柳乘风几乎被吓得魂飞魄散，他几乎可以预见，今后在柳府，已经没有自己的立足之地了。

“滚！”柳魄天朝着柳乘风一脚踹过去。

柳乘风被踹飞的同时，柳魄天又是抑制不住，一口鲜血又狂飙出来。

地面上鲜血斑驳，全都是柳家爷孙的血迹。

苏落皱眉，这血腥味也太重了吧？气味真不好闻呢。

南宫流云不耐烦地捏着鼻子，“来人，赶紧将他们拖走。”

“是。”早有立在一旁的晋王府下人上来，双双将柳家爷孙拖出去了。

堂堂柳丞相的爹，堂堂七阶强者，却以这样的方式狼狈退场，实在是可怜可叹可悲……

于是，柳家爷孙气势汹汹而来，喷血而回。

今早柳家这对爷孙来的时候动静可大得很，所以引起周围人的围观。围观群众自然是不敢进晋王府的，但是在晋王府周边围成圈圈看好戏，这样还是可以的。

柳乘风进去之前可是大声炫耀了，炫耀他爷爷柳魄天乃是堂堂七阶强者，比晋王殿下的实力有过之而无不及的。所以围观群众都表示很好奇，他们都在猜测柳老爷子这番进去，是输还是赢。

还有人下盘口开始赌晋王殿下和七阶的柳家老爷子谁输谁赢。

基于晋王殿下多年威望和超级天才的威名，绝大多数人都押了晋王殿下赢。

于是，押了钱的，没押钱单纯看热闹的，大家全都拥挤在晋王府前方街道三百米范围之外的安全区。

果然不出绝大多数人所料，没过多久，怒气冲冲上门预备大干一场的柳家老爷子竟然被人抬着丢出来，同时丢出来的还有那个在帝都仗着家族势力耀武扬威的柳家二公子。

哗，在见到柳家爷孙俩时，围观群众全都倒抽一口冷气。

惨，简直太惨了！

此时的柳家老爷子胸襟前的衣衫全都是血，脸色苍白如纸，颤颤巍巍的，被丢在地上连爬都爬不起来。这位可是七阶啊，堂堂的七阶强者，竟然被丢垃圾一样丢出来……晋王殿下简直不是人，那是神！

相比起柳家老爷子来，柳家这位二公子就更惨了。只见他身上衣衫褴褛，头上脸上全都沾满了泥土和鲜血，混合着汗水，整个人看上去比乞丐还不如，哪里还有半分平日里玉面小郎君的风流潇洒模样？简直不可同日而语了。

众人惊诧之余，对晋王的景仰更是如江水滔滔，连绵不绝。

"哎，我就说嘛，柳家老爷子算个鸟，竟然敢打上晋王府去，呵呵，这下子被丢出来了吧？"

"是啊，那柳二公子刚才还自夸说他爷爷突破七阶了呢，可这七阶怎么感觉弱爆了呢？怕是吹牛的吧？"

"哈哈哈，未必是吹牛的，说不定那柳家老爷子真就是七阶呢。这只能说明晋王殿下实力强大，无可匹敌！"

"是啊，七阶强者都被秋风扫落叶般揍成这样，天知道晋王殿下实力有多高深莫测啊，简直太恐怖了，他才二十岁不到啊。"

一时间，众人议论纷纷，无数的溢美之词被加诸晋王殿下身上，简直将他捧上了高高的神坛。至于柳家老爷子，自然是被踩进尘埃里了。

晋王府内。

苏落好奇地把玩着手中的铜牌。这枚铜牌大约有小孩的手掌大小，方方正正的，外表漆黑如墨，上面只雕刻着三个字，字体龙飞凤舞，即使仔细认也认不出来。除此之外，什么也看不出来。

苏落看不出究竟，便抬眸去问南宫流云："这什么东西啊？"

柳家老爷子输掉它之后那气急败坏的模样，足以说明这东西是宝贝，可她还真看不出这东西的玄奥之处。

南宫流云挑眉而笑，"真不知道该怎么说你这丫头好，昨天炼制出可以媲美中级灵元丹的丹药，还突破到三阶，今日又从柳家老匹夫那得到这宝贝……嘿嘿，这可是柳家不外传的秘法呢，看到没，上面写的什么字？"

"什么字？"苏落注视着这块铜牌的正面那龙飞凤舞潦草狂狷的字，"灵舞步？"

"对，就是灵舞步。"南宫流云嘴角勾起一抹邪笑，"柳家灵舞步，那可是独步天下的武功绝学，你能用这种方式得到它，真该说运气好到逆天了。"

苏落表示不解，"既然柳家灵舞步独步天下，为何柳乘风他们几个似乎都没学会？难道学这个，还要有什么条件不成？"

南宫流云笑着捏捏苏落的小脸，点头笑道："孺子可教也，落丫头真聪明，一说就说到点子上了。"

"明明是你自己一开始的时候就攻击过柳家这一代没人有资格学的。"苏落揉揉被他捏得有些发酸的面颊，鼓着腮帮子瞪他，"快说，到底是怎么一回事？"

南宫流云痞笑着，一边逗弄着她，一边给她解惑，"要学会灵舞步，先决条件就是要精神力强大。还记得你的精神力吗？你测试的时候达到紫色，只有这样的天赋才能修炼灵舞步。而柳家这一代，根本没这样资质的后辈。"

"原来如此，难怪刚才柳家老爷子打赌之前还后悔地想收回去，结果被你忽悠住了。"苏落笑得好不得意，白了他一眼，"你这腹黑阴险的家伙，一早就算计人家，人家老头子也不容易的。"

南宫流云被苏落那一眼勾得神魂颠倒，一把搂住苏落，哈哈大笑起来，"彼此彼此。落丫头即使不知道缘由，可还不是陪着本王一起演戏？这等默契还有谁有？要不落丫头这就跟了本王吧？"

"想得倒美！"苏落哼哼两声推开他，"现在柳家爷孙俩被抬回去了，府外那些暗中埋伏的人也撤掉了吧？"

南宫流云不置可否地哼哼。

“我出来好久了，还不知道苏府如何了呢，得回去瞧瞧。”苏落有些无奈地叹道，“真希望不要出事才好。”

“哼。”一听说苏落要回去，南宫流云满脸的不高兴，别扭地偏过脸去。

“干吗呢？”苏落没好气地捏捏他的面颊。这厮看着挺威武，怎么有时候又这么幼稚，她无奈道：“无缘无故地生什么气啊？真像个小孩子。好啦，别生气啦。”

“那你别回去。”南宫流云一把拉住她的手，漆黑双眸定定地凝视着她，眼底有着浓浓的期盼和希冀。

不说苏落如何，此时，下面站着的晋王府下人简直是集体风中凌乱了。

这人真的是他们那英明神武不可一世的晋王殿下吗？这撒娇打滚装委屈卖萌的小样儿，分明就是跟大人要糖吃的小屁孩。跟这样子的晋王比起来，他们更习惯那个动不动就断人肢体让人鲜血狂飙的晋王殿下。

一群人全都瞪大眼睛，匪夷所思地瞪着南宫流云，恨不得扑上去看看他们家的殿下是不是被人换了。

苏落多么敏感的人啊，一下子就感觉到了下人目光中那异样的光芒，她想起现在是大庭广众之下，便装模作样地轻咳一声，“南宫流云，你可是晋王殿下，形象呢？”

哪知这厮一点都没领略到她的好心，直接就扑上来搂住她，还凑近她耳边呼吸，慢腾腾地说：“自从遇见你，我的形象就离家出走了，你想找回来吗？”

苏落简直无语到极点。她有些手忙脚乱地推开南宫流云，“很多人看着呢，你给我正经一点，不要毁了我的清誉。”她以后还要嫁为人妇、相夫教子呢。

南宫流云简直就跟无赖上身似的，任凭她怎么推，他的身形都纹丝不动，手臂的力道强劲得简直如铁钳。

似乎此时，他才注意到身边有很多亮如白昼的电灯泡。于是，刚才还对苏落笑得一脸白痴样的晋王殿下，偏头淡淡扫了他们一眼。

这一眼扫去，那些下人被扫中之后无不心惊肉跳，心头打鼓，战战兢兢地几乎要跪了。

这眼神，太可怕了！

没、没错，这人真是他们的晋王殿下，那眼神、那杀气、那威严，分明就是。

殿下依然是那个殿下，好可怕……一群下人立马作鸟兽散，只一眨眼的工夫就走得干干净净，连一点痕迹都不留。

苏落已经不是第一次见到这样的场面了，不过她还是适应不良地干咳一声，有些无语地别过脸去。

谁知，此时的南宫流云却讨好地扯她衣袖，一脸笑意，“好了，现在闲杂人等已经清了，可以继续了吧？”

“继续什么？”苏落表示她很迷茫。

“你骗我！”谁知道南宫流云却一脸控诉而幽怨地瞪她，那小模样简直可爱极了。

“我骗你什么了？”苏落眨眨眼，无辜地望着他。

这厮这么大反应，不清楚的人还以为她毁了他清白呢。

南宫流云哼哼两声，幽怨地指控道：“刚才你明明嫌人多碍眼才不愿与本王亲热，现在人都走了，还不快来亲本王。”

苏落额头上冒出三根黑线。幼不幼稚啊这人，还是王爷呢。

她就知道，南宫流云这男人简直没下限的，跟他认真你就输了。

“行了，不跟你玩了，我现在要回家。”苏落狠吸一口气，压抑住心口的火气，一本正经地说。

南宫流云见苏落去意已决，也只能拉着她的衣袖，“本王陪你一块儿去？”

“别，千万别！”苏落当机立断就拒绝，“你跟我一起回去算怎么回事？人家还以为嫁出去的女儿回门呢。断断使不得。”这样做的话，后果可就严重了。

这也不行，那也被拒，南宫流云眼底的幽怨越发明显了。他也不说话，一双水汪汪的桃花眼就那样看着苏落，一直看、一直看……直看得苏落头皮发麻。

“你……我先回去了，你自己看着办吧，只要别影响到我就好。”溜走之前，苏落终于还是丢出模棱两可的话。

苏落却不知道，就因为这模棱两可的话，南宫流云即将带给她怎样的“惊喜”。若是知道，只怕她会狠狠将南宫流云绑在晋王府，一步都不让他出来的吧？

第二十五章 苏府乱象

苏落换回了平日里的装束，悄无声息地溜回到苏府之中。

看着苏府现在的情况，苏落不由得倒吸一口冷气。

她离开也没多久啊，可是苏府的变化也未免太大了吧？

因为发疯狂暴的五阶烈豹，原本那个巍峨壮丽、华贵大气的苏府，大半个都被毁掉了，看上去满目疮痍，实在让人目不忍视。

不过苏落的运气还算不错。

因为烈豹咬伤苏清，所以对她的仇恨值最重，冲撞的也是苏清周围的院落，而苏落的院子与苏清的相隔甚远，所以避开了重灾区，看上去完好无损。

原本看到这样的情况，苏落的心情还是很好的，但是，当她走进紫藤苑的时候，却在一瞬间拉下脸来。

此时，绿萝被两个丫鬟强力摁住手脚，苏溪正耀武扬威地对着她身边的丫鬟小玉道："打，给本小姐重重地打。今天不打死这臭丫头，本姑娘还就不回去了。"一边说，苏溪还一边惬意地坐在椅子上，举着小茶杯，悠然自得地品着茶。

她听着绿萝被抽巴掌而发出的清脆声音，心情显得越发好了，看上去简直是容光焕发，还悠然地哼着小曲。

苏落一脚踏进院子的时候，听到的就是绿萝被打的声音。

她柳眉微蹙，冷声喝道："住手！"

看到苏落出现，苏溪显得有些惊讶，不过很快，她嘴角就露出高深莫测的冷笑，"哟，看看，这是谁回来啦？你还知道这是你家啊？还知道回府来啊？"

苏落眼眸淡淡地扫她一眼，蹙着细眉，扫了那小玉一眼，“本小姐说住手，没听见？”

谁知，小玉却抬头对苏落讥讽一笑，“四小姐在跟奴婢说话吗？奴婢可不是您的丫头，自然不必听您的话。”

虽然口口声声称您，但小玉神色间却不见一点恭敬之色，她一边阴阳怪气地回苏落的话，一边抬起手掌就朝绿萝面颊抽去。她可不是一点武功都不懂的废物，说起来她还是一阶武者呢，比四小姐这个废物高贵多了。

就在小玉的手距离绿萝尚有一点点距离的时候，苏落嘴角勾起一抹淡漠的冷笑，也不知道她如何动的，只见一条腿的残影飘过，再之后，小玉口中就发出了剧烈的惨叫声。

完全没反应过来的小玉被苏落一脚狠狠踹飞出去，后背重重撞到墙壁上，最后滑落到地面，一动不动地昏厥过去了。

一时间，几乎所有人都难以置信地瞪着苏落，以一种看鬼的眼神，匪夷所思地瞪着她，眼睛睁得大大的。

苏落不是废物吗？不是一点修为都没有吗？她究竟是怎么做到的？她怎么能把一阶的小玉直接踹飞踹昏呢？

这还是废物吗？

苏溪的反应最大，她先是呆愣，继而眼底闪过一丝阴毒之色，怒声喝道：“苏落你这个贱人，你敢打我的丫鬟？我杀了你！”话音未落，苏溪一掌直接就朝苏落拍去。

等苏溪掌力拍来之际，苏落旋身避过，敏捷地绕到苏溪后背，照着她娇俏的丰臀就是重重一脚踹去。

事发突然，苏溪完全没有任何防备。被苏落这么一踹，加上重力的关系，她整个人猛然朝前冲去，根本收势不住。

而她的面前，竟那么正好是一根圆圆的结实的铁柱子。

只听到一声巨大的砰然撞击声，苏溪的脑袋与铁柱子亲密接触，整颗脑袋都贴在那柱子上。

巨大的撞击力撞得她整颗脑袋都晕晕乎乎的，好半天都没回过神来，整个人都蒙了。

周围的丫鬟奴才看到这一幕，全都目瞪口呆地望着苏落，又转头匪夷所思地瞪着被撞得几乎痛昏过去的苏溪。

五小姐前几日不是说已经晋升到三阶了吗？可是，她怎么会那么轻易地被四小姐这个传说中的废物踹飞呢？这个世界好疯狂，好凌乱……

苏溪好不容易才回过神来，她甩甩晕乎乎的脑袋，转头呆呆地看着苏落，很快她回过神来，捂住剧痛的额头，眼中燃烧着熊熊怒火。

“苏落，你这个贱人，你居然敢踹我？简直找死！”苏溪怒火冲天，根本没意识到自己被一个废物踹飞有什么不合理之处，旋即一掌朝苏落脸上抽去。

苏溪全力一击，手劲大得吓人。

苏落的嘴角勾起一抹冷笑。她不闪不避，右手紧握成拳，在所有人错愕的目光中，与苏溪的手掌硬碰硬撞到了一起。

拳掌相交，发出一道剧烈的撞击声，然后，让所有人错愕的是，原本以为会被苏溪抽飞的苏落，竟然稳稳地接下那一掌，站立在原地。反观苏溪，她竟然接连不断地后退了七步。

“你——”如此强烈的对比，让苏溪顿时惊呆了。

她怎么都不相信，这个废物竟然能够接下她的掌，而且还能将她震飞。她甚至能够清晰地感觉到苏落体内那澎湃的灵力。

怎么可能？苏落明明是废物啊，这么多年来从未修炼过，怎么可能一下子就超越了自己这个小天才？这不可能！苏溪眼中尽是难以置信之色，脸上闪过一抹铁青怒意，她咬牙切齿地重哼道：“就算你苏落不是废物那又怎样？就算你也达到了三阶，也别想跟我苏溪斗！”

“幽冥剑！”苏溪旋即一声暴喝，从衣袖中抽出一柄软剑，狠狠对着苏落咽喉刺去。

因为两次三番败在苏落手中，苏溪感觉到了前所未有的危机，此时她对苏落已经起了杀心。

“幽冥剑可是小姐最拿手的绝技，四小姐这次死定了。”苏醒过来的小玉捂住胸口靠墙壁而坐，看着眼前的打斗，眼底浮现一抹毒辣的光芒。

幽冥剑一分为二，二分为四，到达苏落咽喉时已经分为八柄利刃。

八柄利刃围成圈，剑头直指苏落全身要害之处。

苏落目光冷然地看着那飞速而来的八柄冷剑。

虽然苏溪这一招幽冥剑声势浩大，招式繁华，速度极快，但落在苏落眼中，却显得破绽百出，速度慢得犹如在回放的慢动作。

苏落眼底浮现一抹嘲讽的笑意。

三阶的苏溪，若是放在前几天，她必须要用暗杀的手段，才有可能击败她。但是现在，她不巧也晋级到了三阶。三阶对三阶，她连柳乘风都能够击败，又何惧一个小小的苏溪？

苏落嘴角微勾，再不迟疑，凝聚出八个小火球，团团将利刃包裹住。

呼呼呼，小火球撞上剑刃，原本就虚幻的剑刃顿时化为无形，只剩下当中那柄直取苏落咽喉的冷剑。

苏落射出削铁如泥的匕首，匕首朝那利剑飞射而去，两者在半空相交。顿时，一阵火花带闪电，噼里啪啦响个不停。

随后，占了上风的匕首刺穿那柄利剑，朝苏溪的咽喉狠狠刺去。

看着飞速而来的匕首，苏溪眼底闪过一道恐慌，她骇然地感觉到一股杀气朝自己咽喉掠来——她似乎看到了死神的身影。

随着匕首越近，苏溪眼底的惊骇就越发明显，她甚至忘记躲避。

就在这千钧一发之际，一枚金币飞速朝匕首射来，只听见清脆的叮的一声。

匕首与金币碰撞，颤抖了几下，最终无力地朝地面跌落而去。

然而，还未等跌落地面，就被苏落捞在手中。

“二姐！”苏溪回头，看到那出现的倩影，顿时面上大喜，抱着她的胳膊简直喜极而泣。

周围的下人看到苏清到来，全都神色突变，眼中有着敬畏之色，瑟缩着身子试图往后躲，祈求避开苏清的视线。

苏清，传说中的天才，蓝海大师的关门弟子，小小年纪已经突破到四阶，往后的前途简直不可限量。

苏清一贯清冷如莲，有冰美人之称，她从来不会呵斥下人，却会杀人，毫不留情地出手，手段凶残，所以下人对她畏惧心更甚。

苏清一袭淡绿色素裙，纤腰盈盈一握，那张精致的小脸上此刻却柳眉微蹙，显然不太高兴。

“二姐，你终于来了。呜呜呜……”看到苏清，苏溪似顿时有了主心骨，刚才因受到惊吓而水雾朦胧的双眼顿时滑下两颗晶莹的泪珠，她抱着苏清泣不成声，却气呼呼地指着苏落，抽泣着，大声告状，“二姐，你快给我报仇。苏落这个贱人要杀我！”

苏清温柔地擦去苏溪脸上那成串的泪珠，声音清淡如风，“傻丫头，连个废物都打不过，专门给父亲母亲丢人现眼，看你以后还敢不敢再偷懒。”

苏落嘴角勾起一抹暗含讥讽的浅浅冷笑。苏清这话当真有意思得很。她说苏溪专门给父亲母亲丢人现眼，完全没将自己当成苏家人啊。

不过也对，在她苏清白莲花般清纯冷傲的眼中，身为废物的苏落怎么会有存在感？

果然，安抚了苏溪之后，苏清冰冷的目光似利剑般朝苏落射来，斜睨了她一眼，神色淡淡的，皱眉道：“苏落？”

“不知二姐有何指教？”苏落神色淡淡地迎接她的审视。

苏清清冷地瞟了她一眼，很显然她依然没将苏落放在眼底，只淡淡地冷哼道：“没想到你这丫头隐藏得还挺深呢。”

苏溪的实力并不差，能够将苏溪逼成这样，那苏落的修为绝对在三阶之上，但奇怪的是，她竟然丝毫感觉不到她身上的灵气。这点让苏清有点想不通。

“我这一点点的修为，又怎能入二姐的法眼？”苏落目光淡淡的，嘴角微扯，似笑非笑地瞟了苏清一眼。

苏清那种居高临下的傲慢气息无处不在，即使已经知道了苏落不是废物，但此时的苏落在她眼中，也依然如蝼蚁般，她根本没将苏落放在眼里。当然，苏落对她也没什么好感。

苏清虽然神色淡淡的，但是比起苏溪来却可怕得多。苏溪虽然骄纵蛮横，但她实力摆在那里，而且喜怒哀乐都摆在脸上，一眼就能看出深浅。

相反，苏清却是对什么都淡淡的，高深莫测的样子，谁也猜不准她心中在想什么。

苏清阴冷地看了苏落一眼，微扯嘴角，“你倒是有自知之明。”

苏落淡淡挑眉，不置可否。

苏清冷道：“既如此，就跪下给小溪磕头认错，磕上九百九十九个头，我就饶你不死。”

磕九百九十九个头？苏清还真是绝情啊。

苏落淡淡地看她一眼，冷然道：“二姐有所不知，先出手伤人的可不是我，而是苏溪。”

谁知，苏清却清冷地点头，“她输了，我自然会教训她。至于你，必须磕头道歉。”

既然知道，还敢如此苛求她，还真是两套完全不同的标准，苏清真是有恃无恐得很啊。苏落心中冷笑，面上却不显，冷声问：“如若不然呢？”

苏清不耐烦地蹙眉，“既然方才你不顾姐妹之情，连小溪都敢射杀，那么，就尝尝我的匕首吧。”话音刚落，她不待苏落回答，衣袖中的匕首就猛然间朝苏落飞去，目标直取她咽喉要害。

那破空而来的劲风，比之先前的苏溪，不知道强了多少倍。

四阶武者不愧是四阶武者，远不是三阶可比的。

但是，四阶的武者苏落又不是没杀过，她面色一沉，心中闪过一丝冷笑。

既然苏清敢动手，那么今日就看看她到底有多厉害，看看是什么样的资本能让她如此目空一切吧。

那柄锋利的匕首直接朝苏落迎面射来，气势汹汹，带着诡异的轨迹，简直让人防不胜防。

苏落双手交织在胸前，凝聚出一个黑色的大手印，砰的一声就朝那柄匕首砸去。

黑色大手印与匕首相互撞击，苏落顿时感觉到虎口处传来一阵剧烈的疼痛。

一股气血从胸口往上涌，苏落当场便呕出一口鲜血。

她当下不敢造次，噔噔噔地疾速后退，直直退了有十几步之远。最后，后背狠狠撞在墙壁上。

这一撞，直撞得她气血翻涌，喉咙一阵腥甜，顿时又是一口鲜血喷出来。

苏落干脆抹去嘴角的血迹，双眸晶亮地瞪着苏清。

三阶和四阶，果然是天壤之别。

而且看苏清刚才出手的样子，她分明不是初入四阶，反而像是四阶中期的样子。

因为在落日山脉的时候被瑶池仙子的属下追杀过，但是追杀她的不是三阶就是四阶，所以对于这种阶段的武者，苏落了解得比较多。

此时，苏清瞥了苏落一眼，眉毛却是一皱。

对于先前那柄匕首竟然能被苏落挡住，她显然非常不满意。因为那柄匕首她用了七分力道，她满心以为能够直接将苏落当场刺杀的。苏落根本就不是她的对手。

苏清妙目中浮现一抹讥讽，“既然你执意找死，那我就成全你。”

苏清之前或许还没将苏落放在眼里，只将她当成一个可有可无的蝼蚁，但是现在她显然已经盯上苏落了，她并不打算就此放过她。

她冷冷一哼，再次朝苏落动手。

她这次并不用武器，而是将灵力凝聚在右掌之内，直接朝苏落面门抽去。

刚才，苏溪就是用这一招被苏落踹了一脚，苏清看得很清楚。

现在既然是为妹妹找回场子，自然用这一招是最好不过的了。

苏落眼芒一闪，浮现一抹冷意。在这苏府之内，苏清和苏溪对她咄咄逼人，直言要杀她，还真是胆大，难道她们就不怕苏子安吗？

不！苏落眼底闪过一抹嘲讽的冷笑。苏子安对自己素来不喜，再加上上次的事情，他对自己的不喜更甚，如果苏清真的杀了自己，他立即就会找借口替苏清开脱吧？

面对那来势汹汹的一掌，苏落再次在半空中祭出黑色大掌印，拼着今日重伤，她也绝对不会让苏清好过。

就在此时，一道恼怒的声音在门外响起。

“都给我住手！”

因为这道声音，苏清的掌印慢下来，继而收回。苏落祭出的大掌印也跟着收回去。

两人双双朝发出声音的地方看去。

只见苏靖宇快步走来，额上带着细密的汗珠，神色紧张中还带了一丝焦灼，怒声道：“你们两个人在干吗？还嫌府内被毁得不够？”

苏清皱眉，正欲说话，却被苏靖宇当场打断，只见苏靖宇拉起苏清的手立马就走，“二妹，大哥找了半天终于找到你了。快、快随二哥到前厅去。”

苏清淡淡地甩开他的手，清冷着声音，“大哥的性子也太着急了些。”

哪知苏靖宇非但没有听劝，反而急得差点跺脚，“二妹，你还真沉得住气，你知道谁来我们府上了吗？”

“不管是谁来府上，大哥都应该淡定从容，不该如此焦灼急迫，不然，往后父亲怎么敢将这偌大的苏府交到你手上？”苏清蹙眉，显然对苏靖宇的所作所为很不满意。

苏靖宇急道：“还淡定从容什么？晋王殿下、晋王殿下来我们府上了。”

“谁？”苏清顿时面色呆滞，神色复杂地看着苏靖宇。

“你以为是谁？这世上还会有第二个晋王殿下吗？”苏靖宇声音中带了一丝丝的兴奋，“二妹，你也真是的，与晋王殿下都到这地步了，怎么还跟我们瞒得这样紧？害得父亲母亲都有些措手不及。”

“啊？”苏清有些不解了。除了上次从北辰影大人口中得知晋王对自己有好感之外，最近她都没见过晋王殿下啊。

苏靖宇兴奋得简直要手舞足蹈了，他喜滋滋地乐道：“晋王殿下带了好多礼物过来，说是听闻咱们府上出了点事，特来看望呢。其实啊，我们都知道，晋王殿下肯定是为了看你而来。走走走，跟这废物浪费什么时间，咱们赶紧见晋王殿下去。”苏靖宇不屑地扫了苏落一眼，拉着苏清就走了。

此时的苏清虽然面上依旧冷如冰霜，但是那低垂的眉眼，那紧张得手足无措的羞涩模样，怎么看怎么像怀春少女，哪里还有半分冰美人的气质？

看着大哥拉着二姐快步而去，苏溪眼眸中闪过一丝恼怒之意。

晋王殿下那样的神祇怎么会喜欢上二姐呢？虽然说二姐确实很好，但是……原本还以为能跟太子殿下结亲，她就会是天底下最幸福最高贵的女人，可是与晋王殿下一比，太子妃这个位置就显得鸡肋了。

若是可以选，她当然也会选晋王殿下啊。

但谁都知道晋王殿下与瑶池仙子是一对的嘛，怎么会突然间看上二姐呢？

苏溪是怎么想都想不通，越想越不甘心，她最后恨恨地瞪了苏落一眼，大声骂道：“蠢货！晋王殿下对二姐一往情深、痴心一片，不日，二姐就会成为晋王妃了，羡慕死你，哼！”

苏落有些玩味地看着那渐行渐远的兄妹，又戏谑地扫了眼前的苏溪一眼。

这事当真是有趣极了。经过上次北辰影那么一闹，苏清竟然真当南宫流云对她心怀好感了？据她这几日与南宫流云的相处，可半分都没看出来他与苏清有什么瓜葛呢，简直连提都没提过她呀。

这里面弯弯曲曲的误会，当真是好玩极了，若是苏清知道这其实只不过是北辰影搞的一个乌龙，那当真是……好期待她那张剧变的脸呢。苏落想至此，不由得扑哧一声笑出来。

苏溪难以置信地瞪着苏落，用看疯子一样的眼神瞪她，“你这个白痴，你傻笑什么？难道你都不嫉妒不羡慕吗？那可是晋王殿下耶。全天下有哪个少女不梦想着嫁给晋王殿下的？你竟然还笑？真是个傻子。”

苏落慢腾腾地瞟她一眼，“你不是跟太子正勾搭着吗？怎么，也看上晋王殿下了？”没想到南宫流云那厮还有挺多粉丝的嘛，瞧，眼前这小萝莉都有太子这个未婚夫了，却还是他的忠粉。

苏溪面色一凝，不悦地偏过脸去，“闭嘴，我不跟你说话了。哼！”重重哼了一声，苏溪提起裙子转身就走。

“这就走了？不喝杯茶再走？”苏落朝她的背影凉凉地叫着。

苏溪回头狠狠瞪了苏落一眼，大踏步气呼呼地转身离去。

二姐都走了，她不走又能留下来干吗？打又打不过她。真是气死苏溪了，什么时候这个废物的实力超过她了？

苏溪决定回去后就闭关，好好修炼，下次一定要将苏落打得片甲不留，杀杀她的锐气。

领头的苏溪都走了，其余人还留着干吗？一群人紧随着羞愤地落荒而逃。

苏溪气呼呼地走着，忽然，她回过神狠狠地瞪着后面这些下人，白皙的手指指着她们，“你们给本小姐记住了，今日的事谁都不许提。要是说出去……”今日简直是丢脸丢到姥姥家了。

一群下人唯唯诺诺，全都缩头表示不会传出去。

小玉捂住闷痛的胸口，低声问：“小姐，四小姐会武功的事……”这事瞒不住吧？

“哼，要是她想去爹爹面前邀功，早就去说了，何必等到现在？你们给我记住了，她会武功的事谁都不许提。”既然苏落这个贱人自己不说，那岂不正好？

“是是是。”一群奴婢忙不迭点头。五小姐行事乖张暴戾，手段凶残，说到做到，谁敢违抗她的命令？

却说前厅。

主位那张太师椅上，南宫流云高高端坐着，骨指分明的手上端着白玉茶杯，慢悠悠地品着茶。

而下面，苏子安等人诚惶诚恐地在下首陪坐着。在这压抑的气氛里，大家连大气都不敢出。

苏子安虽然一开始从北辰影口中得知，晋王殿下对他家的清儿有好感，他也只是笑笑没当真，但没想到这竟然是真的。从来不曾踏足苏府的晋王殿下竟然携带礼物上门了。

晋王殿下，竟然会亲自到下臣的家中……这要是说出去，谁信啊？

苏子安战战兢兢地偷看一眼晋王殿下，见他双眸高深莫测，但嘴角却是微微扬起，显然心情不错。这一看，苏子安也就放心了。

南宫流云慢条斯理地饮了口茶，凤眸微眯，淡淡地瞟了苏子安一眼，“苏大将军好福气，有那样一个惊才绝艳的好女儿，这西陵国该有多少人羡慕你啊。”

他的落丫头不仅天赋惊人，而且还是木火双系炼药师，初级炼药师可以炼制中级丹药的千年难遇的奇才，更何况她还是大陆遗失已久的空间法师，这一桩桩一件件，随便拿一样出去都足够震慑人了。

确实，有这样一个女儿，这世上还有谁比苏子安的福气更好呢？

苏子安哪里想到晋王殿下口中所谓的女儿指的是苏落？在他眼中，苏落就是一个被放弃的草包废物，所以，当南宫流云说出这句话的时候，他脑海中第一个浮现的人就是苏清。

苏子安双眸闪过一抹晶亮光芒，谦卑地赔笑道：“殿下谬赞了。那丫头虽然天赋不错，但是跟殿下您一比，那就是地上的尘埃，根本没法比的啊。”

“哦？”南宫流云惊奇了。

这苏子安跟柳家老爷子有一点上还真像，都是严于待人宽以待己。

落丫头那样的天赋在他眼中竟然成了地上的尘埃？他自己一把年纪了也不过才小小的五阶罢了，竟然还看不上落丫头那样的绝顶天赋？

旁人若是说他，他根本不会放在眼里，但是对他的落丫头不敬，南宫流云那双流光溢彩的美眸瞬间闪过一丝冰寒。

两个人浑然不觉他们在鸡同鸭讲，所指的根本就不是同一个人。

苏子安毫无所觉，见殿下不动声色地把玩着茶杯，还以为自己说对了，犹自滔滔不绝地自谦，“那丫头啊，也多亏了运气好，小小年纪就拜了个好师父，不然的话也没有现在的成就，不过这些成就跟殿下您比起来，就差远啦，差太远啦……”

南宫流云不悦地蹙眉。拜了个好老师？他的落儿什么时候拜师了？他怎么不知道？那师父是谁？是男是女？长得好不好看？

果然，陷入情网中的男人智商都不会太高，包括晋王殿下在内。他直接忽略一切直奔主题，在那纠结苏落师父的问题了。

正待问，门外就响起一道急促的脚步声，继而便出现了苏靖宇那张笑容洋溢的脸。

“都到这份上了，还害臊呢？别磨蹭了，快进来吧。”苏靖宇一脚踏进大厅，却发现今日的女主角、他的宝贝二妹苏清落在了后面，回头一看，正好看到苏清那张绯红娇羞的小脸，于是便好笑地催促。

清儿丫头那样冷清的性子，一提到晋王就完全变成了娇羞的小姑娘，可见晋王殿下的魅力有多大了。

苏清点点头，敛容正色地清咳一声，将面上的娇羞强制收敛住，这才低头垂眸走进大厅。

苏清一进来，苏子安就呼出一口浊气。

好了好了，有清儿在，晋王殿下的注意力肯定不会再放到他身上了吧？苏子安擦擦额头上不知何时冒出来的冷汗。

苏清有些磨蹭，她迈着小碎步，步步生莲，婀娜多姿地朝晋王殿下摇曳而去，动作因为紧张而显得有些僵硬。

大厅里，苏子安、苏夫人，包括苏靖宇，三人全都嘴角含笑地看着苏清。这丫头平日清冷得很，现在终于也知道娇羞了吧？就该如此。

苏夫人脸上的笑容更盛，笑靥如花，对现在的情况满意得不得了。

苏溪能攀上太子殿下的高枝已经很让她高兴了，现在苏清比之更胜一筹，竟然让晋王殿下为她牵肠挂肚，纡尊降贵到苏府来……

苏夫人暗自乐道：不愧是她生出来的女儿，果然就是魅力非凡。

在场所有人的目光都投注在苏清身上，旁人的目光她倒不在意，但是……苏清偷偷抬眸朝晋王殿下看去。

见他那双漆黑如墨的美眸凝望着自己，顿时，好不容易收敛的绯红唰一下就出现在那张白皙的脸上，顿时将她衬得娇羞连连，如三月樱花般绚丽。

苏子安见到苏清这羞涩的小模样，顿时笑开了，“哈哈哈，清儿，快过来见过晋王殿下。”

苏清娇羞地半垂眼眸，朝晋王屈膝行了一礼，“见过晋王殿下。”

南宫流云目光清浅地瞟了她一眼，凤眸微眯，高深莫测，随意道：“起来吧。”

晋王殿下的冷淡，大家都不以为意，觉得很正常，而且还觉得他非常和颜悦色。

苏夫人笑看着眼前这对璧人，男的俊美如斯，女的貌美无双，简直就是男才女貌，天作之合，没有比这更般配的了。好、好，真真是好极了。

苏夫人嘴角咧开，脸上是怎么都抑制不住的满意笑容，真真是丈母娘看女婿，越看越满意。

苏子安不断地给苏清使眼色。苏清知道，父亲这是让自己多跟晋王亲近亲近……可是，两人根本就不熟。晋王既然上门而来，主动的不该是他吗？怎么要她来？真是羞死人了。

偷偷瞥了一眼晋王殿下，却见他那张绝美无双的俊颜，还有那双比星辰还要亮的双眸，眼底隐隐闪耀着璀璨的光芒，透出傲然绝世的锋芒……

能被这样的男子爱慕，当真是自己几辈子修来的福气。

也罢，既然他主动上门来，那自己也该主动回应才是。毕竟晋王殿下高高在上，他能上门来，已经非常出乎她的意料了。

苏清心中羞涩得不行，面上自然也带了几分出来。她娇羞地上前取过茶壶，对着晋王殿下那搁置在桌上的白玉茶杯注茶，“殿下，府上的茶叶自然没有晋王府的好，您多担待些。”

南宫流云又瞟了苏清一眼，声音淡淡的，“搁下，一旁坐着吧。”

这女的是落丫头的姐妹吧？唉，要娶到落丫头真不容易，还要捺着性子跟这些乱七八糟的人虚与委蛇。南宫流云有些不耐烦地想道。

然而，苏子安见此却心中大喜。是了是了，晋王殿下对清儿果然情深意切，瞧，自从殿下进了府邸，对苏清最是和颜悦色，还赐她坐下，这些都足以说明一切。夫人先前还担心北辰大人说胡话，现在总没有假了吧？想至此，苏子安得意地朝苏夫人挑眉。苏夫人抿唇一笑，暗暗点头。

夫妻俩大庭广众之下眉来眼去，这一切都落到南宫流云眼中。

南宫流云有些不悦地蹙眉。

传说护国大将军生性威严冷肃，谁能想到他会如此轻浮？还有那什么苏清，听说冷艳高贵得很，但方才据他所见，与外面那些花痴草包女有何区别？

苏靖宇注意到晋王殿下的目光，顿时清咳一声，试图转移他的注意力，“晋王殿下您太客气了，您带来的那些礼物，做彩礼都足够了。别人要是不知道的，还以为您是来我们府上下聘呢，呵呵呵。”

苏靖宇见晋王殿下一瞬不瞬地盯着他，顿时觉得有些尴尬，干笑起来。他说完话才意识到自己简直太造次了。

晋王殿下是谁啊，他的事是自己能够乱说的？这般一想，苏靖宇顿时浑身打了个激灵，面带惶恐，差点就跪下了。

谁知道，南宫流云听了非但没有不悦，他那殷红的上唇反而上翘，带了几分笑意，却又有几分幽怨的叹息，“你这话说得本王爱听，只可惜，就算本王带着金山银山做彩礼，某人她也不答应啊。”

他的落丫头真真是不好追啊，也不知道他的追妻路还要走多遥远才能抱得美人归。有时候一想，真是恨不得直接将她抢回家算了。

苏靖宇没想到晋王殿下会发出这样的感叹，随即略一思索，便自以为明白了，笑得好不有趣，“殿下，您多虑了，这世上怎么会有不答应您求婚的人呢。清儿，你说是吧？”

原本就因为刚才晋王殿下那一句彩礼而心绪错乱的苏清，被苏靖宇一问，有些娇羞地垂眸，声若蚊呐，“是……我、我、我答应的。”说罢，她脸上飞上一抹红霞，双手紧张地交握着，羞答答地低垂着脑袋，简直不敢抬头了。

苏清此话一出，苏子安等人顿时高兴得快要飞起来了，特别是苏子安。他哈哈大笑起来，笑得特别酣畅淋漓。

他的清儿被晋王殿下看上，想必很快就能做晋王妃了。看来很快他这位置又要往上挪一挪了，真是太高兴了。

南宫流云的耳力多好啊，即使苏清说得再轻，他也不可能听不到。只是，他有些想不明白，为何这姑娘突然脑抽说出答应不答应这番话来，他要娶的人又不是她。

这苏府的人脑子都抽了吧？难道除了他的落丫头，就没一个正常人了？

还护国大将军呢，脑抽的人怎么护国？看来这位置确实要动上一动了。

南宫流云等得有些不耐烦了。他做事一向随心所欲，肆无忌惮，今日能捺着性子在这苏府大厅等着，全是因为他的落丫头。因为这些是她的家人，所以他才会捺着性子坐着。

可是等来等去都等不来落丫头，南宫流云顿时不悦了，他那双幽冷的凤眸扫向苏子安，“苏将军，本王要见的人呢，怎么还没到？”

此话一出，苏子安那愉悦的笑声顿时戛然而止，他有些迷茫地看着晋王殿下，好半天才回过神来，“殿、殿下，清儿不是已经站在您面前了吗？”

南宫流云剑眉冷蹙，不悦地冷哼道：“清儿？那是什么东西？跟本王要见的人有关系？”

此话一出，顿时，全场所有人都倒抽一口冷气，全都难以置信地呆愣地瞪着南宫流云。

苏清的脸色在一瞬间变得煞白，哪里还有一丝娇羞之色？那双清冷的美眸瞪得大大的，死死看着晋王殿下，一脸的难以置信。

“这、这话怎么说的？殿下您要见的人，难道不是清儿？”苏子安嘴角僵硬，讷讷出声。他感觉到自己脑子一片空白，僵硬如铁，根本无法思考了。

南宫流云重重将茶杯丢到桌上，蹙眉冷道：“本王管你什么清儿浊儿，还记得本王之前说的那话？”

“殿下说，要末将把末将的女儿叫过来……”苏子安僵硬地回忆着，只是他发现自己脑子反应很慢，木讷而空白。

“那么你是怎么做的？”南宫流云不耐地呵斥，“本王要见的是你们府上的某位姑娘，你叫个乱七八糟的花痴过来应付本王？苏子安，你好大的胆子啊。”

乱、乱七八糟的花、花痴？苏清原本就苍白的脸顿时白得全无血色，全身僵硬如铁，如木桩一样杵在那里，动都动不了。

晋王殿下竟然说她是花痴……

这两个字在苏清脑海中无限循环，扩大，无限放大，再放大……

苏靖宇和苏夫人也全都蒙了，他们呆呆地看着晋王殿下，见晋王大怒，心头都浮现一抹寒意。

苏靖宇终于鼓起勇气，哆哆嗦嗦地问："殿、殿下，您要见的不是清儿吗？您和清儿不是……"

"不是什么？"南宫流云眼眸闪过一道寒光。

苏靖宇紧张地咽下口水，终于鼓起勇气，小声问道："您要娶的人……难道不是清儿吗？"

南宫流云闻言，先是一愣，继而又觉得可气。他似讥似讽地指着苏清，难以置信地道："你们疯了吧？拿这样的花痴草包来跟本王相提并论？在你们眼里本王就是瞎子不成？苏子安，你好大的胆子啊。"

苏子安闻言，已经顾不得别的了，顿时诚惶诚恐地跪地，"殿下息怒、殿下息怒啊，都是犬子无知，在外面听了些胡话就信以为真，还望殿下您大人有大量，千万要息怒。"

苏清整个人瞬间傻了。

若说刚才她对晋王殿下还存有一点点的幻想，那么现在，她的美梦彻底被打碎了，而且永远都无法完整了。

她想了无数遍，怎么都想不到在晋王殿下眼中，自己竟然是这种人……花痴、草包、废物……这些不是苏落的专有标签吗？怎么会贴到她身上来？

苏清想哭，却发现自己脑子蒙了，一颗眼泪都掉不出来，只觉得傻傻的、呆呆的，周围的空气让她觉得窒息、压抑，几乎要昏过去了。

她呆呆地凝望着晋王殿下，而对方视她如敝屣。在他眼中，自己竟然什么都不是……她刚才竟然还在奢望，这个冷酷薄情的男人会对她一见倾心。呵呵，自己果然是太愚蠢太自以为是了。这样的男人，怎么可能会为一个女人停留？怎么可能！

南宫流云吝啬得连一个眼神都不给苏清，目光淡淡地扫向苏子安。

这一眼，轻描淡写的，却让苏子安感到心惊肉跳，心慌得不行。

第二十六章 秋后算账

苏子安急急朝苏靖宇怒喝道："还愣着做什么？赶紧去将你妹妹们都给叫过来。"

苏靖宇有些呆愣，神色间也有些复杂。他默默地看了晋王殿下一眼，低沉着声音，"都叫谁呢？"

"全部！"苏子安见晋王殿下抿了一口茶，神色淡淡的，心中却越发惶恐了。谁知道惹得这活阎王不悦，他会做出什么疯狂的事来？

苏靖宇讷讷嘀咕："有这必要吗？单叫五妹不就行了？"

反正苏挽已经是残花败柳了，苏落那根本就是废物，这两个人叫来干吗？

苏子安见晋王殿下蹙眉，神色惊慌，一巴掌朝苏靖宇脑门上拍过去，怒道："叫你去你就给老子赶快去，滚！"说着，苏子安重重踹向苏靖宇屁股，直接将他踹出门外。

苏靖宇揉着钝痛的臀部，面色阴鸷，神色阴郁，甚是不悦。不管他心情如何，晋王殿下就在前厅坐着，他们谁也得罪不起。

若是惹得晋王殿下不高兴，苏府阖府被灭，消失在茫茫历史中，这也不是什么难以想象的事，毕竟这种事晋王殿下不是没做过。

唉，可怜的二妹，心心念念那么久，到头来却是竹篮打水一场空，最后还不是要便宜了五妹？只是五妹……苏靖宇又纠结了。

五妹与太子殿下素有暧昧，父亲和皇上也已经达成了共识，不日就会下圣旨赐婚，现在晋王殿下来这一手，打得他们措手不及，也让他们难以抉择。

还有太子殿下……苏靖宇烦躁地揉揉突突直跳的太阳穴。

虽然他私心里觉得晋王殿下是太子无法企及的，但明面上他还是太子这边的人哪。

太子又对晋王殿下恨得咬牙切齿，同晋王殿下势不两立，这一点自己比任何人都要清楚，可现在这局面……想想都让人觉得头大。

苏靖宇下意识地就认定晋王殿下要见的人是苏溪。

因为在他看来，苏挽已经被败了身子，这辈子都不可能翻身了；至于苏落，那简直就是草包废物，他连正眼都不会看她，更何况是晋王殿下那种九重天上的神祇？

把苏落叫到晋王殿下面前，那都是污了殿下的眼。

不过，苏靖宇虽然非常不情愿叫苏落，却碍于苏子安之前的吩咐不得不叫，于是，他便吩咐了两个下人去请苏挽和苏落，他自己则信步朝苏溪居住的院落走去。

砰！瓷器落地的清脆声音在房内响起。

接着又是噼里啪啦一道道清脆的打砸声，听得人心惊肉跳。

苏靖宇眉宇微蹙，神色不悦地快步朝里边而去，待他看到里面的场景时，眉心蹙成了川字。

此时房内一地的碎瓷片，各种能砸的东西都被砸了，就连桌椅家具都被砸得粉碎，简直像经历了一场地震。

"苏溪，你这又是在发什么脾气？"苏靖宇非常不悦地瞪向苏溪。

现在全家都被晋王弄得焦头烂额，她却还在这里砸古董瓷器发泄，这叫什么事啊？

苏溪回头恨恨地瞪了苏靖宇一眼，气鼓鼓地说："你别管我，你去巴结二姐去吧。她就要飞上枝头做凤凰了呢。你们全都巴结她去好了嘛，来找我干吗？"

苏溪被苏夫人他们娇生惯养着，她一向是藏不住话的，喜怒哀乐全都显示在脸上。

苏靖宇一听就明白了，敢情这丫头在吃清儿的醋呢。可惜这丫头却不明白现在清儿的处境有多艰难。

苏靖宇双手抱臂，凉凉地瞟了苏溪一眼，"她是你二姐，如果她能做晋王妃，我们全家都会水涨船高。再说，你不是跟太子眉来眼去了吗？能做太子妃你还不知足？"

"在晋王殿下出现之前，太子是不错，可是现在太子他能跟晋王殿下比吗？大哥，你摸着自己良心说，能吗？"苏溪咄咄逼人，步步逼近，一双杏眼瞪得很大，双颊鼓起，气呼呼的样子。

"你这臭丫头还真是刁蛮任性。"苏靖宇戳戳她脑门，牵起她的手，"行了，跟大哥走吧。"

"去哪里？"苏溪显然不太乐意，一把甩开他的手。

"前厅，某人想见你。"苏靖宇笑得有些高深莫测。

"不去。"苏溪气鼓鼓地坐在床头，一把抱住床柱子，脑袋搁在上面，"我不去，不高兴去，不乐意去，谁爱去谁去！"

"哦？真不去啊？"苏靖宇觉得逗弄这小丫头有趣极了，心中的阴霾也一扫而空。

反正不管是清儿还是溪儿，两个都是他妹妹，而且两个都喜欢晋王，他这个做哥哥的还是不要管那么多了。

“嗯，不想去，大哥快走，看见你就烦。”苏溪不耐烦地挥手。

苏靖宇抬脚就走，走到门口的时候却慢悠悠地叹了口气，“唉，那么出彩的清儿晋王殿下不要，却怎么会偏偏看上你这么个臭丫头呢？真是让人费解。行了，既然你不去……”

“啊啊啊！”苏溪顿时一蹦三尺高，脑袋磕到床柱上，疼得她眼泪都要出来了。

但是她根本顾不得疼痛，直接就朝苏靖宇扑过去，脸上激动得肌肉都在抖动，“大、大哥，刚才你在说什么？你说什么来着？”

“没什么，我可什么都没说。”苏靖宇双手一摊，无辜地耸肩。

“大哥！”苏溪双手去掐苏靖宇的脖子，面目狰狞，佯怒道：“快说快说，你想急疯我是不是！”

苏靖宇有些无奈地叹息一声。

晋王殿下怎么就有这么大的魅力？家里这些丫头平日里一个个趾高气扬清高冷傲得不行，谁的账都不买，但是一碰到晋王殿下，一个个都蜷缩成了小猫咪，乖巧得不得了。

果真那句话说得对，一见晋王误终身。

其实不仅这些丫头，就连父亲母亲包括自己在内，不也在晋王殿下面前大气都不敢出吗？

可见，有那么一种人，与生俱来就有一种让人臣服的魅力。

“大哥，再不说我掐死你！”苏溪面目扭曲，恶狠狠地瞪着苏靖宇，急得脑门都快冒黑烟了。

苏靖宇无奈地叹一口气，“好了好了，大哥不逗你了，晋王殿下确实没看上清儿，之前的一切都是误会。但唯一可以确定的是，晋王殿下看中了我们府上的姑娘。”

苏靖宇每说一句话，苏溪眼底的光芒就亮上一分，激动得小脸绯红似血，双唇抑制不住地颤抖。

苏靖宇宠溺地揉揉她的脑袋，继续说道：“你说，咱们府上除了清儿和你，还能有别人吗？既然清儿已经被排除了，那么，唯一的可能就是你了，现在明白了吗？”

苏溪呆住了，呆了好半晌才回过神，嘴角咧开笑容，越来越大，越来越灿烂……整个人几乎乐傻了。

“大哥，你说的是真的吗？晋王真的看上我了？他要娶我做晋王妃？天啊！”此时的苏溪心花怒放，她觉得整个天空都晴朗了，世界一下子变得美好了。

“当然，除了你还能有谁？”苏靖宇高兴地说。

对于他来说，这两个妹妹无论是谁成为晋王妃，对他的好处是同样的。

“天啊、天啊，老天爷对我也太好了吧？天啊！”苏溪美滋滋地乐着，不断地转圈，激动得整个人差点要疯了。

“哎哟……”忽然，苏溪口中发出一阵惨叫声，跟着整个人都歪倒在地上，地上都是她自己丢的碎瓷片，顿时，她整个臀部被扎了无数个伤口，鲜血斑驳透出。

“小溪……”苏靖宇心疼地将她拉起来，拉着脸责备道：“你这丫头怎么这么粗心？痛不痛？”

苏溪一直在笑，笑得几乎合不拢嘴，忙摆手道：“不疼不疼，一点都不疼，嘻嘻嘻……”

“你这丫头简直乐傻了。”苏靖宇没好气地点点她额头。

“嘻嘻嘻。”苏溪一把推开苏靖宇转身就朝门外跑去，“大哥，我去见晋王殿下了，你慢慢来。”

“喂，小溪等等我。”苏靖宇大声疾呼出声。然而还未等他回身，苏溪整个人影已经跑没了。苏靖宇只能无奈地摇摇头。

见苏溪这般模样，苏靖宇心中暗叹：晋王殿下放弃清儿，也不知是不是好事。

却说苏溪一溜烟飞快地朝大厅奔去。

站在门外，苏溪狠狠吸一口气，平复下激动的心情，然后她才抿唇，掩住眉梢眼角的喜色，信步走了进去。

苏子安和苏夫人见苏溪到来，心中格外复杂，两人都心疼地朝苏清看去。

苏清一双美眸死死盯着婀娜多姿摇曳而来的苏溪，那双眼冷如千年寒冰。如果眼神能杀人的话，此刻的苏溪已经没命了。

注意到苏清的嫉恨目光，苏溪挑眉斜了她一眼。哼，二姐从小就比自己天赋好，更是小小年纪就拜了位好老师，她不回来还好，一回来就夺走所有属于自己的关注与目光——她还真以为她是孔雀开屏人人喜欢呢。

偏偏晋王殿下就是喜欢自己，让她嫉妒去吧。一直都暗中嫉恨苏清的苏溪此时似乎翻盘了，她完全不在乎苏清的感受，反而后者越难受她心中就越舒服。

原本是同父同母的亲姐妹，平日里也是同舟共济，亲密无间，但是因为一个男人，姐妹俩顿时心生嫌隙。

苏溪摇曳生姿地挪到晋王面前，乖巧行礼。

南宫流云漫不经心地喝茶，根本没有理会她的意思。

苏溪心中急了。大哥不是说晋王殿下对自己有意吗？怎么会是这样的态度？难道大哥猜错了？不、不是这样的，绝对不会是这样子的！晋王殿下是属于她的！

苏溪僵硬的脸上赶忙挤出一丝笑容，她小猫一样乖巧地蹭到晋王殿下面前，伸出纤细皓腕想去握晋王殿下的手。

说时迟那时快，只见光影一闪，苏溪的身影已经被拂到门外去了，好半天外面才远远地传来一道惨叫痛呼声。

苏子安、苏夫人、苏靖宇还有苏清，此时全都瞪大眼睛，震惊地望着那被掀飞的身影，久久说不出话来。

苏夫人非常担心苏溪的伤势，但是因为晋王殿下在场，她根本连大气都不敢出，更别说中途离场了。

晋王殿下竟然直接将苏溪给打出去了，这简直是……

然而，南宫流云却面色淡定无波，浅浅抿一口茶，声音如寒潭里的寒冰，冰冷彻骨，“苏子安，你生的好女儿啊。”

苏子安心中猛然一沉。他知道眼前这位深不可测的晋王殿下有些动怒了。

只是他怎么都猜不到，晋王殿下来苏府，口口声声要见他苏子安的女儿，清儿被拒，溪儿被掀飞，到底要见的是谁啊，给个提示会怎样？苏子安简直有些焦头烂额了。

“殿下……您是不是弄错了？”苏子安硬着头皮上前答话，“既然清儿和溪儿都不是您要找的人，那您找的那位姑娘铁定不在我府上，还望晋王殿下查清楚。”

南宫流云慢条斯理地抿了口茶，气定神闲地开口，“苏子安，你这是在怪本王到你府上无理取闹了？”

云淡风轻的语气，轻描淡写的字句，但是听在苏子安耳中，却仿佛一道焦雷在他脑海中剧烈爆炸。苏子安知道晋王殿下不悦了。

可是，他这话明明就是好意，殿下怎么就不高兴了呢？实在是让他丈二和尚摸不着头脑啊。

可怜的他根本就不知道，因为自己无意间将苏落给排除掉，所以一遇上苏落的事就变得小气的男人现在生气了。

苏子安忙不迭为自己辩解：“殿下，末将并非指责您，而是说实话。末将就这两位女儿，再也找不出您要找的人了啊。”

南宫流云依旧优雅地坐着喝茶，黑眸中闪过一丝寒意，他轻飘飘地说了一句：“苏子安啊苏子安，你这人身在福中不知福啊，这辈子怕是要抱憾终身了啊。”

“啊？”苏子安完全不明白高深莫测的晋王殿下这句话包含的意思，他有些莫名地看着南宫流云，希望晋王能说得明白些。

南宫流云安静地端坐在那里，骨节分明的手指拿着杯盖，轻轻拨着茶杯内的浮叶，眼眸微垂，怡然自得地说：“你就真的只生了这两个废物女儿？”

南宫流云轻飘飘的声音中甚至带了一抹笑意，但是听在苏子安耳中却让他激灵灵打了个寒战。

苏清和苏溪被晋王说成废物，这点苏子安无法反驳，因为在晋王这样超凡卓绝的天才面前，谁人不是废物？只是，晋王这话是什么意思？难道他还有拿得出手的女儿？

苏挽已经被毁了，这辈子是不可能翻身了，至于苏落……苏落？不知为何，苏子安脑海中忽然浮现出当日苏挽在他面前告状的情景。

当日苏挽跑来书房找他，口口声声称苏落逃家出走，和晋王殿下一起去了落日山脉，后来因为证据不足所以此事不了了之，但是现在……苏子安忽然额头浮现一抹细汗。难道晋王殿下要找的人一直就是苏落，而不是清儿和溪儿？

不对、不对，大大的不对。

以清儿和溪儿这样的天赋都被晋王殿下称之为废物，苏落那样真正的废物，怎么可能入得了晋王的眼？这简直就是天方夜谭，绝无可能的嘛，简直荒谬！

但是晋王殿下咄咄逼人，一副不交出人就血洗苏府的架势，让苏子安不得不横眼射向苏靖宇，“不是让你去叫你妹妹吗？落儿呢？挽儿呢？”

不管如何，将那两个丫头都叫来让晋王殿下见过，到时候他自己看不上，就不关苏府的事了吧？就能送走这位地狱修罗了吧？

苏靖宇今日受的冲击真的很大。先是料定苏清能做晋王妃，谁知梦想碎裂；再是笃定苏溪能做晋王妃，结果又是一场空，苏溪还被毫不留情地甩出去……

现在他都蒙了，完全不明白高深莫测的晋王殿下心中的想法。

听到苏子安的喝骂声，苏靖宇瞬间回过神来，他结结巴巴地说：“三妹和四妹那里、那里，我怕来不及，就让下人去通知了……要不，我、我这就去？”

就在此时，外面传来几道细碎的脚步声。

众人全都朝门口望去。

在丫鬟的簇拥下，苏挽虚弱地被扶进来。

众人在看到她的一瞬间，不由得都瞪大双眼，继而别过脸去。

不过小小的一段时间，苏挽整个人完全大变样了。

以前的她身姿纤细苗条，宛若朝露，也是不可多得的美女。然而现在的她整个人臃肿不堪，看起来比以往足足胖了一圈，走动间全身肥肉都在颤抖。

天啊，这还是当初那个曼妙纤细的苏挽吗？现在的她根本就是一头肥猪啊。简直让人目不忍视。

苏子安偷眼去看那位高高在上的晋王殿下，他依旧在慢条斯理地喝茶，那无动于衷的样子，似乎他要找的人分明就不是苏挽。

也是，现在这肥猪一样的苏挽，怎么可能是晋王殿下要找的人？若晋王殿下真的选择这样的苏挽，那简直就是……瞎了眼！

苏子安嫌弃地挥手，“赶紧将她带下去，看着就晦气。”

“爹爹……”苏挽顿时眼泪滚滚，挣脱丫鬟的手扑过去抱住苏子安的大腿，“爹爹救命啊，爹爹，女儿每日里喝水，但不知为何竟胖成这样，您快想法子救救女儿吧，爹爹……”

苏挽真的想不明白，她根本就没怎么吃饭，怎么就变成了现在这副模样？现在好不容易能重新见到父亲，怎么能失去这个机会？不然她这辈子就真的毁了！

苏子安神色不定，皱眉道：“晋王殿下在，你给我安生些。来人，将她带下去。”

既然不是殿下要找的人，他自然就无须客气了。更何况苏挽……想起当初那场大火里所见的事，他就恨不得直接将这个丢人现眼的女儿掐死算了。

苏挽好不容易能被放出来，哪里会轻易放弃？只见她死死抱住苏子安的大腿，听到晋王殿下在此，她转身就朝晋王哭诉道：“殿下，求求您劝劝父亲大人，请个炼药师回来医治我吧，我真的受不了了，求求您了。”

南宫流云终于搁下茶杯，似笑非笑地挑眉，“这位是？”

苏子安干笑道：“让殿下见笑了，这位是苏挽，末将的三女儿，只是前些日子出了点事，所以……来人，赶紧将三小姐带下去！”

苏子安一声令下，顿时上来一群穷凶极恶的奴仆，七手八脚拉着苏挽就要将她拖下去。

苏府的三姑娘……南宫流云脑海中忽然闪过一件事，他缓缓抬手，“慢。”

轻轻的一句话，就让那些凶神恶煞的下人顿住。他们松开苏挽，疑惑地看着晋王殿下。

苏挽脱离了这些人的掌控后，知道就算父亲也不可靠，于是她跌跌撞撞地朝南宫流云扑去，匍匐着跪倒在地，哽咽着，“殿下救命，求殿下救命啊……”

此时，大家都看傻眼了，难道晋王殿下真的对残花败柳、胖得跟猪似的苏挽有兴趣？

如果此事是真的，那晋王殿下的口味未免也太、太重了吧？

此时，所有人都将视线集中到南宫流云脸上，一瞬不瞬地看着他，生怕错过一丝讯息。

南宫流云淡淡地看着苏挽，一双美眸隐藏着邪恶与魅惑，“哦？有人要害你？”

“是。有人在我的食物里下毒，要不然的话，我绝对不会在几日之内胖成这样的。殿下，求求您跟我父亲美言几句，您一句话，比我说一万句都强。”

苏挽眼泪汪汪，哭得梨花带雨。只可惜现在的她可看不出一丝的美感，配上那痴肥的身躯，越看越让人倒胃口。

晋王殿下竟然不嫌弃，反倒笑了。

南宫流云骨节分明的手指一下一下扣着圈椅扶手，似笑非笑地挑眉，“说不定是你做错了事，得到应有的惩罚呢？”

"不、不会……"忽然，苏挽似悟到什么，顿时眸中闪过一丝恶毒，"是苏落，肯定是那个小贱人给我下毒的。除了她没别人了。"

若说恨，这辈子苏挽最恨的人就是苏落了。

南宫流云眸中瞬间迸出一抹利刃，一股寒气从所有人脚底开始往上蹿。

"怎么回事？"此时大堂内大家都面面相觑，怎么忽然之间大厅内的气温好像瞬间降低了很多，让他们感觉到惴惴不安。

南宫流云依然优雅地坐在那，声音轻飘飘的，"你说的是……苏落？"他的声音温润慵懒，好听极了，高贵得难以触摸。

熟悉他的人都知道，晋王殿下要大开杀戒了。

"是，就是她。当初她害得我、害得我身败名裂，现在却还下毒害我胖成这样，好狠的心，好恶毒的女人！"苏挽气得面目狰狞，几乎快要疯了。

南宫流云忽然笑了，那笑容绚烂璀璨。

他淡淡地嗯了一声，慢条斯理地说道："确实，胖得跟猪似的，哦不对，这样岂不是在侮辱猪？"

此话一出，苏挽顿时错愕了。她傻傻地盯着晋王殿下，有些分不清这位传说中无所不能的晋王殿下是不是站在她这边的了。

他说的话还真刻薄得丝毫不留情面。

南宫流云慢腾腾地掏出一枚褐色丹药，在苏挽面前晃了晃，"不过是虚胖症，解毒丹药本王这里就有……"

什么？苏挽顿时双眸绽光，惊喜连连地盯着那颗解毒丹药，就跟狗盯着骨头似的，态度非常虔诚。

"这、这就是解药？"苏挽激动得嘴唇都颤抖了。

南宫流云的声音很温柔，似乎还带了一抹笑意，"没错的，这就是解药，只不过吃了后有点小小的后遗症。"

"什么后遗症？"被丹药药效吸引住的苏挽完全没注意到南宫流云那如墨双眸一闪而过的诡谲波光。

"这得用过才知道。"南宫流云浅浅抿了口茶，似笑非笑，目光阴邪，高深莫测。

"不管后遗症如何，都请求殿下赐药。若是真能解掉这毒，往后苏挽做牛做马来报答殿下。"苏挽一脸坚定，双手紧握成拳。这是她最后的机会了，而且如若能够跟在殿下身边……她简直是飞上枝头变凤凰了。

让人奇怪的是，南宫流云只高深莫测地勾起嘴角，邪魅一笑，毫不讨价还价地将那颗丹药抛给苏挽。

苏挽接过，也没就着水，直接就激动急切地将其吞进去了。

苏子安一行人眼巴巴地看着晋王殿下，怎么都想不通，这位阴晴不定的晋王殿下怎么就对苏挽另眼相待呢？难道他真的看中苏挽了？

但，总觉得哪里怪怪的……

苏子安跪倒在地，感恩戴德道："殿下赐药之恩，您的大恩大德末将没齿难忘……"

南宫流云随意摆摆手，止住了苏子安的虚假客套，嘴角勾起一抹诡谲笑意，"苏将军确实会没齿难忘的，只不过，感谢本王的话就不必了。"

"呃？"苏子安越发不明白了。晋王殿下这到底在搞什么？

却说苏挽吃下那丹药之后，药效很快就出来了。

那原本如肥猪一样的身躯，就像戳破的气球一样，以肉眼可见的速度迅速消瘦下来。

不到一刻钟的时间，她那满脸的肥肉、满身的膘肉竟然全都消失不见了，再次恢复了之前的曼妙身姿，脸上的皮肤较之前竟然还要好，光滑细腻，肤如凝脂。

大厅内，大家都惊奇地看着这神奇的一幕，惊讶得几乎说不出话来。

晋王殿下随身携带这枚丹药，而且珍而重之地将丹药给了苏挽……那么，苏挽就是殿下要找的人了吗？苏子安心头掠过一丝复杂的情绪。

若是知道殿下看中的是苏挽，他之前无论如何也不会那样待她的，现在补救应该还来得及。

想至此，苏子安脸上挤出几丝僵硬的笑意，对苏挽笑道："还不快去感谢殿下？若不是殿下赐药，你这辈子都毁掉了。"

"是啊，挽儿，往后好好跟着殿下，不许再淘气了啊。"苏夫人僵硬的嘴角挤出一抹笑，笑得很不自然。

苏靖宇也干笑着上前巴结，"三妹妹，往后过上了好日子，可别忘了大哥哦。"

苏挽趾高气扬地扫了他们一眼。这些人在她最落魄的时候落井下石，恨不得她早早死掉，现在知道晋王殿下爱慕自己，竟然一个个都跑来巴结。哼哼，以为她还会原谅他们吗？

苏挽傲慢地扬着下巴，几步走到南宫流云身边，乖巧地说："父亲，女儿已经是殿下的人了，往后苏府的事与我可没半点干系。"

苏子安怎么也没想到苏挽会当着大家的面说出这番话。他原本以为苏挽虽然心中有怨气，但是苏府毕竟养育她十几年，她总该有些感情的，却没想到她竟薄情至此。

苏子安脸上闪过一丝恼怒，"挽儿，怎么说话的？还不快给我过来！"

"我不！"苏挽理直气壮地站在南宫流云身边，颐指气使地瞪着这些曾经欺负过她的人，眼底浮现一抹恶毒光芒。

让人奇怪的是，不管周围如何纷纷扰扰，南宫流云只淡淡抿着茶，完全没有插手的意思。

他这是纵容苏挽，还是根本就懒得管？

因为摸不准晋王殿下的态度，所以苏子安心中到底有些顾忌，不敢上去硬拉苏挽，只黑着脸怒喝道："苏挽，别忘了不管怎么样，你都姓苏！"

苏挽见自己方才说自己是晋王殿下的人这句话，晋王殿下并没有反驳，这让她有了无穷的底气和信心，只见她冷笑连连，"姓苏？你以为我很想要这个让人恶心的姓氏吗？"

"苏挽，你胆大包天，难道就不怕祖宗家法？"苏靖宇没想到苏挽一朝得势立马就不认人了，冷着脸怒声喝道。

"祖宗家法？哈哈哈，好可笑的祖宗家法！当我受尽委屈的时候，祖宗在哪里？你们又在哪里？你们一个个都冷眼旁观、落井下石，恨不得我去死！既然如此……"苏挽的视线一一在他们脸上扫过，最后，眼中闪过一丝坚定的光芒。

"既然如此，这苏姓不要也罢。往后我苏挽与你们苏府没有任何一点关系，你们不要再来找我了。"

此话一出，苏子安的脸色顿时就黑了。

苏挽的咄咄逼人让苏子安感觉非常没面子。他堂堂护国大将军，一人之下万人之上，竟然被一个庶女逼到如此境地，这叫他有何颜面再立足在同僚面前？有何面目统领数万兵马？有何颜面再做这一家之主？

苏子安指着苏挽，怒声咆哮："好，这话可是你说的。来人，拿族谱来！"

苏子安气呼呼地甩袖，脸色铁青一片。

很快，就有下人捧着族谱上来。

苏子安见苏挽高傲地扬着下巴站在晋王殿下身边。她那不知悔改的样子，顿时让他怒上加怒，"苏挽，再给你最后一次机会，你是真的想要脱离苏家吗？"

苏夫人此时心中很复杂。她自然也希望将苏挽驱逐得远远的，免得看着闹心。但身份上她是苏府当家主母，在苏子安盛怒的时候，身为当家主母的她理应出来劝慰的。

苏夫人温柔地拉住苏子安的手臂，柔声劝道："将军消消气，逐出家门这是何等的大事？岂能在盛怒之下就做此决定呢？往后回想起来必会后悔的。"

苏子安缓了一口气，阴冷地瞪向苏挽。他何尝想将苏挽驱逐出府？更何况是在晋王殿下态度不明的情况下，但苏挽实在是太过分了。

苏挽冷冷一笑，"苏夫人，你也别假好心了，谁不知道你现在恨不得将我掐死？呵呵呵，苏将军，你还是赶紧将我的名字从族谱上划了吧，还以为我真的稀罕呢。"

苏挽口口声声苏夫人苏将军，分明是没再将他们当父母了。

"你……"苏子安顿时一口怒气涌上来，双眼瞪得很大，恨不得将苏挽掐死，

“好，很好！这可是你自己的选择，往后若是死在外头，苏府也绝对不会给你出头！”

苏子安盛怒之下一把取过族谱，在苏挽那一页重重划下浓浓一笔，将她的名字彻底从族谱中驱逐。

在这过程中，苏挽一直是冷傲地扬着下巴，斜睨着这些曾将她踩在脚底下的人。

不，还差一个……苏挽对此很不满意。

此时，外面又传来一阵脚步声，下人挑起帘子，只见一位眉目清秀的姑娘从门外走进来。

她一身淡绿色的拖地蝶圆纱裙，乌黑的秀发用一条淡色的丝带系起，脸上未施粉黛，却清新动人。

她步履平稳，仪态大方地缓步而来，给人一种清新灵动、光彩照人的感觉。

此人不是旁人，正是苏落。她见到众人，绽放出一个浅浅淡淡的笑容。

此时仪态大方的她哪里还是那个废物般畏畏缩缩的苏落？简直是焕然一新，似脱胎换骨。

南宫流云看到苏落，那双阴鸷的眼眸瞬间波光潋滟，脸上扬起魅惑众生的笑容。

苏落原本不想来的，这种热闹她从来不想掺和，但是听那去请她的下人说了前厅的经过，她却不得不来了。

如若不来，谁知道南宫流云会不会直接跟她的便宜老爹订下婚约，将她给订走了？这种事情还是自己在场才能更好掌控。

见到苏落过来，苏清冷冷地勾起嘴角。

苏挽看到苏落，眼中的恨意非常明显，不等别人说话，她一个箭步朝苏落冲过去，巴掌高高扬起，“贱人，你还敢过来？我杀了你！”

然而，面对一阶的苏挽，苏落轻轻松松侧身就避过了。

还记得上次与苏挽对战的时候，她连一点灵力都没有，但是现在的她却已经三阶了。果然时隔三日，当刮目相看。

苏挽没想到竟然打不到苏落，气得跺脚，“有本事你别跑，今日非杀了你不可！”

苏落双手抱臂，冷笑地斜睨她，“想杀我？就凭你？”

现在的苏挽想杀她，那是根本不可能完成的任务。

谁知苏挽听了这话，却冷冷地笑出声来，“苏落，我就知道你有武功，现在被我试出来了吧。你瞒着大家偷偷修炼，到底有什么阴谋？！”

苏落竟然有武功？苏子安顿时惊呆了。这丫头不是废物吗？神殿测试的时候不是一点灵力都没有吗？她怎么能修炼呢？

但是刚才看她避过苏挽攻击的样子，确实是有武功的，而且修为还不低。这到底是怎么回事？苏子安纳闷了。

不只苏子安，苏靖宇等人也纳闷了，只除了苏清。

因为她不久前才刚跟苏落对战过，对她的实力看得很透。虽然苏落的修为在她这个年龄来说不错，但还是比不上自己，所以她对苏落很有些看不上眼。

苏落淡淡扫了苏子安一眼，见他神色有异，便淡淡说道：“我不过是为了到时候给父亲一个惊喜罢了，能有什么阴谋？”

苏子安一听，刚才被苏挽伤害的玻璃心顿时愈合了，心花怒放开来。

是啊，苏挽那个自私自利的臭丫头逐出家门也就罢了，现在落丫头已经不是废物了，他又多了个女儿。

敢情之前他一直没将苏落当女儿。

苏挽见挑拨离间不成功，便换了种方式，冷笑连连，“就算我打不过你又怎样？苏落，看清楚了，我现在可是晋王殿下的人，我让人杀你，谁敢有二话？”

她苏挽现在可是有靠山的，而且这靠山还强大得无可匹敌。今日不杀苏落，她誓不罢休。苏挽在心中暗暗起誓。

“晋王殿下的人？”苏落眼眸流光溢彩，似笑非笑地朝晋王殿下挑眉，“南宫流云，她真的是你的人？”

此话一出，所有人顿时都倒抽一口冷气。

苏落疯了吧。她竟然敢直呼晋王殿下的名讳？而且还用那种高高在上很不屑的语气。她竟然敢用这种态度跟晋王殿下说话，简直是不要命了！

苏子安刚才还对苏落另眼相看，现在恨不得直接将这冒出来的女儿给拍死。他就说嘛，上不得台面就是上不得台面，一点规矩都不懂。

苏子安立即诚惶诚恐地跪地，磕头求饶：“殿下息怒啊，苏落她不懂事，脑子不太灵光，平日里总是疯疯癫癫的，说话不经大脑。殿下您千万别跟她一般见识啊。”苏子安一边求饶一边恨不得直接将苏落给劈死。

这个害人精，她知不知道，很可能就因为这一句话，整个苏府会在顷刻间血流成河啊。

苏子安见晋王殿下一直没有反应，不由得偷眼望去。

却见那位高高在上的晋王殿下依旧在慢条斯理地喝茶，神色平淡无波，似乎周遭发生的事都与他无关。

见此，苏子安心中更加惶恐不安了，一巴掌朝苏落拍去，“臭丫头，还不快跪下向晋王殿下求饶？”

谁知，他这一抓竟然抓了个空，再抬眸望去，眼前已经失去了苏落的身影。

此时的苏落已经快步移动到南宫流云身边，居高临下，很不高兴地瞪他。

苏子安见此，只觉得脑中一黑，似一道焦雷在他脑中炸裂开来。天啊，这臭丫头简直是将苏府往绝路上带啊，她竟然还敢叉腰怒视晋王殿下……

此时不仅是苏子安，还有苏靖宇、苏夫人等人，他们全都目瞪口呆地看着苏落，眼中闪过惧怕的光芒。因为苏落此举在他们看来简直太大胆，太大逆不道，太找死了。

苏挽很不悦地去推苏落，“你来这干吗？晋王殿下看中的是我又不是你，滚！”说罢，苏挽很不客气地一巴掌朝苏落脸上抽去。

苏落随意地伸出手腕，轻松自如地将苏挽那只手抓住，似笑非笑地瞟她一眼，“就你这样的，南宫流云会看上你？苏挽，别忘记了，现在的你可是残花败柳哦，你的身子可是被别的男人玷污过的哦。”

“你……”苏挽气得不行。这是她最不堪回首的事，现在却赤裸裸地当场被苏落揭发出来。

“苏落，是你对不对？那件事就是你做的，是不是？！”苏挽眼中闪过一抹疯狂的恶毒光芒。

“当日那杀手分明是要去你院落强奸你这个贱人的，可是，最后却莫名其妙出现在我的床上……还有，你会武功，你明明会武功，而且还不低……是你，分明就是你！苏落你这个贱人，你毁了我，我要杀了你！”

就算不是全对，苏挽却也猜了个八九不离十了。当日确实是苏落做的手脚，也是苏落反过来给她下的药。

此时的苏挽怒火难当，张牙舞爪地就要往苏落脸上抓去，然而，此时的她武力值与苏落是完全没法比的，所以，苏落轻轻松松地一甩，就像甩麻布袋一样将她丢开了。

苏挽被丢到地上，痛得眼泪都快要出来了，但是仇恨已经蒙蔽了她的双眼。

她知道现在的她打不过苏落，而且现在的她已经脱离了苏府，所以苏子安他们根本不会再替她出头了，怎么办？

她还有晋王，晋王殿下会帮她！她已经是晋王殿下的人了，不是吗？他连那么珍贵的丹药都能赐给自己，杀个小小的苏落又有何不可？

于是，苏挽顾不得疼痛，匍匐着朝晋王殿下挪去，哭诉道：“殿下，求求您，帮我杀了苏落这个小贱人吧。只要杀了她，往后不管你要我做什么我都愿意，求求你替我报了这个仇吧……”苏挽哭得梨花带雨。此刻的她确实有几分柔弱之美，看得人心生怜惜。可惜的是，她错了，从一开始就错了，而且错得离谱。

“唉。”南宫流云终于放下手中的茶杯，目光轻飘飘地落到苏挽身上，醉人的双眸中似带了一抹笑意，似讥似讽，慢条斯理地重复，“替你杀了苏落？”

苏挽以为晋王殿下答应了，顿时破涕为笑，“多谢殿下、多谢殿下成全！”

谢完了晋王殿下，苏挽顿时转头阴森森地盯着苏落，阴冷一笑，“小贱人，你死定了。”

确实，被晋王殿下盯上的人，从来都会死得很惨，相当惨……

苏落双手抱臂，似笑非笑地斜睨南宫流云，“哟，果然是魅力无边的晋王殿下呢，一开始的时候听人说你对二姐情深意重，后又有传你对五妹痴心一片，现在怎么着？这残花败柳的苏挽你也不放过？”

“嘶——”

众人倒抽一口冷气。

猛，太猛了，简直太生猛了。

这绝对是有史以来第一勇敢之人。

这绝对是有史以来第一次有人敢这么对晋王殿下说话。

苏子安见南宫流云缓缓站起来，心中哀怨得不行：完了完了完了，苏府要完了……

然而，南宫流云接下去的动作，却让他惊得下巴都快掉地上了。

却见那高高在上恍若神祇的晋王殿下笑着揉揉苏落的脑袋，“哟，本王的落丫头吃醋了呢，真难得。”晋王殿下声音邪魅中带了一抹柔情，那语气中分明带了一丝宠溺和纵容。

还有那一声销魂的“本王的落丫头”称呼……

此时，四周很静，静得大家几乎能听到彼此的心跳声。

因为这场面实在太诡异了，诡异得所有人都难以置信，全都匪夷所思地瞪着眼前这一对璧人。

然而，让他们惊诧的还在后头。

只见苏落直接就踩他一脚，声音冷冰冰的，“谁是你的落丫头？想得倒挺美。哼，你倒是会招蜂引蝶得很啊，左一个右一个的不消停。”

苏落她踩、踩了晋王殿下一脚？

千真万确！因为晋王殿下那黑色皮靴上分明有一个明显的脚印。

被踩了一脚的晋王殿下这下总该发怒了吧？看官们全都期待地看着晋王殿下。

苏落该死啊，太该死了。她竟然去踩晋王殿下的脚？难道她不知道，晋王殿下最最最讨厌的就是有人踩他的脚吗？

出乎所有人的意料，晋王殿下并没有发怒，反而还笑得傻乎乎的，一脸的甜蜜幸福……是的，就是那甜蜜幸福的傻笑，出现在晋王殿下那活阎王一样冰冷淡漠的脸上。

而且，他的声音分明带了一丝讨好，还有一丝孩子气的撒娇，“就是，本王的落丫头就是吃醋了。”

瞧他说的这话，简直幼稚得不行，听得人鸡皮疙瘩都要起来了。这根本就不是他们印象中那凶残冷酷的晋王殿下啊，分明就完全变了一个人。

一世倾城

第二十七章 生死之战

苏落却还不买账，径自在他方才坐的太师椅上坐下，取过茶杯，还未倒茶，晋王殿下却早已执起茶壶殷勤地替她倒茶，声音温柔得不行，“茶水有些冷了，少喝些，回头本王亲自煮茶给你喝。”

苏落没好气地瞪他一眼，“又想诱哄我过去？才不听你骗了。”

“哪里敢骗你？要不，本王让八抬大轿抬你过去？”南宫流云痞笑着凑上去。

“想得美，你给我走开。”苏落瞪眼，一把将他从眼前推开。

两个人旁若无人地你来我往，针锋相对，这在平时是他们的正常相处之道，但是看在旁人眼中有多惊诧，这已经不是用语言可以形容的了。

苏子安死死瞪着眼前这似闲话家常的两个人，脑中一片僵硬空白，似乎都忘记思考了。

苏靖宇张大嘴巴，惊讶得简直合不拢嘴。

苏夫人双眼闪着恶毒的光芒，手中的锦帕几乎被撕碎。

苏清看着苏落的眼中闪过一道森冷杀意。

最最难以接受的其实是苏挽……她已经没了苏府这条退路，唯一可以依靠的人就是晋王殿下，但是现在晋王殿下却和苏落眉来眼去……可是，明明自己刚才还请求晋王殿下去杀了苏落的！这、这简直是……

此刻，苏挽心中的复杂情绪根本不能用言语来形容了。她只觉得自己快要疯了。不、不行！晋王殿下是她的，绝对不能让苏落夺走，绝对不允许！

苏挽从地上跌跌撞撞爬起来，从头上拔下一根尖细的簪子，直接就朝苏落咽喉刺去，“贱人，我要杀了你……”她气势汹汹，眼中闪着恶毒疯狂的光芒。

还未等她近身、苏落有反应，南宫流云直接拂袖，将她远远扫开了。砰！只听见一道剧烈的撞击声，苏挽整个人被重重甩到墙壁上，力道大得几乎整个房间都在颤抖。

按照正常情况，她应该顺着光滑的墙壁滑落才对，但既然是晋王殿下出手，就没那么简单了。晋王殿下那股力道竟然直接让苏挽在墙壁上撞出一个人形洞穴，苏挽根本连掉都掉不下来，整个人就那么横在墙壁上。

“咳咳咳——”苏挽不住地咳嗽，鲜血不要钱似的从口中喷涌而出。此时的她面色苍白如纸，气若游丝，虚弱得不得了。

没人敢上前去将苏挽搬下来，一是因为晋王殿下出手，二是苏挽已经脱离了苏家，对于他们来说，她是一个外人了。

“为、为什么？”苏挽虚弱地张口说道，说话间，又是一口鲜血狂喷而出。

砰的一声响，她的身子滚落地面，剧烈的震荡使得她几乎要昏过去了。

南宫流云目光慵懒且邪魅，淡淡斜睨了她一眼。

“为什么……殿下要这么对我……刚才……不是说……我是殿下的人了……吗？”苏挽一双眼紧紧盯着南宫流云，气若游丝，难以置信。

南宫流云轻笑起来，一双黑眸淡漠无比，“本王什么时候承认过，你是本王的人了？”

什、什么？晋王殿下竟然从没承认过这一点？

不仅是苏挽，几乎所有人此刻都惊讶地瞪着南宫流云。南宫流云却拉着苏落并肩而立，那张俊美无双的脸上挑起一抹讽刺的弧度。

是了，想起来了，刚才都是苏挽在自说自话，其实从头到尾晋王殿下都没承认过她，但是，殿下也没否认过她啊……这是为什么？想起方才晋王殿下对苏挽的所作所为，大家都觉得有些诡异。最后，还是南宫流云为大家解惑，顺便让苏挽做个明白鬼。

南宫流云居高临下，眼中透着冰冷犀利的光芒，似笑非笑地挑眉，“你之前喝的水特别香甜是不是？”

苏挽有些惊疑不定地看着南宫流云。晋王殿下怎么连这都知道？他就这么关心她？

南宫流云邪魅一笑，继续道：“你睡得特别沉，总是做噩梦是不是？”

苏挽有些错愕地看着南宫流云。

“痴肥毒。”南宫流云如黑曜石般澄亮耀眼的黑瞳，暗藏着锐利如鹰般的锋芒，他理直气壮、理所当然地说：“那是本王派人给你下的毒。”

什么？！给苏挽下毒的竟然是晋王殿下？这是为何？他和苏挽有什么仇？直接杀了不就是了，为何要这样折磨她？所有人都被这消息震慑住了。

苏挽顿时呆傻住了。她怎么都没想到，竟然是晋王殿下给她下的毒，而且他还理所当然地当众说出来。

“为、为什么？”在此之前，她根本就没怎么见过晋王殿下，更别说得罪他了。就算得罪他，他直接将自己杀了就是了，何必要费这么多工夫来布局？

“为什么？”南宫流云淡淡一笑，“健忘的姑娘，难道你忘记了，你曾经到佣兵公会发布任务的事了吗？”

发布任务的事？苏子安眼皮一跳。当时不是怀疑苏落才是发布任务的人吗？怎么眨眼间就变成了苏挽？这到底是怎么一回事？他一双阴鸷的双眼紧紧盯着苏挽，试图在她脸上找出端倪来。

苏挽眼眸一阵瑟缩，她没想到这件事竟然会被晋王殿下知道。

“可、可是我发布的是让人强奸苏落，跟您又……”苏挽目光滑落，看到晋王殿下紧握苏落的那只大掌，顿时愣住了。

难道晋王殿下是在为苏落报仇？天啊，这不可能！堂堂晋王殿下怎么可能会为了废物苏落报仇？这种人，应该入不了他的法眼才是。

“唉，可怜的孩子。”南宫流云叹息一声，一卷纸从衣袖中飞出，砸到苏挽脑袋上，轻描淡写地说：“拿着吧，好好看看，这是你即将面对的死法。”一句赐死的话，在晋王殿下说来，就如吃饭喝水那般简单。

就连北辰影都接受了他应有的惩罚，更何况小小的苏挽？涉及到这件事的人，除了北辰影，其余的人全都被南宫流云毫不留情地处理掉了。

苏挽颤抖着，根本不敢打开那张任务表。是她亲手签名的，她怎么可能会不知道里面写了什么？当时写了三份协议，一份在佣兵公会存档，一份在杀手手中，另外一份则在她自己手中。她手中的那份早就毁掉了，现在这份……应该是从佣兵公会里拿的吧。

佣兵公会的北辰影大人是晋王殿下的人……若是她早知道苏落与晋王殿下有联系，她也不会找上去。说来说去，千不该万不该，她不该与苏落作对。

苏挽脸上一行悔恨的清泪滚落，颤抖着声音道：“晋王殿下好算计、好布局，先是让我众叛亲离，被族谱除名，接着才告知真相，让我痛不欲生……好高明的手段。”既然那痴肥毒是晋王殿下所下，那么那颗丹药……

“那颗丹药能让你身体散发出异香，即使死了，嗯，尸体还是很诱人的。”当然是对于魔兽来说了。南宫流云很好心地道出真相。

是的，死后尸体还要被魔兽撕裂、啃咬，尸骨无存……这确实是她写在任务表里的。苏挽想至此，顿时绝望得吓昏过去了。

“将她拖下去，按原计划执行。”南宫流云随意挥手。

顿时，他身后的护卫中便闪出一个人，猛虎般朝苏挽扑去，扛起苏挽闪身就出了苏府，朝着茫茫大山飞奔而去。

苏府，大厅。

此时，在场的所有人看着苏挽被打走，全都有一种脊背发寒的感觉。

晋王殿下深谋远虑，做事却随心所欲肆无忌惮，而且手段凶残血腥，简直让人目不忍视。他明明可以直接将苏挽杀死，但是他不，他非要一步一步算计着来，让苏挽经历一次次从天堂到地狱的绝望，玩完了才以彼之道还施彼身，让她死后也没法保留全尸。

苏子安只觉得自己嘴唇抑制不住地颤抖。这样的晋王，简直太可怕了。

但是，他的视线定格在晋王殿下握住苏落的手上。

这回、这回应该是真的了吧？

说实话，苏子安真的是被吓怕了。

从苏清到苏溪，从苏溪到苏挽，再从苏挽到苏落……他苏子安四个女儿一个紧接着一个出场，却一个接一个地被否定。

苏落是真的没想到，南宫流云竟然会为她做到这个地步。

他竟然从一开始就设计苏挽，步步为营，步步逼近，先让她上天堂，再高高摔下，又将她捧上天堂，再次高高摔下，跌得半死不活再将真相告诉她，然后让她活生生地面对自己即将到来的死法。

他竟然默默无闻地为她做了这么多。

人非草木，若说苏落心里没有一点感动，那是不可能的。

南宫流云回眸看到苏落愣愣地注视着自己，那双眼中似带有情意，他脸上闪过一抹喜色，宠溺地刮过她鼻尖，“本王的小王妃这回是真感动了吧？你放心，婚后本王会越发对你好的，把你宠上了天，你信不信？”

“不信。”苏落没好气地瞪他一眼。这人怎么就这么厚脸皮呢？

“那你就嫁给本王试试呗。”南宫流云拉着苏落的小手，一脸可怜巴巴的样子。

“不嫁。”苏落甩开他的手。

南宫流云一脸受伤的表情，控诉地看着苏落，“好狠心的丫头，都同床共枕了，你怎么可以这么不负责任！”

此话一出，原本就看他们的互动看得呆愣的苏府众人全都再次傻住了。

苏落额上三根青筋突突突地往外冒，她迅速转头瞪着南宫流云，咬着后槽牙，一字一顿地说：“你给我闭嘴！”

她就知道昨晚的事没那么好打发！但是她怎么都没想到，这个不要脸的家伙竟然在众目睽睽之下，当着所有人的面说出这种话。

什么叫同床共枕？他们是盖棉被纯聊天好吗？什么叫负责任？她有将他怎么样吗？苏落内心的小人几乎要抓狂了。

南宫流云却得寸进尺，水汪汪的桃花眼幽怨地看着苏落，眼中的控诉是那样明显，让人觉得苏落就是那个始乱终弃的坏女人。

苏子安几乎难以置信。他匪夷所思地呆呆地看着眼前这一幕，怎么看怎么不信。不对不对不对，这装可怜博同情的男子怎么会是晋王殿下那妖孽？绝对不是，绝对不可能！

苏子安装模作样清咳一声，“晋王殿下……”

一句话未说完，正酝酿绵绵情意的南宫流云中途被打断，目光扫向苏子安，顿时将他后半句未说完的话冻在喉咙里，一个字都说不出口了。

此刻，苏子安心中的情绪有多复杂，唯有他自己才知道。

这些年他一直当苏落是废物，从来不曾给过她一点关心，但是到最后，怎么都没想到自己努力要巴结的晋王殿下竟然对她另眼相看。

不，不仅仅是另眼相看，晋王殿下对苏落简直是宠溺到了一种境界，几乎到了言听计从的地步了。

只是，这是真的吗？还是这仅仅只是晋王殿下为了蒙蔽别人而做出的假象？

苏子安不得不这样怀疑与自我怀疑，因为刚才那一系列的事足以证明晋王殿下是如何高深莫测阴晴不定的了。

苏清一直静静地立在一旁，将这场跌宕起伏、曲折婉转的大戏从头看到尾，在这场戏剧中，她就是那个最先被踢出局的炮灰。

以前，不管是在府上还是在老师那里，她从来都是被众星捧月的，从来没人能够夺去属于她的光环，就算是晋王殿下看中的人，也不行！

她决不能就这样被侮辱，她与生俱来的高傲绝不容许她低头。看着苏落，苏清幽冷的美眸中闪过一丝杀意。

“苏落，我要向你挑战！”寂静的大厅内，苏清的声音冰冷地响起，带着不容拒绝的冷傲。

最先反应过来的是苏子安，他刚刚还沉浸在自己编织的美梦中，现在忽然听到苏清这一说，顿时眸中一跳，大声呵斥道：“清儿，你在胡说八道什么？还不快闭嘴！”

苏落因为晋王殿下的关爱，现在的地位噌噌噌地上涨，谁敢动她分毫？不要命了吗？苏子安简直被苏清气得不行。

苏清被呵斥却不以为意，目光只冰冷地盯着苏落，如毒蛇般咬紧不放，“生死战！苏落，你敢应战吗？”

简直是疯了！苏子安气得差点跳脚，他死死瞪着苏清，一巴掌甩过去，“生死战？你们是亲姐妹，说什么生死战？你想死，我现在就成全你。”

不说苏落现在被晋王殿下罩着，单说这消息传出去，立马就会成为整个京城的笑柄。该仇恨到什么程度，姐妹之间才会用生死战来结束仇恨？所以苏子安二话不说就给否定了。

然而，苏清的嘴角被苏子安抽出血迹，她的目光还是阴冷如毒蛇，死死盯着苏落，一字一顿地说："苏落，你敢吗？如果你拒绝了，那么你根本就不配得到晋王殿下的爱！你是个懦夫，你、不、配！"

今日连番被拒、被耻笑、被侮辱，这是苏清有生以来最大的耻辱，现在她必须血洗耻辱，不然这会是她这辈子最大的心魔，往后陷入心魔中，她的修为别想有一丝的进步。

南宫流云剑眉微蹙，凤眸冰冷地扫向苏清，冷冷开口："你想死的话，不用急，本王会成全你。"

苏子安心头一阵狂跳。

晋王殿下要杀人，那根本就是阎罗王的催命符，谁也逃不过啊。

苏子安又是一巴掌朝苏清脸上抽去，怒声喝道："还不快闭嘴！来人，将苏清拖下去关起来！"

苏清嘴角勾出一抹阴狠的冷笑，目光一瞬不瞬地盯着苏落，"你没种！苏落，你根本就是草包、废物、白痴、懦夫！你怕我，你根本就打不过我。哈哈哈哈……"

苏落知道苏清用的是激将法，如果她够聪明的话，完全可以躲到南宫流云的身后，任由他去将苏清处理了。她现在确实可以依靠南宫流云，且不说这人情她还不还得起，单说日后，难道遇到比她强的人，她要永远依靠南宫流云吗？

前世的杀手生涯告诉她，靠山山倒，靠人人跑，没有人能比自己更可靠。

在这强者为尊的世界中，她必须不断地变强，不断地超越自我，这样才能站到强者之林，才能立足在强者巅峰。

苏落双手环胸，目光冷若冰霜，淡淡地扫了苏清一眼，"生死战？苏清，你没弄错吧？"

生死战，一旦站上擂台，一方没死就不算分出胜负，即便认输都不行，这是不死不休的战斗。所以，除非是深仇大恨，否则根本没人会去立生死状，上生死擂台。但是苏清一开口就是生死战，丝毫不给彼此留下余地，可见她心中的怨恨有多深。

苏清声音若寒冰，冰冷彻骨，"你没听错，我确实在给你下战书，生死战的战书，你敢不敢接？"

"哼，"南宫流云嘲笑出声，"一个四阶武者向三阶武者发出生死战战书，还这么理直气壮，真是有趣得很啊。话说，你好意思这么理直气壮地提出来，本王都没好意思听啊。"

南宫流云一席话，说得苏清顿时面色涨得通红，她羞愤地别过脸去。最后，她冷哼一声，只盯着苏落，"敢不敢接？不敢接就别接！"

苏落淡淡一笑，“接下又有何难？不过，我有个条件。”

“什么条件？”苏清没想到苏落真的敢接，眼底闪过一丝错愕，紧接着便疾声问道，生怕会被人打断。

“这场对战，必须在三个月后。”三个月，有丹药和晶石的辅助，她的修为绝对会更上一个层次，现在的她与苏清还有不小的差距。她想给自己一个机会，她想试试在这样的形势逼迫下，她的修为会进步到什么程度。

“三个月？”苏清冷笑连连，“好，就三个月后。苏落，我很期待你的表现。”

三个月？难道她还以为三个月的时间她可以从三阶提升到四阶吗？真是可笑！

即便她苏落真的提升到了四阶又怎样？到时候她已经到了四阶中期或者巅峰了，照样轻轻松松灭掉她。

至于晋王殿下那关……哼，晋王殿下又不是长情之人，三个月的时间足够他玩腻苏落了，到时候他说不定还会赞扬自己做得好呢。

南宫流云剑眉冷蹙，不悦地看了苏落一眼，但苏落却冲他摇摇头。

箭在弦上不得不发。苏清当着这么多人的面提出生死战，她若是不接下，只怕往后的日子明杀暗杀都会接连不断。既然都是战斗，那又为何不定下时间，在这段时间内努力修炼呢？

南宫流云心中冷哼，却很快舒展眉宇了。哼哼，如若到时候落丫头没有打败苏清的胜算，自己直接出手将苏清杀了便是，哪那么多废话？想至此，南宫流云便释然了。

苏清和苏落的生死战倒是让苏子安急得不行。

一边是往日最宠爱最器重的苏清，一边是被晋王看中刚崛起的苏落，这让他好生为难。

回到院落，苏落想了想，便叫绿萝去神殿测试。测试的结果让苏落很满意。绿萝的天赋虽然不是很好，却也不差，竟然是绿阶天赋。

南宫流云怕苏落出事，便派了凌风过来守护她。苏落正好将绿萝交给凌风，自己则关进屋里，开始潜心修炼。

她想起那块从柳家老爷子手里赢回来的铜牌。当时她随手丢进空间，回来又是一大堆杂七杂八的事一直忙到现在才曲终人散，所以一直都没机会仔细研究。

苏落自空间中将那块铜牌取出来，放在手中把玩着。这块铜牌的外表除了那龙飞凤舞的几个潦草字迹，完全看不出内中玄机。

苏落想起那块神龙大人交给她的玉简。当初她是将灵力注入后，才看到里面封印的修炼功法。难道这块铜牌也是一样的法子？

果然，当苏落闭上双眼，将灵力注入到铜牌里之后，脑海中立即涌现出一团密密麻麻的字迹，仔细一看，竟然是灵舞步的修炼法门。

第一条修炼条件便是南宫流云曾经提到过的，天赋灵力必须达到紫阶，不然精神力根本无法驾驭灵舞步。

在备注里，苏落竟然看到这么一句：若是空间法师修炼，则事半功倍，最后还有可能将灵舞步修炼到瞬移境界。

瞬移境界？苏落顿时惊呆了。如果可以修炼到瞬移境界，那速度真可谓是登峰造极了，到时候谁能抓到她？想至此，她嘴角勾起一抹邪笑。

天赋灵力为紫阶，她有；大陆上几乎绝迹的空间法师，她是。

这灵舞步简直是为她量身打造的，没有比她更适合练的呢。最巧的是，柳家老爷子竟然还自动上门将其送到自己手里。

想起柳老爷子被南宫流云虐成那样，苏落脸上的笑意更明显了。不过，很快她便敛容恢复正色。三个月时间，她真的能修炼到四阶，与苏清一决高下吗？根据她得到的消息，苏清一大早就回师门了，这三个月时间，不知道苏清的修为会提升到什么境界呢。

苏落很快便将苏清丢在脑后，开始了她自己的修炼。

灵舞步要掌握第一层，加速。大虚空掌印必须将那手印的范围扩大，力道加重十倍。小火球术要修炼到大火球术。

至于木系，苏落觉得这个有些鸡肋，就算修炼到高级，木系依赖于植物战斗，战斗力也不会高到哪里去，所以便不打算着重修炼了。毕竟现在的她，主力战斗技能是大虚空掌印，辅助战斗技能是火系元素，速度有灵舞步，只要配合得好，威力是非常惊人的，虐杀四阶武者也不是不可能。

苏落在床上盘腿坐下，然后取出一颗炼制成灵液的橙色晶石，滴了几滴入口中，双手放置在膝盖上，双眸紧闭，任由身体缓缓地吸收着那精纯的灵力。

在橙色灵液的浸透下，苏落的丹田一丝丝壮大起来。

接下来的一个月时间，苏落变得深居简出。

她极少走出房门，所有的时间都被她用到修炼上去了。

在她废寝忘食的修炼下，再加上源源不断的晶石灵液辅助，虽然还未晋级到四阶，但所取得的效果还是很惊人了。

首先，小火球术最先突破到大火球术，攻击力比原先足足提升了五倍有余。大虚空掌印虽然还未到达第二重境界，但是手印比之前大了许多，威力也比之前大涨。不过第二重境界，却是不论苏落如何修炼感悟，都无法引起体内的灵力波动，想来是她实力太低的缘故。

若是现在再让她碰上柳乘风，她会以绝对的优势将其打败，而不再像上次那样用丹药拼得那么辛苦。

至于灵舞步，苏落在摔了无数次跤之后，终于摸到门槛了。

她的时间大多都是花在练习灵舞步上，越是修炼，越觉得步法精妙绝伦，飘逸似仙。

如果光论速度的话，三阶之内无人能出其右。

原本她是初入三阶，但是经过一个月废寝忘食的努力，现在的她已经是三阶中期了，这样的修炼速度若是被人知道，绝对会让人嫉妒到疯狂。

在这一个月内，苏落修炼累了就跑去炼制丹药，炼制完丹药后又跑去修炼灵力，如此反复循环，不仅炼制出了许多丹药，同时炼药水平也突飞猛进。更重要的是，木火双系元素也跟着突飞猛进了。

总的来说，这一个月的苦修，收获是很大的。

空间中，苏落盘腿坐在灵泉边，双目紧闭，她的脸上沁着一层细密汗珠。

在苏落修炼的过程中，连她白己都没注意到，她周身涌动着 圈灵力，最后，都顺着她的呼吸，悄无声息地钻入她的身体之内，无时无刻不在滋润着她的五脏六腑。

经过一个多月废寝忘食的修炼，此时的苏落已经到了一个瓶颈，原本飞涨的灵力也变缓慢，而她手中那几十块晶石炼制而成的灵液也已经被她消耗得七七八八了。

该出去了。

苏落打开紧闭的门扉，外面是刺眼的阳光。

“小姐，您出来啦。”看到苏落出来，最兴奋的莫过于绿萝了。

苏落淡淡一笑，点点头，“你修炼得如何了？可有进步？”

之前她让绿萝喝了一杯天灵水，将她体内的污秽排泄出来，随后又丢给她几瓶晶石灵液，外加凌风这个免费高手，若是绿萝还没有一点进步，那她真的可以放弃了。

绿萝满脸带笑，双眼弯成月牙形，激动地连连点头，“嗯嗯嗯，奴婢现在已经是一阶武者了呢，感觉好得不得了。哎呀，真是做梦都没想到奴婢有朝一日也能成为武者呢。”

大陆上明文规定，武者的社会地位比之普通百姓要高上一筹，而且成为武者后也有了基本的自保之力，难怪绿萝会兴奋成这样。

凌风那张面瘫脸悄无声息地出现在苏落面前，他淡漠地瞟了苏落一眼，声音冰冷，“殿下来了。”

果然，随着他话音落下，南宫流云的身影很快便出现在苏落面前。

南宫流云一袭墨色锦袍，玉带下的流苏随风轻舞。

此时的他看起来尊贵邪魅，绝美深邃，妖娆轻狂，霸气十足。

天空日光正盛，园中花木盛开，影影绰绰，让他整个人看起来美好得如同画中走出来一般。

“本王的落丫头终于出关了。”南宫流云深深地凝望着苏落，以打趣的口气说道：“你若再不出来，本王可要砸门进去了。”说着，他牵起苏落的手，旁若无人地探查她的修为。

眼前的南宫流云脸上洋溢着好看至极的笑容，那种笑让人感觉似乎阴霾的天空忽然之间就日光大盛，和风万里，灿烂无比，似乎吸进去的空气都清新得不得了。

不过闭关月余，怎么就有种恍如隔世的感觉？仿佛时间过了很久很久，似乎有那么点想念他？苏落意识到自己竟然看南宫流云看得出了神，不由得在心中暗暗鄙视自己。

“你一直在等我出关吗？为什么？”苏落瞧了瞧他，不解地问。

“一个多月没见，就不许本王想你？”南宫流云理所当然地搂着她的纤腰，唇边扬着笑，“不过来得早不如来得巧，落丫头果然是天下第一有福之人，赶的就是一个巧字。”

苏落越发不明白了。难道说今天还是什么大日子不成？可她没有一点印象啊。

“赶的什么巧？”苏落瞧着他，面露迷茫之色。

南宫流云不答她，却牵着她的手，偷亲她一口。

见苏落面露懊恼之色，南宫流云眼角眉梢都带着笑意，犹如偷到糖的孩子，似乎心情很愉悦，“走，随本王幽会去。”

“幽会？”苏落面色闪过一丝不自然，试图甩开他紧握的手，“谁跟你有关系啊，我答应去了吗？赶紧放手。”

幽会用在男女之间是多么暧昧的字眼啊，这是定义双方关系的词语。很显然的是，不管南宫流云怎么定义他们的关系，她对他还没到那种程度。

南宫流云略微顿住脚步，清冷的眸子在她身上扫过，还未等她回过神，那冰冷的美眸就勾起魅惑众人的妖娆笑意，“欲拒还迎的丫头，本王还不了解你？走吧，别磨磨蹭蹭了。”

“胡说八道！”苏落表示很不服气。什么叫欲拒还迎啊？她怎么可能有这个意思？

南宫流云却颇为严肃认真地瞧着她，“想提升修为打败对手不？想就跟着本王走。”

苏落见他挑眉扬唇，却一副一本正经古板严肃的样子，顿时觉得好笑极了，忍不住扑哧一声笑出来。

南宫流云伸出骨节分明的修长食指，反手赏她一个栗暴，“笑什么笑？再笑本王把你卖了数钱。”

“你才舍不得呢。”苏落大脑来不及思考便脱口而出，等话说出口后才后知后觉地发现不妥。以她和南宫流云的关系，这句话有些暧昧了。

南宫流云打蛇随棍上，立即就挑眉，似笑非笑地看她，顺口接道："落丫头真是了解本王，如你所说，本王确实舍不得呢。"

苏落被将了一军，有些懊恼地拍拍自己脑袋。真是闭关闭傻了，忘记了南宫流云那无赖本性，竟然还自投罗网。

苏落无奈地瞪他一眼。南宫流云却没个正形，搂紧她的纤腰，将她往自己身前带。

苏落甩开他的手，然后迈步往前走，也不理会南宫流云。

南宫流云追上来，与苏落并肩而行，语气十分诚恳讨好，"好啦好啦，都已经是本王的人了，怎的还这么容易害臊？本王都不介意了，你介意什么呢？"

苏落反驳的话几乎要脱口而出了，但想起南宫流云这厮的厚脸皮……她忍。

苏落只一个劲地往前走。不理就是不理，越理他越来劲，没完没了都。

南宫流云讨好地拉拉她的小手。

苏落一把甩开，板着脸，瞟了他一眼，"我对你没兴趣。"

南宫流云也不恼，邪魅妖娆地笑了，凑近她，一个劲地自我推销，"好嘴硬的丫头，明明就对本王稀罕得不得了，非要说没兴趣。哼哼，告诉你，像本王这样风流倜傥、玉树临风、能文能武、洁身自好、守身如玉的绝世好男人，你打着灯笼都找不着了。告诉你，你往后可要时时小心在意，不然本王会被别人抢走的。"南宫流云自夸的时候，得意扬扬的，丝毫不见半分不好意思。

苏落被他的话雷到了，无语地摇头。

这位可是晋王殿下啊晋王殿下，传说中杀伐果决、杀人如麻，唯一的爱好就是断人手足的嗜血魔王，现在却这样一副小孩子般幼稚的模样，简直让她欲哭无泪且难以应付。

苏落顿住脚步，扶额叹息，"求你别说了，你不会害羞，我都替你害臊。"

南宫流云哼哼道："没眼光的丫头。"真难拐的丫头，怎么骗都骗不了。

苏落到底还是好奇，所以随着他一起走近龙鳞马。

今日的龙鳞马并未套上车架，而是身披马鞍，英姿勃发地站在门口。

见到南宫流云和苏落过来，龙鳞马立即抛弃了自家主人，欢腾地往苏落跟前凑，硕大的脑袋一个劲地往苏落怀里蹭。

南宫流云黑着脸扯开龙鳞马，直接将苏落抱上马背。

"我自己来。"苏落抿唇而笑。这个男人连龙鳞马的干醋都吃，真是有意思得很。

其实她知道龙鳞马为何想要接近她。上次坐龙鳞马回来的时候，苏落曾拿出一点天灵水喂给龙鳞马，原本她只是想试验一下，天灵水除了小神龙喜欢外，别的魔兽是否也会喜欢。谁知只那么几口天灵水就将龙鳞马给骗过来了。

龙鳞马对苏落的态度立马来了个一百八十度大转弯。自此之后龙鳞马随时随地都跟在她屁股后面，不然就是用那双水汪汪的大眼可怜兮兮地看着苏落，看着就让人心疼。现在也是。

南宫流云抱着苏落坐在他身前，两人共乘一骑，挨得很近，苏落几次都说自己会骑马，都被南宫岔开话题。

此时龙鳞马却怎么都不走，一个劲地回头蹭苏落，连南宫流云都有些命令不住它了。

苏落看到南宫流云的黑脸，心中偷着乐，她俯下身，用手掬了些天灵水喂进龙鳞马的口中，龙鳞马饮用之后微眯着眼，一副享受的样子。

“现在可以走了吧？”苏落笑着摸摸它的脑袋。这贪吃的孩子跟小神龙还真是如出一辙。

龙鳞马温顺地舔舔她的手，继而长嘶出声，跃起双蹄，飞奔而去。它的速度简直飙到极致，似乎特意在苏落面前讨好卖乖。

南宫流云嘴角抽抽，有些无语。

他摸摸苏落的脑袋，叹息一声，“瞧你这丫头，为了接近本王，连龙鳞马都提前打好交道了，还说对本王没兴趣？口是心非的丫头。”

“懒得和你说话。”苏落头一仰，拍拍龙鳞马的脑袋，瞬间，龙鳞马的速度又飙升起来。

两边的建筑物不断往后倒退，风驰电掣间，两人很快便到了目的地。

第二十八章 海上惊魂

东临码头，一条长约两百米、宽三十米的豪华游轮静静地停泊在岸边。

游轮奢华大气，看上去简直就是水上豪华宫殿。

让苏落惊奇的是，在这个世界，海上船舰竟然发达到这地步了？

南宫流云娴熟地牵起苏落的手，带着她朝豪华游轮走去。

升降台上，一架梯子缓缓落下，南宫流云领着苏落信步而上。

走到甲板上，发现三四个人坐在支起来的椅子上闲聊，男男女女，男的锦衣华服，女的身姿妍丽，看上去全都光鲜亮丽，极惹人眼。

听到声响，他们齐刷刷地回过头往这边看来。

其中有个温润斯文的少年率先反应过来，将手中的东西放下，站起身走过来，眸中带笑，“南宫，我们等你可等了足足三个时辰了，你这要是再不来，今年的紫荆鱼别想钓了。咦，这位是？”这少年旁若无人地跟南宫流云寒暄，转头又是一脸笑意地瞧了瞧苏落，满眼皆是好奇。南宫竟然也会带姑娘出来？而且这姑娘还不是瑶池仙子？

南宫流云搂紧苏落的纤腰，淡声寒暄，“未来的晋王妃，好好请个安吧。”

“哟，晋王妃？南宫，真有你的啊，不声不响就给自己找了位晋王妃，多少美人儿该暗自泣泪了啊。”这白袍少年眉眼皆是笑，看起来斯斯文文，似乎性子极温润。

此时，又有一位蓝袍少年过来，他眉眼间皆是笑，跟南宫流云寒暄，“哟，难得见南宫带美人儿出来啊，今天日头打西边儿出来了？”

南宫流云淡淡扫他一眼，蓝袍少年顿时肩膀一缩。

“叫嫂子。”南宫流云的目光扫了不远处那些莺莺燕燕一眼，声音淡漠。

“不要！”苏落断然拒绝。

南宫流云邪魅妖娆一笑，“反正这辈子你必然是本王的晋王妃，上穷碧落下黄泉，看你能逃到哪儿去。”

蓝袍少年没想到南宫流云竟会如此认真，面色呆愣了一下，继而便笑了，规规矩矩朝苏落叫了声嫂子，对她也越发亲热了。

“我可不是你们嫂子，和他也没关系，不要乱叫啦。”苏落想了想，退开南宫流云一步，紧接着澄清了一遍。

蓝袍少年一见，顿时乐了，挑眉朝南宫流云笑道：“哟，二哥这是还没搞定呢？”

白袍少年也跟着温润一笑，“看来是了。难怪南宫最近忙得不见人影。”

他们显然是没想到一向闷骚的南宫流云竟会当众说出这番赤裸裸的表白的话来，顿时场面上有些沸腾了，一双双打量探究的眼聚集到苏落身上。

他们一直以为南宫这辈子也就这样了，洁身自好守身如玉，深度洁癖，不喜女人接近，但却怎么都没料到，南宫这是不鸣则已一鸣惊人啊。

苏落听着他们之间你来我往的打趣，心中暗自存疑。

南宫流云何等的身份？在苏府的时候，苏子安简直拿他当神来膜拜，他只咳嗽一声，她那便宜老爹就被唬得心惊肉跳。

但是眼前这几位一个个丰神俊朗，神采飞扬，放到外面个个都是人中龙凤，看他们的样子，似乎与南宫流云颇为熟悉，而且以兄弟相称，不知这几人都是什么身份？可以肯定的是，来头不小。

此时，一身锦衣红袍的北辰影不知从哪儿钻出来，他看到南宫流云和苏落，挤进人群，满脸满眼都是纯净笑容，“嫂子，我就知道你会来，你来得简直太对了。”

“呃？”面对热情洋溢自来熟的北辰影，苏落有些不解。什么叫来得太对了？

“那谁谁？拿来。”北辰影挑眉，得意地伸出手掌。

“就你爱计较，拿去！”一旁的蓝袍少年哼哼两声，将一块绿色晶石抛给北辰影。

原来北辰影和蓝袍少年打赌，打赌南宫流云会带苏落出来，结果自然是他赢了。

北辰影借花献佛，拿着这块绿色晶石就送给了苏落，“嫂子，小小见面礼，还请笑纳。”

这里的人，除了南宫流云，苏落就只对这红袍少年北辰影有印象。

还记得上次他去苏府那耀武扬威的样儿，唬得苏府那些人大气都不敢出。她记得北辰影来自神秘莫测的北辰家族。

“无功不受禄，既然是你赢的，那就你自己收着吧。”苏落笑着摆手。

但是旁人都不知晓，见苏落拒绝绿色晶石，面上不动声色，神色间却高看了她一眼。

北辰影笑嘻嘻地将绿色晶石塞到苏落手里，“嫂子就拿着吧，这晶石可是我打赌赢来的，就当是为上次的事赔罪了。”说着，北辰影偷瞄了南宫流云一眼，那模样就跟老鼠见到猫似的。

苏落自然知道他指的是何事。

之前因为他模棱两可、似是而非的话，造成苏府众人的误解，以至于大家都以为晋王殿下对苏清有情，从而引发一系列的后续，最后苏清还恼羞成怒向她提出生死战。

苏落淡淡一笑，“是她自己心胸狭窄，与你并不相干，你不必将责任揽在自己身上。”

北辰影偷偷看了南宫流云一眼，见他板着一张脸，顿时瑟缩一下，一股脑将自己随身携带的荷包都取出来送给苏落，“哎呀，嫂子，你别客气啊，你要再客气，要轮到某人对我不客气了。”硬塞到苏落手中后，他直接转身就溜，跑得比兔子还快。

那蓝袍锦衣少年略带审视地看了苏落一眼，眼眸带笑，对南宫流云道：“上次北辰被他老爹揪着耳朵拎回家做苦役，莫非是你的杰作？”

南宫流云清冷地扫他一眼，不置可否，“他太吵了。”

蓝袍少年无语，摊手。这男人果然小气得紧，一点亏都不吃。想罢，再次望向苏落的眼中少了一分审视，倒多了几分亲和。

说话间，豪华游轮离开海岸线，朝着茫茫大海进发。

南宫流云和那蓝袍少年走到一旁，两人似乎有话要说，苏落很识趣地走到不远处的一排座椅边，随便拣了一张空椅坐下，目光放远，眺望远处的风景。

此时已经近傍晚了，海霞漫天，犹如一匹赤色织锦。

苏落正坐着，很快就有一人趁势在她边上坐下。苏落转头看去，却见来人是她熟悉的北辰影。

对这个活泼洒脱，在关键时刻为她撑腰的红袍少年，苏落的印象是极好的。

“怎么不过去和大家一起玩？”这位让大家惊恐畏惧的佣兵公会会长此时笑得露出两颗小虎牙，看起来犹如邻家阳光男孩，但苏落知道，这位凶狠起来也是杀伐果断的主。

苏落淡淡一笑，“不熟，且不习惯。”

北辰影抱臂看着苏落，闻言忽然笑着凑近她身边，“嫂子不必习惯，让他们习惯你就好了。”

这话说得自信满满信誓旦旦的，显然是以南宫流云为尊了，倒叫苏落有些好奇，遂问道：“能跟南宫称兄道弟的，他们也不是简单人物吧？”

“咦？在来的路上南宫没跟你提过？”北辰影眼中闪过一丝讶异。在他看来，既然南宫流云这般在意苏家四丫头，想必他们之间是无话不谈的吧？

苏落想起在来的路上，南宫流云坐在她后面不断地挑逗她、逗弄她，面上闪过一丝绯红，清咳一声，正色道：“或许是他忘记了吧？你来说也一样。”

北辰影也觉得有必要给苏落科普一遍。

“嫂子可听说过一城二殿三宫四圣地？”

“一城二殿三宫四圣地？”苏落眸中一闪，有些讶异地看了北辰影一眼，随后美眸中便闪过一丝了然。

难怪这几位少年能跟南宫称兄道弟，原来个个来头都不小。

一城二殿三宫四世家，是大陆上最为强大的十大势力，其中以炼狱城为第一大势力。二殿分别是北辰殿和落羽殿，北辰影就是来自神秘莫测的北辰殿。三宫分别是瑶池宫、碧凡宫和未央宫，瑶池仙子就是瑶池宫这一代最为得宠的公主。四世家分别是南宫家族、暗夜家族、欧阳家族、轩辕家族。

不说那超然存在的一城二殿三宫，单说这四大家族。

在这碧落大陆上，四大家族分别掌控四个国家，像南宫家族，就掌控着西陵国，励精图治，经久不衰。

北辰影指着那蓝袍少年对苏落介绍道：“别看他乐呵呵的一副对谁都热情的模样，这小子来自碧凡宫，从小天赋卓绝，天资聪颖，力气更是大得惊人，自小各种丹药当饭吃，现在已经是六阶巅峰了，蓝渲的实力可不比南宫差多少哦。”

六阶巅峰？苏落有些讶异地看了那蓝色锦袍少年，没想到他竟然是六阶巅峰的实力，确实不容小觑。

“还有那位喜欢穿白袍的暗夜冥，南国的三皇子。”北辰影指着方才最后站起身跟他们说话的白袍少年，谆谆告诫，“别看他一副温温润润的模样就觉得他好相处，这丫跟南宫一样，绝对是腹黑的主，所以没事少和他说话，免得被算计了还帮他数钱。”

苏落看北辰影抱怨得一脸苦大仇深的模样，心中暗乐。看来北辰影被那位暗夜冥算计过呢，而且次数绝对不会少。

“嫂子觉得我怎么样？长得也算玉树临风、风流倜傥、人见人爱、花见花开吧？”

“呃……”苏落额际竖下三条黑线。

还真是人以群分物以类聚，南宫的兄弟跟他简直是一样的无耻厚脸皮。

北辰影完全不知道苏落内心的吐槽，兴奋地继续滔滔不绝自夸：“性格吧，要阳光有阳光，要温和有温和，急风骤雨，和风细雨，想怎么来怎么来，嫂子你说是吧？”

“这个……”还真不清楚。其实苏落最纳闷的是，这孩子干吗在她面前自夸成这样？弄得跟推销他自己一样？

北辰影很快就为她解惑了，“既然嫂子也觉得我是个好人，那就替我在南宫面前美言几句呗，好不好嘛？”

拜托，堂堂佣兵公会的会长大人，不要用这种水汪汪的眼睛可怜兮兮地看着她好不好？

苏落扶额，无语道：“你别叫我嫂子了，我跟南宫流云真的没什么关系的。还有，你是他兄弟，说话比我管用多了。”

“嫂子别说笑了，在南宫面前，你一句话可抵得上我百句的。嫂子求求你啦，跟南宫说一声，不要再让我回去练声波功了……”北辰影苦着脸，郁闷得不得了，似乎那声波功折磨得他很惨。

苏落非常无奈，“都跟你说了，不要叫我嫂子。”

北辰影这么一叫，似乎将她的身份都给确定成了晋王妃，南宫流云的妻。

“那嫂子你就帮帮我呗。”北辰影哭丧着小脸，红润的唇一张一合，水汪汪的桃花眼看着苏落。

“你是不是误会了什么？我跟南宫流云真的不是你们想象中的那个样子，不要把我们混为一谈。”苏落简直跟他解释不清，有种越描越黑的感觉。

北辰影有些玩味地盯着她，“他还没追到你哦？唉，嫂子，南宫是好人，你怎么就不接受他呢？”

苏落顿时语塞。这孩子说话还真是直白得可爱，让她难以招架。

北辰影温柔地看着苏落，“真的，南宫是好人。像他那样的男人，完全不缺女人，可这么多年以来，他一直洁身自好、守身如玉，不让任何女子靠近。嫂子，这简直太难得了，你说是不是？”

守身如玉这成语用到南宫流云身上，苏落觉得有些囧。只是，说南宫守身如玉，这个说法有些不妥吧？苏落很直白地说：“别告诉我，他身边从来不曾出现过女人。”那瑶池仙子算什么？

北辰影认真地看着她，循循善诱，“像他那样完美的男人，若是给某个女人机会，谁逃得掉？迄今为止，他也就仅仅给过你一个人机会而已。你自己想想，是不是这样？”

北辰影说话的语气前所未有的认真，有一刹那，让她觉得他说的就是实话。但是，苏落脑海中浮现那张超凡脱俗不食人间烟火的绝美容颜。她忽然笑了，笑得有些勉强，“既然你们是发小，你不会不认识瑶池仙子吧？”

这个人追杀过她好几次，她是绝对不会放过的，到时候她与瑶池仙子势不两立，宠溺瑶池仙子的南宫流云到时候会站在哪边，真不好说啊。

北辰影眼中闪过一抹懊恼，他默默地叹了口气，神色凝重且认真，“她吗？呵呵，若是南宫给过她机会，现在的晋王妃位置又岂会空悬着？说实话，瑶池宫一直有联姻的打算，西陵国的皇帝也有此想法，唯一不同意的人就是南宫。”

苏落惊讶地看着他，有些难以置信。

毕竟当初落日山脉的一幕，给她的印象实在是太深刻了。那一对璧人，她对他笑，他对她轻声细语……这幅画面一直是她心中的一根刺，平日不声不响，关键时刻就跑出来扎她心口。

北辰影拍拍她的肩，鼓励意味十足，"以前南宫为何拒绝她我不知道，但自从遇见你，他整个人都变了，少了阴郁的气息，变得有生气多了。"

"他不一向是个玩世不恭肆无忌惮的主吗？我看他活得滋润得很。"苏落脑海中浮现南宫流云老是逗弄打趣她的模样。哪次见面，他不像痞子似的逗弄她？完全不像北辰影说的那么忧伤啊。

北辰影缓缓摇头，视线放远，静静望着远处的粼粼波光，半晌才幽幽道："你不懂，他自小就不快乐的，八岁之前几乎完全将自己封闭起来，不听不看不问不说，完全像个自闭儿，后来才慢慢好点的。"

"啊？"那样妖娆邪魅的南宫流云，小时候还是个自闭儿？苏落的震惊全都写在脸上。

"嗯，跟他母妃的死有关，但这件事必须得他自己告诉你，我不能说的。"北辰影说着站起来，最后深深地凝视着苏落，语气中有了一丝嘱托的意味，"苏落，南宫他能对一个人不设防地敞开心扉不容易的，你别再伤他了，行吗？"

苏落看着北辰影离去的背影，低头深思起来。她完全看不出来南宫流云心中有阴影的样子，是她根本没注意到他的情绪，还是他隐藏得太好？还有他身上的伤……也跟小时候有关吗？他执意不治，也跟那些事有关吗？

苏落满脑子都是疑问，可偏偏北辰影明确告知不能说，想知道就只能找南宫流云。

砰！一道清脆的栗暴声在苏落脑门上炸开，苏落恼怒地抬眸，对上南宫流云那张带笑的俊颜。

"想什么想得这么入神？小心被人推下水都不知道。"南宫流云的声音低沉魅惑，笑容干净，给人很舒服的感觉。

苏落呆呆地看着他。此时的他看起来很随意、很轻松，却给人一种卓尔不凡、人中龙凤的感觉。

原本她一直认为南宫流云是个玩世不恭、肆无忌惮、随心所欲的主，但是刚才听了北辰影那番话后，再看南宫流云时，目光不由得便带了一丝打量和探究。

他平时一贯清冷，并不经常笑。

他的笑分得很清楚，暴怒之下的冷狞邪笑和逗弄她时的邪魅浅笑。除此之外，似乎并不曾见他怎么笑过。

此时的他就那样双手交负在后，袍角翻飞，如遗世独立的翩翩佳公子，笑盈盈地看着她，唇边的笑意扩大，竟有几分温暖如春的味道。

他的五官精致得一塌糊涂，这一笑，让苏落有一种倾国倾城的错觉，似乎沉醉进去再不愿醒来。

这样的他，真的如北辰影所言，有一段不堪回首的悲惨往事？有一个自闭的童年？

苏落怔怔地凝望着他，一时之间不知该如何开口，该以怎样的态度来面对他。

“本王有那么好看？竟让你看傻了？”南宫流云嘴角勾起一抹邪魅浅笑。

果然还是这样子玩世不恭的南宫流云最熟悉。苏落缓缓呼出一口浊气，原本想瞪他，但想起北辰影的话，觉得自己似乎真的对他不太好，便改了口气，“你是孔雀吗？一天到晚都这么自恋，竟也不害臊。”

“这不叫自恋，而是自信，懂不？”南宫流云敲敲她脑袋。

“就是自恋，再没有比你更自恋的人了。”苏落哼哼两声。

南宫流云也不气恼，似乎心情很好，他牵起她的手将她往人群中带去。

看着外面的茫茫大海，南宫流云懒懒地问了句：“会游泳吗？”

苏落点点头，“勉强会一点。”

北辰影不知道从哪儿钻出来，朝苏落挤眉弄眼，“你别怕，南宫游泳厉害得很，就算龙王爷请你去水晶宫做客，南宫也会将你捞回来的。”

苏落好奇地看向南宫流云。一个人的精力总归是有限的，可他怎么什么都会，什么都精？

南宫流云得意地挑挑眉，清咳两声，压下唇边得色，“别跟他废话，走吧，带你玩玩去。”

看着他那得意劲儿，苏落脑海中忽然浮现方才北辰影说过的话。

北辰影说：自从遇见你，他整个人都变了，变得有生气多了。

这样的南宫流云就叫有生气多了吗？那么小时候的他……脑海中浮现一个粉雕玉琢的小男孩紧绷着小脸将自己封锁在一个黑暗世界中的情景，苏落的心口蓦然一痛，神色一凝。

“怎么了？”南宫流云察觉到她神色有异，略带紧张地问。

只这样，就会让高贵淡漠的他紧张吗？苏落不答话，转了话题，眉眼弯弯，笑容清浅地看着他，“你要带我去玩什么？”

正在这时候，那厢坐在案几前下棋的暗夜冥轻而易举地落下一子，“将军。”

坐在他对面的蓝渲懊恼地抓头发，最后却依旧无计可施，胡乱将棋盘搅乱，“哎呀，不下了不下了，无聊死了。”

暗夜冥怒视蓝渲，“输了就毁棋，没棋品，哼哼。”

蓝渲斜靠在椅背上，懒懒地瞥了暗夜冥一眼，“赢我很得意吗？要说下棋，南宫甩你几条街，有本事赢他去呗。”

南宫流云会下棋，而且棋艺精湛？苏落好奇的视线落到南宫流云身上。

南宫流云慵懒地斜靠在躺椅上，剑眉微挑，却不说话。

北辰影见苏落好奇，便自顾说道：“南宫的棋艺最精湛不过了。八岁的时候就下棋下得令当年的翰林院大学士落荒而逃，从此举国无敌手，不过也因此，他竟然封棋洗手，往后再也不曾下过了。”

南宫流云凤眸闭着。淡淡的阳光照在他身上，细长的眉，肌肤白皙，隐隐有光泽流动，即使闭着眼也叫人移不开视线。此时的他似乎陷入了睡梦中，没有听见北辰影的这番话，脸上没有任何异样情绪。

苏落闻言却不免咋舌。

八岁的南宫不是还是自闭的孩子吗？竟然能下棋下得令翰林院大学士都落荒而逃？这厮脑域该是有多开阔啊。

怪不得他最大的乐趣就是阴人，算无遗策，阴谋诡计层出不穷。敢情那些计谋对于他来说就跟吃饭喝水那般简单。

“对了，这船到底是要开往哪里啊？”苏落此时才有机会好好问问。之前南宫流云说得语焉不详，她也没问仔细就被他拉过来了，现在船都开出老半天了。

北辰影简直有些无语，“嫂子，你不会连一年一度的钓紫荆鱼都不知道吧？”

来到异界不过几个月的苏落缓缓摇头，“你详细说说，我之前不是都被关在苏府里嘛，对大陆上的情况不太熟悉。”

北辰影深表理解，很好心地帮她解释了一遍，“紫荆鱼身上蕴含丰富灵气，一条紫荆鱼身上的灵气相当于一颗绿色晶石的灵气，所以，大陆上人人都想捕捉紫荆鱼。”

北辰影顿了顿，继续说道：“但是，紫荆鱼非常机灵，平日难得一见，只有在七月十五的夜晚，才会在东海紫荆岛周边聚拢，所以，要想捕捉紫荆鱼，一年只有这一次机会。”

难怪一开始她和南宫流云到来的时候，暗夜冥抱怨过那句话，原来今日的任务是来捕捉紫荆鱼。

“为何只有七月十五这日才行呢？”苏落不明白了。七月十五是个很特殊的日子吗？

“这里面的奥秘谁也不知道，若是知道，只怕也不用每年都只等这一天了。”北辰影实话实说。

“会有很多人去吗？”苏落好奇地问。

一条紫荆鱼相当于一颗绿色晶石的灵力。绿色晶石在大陆上是比较少见的，市场价五千金币呢，这一年一度的捕鱼大会，应该是很热闹的吧？

“不，人数不会多的。”北辰影解释道，“因为不是谁都能横跨旋涡水域，直接到达东海紫荆岛的。能横渡旋涡水域的，整个西陵国也就那么几条豪华游轮罢了。”

旋涡水域？苏落正待问，却见南宫流云忽然睁开凤眸，眼底闪过一丝寒光，忽然，他伸手一带，直接将苏落捞到怀里。

“你——”苏落话音未落，却见船身传来一道剧烈的颠簸。

苏落站立不稳，一下子撞到南宫流云精壮的胸膛，撞得她鼻翼生疼，差点流出鼻血。

苏落这还算是好的，旁边北辰影带来的那几位莺莺燕燕，她们原本正坐在椅子上闲聊，此时却撞得飞到了半空。

游轮往下荡的时候，她们全被无情地抛在甲板上，这一跌让她们全身骨头都几乎碎裂了，呻吟不断，好半天都爬不起来。

然而这还没完。

游轮往下一荡，很快就高高浮起，几乎飞到了半空中去，再重重落回水面，如此循环不断，剧烈摇晃，甲板上根本站不住人。

过了一会儿，游轮又平稳下来。

此时的暗夜冥和蓝渲面色都闪过一丝凝重，两人快步朝甲板前端行去。

北辰影也跟过去，他走了几步又侧身去问南宫流云：“二哥不来？”

南宫流云气定神闲地把玩着苏落的发丝，慢腾腾地说：“他们两个，足够了。”

北辰影苦笑地摸摸鼻子，朝苏落做了个鬼脸，欢脱地蹦向那两个人。

在苏落看来，这位佣兵公会的会长简直是没长大的邻家大男孩。

看着北辰影离去，苏落转头好奇地问：“这里就是旋涡水域？”

南宫流云好整以暇地替她整理略微凌乱的发丝，眉眼间有着淡淡的温柔，浅笑道：“这才只是开始而已，怕吗？”

苏落美眸流转，挑眉一笑，“怕什么？我的游泳技术可是很好的，要不要跟我比比？”

南宫流云醉人的眼波动人心弦，他宠溺地揉揉她脑袋，“小乌鸦嘴，希望不要被你说中了。”

言下之意，难道这艘巨大的豪华游轮还会沉下去？苏落吐吐舌头，从南宫流云怀里探出脑袋，朝北辰影他们那边望去，略带好奇地问：“他们在干吗？”

“平息旋涡。”南宫流云牵着苏落的手，心情甚是轻松，“想不想去看看？这几个家伙平日里养尊处优，难得出力气，倒是可以好好瞧瞧，这样的机会不多的。”

从来都是言简意赅沉默是金的南宫流云，也只有在苏落面前才会说长句，也只有她值得他花费巨大的耐心来诱哄。

既然是难得的机会，自然不能错过。苏落赶紧点点头，甩开南宫流云的手就往北辰影他们所在的位置跑去。

那里是船头位置，可以清晰地看到前方海面的情况。

南宫流云宠溺地跟在她后面，做好随时护住她的准备，却完全无视地上躺了一堆几乎全身骨头碎裂的那些女子。

苏落清楚地看到，前方一望无际的海面上出现一个个巨大的旋涡，犹如一张张血盆大口，耀武扬威地斜睨着他们。

远远地，苏落看到一艘左闪右避的船最终还是被卷进去，瞬间就消失得干干净净，一点痕迹都没有留下。

那艘船大约长有五十米，虽然不比他们现在这艘游轮，却也不算小了。可是，就那么眨眼间的工夫便被吞噬得干干净净，这让苏落不由得认真谨慎起来。

“怕吗？”南宫流云气定神闲地站在她身侧，伸手圈住她的纤腰，将她固定在他怀里。

墨发丝丝缕缕如缎带般倾泻而下，微风拂过，带来一阵好闻的琼花清香。

苏落看看他，又转头看着前方滔天的旋涡。

那海面浪卷百花，将巨大的游轮甩得东歪西倒，打到船身的巨浪激起铺天盖地的水幕，发出一阵阵轰鸣声，险象环生，几乎避无可避。

那些黝黑的旋涡看起来狰狞可怖，杀气腾腾。

在大自然发怒面前，在这巨浪滔天之际，人类显得那么渺小。

苏落目视前方，淡淡说道：“没什么可怕的。”因为有他在，他不会让她出事的。

就在此时，原本平稳的船身忽然间剧烈颤抖，巨浪一阵接一阵袭冲而来，那滔天巨浪将游轮高高卷起，又重重抛下。

有南宫流云护着，苏落依偎在他身边，身形竟然没有移动半分。

而北辰影他们带来的那几位姑娘，早已经接过水手抛过去的绳索。

绳索的一端系在船身，而另外一头则系在她们自己腰上，这样一来即使被抛高与落下会痛得不行，但至少不会被甩出船去，性命还是能保住的。

在惊涛骇浪中，苏落的视线落到暗夜冥和蓝渲身上。

直到此时她才知道，暗夜冥竟然是水属性，而蓝渲则是风属性。

暗夜冥眼眸微眯，凝聚全身的灵力，那道光芒似乎蕴含着无穷的力量，将前方的旋涡控制住。

而蓝渲则控制周围的风速，将所有的风都集中到游轮正后方，让游轮疾速前进。

既然是旋涡水域，那旋涡就不仅仅只有一个，而是连绵不绝，一排过去几乎望不到边。

以暗夜冥的实力，他没办法将所有的旋涡都控制住，但是却可以控制前方百米范围内的海面。

所以，现在的情景就是，暗夜冥集中灵力直线开辟长百米宽五十米的平静水域，一个仅容游轮渡过的宽度。而蓝渲则催动风速将游轮的速度加到最快。

在这巨浪滔天的情况下，想要创造一方平静水域，那是何等的困难？

不到一刻钟，暗夜冥的脸上就沁出一层细汗，神色也有些苍白。

蓝渲的神色不比暗夜冥好多少，显出一丝狼狈。

不过他们的付出是值得的，因为即使周围巨浪滔天，旋涡不断，但是游轮却速度平稳地往前驶，再也没有如之前那样被甩得东歪西倒，造成人员伤亡了。

就在这静默的情况下。

“呀——”人群中忽然发出一道惊呼声。

苏落顺着声音望去，一时间神色有些复杂。

左侧不远处的一艘轮船不断地朝他们这方靠来。

苏落猜，对方估计是看到他们游轮前的海面风平浪静，以为这是一条逃生渠道，所以即使被巨浪拍打也要朝这边靠拢。

对方好不容易跟到游轮后面，然而还未等他们欢喜出声，却在瞬间被一个巨大的旋涡卷进黑色地狱。

苏落微微蹙眉，“即使大家都知道横渡旋涡水域非常凶险，却为何还要前来送死？”

在她看来，除非像暗夜冥和蓝渲那样，一个水系高手，一个风系高手，两人默契配合，才能平安渡过。

南宫流云笑着摇头，“人为财死鸟为食亡罢了。”

苏落想想，觉得也是如此。大陆上的绿色晶石何其难寻，但一条紫荆鱼就相当于一颗绿色晶石的价值，又是一年才有一次的机会，如果能横渡旋涡水域，捕捉到紫荆鱼，即使只是一条，那也发了。

南宫流云似笑非笑地挑眉，淡声道：“其实，紫荆鱼哪里是那么好钓的？”

“不好钓吗？”不就是水里游的鱼吗？钓不了还不能撒网捕捉的？

南宫流云一眼就看出了苏落的心思，缓缓摇头，“紫荆鱼何等灵性？牙齿何等锋利？渔网又岂能网得住它？除非它愿意上钩，否则，没有人能够将其捕捉。”

竟然还有这等讲究？那看来是极难的了。

“不过不怕。”南宫流云双眸泛起妖邪般的光芒，“本王的小王妃运气一贯的好，旁人可能捕捉不到，落儿却一定会满载而归的。”

“怎么可能？”苏落瞪他一眼，“别对我期望太高，否则你会很失望的。”

南宫流云负手而立，气定神闲地说："这一次次的，落丫头何曾让本王失望过？所以，本王对你的期望可是很高很高的哦。"

"懒得理你。"苏落哼了一声。

说实话，她上辈子加这辈子，连钓鱼都不会，更别说去钓什么灵气十足的紫荆鱼了，真是想想都让她觉得头大。

暗夜冥和蓝渲脸上的细汗凝聚成珠，颗颗往下滚落，看起来疲惫至极。

苏落戳戳南宫流云的手臂，"你不上去帮忙？"

南宫流云把玩着苏落的发丝，慢条斯理地哼声："本王忙着陪落丫头呢，哪里有空搭理他们？"

苏落顿时语塞。在这般凶险的时刻，这厮还能漫不经心地逗弄她，真不该以常理论之。

好在暗夜冥和蓝渲两人争气，即使疲惫得要命，还是咬牙坚持。

大约过了半个时辰左右，前方水域变得风平浪静，在阳光的照耀下，波光粼粼。

谁能想到，在旋涡水域的后面，宁静得仿佛天地相合，鸟飞鱼跃，清风徐来，水波不兴。

阳光下，天朗气清，波浪如同顺滑的丝绸，缓缓滑来，又平平退去，有一种祥和的静谧感。

与方才那险象环生的旋涡水域完全是两方天地。

暗夜冥和蓝渲两个人毫无形象地跌坐在甲板上，大口大口地喘着粗气。

衣衫被汗水浸透，从头湿到脚，此时的他们看起来狼狈不堪，累得连话都说不了，只一个劲地大口呼吸新鲜空气。

"哎哟，可算是渡过去了。"北辰影不知道从哪儿冒出来，很好心地端了两杯清水给他们，却不住地埋怨，"不屑说你们，去年好歹一刻钟的时间就过去了，今年竟然用了半个时辰，你们好意思吗？"

蓝渲直接一脚踹过去，"你丫给老子闭嘴！去年南宫演独角戏，当然轻松了，有本事明年你来啊。"

真是站着说话不腰疼。去年看南宫那般轻松自在气定神闲，还以为简单得很呢，没想到上手才知道要操控旋涡和速度有多艰难。

北辰影灵活得跟兔子似的，轻松避过去，噘着红艳艳的小嘴，"这有何难？明年我跟嫂子一起，绝对比你们速度快。"北辰影说完，一脸殷勤讨好地冲苏落笑，笑容灿烂得见牙不见眼，"嫂子，你也同意的吧？明年咱俩搭档给他们瞧瞧。"

苏落还没回话，蓝渲就白了北辰影一眼，"得了得了，就你那点小心思谁不知道？明着叫嫂子跟你一起，最后出力的还不是南宫？"

北辰影心思被说破，也不恼，哼了两声："你们可别小看嫂子哟，说出来不吓死你们。"

南宫流云忽然神来一笔，插了一句，"这倒是可以，就这么说定了，明年就你和落丫头，本王不出手就是了。"

就那丫头？暗夜冥和蓝渲有些难以置信地瞟了苏落一眼。

根据他们得来的消息，这位苏家四小姐五岁测试灵力时就被宣布是废物，后来虽然韬光养晦暗中修炼，却也不过是三阶的实力罢了。

不过是三阶的水准，即使有北辰影搭档，在南宫不出手的情况下，如何能够横渡这旋涡水域？这是开玩笑吧？就连他们两个六阶修为的都累得够呛好不好？暗夜冥和蓝渲都有些好笑地摇摇头。爱情果然使人盲目，没想到睿智如南宫，也有如此糊涂的时候。

苏落原本想一口拒绝，但是看暗夜冥和蓝渲两人一副绝对不相信的样子，若是一口拒绝，岂不是被他们看轻了？

正在犹豫间，北辰影却答应了。

相比暗夜冥和蓝渲，北辰影对苏落的了解要深刻一些，在最初愣了片刻后，立即点头答应："好，一言为定！"说罢，北辰影得意地对苏落道："嫂子，听到没，明年钓到的紫荆鱼可尽数归咱们俩分了呢。嘻嘻。"

苏落这才知道，原来谁出力横渡旋涡水域，这一年的紫荆鱼就归谁所有。

南宫流云眼眸泛起妖邪般的光芒，"你只管钓你的，你钓来的紫荆鱼自然是全数归你，他们没好意思抢你的。"

"这话怎么说的，说得好像我们跟强盗似的。"蓝渲不服气地开口。他转而对苏落豪气地挥挥手，"嫂子，就跟南宫说的一样，你尽管钓你自己的，你钓的紫荆鱼自然全数都归你的，我们一条都不会要的。"

暗夜冥也很有骨气地接过话头，"蓝渲的话就是我的话，嫂子的紫荆鱼我们是坚决不要的。"

再说了，一个小小的三阶小武者能钓到什么紫荆鱼？不被紫荆鱼钓回去就很不错了。

暗夜冥和蓝渲根本就不信苏落能够钓到紫荆鱼，所以两人异口同声。可怜的他们却不知道，很快，他们就会为他们的决定，付出惨痛的代价，悔得肠子都青了。

第二十九章 出乎意料

不知行了多久，前方出现一个小小的岛屿，就是传说中的紫荆岛。只是岛上光秃秃的，一马平川，什么都没有，岛屿周围稀稀落落停着一些游轮船只。

看到这艘打着晋王府旗号的奢侈豪华游轮，那些原本就已经在紫荆岛上的人纷纷侧目，恭恭敬敬地立好，等待晋王殿下的驾临。

南宫流云牵着苏落的手，踩着阶梯信步而出。

黑色为底、金色为边的锦袍层层叠叠，如云似雾，甫一出场，便气场十足。

苏落原本想甩开他的手，奈何他的手臂强而有力，任由她怎么甩都甩不开。

不知为何，这次的南宫流云显得特别固执，不管苏落如何说软话，他的手都牢牢牵住她，一刻不放松。

苏落无可奈何，只能硬着头皮跟随在他身侧，接受众人的注目礼。

随后，北辰影、暗夜冥还有蓝逭，一个个旁若无人自信地出场。

他们每出来一个，都给众人强烈的震撼感。

这一个个都是天之骄子，每一个身后都有庞大的家族倚靠，身份贵重得不得了，若是这几位有闪失，只怕整个大陆都乱了。

在看到苏落的那一瞬间，人群中有一人的脸色瞬间就黑了。

太子殿下双眸阴鸷，脸色阴沉得能滴出水来。

早就传言南宫流云和苏落有一腿，原本他还不信，因为南宫流云那样的人物怎么可能会看上苏落那样的废物？他怎么都没想到，这个自己悔婚不要的丫头竟然真的转眼间就勾搭上南宫流云，这简直就是在打他的脸！

太子殿下冷冷地瞪着苏落，看着她从自己身边走过，不由得冷哼出声："臭丫头，谁让你来的？你有什么资格过来？"

苏落轻描淡写地瞟去一眼。哦？太子殿下？怎么就碰见他了？真是晦气。

不待苏落回话，一旁的北辰影就跳出来。能够跟太子殿下掐架的事，他从来敢为人先。

只见北辰影双手交负在后，昂首挺胸地斜睨太子，"哟，我道是谁呢，原来是南宫流绝啊，这紫荆鱼可治不了阳痿之症啊。"

北辰影这孩子说话就是直白得可爱，一句话就呛得太子脸色黑如锅底。可怜的太子，他总不能朝周围人大喊自己没有不举吧？这样做就是此地无银三百两啊。

太子狠狠瞪了他一眼，冷哼数声："本宫与苏落说话，你多什么嘴！"

北辰影一点都不在意太子的态度，反倒乐呵呵地笑起来，"我说你这人也真有意思，人家根本懒得鸟你，你屁颠屁颠地凑上去干吗？还是太子殿下呢，真不要脸。"

太子脸色变得铁青。

这小屁孩会不会说话？怎么每一句话都像在毒液里浸泡过，简直毒死人。

太子殿下气呼呼地瞪了北辰影一眼，转头朝苏落冷喝道："你给本宫过来！"

苏落有些无语地白了这位太子殿下一眼。这人有病吧？自己跟他有关系吗？真当他自己是棵葱了？苏落似乎没听见，将头偏向另一边，饶有兴致地欣赏着远处的风景。

谁知她这举动彻底惹恼了太子，只见他噔噔噔朝苏落快步走来，长臂一伸就想将她拉走，然而还未等他接近苏落，忽然一道剑芒朝他双臂飞去。

太子殿下被唬了一跳。若是他执意去拉苏落，这条手臂就肯定没了。太子的视线阴毒地盯了南宫流云一眼，转头去瞪苏落，"你给本宫过来。你这水性杨花的女人，还不嫌丢人吗？"他这话，直接就将苏落定义成了他的所有物。

苏落再好的脾气都被他激怒了，更何况，苏落的脾气向来都不好。只见她嘴角冰冷挑起，斜睨太子殿下，语气却越发的轻描淡写，"南宫流绝，睁大你的狗眼看清楚，我们已经解除婚约了，现在没有任何一丁点的关系，少拿你的太子身份来恶心我。"

南宫流绝简直难以相信，原本温顺得跟猫咪似的，做再多努力只为博他看一眼的苏落，现在竟然用这种讥讽的语气、嘲讽的态度跟他说话！

南宫流绝怒喝道："臭丫头，就算你不是本宫的正妃，也必须得是侧妃，你以为你逃得掉？还不快给本宫滚过来！"说着，南宫流绝又要去拉苏落。

原本他确实对苏落没什么兴趣的，但是后来听说这臭丫头竟然悄无声息地修炼到三阶，如此天赋简直让人侧目，更何况她是南宫流云看中的。

从小到大，他和南宫流云都是对立的。南宫流云要的东西，他必须要抢回来，就算抢不回来，也必须将其毁掉。

南宫流云剑眉微蹙，淡淡地扫了南宫流绝一眼。

这一眼看似云淡风轻，却残暴阴戾，煞气逼人，让南宫流绝有一种如置身冰窖的感觉。

北辰影似笑非笑地挑眉，“哟，南宫流绝，我们家嫂子怎么成你侧妃啦？你还真好意思说出口呢，也不照照镜子看自己什么德行。”北辰影对太子一向是不留情面的。

南宫流绝气得脸色铁青，憋着一口气正欲怒骂出声，却被蓝渲抢了先。他一副大人模样，板着脸教训南宫流绝：“你这人也真是，太子殿下就该有太子殿下的风度和气质，瞧瞧我们家暗夜，器宇轩昂，风度翩翩，这才是太子应有的风范啊，没事多学着点。”

南宫流绝堂堂太子爷却被当小弟训斥，气得想咆哮。

这次却被暗夜冥瞟了一眼，“要想安安稳稳把你这太子当下去，就管好你那一亩三分地，手伸那么长也不怕被剁掉。”

三个人来头不小，说话一个比一个狠，一个比一个毒，简直让太子应接不暇，疲于应付。好不容易等三人接连教训完了，太子殿下才终于有机会怒气冲冲地瞪向苏落，“给你最后一次机会，你跟不跟本宫走？”那三个人他得罪不起，但是苏落却是小小的蚂蚁，任由他捏扁搓圆的。

这小小的蚂蚁已非昔日的蚂蚁，只见她面色冷淡，说出口的话竟比那三人合起来还毒，“南宫流绝，你当你自己是太子殿下，在我眼中却连乞丐都不如，想要本姑娘跟你走？想得倒挺美，做梦去吧你。”

“苏落！”太子殿下一再被奚落，简直下不来台了。

他原本还以为苏落至少会给他几分薄面，至少对他还顾念旧情，想当初他只要给她一个眼神，她都恨不得飞起来。没想到……

太子面色阴霾，话锋一转，带着讥讽的语气，“哟，这是傍上靠山了，底气足了吧？你别以为他会娶你，你也就只是被玩弄玩弄而已，过后，还不是得哭着喊着来求本宫？”

立在边上一直没有开口的南宫流云，身上透着浓浓的冷意，冷如冰霜，殷红如朱的唇缓缓勾起，眼中闪过一丝倨傲冰冷的寒芒，斜睨太子，“你有意见？”

虽然只有短短的四个字，却如暴风雨来临前的宁静，压抑的气氛让太子心头打鼓。

“如果不想继续当这个太子的话就直说，不要这么委婉。”南宫流云冷眸犀利地睨向太子，俊颜上弥漫着一股浓浓杀气，整个人显得残暴阴戾。

南宫流绝顿时被噎住，像是被人狠狠掐住脖子，怎么都说不出话来。

北辰影捂住唇，笑嘻嘻地对身旁的两位道：“其实南宫这话不对。你们想啊，不能人道的太子才是好太子啊！有这么一位太子坐镇，这皇帝做得该多舒心快活啊，你们说是不是？”

一向与北辰影沆瀣一气的蓝渲故作惊诧地瞪大眼睛，“天啊，不能人道？你指的是谁？就咱们面前这位？”蓝渲语气惊讶动作夸张，声音大得恰到好处，周身几十米内没人听不见。

太子殿下的脸色在一瞬间涨得通红，红得似乎能滴出水来。他盯着蓝渲的眼，简直恨不得将他狠狠吞噬。

然而北辰影却没打算放过他，继续和蓝渲一唱一和，“当然了，要不然还有谁？这事整个西陵国都传遍了，你竟然这么孤陋寡闻。”

“你们全都给我闭嘴！”太子殿下面色黑得如同锅底，阴冷地盯着苏落，恨不得将她当场劈死。

都是这个臭丫头！当初去苏府退婚之际，这臭丫头听错话，竟然惊讶地大声叫出来，从而使得他这件事被传得沸沸扬扬。此时，太子殿下十分怀疑，当日这臭丫头叫出来，是真的听错了，还是故意叫出来的？

“算你们狠！千万别犯到我手里，不然的话……”太子殿下冷冷瞪了南宫流云一眼，重重哼了几声，带着手下浩浩荡荡离去了，那背影怎么看怎么狼狈。

北辰影笑嘻嘻地对苏落道：“嫂子别介意，这位太子殿下就是这样，欠骂，非得别人骂他几句他才会痛快，不然晚上都睡不着觉。”

见北辰影一副对太子很了解的样子，苏落觉得好笑极了，“你倒是对他不客气得很。”

“那是，每次见面都少不得被我骂几句，可每次都还涎着脸凑上来，你说这人贱不贱？”北辰影笑得得意扬扬，眉飞色舞起来。

南宫流云若有所思地看了苏落一眼，见她神色自若，朱唇晶莹润泽，笑得眼底都是醉人的柔波，于是牵着她，“走吧，钓鱼去。”

“嗯。”苏落也觉得不该因为一只突然蹿出来的疯狗而坏了自己的心情，甩甩头，很快就将太子甩在脑后。

紫荆岛被这群人划分了范围，小岛最好的区域位置被一分为二。

以先来后到的秩序，东边最好的位置被太子所属势力所占据。

所谓最好的位置，便是往年在那里钓到的紫荆鱼最多。

南宫流云倒不迷信这个，他牵着苏落朝西边那处断崖走去。以他们现在的实力，若是要抢，太子那股势力自然是抢不过他们的，不过南宫流云却懒得理太子。

两人坐在断崖那块石壁上，双腿悬空垂荡着，和风拂过，带起墨色发丝，别有一番慵懒闲散的味道。

南宫流云取出一系列道具，帮苏落将鱼竿架好，手把手地教她如何钓紫荆鱼。教会了苏落后，他便坐在距离苏落很近的位置开始垂钓。

苏落饶有兴致地盯着鱼竿看。

这鱼竿造型非常奇特，黝黑的鱼竿上泛着淡淡的光泽，散发着灵气，跟她上辈子见过的鱼竿那简直是天壤之别。

钓鱼的时候还不是简单地拎着鱼竿就行的，而是要将灵力注入到鱼竿上，细细感受海底的情况，缓缓引诱紫荆鱼上钩。

苏落一开始还饶有兴致、专心致志地注入灵力感受着海底世界，后来见大半个时辰过去了，连紫荆鱼的鱼影都没见到，便有些失了兴致。

她百无聊赖地双手托腮，无聊地朝周围瞄来瞄去。

难怪暗夜冥和蓝渲都信誓旦旦地不要她钓的紫荆鱼，原来人家早就知道她钓不到紫荆鱼了。

不过大半个时辰，南宫流云已经钓了五条；暗夜冥钓了三条，屈居第二；蓝渲和北辰影都钓了两条。唯有她，别说鱼了，连片鱼鳞都没摸到，真是丢人啊。

“唉。”苏落无聊地开始跟脑海中的小神龙抱怨，“好丢人好丢人好丢人……”

小神龙嗷呜嗷呜地想了想，忽然，它伸出小爪子指指那潭清澈的灵泉，也就是传说中的天灵水。

“你说，用天灵水就可以钓到紫荆鱼了？”苏落有些难以相信。

小神龙睁着一双清澈的大眼睛，乖巧地点点头，结结巴巴，“鱼、鱼……食、食……”咿呀学语的小神龙怕表达不清，最后干脆扑腾着做了个鱼儿上钩的动作。

那滑稽可爱的小动作简直让苏落乐不可支，轻笑出声。

“怎了，钓不到还如此高兴？”南宫流云先前还担心这丫头会因为钓不到紫荆鱼儿懊恼，却没想到她的心态还挺好，挺能自娱自乐的。

“钓不到鱼？哼哼，你们就都等着大吃一惊吧。”苏落挑眉，得意扬扬地朝他哼了一声。有小神龙相助，她就不信钓不到紫荆鱼，如果再钓不到，她就放小神龙下去当鱼饵好了。

苏落趁人不备，悄无声息地取出几滴天灵水，暗中混合在特制鱼食里。

鱼食原本是碧绿色的，揉成小小的面团，苏落掺了一点天灵水进去，只不过让鱼食变得湿润一些，旁的看不出异样。

这鱼食据说是南宫流云亲手配制的，光材料都耗费巨资，没有几万金币根本制作不出来。

苏落在鱼食里加入天灵水，又重新搅拌好，捏出小小一团放置在鱼钩上，脸上带着希冀和期盼。能不能钓到紫荆鱼，就看这一招了。

南宫流云见了不免哑然失笑，“哪有你这样钓鱼的？鱼食比紫荆鱼的嘴还大，怎么可能钓得上来？”

然而，南宫流云嘴角的笑意还未下去，苏落那刚刚甩下去的鱼钩却微微一动。

这是有鱼上钩的意思。

苏落心中惊喜连连，她大力提起鱼竿，抬眸望去，见那鱼钩上赫然便是一尾紫色耀眼的紫荆鱼！一条约手掌大，长得跟鲫鱼类似的紫荆鱼。

在阳光照耀下，这条悬在水面的紫荆鱼非但没有甩脱挣扎，反而津津有味地继续啃咬那小团鱼食。

苏落用力一甩，瞬间就将那紫荆鱼收到岸上，然后兴致高扬地抓住那条犹自捧着鱼食不放的小东西。

人为财死鸟为食亡，小鱼儿也一样。

紫荆鱼似乎此时才回过神，回身呆呆地看着不远处的海面，又看看抓住自己的人，顿时不断地挣扎起来。

苏落笑嘻嘻地点点它脑袋，“哟，现在知道挣扎啦？晚咯。”说着，她便将这条泪眼迷蒙的小紫荆鱼丢到小木桶里。

也不知道北辰影是不是故意的，分配给南宫的是大大的原木桶，而给她安排的却是小孩子过家家玩的那种小木桶，就算装满也装不了几条鱼的那种。

苏落第一次钓到鱼，不免有些兴奋，盯着那紫荆鱼简直爱不释手。

正在苏落眉飞色舞得意扬扬地欲告诉南宫流云秘诀时，不远处，南宫流绝在一群人的簇拥下浩浩荡荡地过来了。

太子双手交负在后，冷冷地斜睨苏落，嘴角勾起，冷笑出声，“哟，还真让你钓到一条紫荆鱼了啊，了不起啊，还以为等结束了你也钓不到一条呢。”

苏落有些无语地扫了这位太子殿下一眼。她实在是想不明白，自己话都说那么清楚了，他还来找骂干吗？

苏落懒得理他，取下一小团鱼饵，在鱼钩上重新上饵。

南宫流绝见苏落竟然不理他，心中更气了，重重冷哼道：“臭丫头，到这地步了还装清高，看你到时候怎么死的。”

“哦？”苏落慢条斯理地瞟他一眼，继续低头摆弄她的鱼饵。鱼饵有些湿了，一放上去就脱落下来，看来要等晒干了呢。

“你还不知道吧？你那位二姐回到师门后，蓝海大师可是灵丹妙药流水一样给她送去，不出一个月，她说不定就晋级到五阶了，到时候，你一个小小三阶，还指望打得过她？生死战，不是生就是死，你以为你还能活命？”太子笑得不无得意。

苏家两位姑娘约下生死战，这在整个帝都被传得沸沸扬扬，现在几乎没有人不知道。虽然苏落从废物到三阶让很多人惊诧，但是几乎所有人都一致看好苏清。

苏落云淡风轻地哦一声，就再没别的话了，心中却暗自警惕。她原本想象过，苏清的修为会在这几个月内暴涨，却没料到她的师门对她如此重视，一个月后的比赛……她真的能够打赢她吗？

南宫流绝见苏落低眸沉思，顿时高兴得不行，扬眉嘲讽冷笑，“臭丫头，现在怕了吧？”

苏落抬眸，视线淡淡地落到他身上，微微蹙眉，“太子殿下百忙之中抽空过来，就是为了告知我这件事？”言下之意，是指他是不是闲得蛋疼了？

太子顿时被她堵住，一句话被噎在喉咙里。

他刚才得了消息，自然是过来嘲讽苏落的。原本还以为她会被这个消息吓得花容失色，如此一来他不就报了刚才的仇了？谁知道这臭丫头心理素质还挺好，脸上愣是什么情绪都没有。

他的视线落到苏落那只小小的木桶上，顿时，他就乐了。

“钓到现在就只有一条紫荆鱼？你说你丢人不丢人啊？”南宫流绝一脸鄙视，“放眼这整个岛屿，要说这钓得最少的非你莫属了，真丢人。”

看着眼前这位在她面前趾高气扬、颐指气使的太子殿下，苏落忽然脑中灵光一闪，瞬间闪出一个念头来：南宫流绝不是鄙视她钓的紫荆鱼少吗？那么……她是不是可以借此讹诈点东西，让这位太子殿下心痛死？

想罢，苏落拉了南宫流云一下，阻止他那缓缓站起来的身子。

因为在太子不断挑衅苏落的情况下，南宫流云的脸色渐渐变黑了，随时有出手的打算。苏落好不容易逮着太子这只肥羊，才不会这么容易就放过他。

苏落似笑非笑地斜睨太子一眼，挑眉冷笑，“你竟然鄙视我钓的紫荆鱼少？那你有没有胆子跟我比一比，看在规定的时间内我们谁钓的紫荆鱼多？”

太子殿下哪里知道苏落已经摸索到了钓紫荆鱼的窍门？在他的眼中，这么久了苏落也不过才钓到一条紫荆鱼而已，而且还是小得不能再小的一条。苏落此言正合太子心意，只见他阴冷一笑，“臭丫头，好大的胆子，竟然敢跟本宫比。”

“怎么，一向自诩英勇无比的太子殿下这下孬种了？”苏落直接就用了激将法。

太子殿下嘴角勾起一抹嘲讽的冷笑，“臭丫头，你可知道，本宫到现在已经钓到三条紫荆鱼了？你才钓到一条，你确定要跟本宫比？”

“哼，士可杀不可辱！难道我还会怕你不成？”苏落双颊气鼓鼓的，一副意气用事血气上涌很好骗的样子。

南宫流绝刚才被北辰影他们数落得太惨，正想乘此机会扳回一局，苏落此言正合他心意，但是他面上却做出为难之色，“哼，与你比，本宫岂不是胜之不武？”

苏落心中暗自鄙视。

她最善于揣摩人心了。她看得出来，太子明明心中乐得要死，却还这般装模作样推三阻四的，骗谁呢？

苏落一点都不配合他，干脆扭过身去，懒得搭理他，“既然如此，那不比也罢，太子殿下请回吧。”

太子殿下想要以退为进，苏落同样一招以退为进，逼得太子手忙脚乱。

太子没想到苏落这么不上道，眼中闪过一丝难堪，但更多的是恼怒，只见他冷哼一声道："既然你自己执意找死，本宫就成全你好了，比就比！"

北辰影素来是最爱热闹的，又素来最爱与太子抬杠，只见他拎着一尾紫荆鱼慢悠悠地走过来。他把鱼竿潇洒地架在肩上，开口就是冷嘲热讽："哟，说得好像自己很吃亏似的。南宫流绝，有本事你别欺负姑娘家，你跟我比试比试啊。"

太子见到北辰影，太阳穴就突突地跳。这个人简直是他这辈子的克星，见着他就没好事！太子恼怒地瞪了北辰影一眼，"多管闲事，滚一边去。"

北辰影不高兴了，"这是我嫂子，我怎么就多管闲事了？南宫流绝，滚一边去的是你吧。"

两个人一言不合就你来我往地吵起来了。

这一幕简直让苏落看得目瞪口呆。

一个是帝国尊贵的太子殿下，一个是佣兵公会神秘莫测的会长，这两个人平日里在外人面前全都是道貌岸然高高在上目空一切的主，在下面那些人看来，这俩根本就是高不可攀的存在。但是谁能想到，此时这两位尊贵至极的人物，却吵得跟幼稚的小孩子似的，你来我往，不可开交。

苏落正打算狠狠坑太子一回呢，总不能眼睁睁地让太子再次拂袖而去吧？于是，她只能出来打圆场了，"好了好了，都别吵了。北辰，你先歇一会儿。太子，这比赛还比不比？不比的话就走开，不要影响我钓鱼的兴致。"光两人这份吵闹怒吼咆哮的声量，再好的鱼饵也钓不到紫荆鱼。

苏落朝北辰影狡黠地眨眼。北辰影早就见识过苏落的聪慧，他默契十足地点点头，乖巧地抱臂立在一边。

太子殿下见北辰影不吵了，自然也见好就收，他重重一哼道："比就比，不过……只有本宫和你两个人比，旁人不许插手！"说着，他的视线从北辰影和南宫流云身上扫过。这两个人他是很讨厌，但不得不承认他们实力非凡。也正是因为实力非凡，所以他才更讨厌！

苏落淡淡一笑，"那么奖惩又如何？"

太子想了想，忽然，嘴角勾起一抹冷笑，"这样吧，就以钓上来的紫荆鱼数量为准，谁多就谁赢。至于奖惩制度，就以赢的那方为准。若是赢的那方钓到十尾紫荆鱼，那么输的那方就赔对方十颗绿色晶石，以此类推。"

十尾紫荆鱼，就赔十颗绿色晶石？苏落心中真是激动了。这位傻太子根本就不知道自己有作弊器鱼饵在，竟然愚钝得定下这规矩，这下还怕赔不死他？

苏落怕露出端倪，面色间有些犹豫。

南宫流云好笑地揉揉苏落的脑袋，“区区绿色晶石本王还输得起，放开手玩吧。”

言下之意，若是输了，便算他的？苏落笑着朝他点头，又朝太子冷哼一声道：“行！就这么定了。不过口说无凭，必须立下字据来。”

太子还怕苏落赖账呢，两人一拍即合，命下人取了笔墨纸砚，将澄心堂纸铺在巨大的石头上。

北辰影饶有兴致地做了见证人，他提笔挥毫，一时间笔墨如行云流水点在澄心堂纸上，纸上字迹一气呵成，看着便让人赏心悦目。

北辰影收笔，得意扬扬地扬着下巴，“写得真是太好了，简直想收藏起来谁都不让看啊。”

苏落无语，这孩子果真近墨者黑，与南宫流云同样都自恋得没边儿了。

北辰影一共写了三份，一份给苏落，一份给太子，还有一份归他这见证人持有，免得有人反悔不认账。

三人签下自己的名字后，比赛便开始了。

“以三个小时为限，谁钓到的紫荆鱼多，谁就是胜利者。”北辰影一掌挥下，比赛就正式开始了。

为了维持比赛的公平、公正和公开性，苏落和南宫流绝坐在同一处钓。

每个人的鱼饵都是自家的秘方配制，没人会检查对方的鱼饵，只要能钓紫荆鱼便成了，所以苏落钓得心安理得。

此时，不远处的蓝渲却笑着摇摇头，“唉，看来南宫这次要出大血了。”蓝渲悠闲地靠在椅背上，换了个舒服的姿势，声音有些叹惋，“那丫头也真是有些任性，不知道南宫怎么就看上她了？”

暗夜冥瞪了他一眼，“不想伤了兄弟间的情谊就不要评论她。难道你没看出来，南宫这次是认真的？”

蓝渲神色一滞，瞟了眼远处的热闹，还是哼了句：“可我还真没看出来那姑娘有哪点配得上南宫，你瞧她做的这事……”

暗夜冥顿了顿，望着远处湛蓝的天空，看了半晌，才悠悠说出一句：“你认为这次她会输？”

“这不明摆着的吗？”蓝渲双手一摊，理所当然道：“南宫流绝虽然看着讨厌，但实力却不差。别忘了，去年他钓到的紫荆鱼数量可是仅次于南宫的，苏家丫头跟他怎么比？可不就是以卵击石、自讨苦吃？南宫也真是，竟还纵容她。”

暗夜冥淡淡一笑，声音温润，“不，这次只怕你要猜错了。”

“你信那丫头会赢？”蓝渲好笑地瞟了暗夜冥一眼。

“我不信她，但我信南宫。”暗夜冥幽幽地说，“南宫的眼光素来是最准的，从小到大，你可曾见到他输过？”

“这倒是……不过这次，说不定就聪明反被聪明误，阴沟里翻船了呢？”蓝渲怎么都不信苏落会赢。

暗夜冥只淡淡一笑，却不再说话，只专注在鱼竿上。他没告诉蓝渲的是，他总感觉那丫头不简单，而且很神秘，具体却说不清。

却说苏落那边，打赌一事传开，很多人都围上来一看究竟。

比起苏落，大家都非常看好太子殿下。太子殿下不仅武功修为比苏落高上许多，去年钓到的紫荆鱼数量那是有目共睹的，实力不凡。

“这姑娘还真是不知天高地厚，竟然也敢跟太子殿下叫板。”

“这还不算什么，最有意思的是他们的赌注，赢的一方钓到多少条紫荆鱼，输的一方就要赔付对方多少绿色晶石呢，嘿嘿，只怕这位姑娘要出大血了。”

“这姑娘谁家的啊？以前怎么都没见过？”

“听说过苏府那位废柴草包没有？听说过最近传得沸沸扬扬的姐妹生死战没有？”

“呀，原来她竟然是那位大名鼎鼎的苏四小姐啊。难怪了，听说她抢了她姐姐的未婚夫，气得她姐姐当场便约下生死战？”

“还有这事儿？看不出来这干干净净的漂亮小模样，竟然干出那样缺德的事，连自己亲姐姐的未婚夫都敢抢？”

一时间，众人议论纷纷，窃窃私语，从钓紫荆鱼歪楼歪到生死战去了。

苏落耳力本就好，晋升到三阶后更是耳聪目明，这些话一字不落全听到耳中。她倒是没想到，短短一个多月的时间，舆论竟然全都倒向苏清那边，将她漂白成了白莲花受害者，而她则是心狠手辣的恶毒女配。

苏落想了想，不由觉得可笑。要说这些舆论如果没有人暗中引导，她才不信呢，至于那个人是谁……呵呵，她笑而不语。

苏落抓了一小团鱼饵，将其放到鱼钩上，然后将鱼线抛到海里。

她毕竟是第一次钓鱼，即使再聪明，动作也有不到位的地方。于是，这就又成了她让人诟病的地方，被指责得连渣都不剩。

“切，连鱼竿都不会甩，怎么钓紫荆鱼啊，难道她以为紫荆鱼跟别的鱼会一样吗？”

“就是，那鱼饵也下得太多了，哪有整团下的？紫荆鱼会咬钩才怪。”

“就这水平还敢跟太子殿下比试，这脸都丢到姥姥家了，比赛结果都不用预测，我现在就告诉你们，太子殿下赢定了。”

这些看热闹的人全都信誓旦旦地预测苏落会输。

苏落嘴角微微翘起，神色专注在海面上，对这些纷纷扰扰并不予理会。

太子将所有对苏落的负面话语都听进耳中，他气定神闲地瞟了苏落一眼，嘲讽道：“若是你能钓到一条紫荆鱼，本宫就……”

话音未落，太子脸上的嘲笑一僵。

因为他看到苏落那杆鱼竿上的鱼线被往下拖走。

这是鱼儿咬钩的提示。

周围人全都激动了。

“天啊，上钩了上钩了。”

“怎么可能？这才抛下不过半分钟吧？”

“哪有半分钟？才十秒不到好不好？话说，这运气也太好了吧？”

面对这些激动得语无伦次的声音，苏落淡淡而笑。她小心翼翼地提起鱼竿仔细一瞧，那上面赫然便是一尾活蹦乱跳的紫荆鱼。

这条紫荆鱼比之前那条要大上许多，大约有两只成年人的手掌那么长，周身萦绕着淡淡灵气，紫色闪耀。

不待苏落放下，北辰影就很狗腿地跑上来，殷勤地帮苏落将紫荆鱼取下，笑嘻嘻地朝苏落竖起大拇指，“嫂子好厉害，再接再厉，将那鸟人给秒了！”

“鸟人说谁呢。”太子殿下正郁闷着呢，又听见北辰影在那里叽里呱啦闹得他心烦，重重哼了一声，白他一眼。

“谁搭话说谁呗。”聪明的北辰影一下子就绕过太子殿下的语言陷阱。

若是北辰影回答“鸟人说的就是你”，那么就是变相地承认他自己就是鸟人。

太子设下这个圈套，满心以为北辰影会上当，那样他就可以借机嘲讽，而不是每次都被北辰影嘲讽了。可惜，北辰影不上当。

太子气得额际太阳穴突突地跳，恨声怒喝：“滚！”

北辰影却提着那尾紫荆鱼在太子面前耀武扬威，“斗嘴有什么意思？有本事用实力说话啊，你也钓上来一条给我看看啊。”

苏落见这俩人又掐上了，有些无奈地扶额，摇摇头，她取了一小团鱼饵放到鱼钩上，再次将鱼竿抛进海里。

那边的北辰影和太子还没吵完，这边又有惊呼声起。

“天啊，又动了，鱼竿又动了。”

“这不可能吧。怎么会这样？紫荆鱼不是很难钓的吗？”

“难道今年的紫荆鱼特别笨？特别容易钓？”

“你才特别笨。你刚才又不是没钓过，怎么傻了？”

“可是、可是不对啊，苏四姑娘明明钓起来简单得很嘛。”

“那你看太子有钓到紫荆鱼吗？”

南宫流绝顿时停住吵嘴，朝苏落那边看去。只见她轻松拉起鱼竿，又是一条活蹦乱跳的紫荆鱼被钩在她的鱼竿上。

他简直看呆了，整个人都有些傻眼了。

“这不可能！”怎么可能会有人在短短的一分钟之内连续钓上来两条紫荆鱼？

她当紫荆鱼是什么？普通的鱼类吗？那可是充满灵性、灵气十足的紫荆鱼啊。就拿他自己来说，二十分钟能够钓上来一条那已经是非常了不得了。

但是这臭丫头竟然运气好成这样？一分钟之内两条。两条啊！

太子恨不得大声喊出“你作弊”三个字了，但是理智告诉他，钓紫荆鱼哪里有什么作弊的？不管用什么方法，能钓上来就是好的。

苏落淡淡地瞟了太子一眼，眼眸中浮现一抹似有若无的笑意，“咦，太子殿下竟然一条都还没有吗？这不太正常哦，可要努力咯。”

一句轻飘飘的话，却犹如一记重拳，狠狠打在太子殿下脸上，打得他头晕目眩。

太子目光阴鸷地扫了苏落一眼，冷声道：“别得意得太早，胜负还未分，有你哭的时候！”

“那就拭目以待吧，看到时候哭的人是谁。”苏落上好了鱼饵后，很随意地将鱼线抛到海里。

旁人想要钓紫荆鱼，每一步骤都要小心翼翼、全神贯注，还要将全身的灵力倾注到鱼线上，时刻注意着鱼儿上钩，生怕一不小心，珍贵的紫荆鱼就没了。然而在苏落这里，所谓的什么专业手法那全都不存在。

她就是那么随意地将鱼线一抛，然后悠闲地握着鱼竿等着咬钩起钓就行了，简直让那些精通各种手法的所谓专业人士瞪眼。

一开始大家都用嘲弄的语气讽刺她这样不行，但是苏落用事实狠狠地反击回去。

不到几秒钟，苏落那根鱼线又沉了沉。此时，周围的人几乎都快要激动得疯了。

“鱼、鱼……”

“又、又咬钩了……”

“天、天啊……啊……”

围观群众几乎被苏落这一手惊呆了。这怎么可能？根本不可能好不好？太匪夷所思了。不到两分钟，竟然有人能够接连钓上来三条紫荆鱼，而且一条比一条大？

可明明他们也都上手去钓过的啊，都知道要钓这种灵性十足的紫荆鱼有多么难。

此时，太子傻愣愣地看着苏落，根本不知道该作何反应，只是他面颊上的肌肉抑制不住地抖动，可见内心有多纠结了。

“这、这……”太子殿下震惊地指着水面，朝苏落怔怔道：“你到底使了什么妖法？”

苏落慢条斯理地瞟他一眼，似笑非笑地扬眉，“妖法？太子殿下不妨使出来瞧瞧，诬蔑人可是不对的。没有证据乱说话，别人只会说太子殿下输不起哦。”

“你这个臭丫头！”太子双目赤红，恨不得将苏落生吞活剥。这臭丫头说的话就跟淬了毒似的，跟北辰影简直一个模子里刻出来的。

“骂谁臭丫头？”南宫流云淡淡扫他一眼，双眸冷冽逼人，浑身上下罩着强者的威严。

太子顿时有一种如坠冰窖的感觉，浑身一僵，讷讷地说不出话。

可恶！太子殿下身侧的手紧握成拳，他恨自己明明与南宫流云地位等同，却每次都败在他那双高深莫测的眼眸之下。

此时，不远处的暗夜冥和蓝渲见这边如此热闹，不由得有些好奇，蓝渲更是直接招手让一个下人过去。

“什么？两分钟不到钓了三条紫荆鱼？这怎么可能！”蓝渲整个人站起来。由于太过激动，以至于连带后面的椅子整个翻倒在地。

暗夜冥此时也是震惊不已。虽然因为南宫的缘故，他对苏落高看一眼，但也没料到那丫头的表现竟然这么出乎意料，简直是不可思议到了极点。

他们在这群人中也算是顶尖的了，一个小时也不过钓到两三条罢了，但是苏落那丫头竟然在两分钟的时间就有了他们一个小时的成果？这是十阶以上的强者才能做到的事吧？就算他们的父辈出手，也未必能够在两分钟内钓三条紫荆鱼！

难道现在钓紫荆鱼已经与修炼等级无关了？简直不可思议。

“走，咱们亲眼瞧瞧去，我可不信那丫头真能做得到！”蓝渲心中不信，拉了暗夜冥扭头就走。

暗夜冥却苦笑着摇摇头。众目睽睽之下，那么多双眼睛盯着，这还能有假？

暗夜冥心中也好奇极了，他怎么都想不通，苏落那丫头究竟是怎么办到的。

人群熙熙攘攘，一个个都激动万分，盯着苏落的那一双双眼睛简直饱含各种情绪：震惊、诧异、羡慕、嫉妒、怨恨……各种的，但是最多的还是羡慕嫉妒恨。

苏落淡淡地扫了周围一眼。

刚才这些人还都信誓旦旦地预测太子殿下会赢，她这不过才钓了三条就已经让他们激动成这样，若是再钓上来几条，岂不是把他们全都逼疯了？

苏落淡淡一笑，又轻巧地将鱼竿抛向海面。

此时，几乎所有人都盯着苏落的鱼竿看，那一双双眼睛恨不得能将海面刺出一个洞来。

在这么多双激动得不行的目光注视下，苏落那双手依旧稳如磐石，丝毫不怯场。

“有了。”苏落心中暗喜，随手一扯，又是一条活蹦乱跳的紫荆鱼。

这次的时间，依然没有超过半分钟。就好像是海底下早有紫荆鱼等着苏落的鱼钩似的，速度简直快得不行。

暗夜冥看着这一幕，神色间闪过一丝诧异。快，简直是太快了。

蓝渲的反应则更加明显。他呆呆地看着苏落，双眼尽是难以置信，简直不知道该作何反应。

旁人说的他还不信，但是现在他亲眼见到苏落将鱼竿抛下去，不过瞬息间，拉上来就是一条紫荆鱼，那根本就像是无数紫荆鱼争先恐后等着上钩啊。简直就像，那些紫荆鱼是她养的一般听话。

这丫头……简直太神奇了。

原本还对苏落各种质疑的蓝渲，此时却用崇拜乃至膜拜的眼神紧紧盯着苏落，恨不得扑上去抱大腿求问她到底是如何做到的。

随着苏落再次拉上一条紫荆鱼，全场都沸腾了，却瞬间全都寂静了，大家都用看神一样的眼神看着苏落，全都凝神屏息、小心翼翼地盯着她。

苏落被这种眼神看得心底有些发毛。她暗自揣测：是不是自己太过出风头了？

见北辰影要上前，蓝渲先一步兴高采烈地扑上去将那条甩来甩去试图挣扎的紫荆鱼从鱼钩上取下来，朝苏落笑嘻嘻地凑上来，“嫂子，告诉我呗，这鱼竿是不是有奥秘啊？”

不仅蓝渲有此疑问，此时在场的所有人都有此疑问，于是，随着这句话，齐刷刷的视线都凝聚在苏落脸上。

“咳咳。”苏落拳头放在唇边，清咳一声，随手将那根鱼竿递给蓝渲，“要不你试试？”

奥秘在鱼食里，而鱼食当时还是蓝渲分到自己手中的，所以苏落很笃定蓝渲的注意力绝对不会在鱼食上。

蓝渲没想到苏落如此干脆，他将信将疑地接过鱼竿上上下下打量着，又狐疑地看了苏落一眼。

苏落耸肩，“你不是不信我的钓鱼能力，觉得奥秘在这鱼竿上吗？自己拿去试试就知道了。”

蓝渲还真听话，取出随身携带的鱼食，小心翼翼地上了钩，偷偷瞟了苏落一眼，看不出她面上的表情，继而狐疑地想了想，然后专心致志地将鱼竿甩到海里。

随着蓝渲的动作，众人的视线全都黏着在那个小小的鱼线浮标上。

若是真的能起钓，那么这根鱼竿……几乎所有人都眼热地盯着鱼竿，恨不得立马将那鱼竿抢到手。

因为若是真的证明是这根鱼竿的原因，毫无疑问，这根鱼竿绝对会在一瞬间成为神器，成为各个势力角逐的目标。

第三十章 惨遭算计

苏落悠闲自在地坐到南宫流云边上，拿着零嘴啃。

南宫流云好笑地帮她擦手，柔声说道：“连蓝四都坑，你也真是胆大。”

蓝渲，家族嫡系子弟中排行第四，平日里好友间习惯以蓝四来称呼他。

蓝四，又有外号懒死。这孩子素来最懒，能躺着绝不坐着，能坐着绝不站着，若不是家族灵药不断，他未必有现在这样的武功修为。

苏落嘴角划过一抹狡黠的笑意，“那是他自己非要试验的，关我什么事？”

再说之前蓝四虽然对她一直笑眯眯的，看着态度亲热，但是那双略带审视的目光真是让苏落受够了，能够小小报复一下，打击一下他身为超级世家子弟的优越感，何乐而不为？

南宫流云温暖的大手掌覆盖在苏落头顶，宠溺地揉揉她脑袋，挑眉而笑，“你呀，一点亏都不肯吃，不过本王简直爱死了你这小性子。”

站在她面前的南宫流云眉目如画，眼若星辰，鼻梁高挺，菱唇如朱，将他衬托得妖娆魅惑，让人只看一眼就仿佛被深深吸住，再也挪不开视线。

苏落好不容易挪开视线，偏过脸去，没好气地说：“你给我住嘴！这里这么多人，少胡说八道。”

“胡说八道？”南宫流云漂亮的睫毛乌黑且浓密，还微微上卷，凤眸上挑，有一种颠倒众生的魅惑妖娆，只见他嘴角勾起一抹轻笑，“好，那本王就当着众人的面再对你说一遍，来——”南宫流云说着就要拉苏落起来，让所有人的目光看过来。

苏落心中一急。当着众人的面对她示爱？这还了得？现在的她都已经是众矢之的了好不好？她赶紧挣脱他的手，气势十足，“南宫流云，你给我住口！你要敢说，我就敢埋了你！”

“埋了本王？”南宫流云双眸眯起危险的光芒，朱唇勾起，似火般妖娆华丽。

不好，闯祸了！苏落心中懊恼，她一把甩开南宫流云的手，身子早已先于脑子行动了，此时的她一阵风似的蹿进人群，瞬间消失在南宫流云面前。

南宫流云看着那狸猫般敏捷灵活的身手，眼神变得深邃。

如果他的小落儿呆一点、笨一点、废柴一点，是不是就不那么难追了呢？

蓝渲握着那根鱼竿已经有半个小时了，原本期待满满的他现下却满心失望、绝望。

因为他能够感应得到，当他的鱼钩放下去的时候，水底确实围绕着一群紫荆鱼。是的，你们没有听错，真的是一群的紫荆鱼，紫色光芒笼罩，黑压压的一片，争前恐后前赴后继的那种。但诡异的是，这些紫荆鱼绕着鱼钩游荡两圈，然后三三两两结伴游走了，简直是一副嫌弃的样子。

蓝渲此时简直要郁闷到吐血了。

明明都是一样的鱼竿、一样的鱼食，怎么换了自己就是这种待遇？

为什么苏落垂钓它们就争前恐后，但是轮到自己时却嫌弃地甩头就游走？这简直让他郁闷到吐血啊，伤心到太平洋啊。

“嫂子……”蓝渲欲哭无泪地凝望着苏落，泪汪汪的桃花眼盈满求助祈求的光芒。

“干吗？”苏落没好气地应道。

蓝渲能告诉她，下面好不容易聚集的紫荆鱼被他弄跑了吗？他能说他被一大群的紫荆鱼嫌弃了吗？感觉好丢人，他简直想捂脸了。

蓝渲眼泪汪汪地将鱼竿往苏落手里一塞，“嫂子，你来你来！”众目睽睽之下，再丢下去，这脸就没有了。

此时他看苏落的眼神不是审视，而是星星眼仰望，崇拜膜拜的那种。

苏落对他的态度转变表示满意，顺手接过鱼竿，似笑非笑道：“我来就我来吧，这分分秒秒都是绿色晶石呢，可浪费不起。”

苏落此话一出，太子殿下的脸色瞬间就黑了。

苏落言下之意岂不就是在说，她钓的紫荆鱼越多，自己就输得越惨吗？

若是之前太子还会冷哼一声：不就是几颗绿色晶石吗？难道本宫还拿不出来？在见识了苏落这几秒钟就一条紫荆鱼的速度，太子殿下哪里还有这样的底气？现在的他被苏落吓得几乎快要哭了。

这什么速度啊！若是她之后的垂钓速度全都是几秒一条，那就算把他整个卖了都不够给她赔的。太子越想越害怕，心中惊慌极了。此时他后悔得肠子都青了，恨不得狠狠甩自己几个大巴掌。若不是他非要去挑衅苏落，非要去鄙视她的垂钓成绩，怎么会有后来的这些事？真真是自作孽不可活！

不说太子殿下那激烈浮动的情绪，单说苏落这边。她是真的下定决心要让太子殿下输个精光了。

在她鱼钩放下去的瞬间，那些原本嫌弃蓝渲而去的紫荆鱼，果断又重新将那根细细的鱼线包围，争先恐后地去啄那团鱼饵，由于抢得太凶，以至于当苏落拉起来的时候——

“天哪！”当场就有人激动地喊了声。

这也太匪夷所思了吧？这回不是一条，也不是两条，那小小的鱼钩上竟然串着三条紫荆鱼啊！这简直是有史以来最大的奇迹，前所未有的奇迹。

谁说钓紫荆鱼难如登天的？谁说紫荆鱼灵力十足的？谁说平均十分钟一条鱼那是神级水平的？看看人家，几秒钟一条，一个鱼钩竟然钓到三条紫荆鱼，而且条条都不小，一看就是紫荆鱼中的勇者。

围观群众被这一幕看得几乎眼热极了，恨不得冲上去将这三条紫荆鱼据为己有，恨不得能够立刻化身为苏落，甩一竿子就是一串紫荆鱼，这简直太爽了，抢劫都没这么速度的。

这一条紫荆鱼可是一颗绿色晶石啊！活脱脱就是修炼的宝贝啊！

此时太子殿下的脸色异常难看，阴沉得几乎能滴出水来了。

苏落目光瞟过，见他如此沉不住气，更是忍不住奚落一句：“呀，这一下子太子殿下就要给出三颗绿色晶石了呢。让太子殿下破费了，真是对不住得很。”

太子一口血堵在喉咙里。吐，吐不出来，咽，咽不下去，直憋得他面色铁青，双目赤红，双手抖动。

北辰影向来与苏落默契十足，搭档无间，见此又笑嘻嘻地接上一句，“嫂子，你无须替太子担心啦，他那宏远宝殿中宝贝多得很，不怕输不起，大不了咱们将那宏远宝殿给全部搬走就是了。”

宏远宝殿那可是太子殿下十余年来的收藏，里面珍宝无数，简直让人侧目。太子双目赤红地瞪着北辰影，恨不得扑上去掐他脖子。这丫的不说话没人当他是哑巴！

苏落肯定地点头，“哦，这下我就放心了，不然的话，怕太子输不起，我都不敢放开手去钓。”

“嫂子您简直太善良、太伟大、太仁慈了！”北辰影大呼小叫，夸张得手舞足蹈，最后又很好心地劝慰：“不过你真该放开手脚去钓，不然太子殿下会质疑比赛的公平性呢。”

太子殿下几乎要呕血了。那臭丫头别放开手去钓，他不质疑比赛的公平性行不行啊？太子几乎要吼出这句话了。如果那臭丫头放开手去钓，他的宏远宝殿都不够输的啊。

苏落瞟了一眼太子那几欲晕过去的脸，一脸讶异的表情，“啊？原来好心还会办坏事儿？看来我真是要放心大胆地去钓了，不然太子殿下肯定会不高兴的。”

一旁的蓝渲听这两人旁若无人的对话，简直无语了。而后，蓝渲和暗夜冥对视一眼，两人眼中浮过一抹苦笑，均是无奈叹息一声。谁说此时纠结的单单只有太子一人？他们两个人也很后悔的好不好？此时，他们两人无不控诉南宫的手段。

这丫的肯定早就知道苏落有这手本事，所以一开始就将了他们一军，制造出一种她不会钓紫荆鱼的假象，让他们掉以轻心，不好意思要她一个小姑娘钓的紫荆鱼，所以全都信誓旦旦地拒绝。现在看到苏落这一条条地往上钓，他们看着也很眼热好不好？几乎恨不得时光倒流，回到当时在船上的时候，理直气壮地要苏落也上缴紫荆鱼了。

北辰影笑嘻嘻地撞了蓝渲手臂一下，“嘿，没想到嫂子这么厉害吧？现在悔得肠子都青了吧？”

“闭嘴！”蓝渲恨恨地瞪北辰影一眼，傲娇地别过脸去，然而他迎风就是两条宽面条泪。

这么多紫荆鱼，原本都应该是他和小冥冥平分的啊……失策，大大地失策，都是被南宫那个大骗子给忽悠的。真是想想都觉得心痛……蓝渲夸张地捂住心口位置，幽幽怨怨地瞟了南宫流云一眼。

谁知这厮非但没有一点同情心，反而气势十足地横眼过来，淡淡一声，“怎了？”

怎了？还能怎了？羡慕嫉妒懊悔恨了呗。但这话好说不好听啊，蓝渲又只能可怜兮兮地、默默地、幽怨地扭过头去。

苏落一开始就算计好了，这次一定好好坑太子殿下一把，所以她一点都没有留手的意思。

随着时间的流逝，一条又一条紫荆鱼被苏落钓上来。

有时候一钩是两条，有时候是三条。而且每一次上钩的间隔时间绝对不会超过十秒，几乎是鱼钩一甩下去，拉上来就是长串的感觉。

这一幕幕，简直将周围所有人都刺激得不行，很多人都捂住胸口，不住地摇头，表示自己震惊过度。

太子殿下看着苏落那接连不断地下钩起钓，脸上的肌肉不住跳动、颤动，完全抑制不住。他的双眼死死盯着苏落，从原先的诧异、震惊、难以置信，到现在的恼怒、懊悔、惊慌失措。

堂堂太子殿下难得的一次惊慌失措就是拜苏落所赐。他能不惊慌吗？这一条紫荆鱼就是一颗绿色晶石，一颗绿色晶石在市面上的行价是五千金币，但往往要抬价到一万金币才能买到手啊。

她要是一条条地钓那还不至于把太子吓成这样，问题是苏落那都是一串串地往上拉啊……这简直是、简直是……岂有此理！太子重重一掌拍在椅背上，好好的椅子顿时化为粉末。

太子闹出的大动静顿时吸引了很多人注意。

“唉，可怜的太子，这次恐怕要输到姥姥家了。”

“唉，谁知道苏家这位姑娘如此厉害？这紫荆鱼就跟她养的似的。”

“话说，这还是太子先过去挑衅人家的吧？”

“那倒是，若不是太子自己过去挑衅，人家会跟你比这个？这叫什么？这叫天作孽犹可违，自作孽不可活啊。”

“嘘，小声点，没看到太子的脸都输绿了吗？小心别让他把气撒到我们身上。”

一时间，众人议论纷纷。

原本一开始，几乎所有人都预测苏落才是惨败的那一个，但是现在，在苏落强横到毫无争议的实力下，舆论风向来了个颠倒，不利的谣言全都指向太子殿下。

太子殿下本就气得不行，再听到这些风言风语，简直快要被逼疯了。他阴沉着脸，阴鸷狠辣的目光在眼前扫过一圈，被他目光注视之处，大家全都噤声，惊恐地低下头，生怕自己会不小心撞到枪口上。

苏落见太子神色惊慌，这钓鱼就钓得更起劲了。如今她那小木桶早已经换成了超级大木桶。她看了那大木桶一眼，微微蹙眉，又瞟了北辰影一眼，“这只木桶似乎装不下了吧？”

北辰影干净的脸上笑容灿烂得不得了，见此猛点头，邀功似的嘻嘻一笑，“嫂子，瞧，那是什么？”

苏落顺着他的视线看去，却见那艘超级豪华游轮上下来一排水手，每两个人一组，每一组都抱着一个超级大木桶，目测这木桶足以装下两个成年人。她粗粗数过，发现竟然有十个之多。一时间，她真的有些无语了。

太子殿下看到那一排排的木桶，脸上肌肉颤抖得更厉害了。

北辰影一向与太子斗得平分秋色，还从没有像现在这样压倒性胜利的，这一切都得归功于苏落，所以他对苏落的崇拜之情顿时油然而生。

由于蓝渲和北辰影抢着取鱼，所以为了提高效率，苏落便做了如下安排：蓝渲上鱼饵，苏落抛鱼竿收鱼钩，北辰影取鱼，一条流水线下来顿时将效率提升到极致，往往不到十秒钟便能顺利捕捉到一波。

太子殿下表示抗议，但是他的抗议很快就被驳了回去。

围观群众已经被这情景看呆了，围着的人越来越多了。

有些人是根本没心思自己去钓，有些聪明的也拿着鱼竿过来挤位子，想着能蹭一点苏落的好运气。可这些人却不知道，正因为有了苏落这鱼食的对比，他们那些鱼食就更被嫌弃了，更不可能钓到鱼了，这就叫聪明反被聪明误。

一个小时过去了，两个小时过去了，两个半小时过去了……

北辰影看看时间，在最后的时刻喊道："时间到——"

于是，双方都放下鱼竿，由裁判员检查结果。

这检查结果其实完全是检查苏落的，因为太子殿下竟然一条都没钓到。究其原因，一是他心绪不稳，二是自暴自弃，最重要的第三点是因为有了苏落鱼食的对比，所以太子殿下就更不可能钓到鱼了，所有的紫荆鱼都围绕着苏落的鱼钩去了。

所以，他的战绩是有史以来最烂的一次，收获为——零条。是的，堂堂的太子殿下竟然一条紫荆鱼都没有钓到，这简直是滑天下之大稽。

或许太子殿下也觉得很丢人，全程都黑着一张脸，恨不得将所有人都凌迟处死的面瘫样子。

"来来来，现在我们来数数苏姑娘钓到的紫荆鱼哦。哈哈，大家都很期待、很好奇，很想知道我们伟大的、仁慈的、运气好到爆的苏落姑娘究竟钓了多少条鱼吧？"

北辰影身为裁判员，却没有一点裁判员的自觉，他一番煽动性的话下来，更是将气氛全都调动起来了，让大家完全将太子殿下给忽略了。

北辰影、蓝渲、暗夜冥，三个原本高高在上的隐世家族公子，现在却化身小弟，全都帮苏落在那里数鱼。

清点了一番后，蓝渲和暗夜冥对视一眼，两个人双双捂住胸口，面色沉痛，懊悔连连，继而都可怜兮兮地望着苏落……那小模样看着当真是让人很怜惜。

不过由于经历过南宫流云的美人计，这招对苏落完全无用。

北辰影很得意地瞟了太子殿下一眼，笑嘻嘻道："南宫流绝，想知道你输了多少绿色晶石吗？"

太子殿下此时的脸色可以用惨白来形容。他藏在衣袖中的手不住地抖动，连带着衣袖都微微颤抖。

身为一国太子，这样的心理素质实在是要不得。北辰影欣赏够了太子那惊慌的神色，这才缓缓地叹了口气，继而大声笑道："根据刚才清点的数目，南宫流绝……那可是一千五百条紫荆鱼啊。也就是说，你得赔付一千五百颗绿色晶石，哈哈哈……"北辰影当场叉腰狂笑，简直得意得不行。

太子殿下的脸却在一瞬间黑了，身形晃了晃，几乎站立不住。

不止太子殿下，此时在场的围观群众全都倒吸一口气，简直快要昏倒了。

一千五百条紫荆鱼？一千五百颗绿色晶石？太子还真是输得惨啊！别说太子，就算整个西陵国都未必能够在短时间内凑出这么多吧？大家全都眼巴巴地看着太子，好奇地打量着，不知道太子会如何做呢。

北辰影见太子那黑得跟锅底似的脸，走过去拍拍他的肩头，很好心地劝慰道：“不就是一千五百颗绿色晶石吗？对于你来说很简单的，是不是？”

简单你个头！太子气愤地横了北辰影一眼。一百五十颗的话他还可以买买凑凑，差不多能够凑足，但是一千五百颗……直接杀了他算了。

太子甩头，直接一句话，“没有！”

北辰影笑得比狐狸还狡黠，“这么多人眼睁睁地瞧着呢。南宫流绝，你好意思赖账？一个没有丝毫信用可讲的太子可不是好太子哦，这将来会成为你登上帝位最大的障碍哦，我们北辰家可不会同意你上位的哦。”

“你——”太子殿下气呼呼地瞪着北辰影。这个人不跟他作对会死吗？

“我们蓝家也不会同意的哦。”蓝渲单手斜靠在北辰影肩膀上，笑嘻嘻地看着太子。

“暗夜家族也不会同意呢。”暗夜冥似笑非笑地挑眉，饶有兴味地看着太子。

“你们、你们……”太子没想到这些人竟然会为一个名不见经传的臭丫头出头，心中的怒火更盛。

其实他最气愤的还是——若是当初没有退婚，那个臭丫头就是他的囊中之物，今日这么多的紫荆鱼都是他的，全部都是他的！现在的他就不是被逼债逼得几乎下不来台的状况了。只要一想到此，太子殿下的心就不断地刺痛，痛得他几乎不能呼吸。

最后，太子恨恨地瞪了苏落一眼，对北辰影喝道：“就算要付也不是现在，本宫身上可没带那么多绿色晶石。”

北辰影很随意地挥挥手，“没事，等回去后我们自然会找你还的，若是你不还，子债父偿嘛，我们自然会找你父亲讨债去的。”

“附议。”蓝渲笑嘻嘻地挑眉。

“附议+1。”暗夜冥也笑容灿烂地看着太子。

这些人，可恶，简直太可恶了！

太子气呼呼地甩袖，领着一群人浩浩荡荡而去。

北辰影宽慰苏落道：“嫂子别怕，这笔账我们自然会替你讨回来的。嘿嘿，这次不将南宫流绝搞到破产，我就不姓北辰！”

苏落笑着点头，“那就太好了，要我的话，这笔账可讨不回来。”

北辰影崇拜地看着苏落，“还是嫂子厉害，我跟他斗了这么多年，还是第一次看他输得这么惨、这么灰溜溜的，哈哈哈，真是乐死我了。”

苏落笑了笑，吩咐人将紫荆鱼都抬到游轮上去。

天色将黑未黑，朦朦胧胧。

忽然，人群中有人惊呼出声："瞧，那是什么？"

所有人的视线都朝那里望去。

只见一道白色的影子出现在海平面上，似乎很近，似乎又很远，摇摇曳曳，看不清楚。

然而，南宫流云凤眸微眯，眼眸中闪过一丝错愕，当他的视线转而落到苏落身上时，嘴角勾起一抹笑意。

这丫头的运气……她莫不真是幸运女神的私生女？就连这种百年难得一见的奇遇都能被她遇上？真不知道该怎么说好呢。

"那是……"北辰影眸光闪了闪，简直有些难以置信。他转眸看向南宫流云，似乎想找他确认什么。

"天啊！"蓝渲惊讶极了，双手更是紧握成拳，激动得难以自抑。

"不可思议，太不可思议了……"暗夜冥眼眸微眯，深深地凝望着远处那忽然浮现的白色影子，连连摇头叹息。

苏落有些狐疑地扫这三人一眼。

怎么回事？怎么一个个都希冀地望着远方海平面上的白色影子，眼中露出神奇色彩？难道有什么她不知道的内情？

"上游轮。"南宫流云扬袖，很自然地牵着苏落，带着一群人浩浩荡荡朝游轮走去。

不止南宫流云这群人，在场几乎所有人都发现了海面上的异样，聪明的人早早上了自家游轮，飞一般朝白色影子开去。

一路上，不断有人大声喊着，撕心裂肺地扯着嗓子，喊什么"紫鱼殿"。

紫鱼殿？那是什么东西？

第三十一章 闯紫鱼殿

回到游轮后，苏落很好奇宝宝地问出这个问题，然而刚问出，就被集体鄙视了。

北辰影简直对她无奈了，“嫂子，以前的十几年你都活在真空里吗？竟然连紫鱼殿都不知道？”

蓝渲上上下下仔仔细细地打量着苏落，不怀好意地凑近她，“嫂子，一百条紫荆鱼换这个答案，成不成？”

“你给我起开。”北辰影直接将趁火打劫的蓝渲拎走，“你蓝四爷的嘴还真金贵，不过一句话的事情，竟然要价一百条紫荆鱼。”

北辰果然是好孩子，苏落等着他来给自己解惑。

谁知北辰影将蓝渲丢开，自己凑近苏落，笑嘻嘻地说：“嫂子，我给你打八折，就算你八十条紫荆鱼好了。”

苏落嘴角抽抽，扶额望天。

这群二货!

苏落直接将视线投向南宫流云。

北辰影正想劝慰苏落，南宫一向不说这些废话的，但是南宫流云却拉着苏落的手坐好，饶有兴致地把玩着她的纤细手指，柔声对她说：“紫鱼殿跟紫荆鱼有关，几乎每隔百年就会出现一次，从而引得各方强者争相前来。而每次，几乎都血流成河。”

南宫流云很怀疑，这次紫鱼殿的现身，跟苏落钓了大批紫鱼是否有关系。

“血流成河？”苏落有些疑惑地眨眼。

南宫流云揉揉她脑袋，神色间闪过一丝凝重。南宫流云道：“是呢，因为紫鱼殿中有无数宝贝，足够引起各方重视的宝贝。”

“几乎每百年就会出现一次？为什么？”

“没人知道为什么，只知道紫鱼殿中的宝贝多得不行，只要运气好，收获就不会少。”南宫流云扫了后面那奋勇直追的船只，淡淡勾起唇角，“那些人历经惊险横跨旋涡水域而来，可不仅仅就是钓紫荆鱼这么简单的，很大一部分原因就是碰这紫鱼殿的运气。”

百年才能遇到一次，而且谁也不确定是哪一年，所以只能碰运气。但是没想到，苏落才第一次来，就碰上这百年才能一遇的奇迹，运气不可谓不好到爆棚。

紫鱼殿吗？苏落的视线凝望着远方，有了小小的期待。

之前在紫荆岛的时候，看着那白色影子，总觉得很近，但是现在游轮一路飞驶而去，却过了好久都没有到。

南宫流云的游轮不仅是最奢华，论性能也是最好的，所以远远地占据前头位置。

太子的游轮屈居第二。

此时太子的脸上已经没有一开始那么抑郁阴鸷了。他没想到他的运气竟然会这么好。所以俗话说得好，塞翁失马焉知非福。

这厢他才刚刚输得连底裤都没了，那厢柳暗花明，竟然出现了百年难得一遇的紫鱼殿。

紫鱼殿啊，那可是传说中宝贝多得不得了的紫鱼殿。说不定他运气好，捡到一件灵宝，价值就能超过那一千五百颗绿色晶石呢。

哼哼，想逼得他破产？下辈子吧。

“咦，那是……”北辰影看着远处朝他们这艘游轮飞速而来的扁舟，神色间闪过一丝凝重。

那艘扁舟上站立着一男一女两个人。男的一身青墨色锦裳，腰系冰蓝玉带，器宇不凡，气势逼人。女的一身白衣，犹如不食人间烟火的仙子，超凡脱俗。

“李瑶瑶？”蓝渲看到那美得几乎让人窒息的女子，不由得蹙眉，继而不动声色地瞟了南宫流云一眼，在苏落脸上更是多停留了半秒。

瑶池仙子李瑶瑶，她对南宫流云的心思，作为从小一起长大的发小，他们岂会不知？平日里倒也罢了，但是现在南宫明显已经对落丫头动心了，李瑶瑶这时候过来，岂不是……这下子有好戏看了呢。

北辰影、蓝渲、暗夜冥三人对视一眼，然后默契十足地将视线投到南宫流云身上。

二女争一夫啊，好戏要上场了啊。损友们全都不怀好意地斜睨南宫流云，期待在他脸上看出一丝端倪。

然而，他们失望了。

南宫流云面色如常，那张俊颜上没有一丝改变，只有苏落能够感觉得到，他握住她的那只手加紧了力道。

瑶池仙子……苏落眼眸微眯，看着那不断靠近的扁舟，眼眸中迸射出一抹寒光。

呵呵，还真没想到，会在这个时候、这个地方，见到这个曾经一再追杀她的女人。

南宫流云，这一次，你会怎样做？还会义无反顾地包庇她吗？

不同于一般世家女子那般流于表面的傲慢，瑶池仙子淡淡瞟了苏落一眼，脸上扬起一抹清浅笑意，“苏姑娘也在这里？”

苏落笑了，“是啊，好巧。”

两个人不冷不热地打完招呼便不再言语了。

此时，瑶池仙子身后走出来一个男人。

只见他昂首挺立，身姿挺拔修长，器宇轩昂，气势不凡。特别是那双眼睛，精锐如鹰，寒光闪闪，气势慑人，让人望而生畏。他那如鹰隼般犀利的目光在周围扫视一圈，对苏落则完全无视。似乎在他眼中，苏落只是一个可有可无的存在，一只手就能捏死的蝼蚁般渺小。

“哟，李傲天，什么风把你这尊大佛给吹来了？”北辰影双手抱胸，似笑非笑地瞟他一眼。

李傲天，顾名思义傲气冲天，行事举止孤傲得很。这个人自诩在世家圈子里天赋卓绝，素来是傲慢清高的，北辰殿与瑶池宫遥遥相对，互相竞争，两宫向来感情复杂，所以北辰影对李傲天一向都是不客气的。

李傲天淡漠地瞥了北辰影一眼，冷傲地哼了一声。这个与他同阶的北辰影，还不值得他重视。

李瑶瑶冲北辰影歉意一笑，“我二哥素来脾气就是这样，你也是知道的，千万不要见怪。”

北辰影嘴角勾起一抹弧度，漫不经心道：“瑶瑶妹妹要道歉，哥哥我自然没话说了，来吧，坐下说话。”

这场戏他不过是上来热热身的，真正的主角现在要交还给南宫，且看他如何将这场戏演好吧。北辰影眼中闪着灼灼光辉，一双桃花眼里尽是八卦的意味。

李瑶瑶很自然地在南宫流云左侧落座，熟稔地挽住南宫的手臂，笑意盈盈，柔声细语：“三师兄今日钓这紫荆鱼，定是大获全胜了？”

苏落的视线落在瑶池仙子挽住南宫流云的左臂，那熟稔的样子，似乎两人经常如此，世俗的男女大防什么的，对他们并未有影响。

南宫流云目光邪魅，挑眉而笑，高深莫测地摇摇头，却没有说话。

苏落注意到，南宫流云并没有抗拒瑶池仙子的亲近，也没有推开挽住手臂的她，纵容着她的亲近。

两人旁若无人地说着话，声音低低的，似乎是两个人之间的秘密，亲密无间的样子。

男的俊美绝伦，女的超凡脱俗，只一眼就可以看出，这是一对天作之合的璧人。

这副场景，犹如一架屏风，将他们二人隔绝在一个独立的世界中，而旁人都成了衬托他们的风景。

苏落的手悄然从南宫流云的大掌中脱离而出。而这次，南宫流云并没有强求，以至于苏落轻而易举便收回了自己的手。

看着他们那亲密到旁人无可插足的样子，看着南宫流云那眼底醉人的宠溺柔情……苏落心中浮现一抹苦笑，视线转投向远方那波澜壮阔的海面。

南宫流云，北辰影说你难得敞开心扉对一个人好，你可知道我信了？差一点，就差那么一点点，我就喜欢上你了呢。差一点点……

果然，最安全的方法就是谨守自己的心，不要轻易把心交出去。苏落啊苏落，难道上辈子惨痛的教训你忘记了？现在还要重蹈覆辙？亏得你还是活了两世的人，竟然连这个道理都不懂！

苏落脸上划过一抹自嘲的苦笑，眼底有一闪而过的落寞苦涩。

北辰影注意到苏落虽然面上无恙，但眼中却凝结了冰霜，他心中有些过意不去，便清咳一声，打断那两个人的亲密热聊，“瑶瑶妹妹，你们这出现得也太巧了吧？我们才刚发现紫鱼殿呢，你们就跟着过来了？”

瑶池仙子顿了顿，笑容清浅，曼妙迷人，“祖父大人预言东海有异动，算算时间，极有可能出现紫鱼殿，所以我们便来了。”

一段简单对话，将刚才那暧昧旖旎的气氛打断。

“令祖父果真是神机妙算，不愧是瑶池宫的定海神针，地位无人可以撼动啊。”北辰影似笑非笑。

瑶池仙子笑着跟北辰影聊开了，“对了，你们来钓紫荆鱼的？可是钓到了一些？咱们也烤鱼来吃如何？”

蓝渲看了瑶池仙子一眼，“北辰的屁股被他老爹揍得记住教训了，哪里还敢吃？”

瑶池仙子似想起什么，捂住朱唇，哧哧笑起来。

此情此景，苏落眼眸微眯，有种置身圈外的错觉。

瑶池仙子那一副将话题引到年幼时期，一种我们几个从小青梅竹马一起长大什么事都清楚而你只是外人别想插进来的排斥感，让苏落觉得略略有些不舒服。

蓝渲见苏落神色淡淡的，便笑着凑近她，“嫂子，你还没听过北辰这件糗事吧？来来来，一百条紫荆鱼……”

蓝渲话音未落，就被瑶池仙子抢了先，她娇嗔着横了蓝渲一眼，“你胡说八道什么呢？也不看看苏姑娘能钓到一百条紫荆鱼吗？就算一条都够呛好不好？还真是狮子大开口。”话音落了，她才后知后觉，似乎发现自己说的话有些过了，便朝苏落笑道：“苏姑娘别介意，我只是实话实说，没有看不起你的意思。”

不说还好，一说就更显得欲盖弥彰了。如果说刚才瑶池仙子只是插上一刀的话，那现在这句话，就是将刀子拔出来，又在同样的位置深深刺进去一刀。

此时，北辰影、蓝渲和暗夜冥三个人面色都有些怪异。北辰影更是清咳一声，偏过头去，他实在是不忍心说出实情来打击李瑶瑶。

苏落淡淡一笑，表示自己不会介意，便朝蓝渲点点头，“你说。”

这就表示她同意了这笔交易。

反正苏落丫头财大气粗，一百条紫荆鱼而已，对于她这种大户来说，这一百条紫荆鱼算什么呢？自己拿了一点都不愧。蓝渲顿时心中大喜，朝苏落所在的位置挪了挪。

于是，蓝渲出卖起北辰影的糗事来毫无心理压力，只见他捂住肚子笑了好一会儿，然后才慢慢说道：“嫂子有所不知，当年我们还小，北辰家老爷子过寿，我们便随长辈一同前往北辰殿。当年贺寿的人群中就有送紫荆鱼的，而那紫荆鱼个头真是大，足足有几百年的兽龄，几乎快成精了。当时北辰老爷子高兴得不行，预备留着有大用的，可我们几个年幼无知，偷出那条紫荆鱼跑到后山就将它烤了。”说到这里，蓝渲顿了顿，似乎觉得后面的事很好笑，便又捂住肚子哎哟哎哟笑起来。

暗夜冥看不过去了，“你还讲不讲，不讲的话我来。”刚好那一百条紫荆鱼自己还能分一半。

蓝渲一把将暗夜冥推开，趁势坐到苏落身边，笑着继续对她讲解：“后来这事自然是瞒不住的，北辰老爷子知道后几乎气了个半死，北辰大叔更是直接将小影子拎回去就要打板子。当时我们几个吓得不行，最后还是南宫出了个主意，你猜是怎么着？”

打板子？不过有南宫流云出主意，只怕这场板子北辰影是吃不了亏了。苏落笑着摇摇头。

蓝渲一脸崇拜地说：“你肯定想象不到，当时南宫不知从哪里偷了一块铁臂猿的精肉，在北辰屁股后面黏好，于是北辰大叔一板子下去，顿时北辰的小屁股就血迹弥漫、血肉横飞了，当时就把北辰大叔的脸给吓绿了，哈哈哈哈哈……”

没想到他们现在一个个贵气逼人，小时候却还有如此顽皮的一面。

苏落似乎很感兴趣，“然后呢？”

“然后，北辰奶奶心疼得快昏过去了。完全不顾满座宾客，当时就拎着拐杖出来，追着北辰大叔满院子打。北辰老爷子一不小心也被捶了好几下，哈哈哈哈哈……”想起当年这些糗事，蓝渲捂住肚子笑得差点在地上打滚。

经过蓝渲的一段插科打诨，僵硬的气氛有些和缓。苏落不由得对这活泼的蓝渲有些好感，觉得这是个好孩子，决定再免费送他几条紫荆鱼。

瑶池仙子对这段趣事自然知道得比苏落清楚，所以她注意的不是这段故事本身，而是蓝渲的称呼。

蓝渲不经意间口称“嫂子”，或许连他自己都不记得，但是敏感如瑶池仙子，她又岂会没听到？

她藏在衣袖中的手紧了紧，继而脸上绽放出一抹恬淡的笑容，责备似的瞋了蓝渲一眼，“你在苏姑娘面前说这些事做什么？她又不是我们这圈子里的人，知道多了反倒对她不好。”转而，她笑看着苏落，“苏姑娘，我说话直白，你不会介意的哦？”

瑶池仙子这是一刻不打压自己就不舒服呢。苏落挑眉一笑，不置可否。

瑶池仙子笑看着南宫流云，摇着他的衣袖有些娇嗔道：“三师兄方才不跟苏姑娘聊得很好吗？怎么现在都不理她了？三师兄也真是，我这刚来，你就把苏姑娘冷落了，旁人会怎么看我？”不待南宫流云说话，她便又对苏落笑道：“苏姑娘，南宫就是这样的，之前照顾不周，你切莫在意。”一副女主人的姿态。

苏落漫不经心地瞟了南宫流云一眼，嘴角勾起一抹嘲讽的弧度。

就在不久之前，这个男人还执意牵着自己的手在众人面前耀武扬威地走过，一副捧在手心的珍宝的样子，现在的她却似乎是多余的，不、不是似乎，而是本来就是多余的。难道她就是消解瑶池仙子不在时他的寂寞空虚冷的玩具？

苏落即便如此讥讽地瞧着南宫流云，后者却吝啬得连一个眼神都不给她，直接当她不存在。

男人，呵，还真是善变！苏落心头酸涩，偏过头去看外面的风景。

北辰影一向都知道李瑶瑶面上温柔和缓，但内心却强势无比，正欲说什么，却被苏落打断。

苏落笑着说道：“怎会见怪？瑶池仙子多心了。”苏落承认了她在南宫流云这艘游轮上女主人的地位。

她可以有无数话语让瑶池仙子下不来台，但是……值得吗？这个男人心中原本就只有瑶池仙子一个，无时无刻不在护着她，自己又凭什么与瑶池仙子争？又有什么值得争的？争得过来吗？就算争来了又有何用？

苏落却没料到，南宫流云的脸在一瞬间如寒冰凝结，散发出丝丝冷意。

瑶池仙子却似乎没有发觉，对苏落笑道：“对了，苏姑娘也是来钓紫荆鱼的？”

“来见见世面。”苏落不咸不淡地说。

瑶池仙子见苏落神色落寞，劝慰般笑道：“苏姑娘不必伤心，紫荆鱼素来难钓，更何况你本就……所以钓不到是常理。我五岁的时候第一次来，也是一条都没钓到呢，所以你真的不必伤心的。”

此言一出，在场的人神色比之前还怪异。

瑶池仙子沉浸在苏落自动退出的喜悦和自己打击她的兴奋中，竟大意地没有察觉出异样，笑容绚烂。

苏落眼中闪过一抹讥讽。

瑶池仙子的心乱了。所谓关心则乱，那么清高的瑶池宫小公主，为了南宫流云，竟然放下身段亲自上阵来羞辱自己，也算是难为她了。

她那欲言又止的话是什么意思，大家都心知肚明，只可惜她的消息太过滞后，不知道此时的自己已经三阶而不是废柴了。她拿五岁的她与自己相比……当真是看得起自己呢。

苏落黑白分明的眼眸清澈见底，视线对上瑶池仙子，眼角上挑，嘴角微微勾起，漫不经心地说："瑶池仙子你不要劝我了，我怎么感觉被你越劝越伤心呢？"

瑶池仙子这番自视甚高的劝慰，若是心理素质稍微差些，可不就越听越伤心吗？

然而，苏落这句实话却像是捅了马蜂窝，只见瑶池仙子神色一顿，那双清澈大眼中瞬间弥漫起一层浅浅水雾，一副内心被伤得很严重的样子。

她自责而愧疚得几乎快哭了，"苏姑娘，你这是在责怪我吗？可我真的是在关心你啊，你怎么能这么说我？"

苏落也没想到，当初第一次见面那样清高冷傲的瑶池仙子，会在一瞬间化身为楚楚可怜的娇弱白莲花，她不由得在心中竖起大拇指。

真会演，演得可真好啊。

瞧那楚楚可怜的小模样，比之前蓝渲他们可演得好多了，若是蓝渲他们有这样的演技，别说一百条紫荆鱼，一千条自己都眼不眨地就送了啊。

瑶池仙子这还没完，她纤细白皙的手晃荡着南宫流云的衣袖，道："三师兄，你说，我刚才说的话是不是真的关心苏姑娘？我真的没想到她内心会那样脆弱，我真的不是故意的。"

南宫流云只淡笑地看着她，并不言语。

"三师兄，你倒是说句话啊，只有你能还我公道了。"娇弱白莲花泪眼迷蒙，若不是亲眼所见，大家都会以为她受了无尽的委屈。

苏落挑眉，似笑非笑地斜睨南宫流云一眼。她倒要看看，南宫流云会给出一个怎样的公道。

然而，南宫流云还未出面表态，另一个一直站在瑶池仙子身边的男人却站出来，气势逼人地瞪着苏落，手中的剑陡然刺出。

"胆敢对瑶瑶不敬，找死！"

李傲天的声音孤傲冷漠，长剑更是阴森刺骨，毫不留情地朝苏落咽喉刺去。

谁也没有料到李傲天竟然说出手就出手，而且直接就是杀招！

李傲天何许人也？他是瑶池宫年轻一代第二大高手，现如今已经是六阶了，仅落后南宫流云一阶而已。

冰冷的长剑朝苏落咽喉刺去，毫不留情。

苏落眸中平静如水。

南宫流云，你会眼睁睁地看着我倒在血泊中吗？

就在长剑距离苏落的咽喉尚有三寸距离的时候，忽然，一根纤白手指突兀出现，在那长剑上轻轻一弹，顿时，那气势逼人的长剑陡然间就歪向侧边，堪堪擦过苏落纤细的颈项。

“南宫流云！”李傲天气急败坏地瞪向南宫。

他没想到南宫流云会在最后一刻出手。瑶瑶不是已经拉住他了吗？他不是与瑶瑶亲密无间吗？

南宫流云缓缓起身，侧身视线对上瑶池仙子，他嘴角勾起一抹诡异至极的笑，伸手拂袖，轻而易举地将瑶池仙子的手从自己臂膀上弹开，毫不怜惜，干脆利落。

瑶池仙子错愕地看着自己被拂开的手，怔怔地凝望着南宫流云，“三师兄……”

“嗯。”南宫流云缓缓走到苏落身边，与她站到一处，似笑非笑地朝瑶池仙子挑眉，语气却森寒，“还记得我是你三师兄就好。”

“三师兄……”瑶池仙子上前一步，凄楚地看着这个令自己魂牵梦萦的身影。

“记住，我永远是你的三师兄，但也仅仅只有这一个身份。”南宫流云牵起苏落的手。

苏落想抽出手，然而他却握得更紧，无论她如何用力，在他面前都是蚍蜉撼大树，根本无法撼动他分毫。

对上瑶池仙子那双凄楚的双眼，南宫流云却毫不怜惜，看似平静的眼波下暗藏着锐利的锋芒，他坚定地宣布：“看清楚她，她就是晋王妃，除此之外，再没有旁人。”

“轰——”瑶池仙子只觉得自己脑袋完全炸开了，逆血倒流，一阵阵眩晕。

刚才还好好的，怎么一下子形势就急转直下了呢？到底是哪里出了问题？

瑶池仙子眼泪蒙眬，楚楚可怜，“三师兄……你怎么能这样？”

李傲天扶住摇摇欲坠的瑶池仙子，面色难看至极，他目光冷漠地扫向南宫流云，“南宫流云，你还记得你对瑶池宫的承诺吗？”

“从不敢忘。”南宫流云目光犀利深邃。

“既然没有忘记，你怎么还敢如此对待瑶瑶？”李傲天气不过，大声喝道：“你可知道瑶瑶为了你，付出了怎样的代价？你怎能如此忘恩负义？你的良心是不是被狗吃了？”

南宫流云慢腾腾地、慵懒地说出一句：“难道你觉得本王应该以身相许来报恩？”

“你——”李傲天顿时被噎住了。要傲慢的南宫流云用这般方式来报恩，还不如杀了他干脆。

南宫流云淡淡地看了瑶池仙子一眼，“瑶瑶，若是往后你乖乖的，那你依旧是我南宫流云的妹妹，反之……”

反之什么意思，大家都清楚。

“三师兄，不要……”瑶池仙子美眸中的两行清泪滚落，她凄婉地凝望着南宫流云。

他的拒绝那么干脆利落，根本不给她留任何妄想的余地。

她不要！

她从小就认定了他，这些年来一直等着他来娶她，可是有一天，他却告诉她，他要娶的人不是她……她不接受，坚决不接受！

“为什么？刚才还好好的，突然就变成了现在这样？是不是因为二哥？我可以道歉的，苏姑娘我向你道歉，我二哥是无心的，他只是气极了才会这样的，你原谅我们好不好……”

那么高傲的瑶池仙子，此刻却将自尊抛在地上任由南宫流云践踏，她甚至向苏落认错道歉。

苏落被这巨大的变化弄得有些迷茫。

南宫流云这厮刚才还一副与瑶池仙子亲密无间旁人无法插足的样子，现在却又一副与她划清界限的模样，还真是变幻无常阴晴不定呢。

南宫流云看着瑶池仙子，叹了一声，“瑶瑶，你真想知道？即使答案很伤人？”

瑶池仙子浑身一颤，想了想，最终还是默默点头，“是，就算死，我李瑶瑶也要死个明白。”

南宫流云素来不是怜香惜玉的主。

南宫流云缓缓开口，“很简单的，其实我就是想试探下我家苏落小宝贝会不会吃醋而已。结果，真是谢谢你的友情演出，演得很精彩，也很有用。”

瑶池仙子浑身一颤，简直摇摇欲坠。她怎么都不相信，刚才南宫流云那番作为，竟然是在欺骗她，是在做戏给苏落那个小贱人看！

怎么会这样……几个月前，他对自己还亲密得很，她是唯一可以接近他的女孩子……唯一的一个。三师兄这么快就变了吗？不、不是，这一切全都是因为苏落这个小贱人！如果不是她，自己也不会弄得如此狼狈，三师兄更不会如此对待自己！

瑶池仙子目光如淬了毒般，狠狠射向苏落，几乎要将苏落射出一个洞来。这一刻，她几乎想冲上去活活将苏落掐死！

这个小贱人的命还真硬！当初她派了那么多人去追杀她，竟然还被她逃过去，不过以后就难说得很了。她发誓，一定要将她碎尸万段，以解心头之恨！

“三师兄，你就为了这样一个女人，抛弃了我们这么多年的感情？”瑶池仙子愤恨地指着苏落，眼中沉痛万分，“你明明就知道她是被太子抛弃过的，什么时候太子不要的破鞋你都要捡？”

啪，一道重重的巴掌狠狠甩到瑶池仙子脸上。

南宫流云目光阴冷淡漠，一字一顿地说：“信不信本王撕了你这张嘴？”

没人知道南宫流云会突然发飙。

他对李瑶瑶素来是很好的，一直当作亲妹妹看待，李瑶瑶只差一步就能走到他心里了。

他们之间的关系原本很亲近，无人能比。

瑶池仙子捂住红肿的面颊，难以置信地瞪着南宫流云，身子摇摇欲坠，喃喃自语：“你打我……你竟然敢打我……”

他们认识十几年来，他对无数人发过火、动过手，但是对她一向是柔声细语的，现在竟然为了一个认识不到几个月，而且是废物草包的贱女人打她！

自视甚高的瑶池仙子怎么可能接受得了？这一刻，她几乎快要被自己逼疯了。

李傲天简直看不下去了。瑶池宫最受宠的小公主，长辈们全都捧在手掌心的宝贝，却在这里受到这般欺凌屈辱，这让他如何接受？

“瑶瑶，算了，不要你是他的损失，我们走！”

这一巴掌，他记下了！李傲天那双毒蛇般冰冷的眼睛扫了苏落一眼。这个女人，不管是有意还是无意，她的存在妨碍了瑶瑶和南宫的情谊，她的存在让南宫家族和李家的合作有了一丝裂缝，身为李家的嫡系子弟，他绝不会允许这样的事情发生。所以，这个女人，必须杀！

“二哥……”瑶池仙子极度不甘心。她不想就这么以失败者的姿态灰溜溜地走掉。

“还不走，留在这里丢人现眼啊。”李傲天难得地对李瑶瑶大声怒喝。

这个妹妹一向聪明伶俐，天赋更是出众，唯一的弱点就是对南宫太过痴情。

原本这是好事，两个家族的长辈都乐见其成，但若是南宫对她无意，这就成了最大的弱势。

“可是……”瑶池仙子还在犹豫。她不想就这样走掉，因为这样就意味着，她和南宫之间的裂缝将难以修补。她坚信三师兄只是被妖女蒙蔽了双眼，假以时日，他们的关系还会回到最初的美好。

李傲天却一把扯过瑶池仙子的手，拉着她大步往外走，口中大声叫嚷：“这么尊贵的豪华游轮我们坐不起，更不配坐。还不快走！”

瑶池仙子最终还是被李傲天拉走了。

李傲天携带着瑶池仙子跳上那一叶扁舟，渐渐远去。

豪华游轮上有一瞬间的寂静。场面似乎有些尴尬。

南宫流云伸出骨节分明的手指，弹了苏落额头一个栗暴，笑容邪魅妖冶，“傻丫头，刚才伤心得快哭鼻子了吧？还敢说心里没有本王？”

苏落原本沉浸在这场大喜大悲的大戏中，现在被南宫一个栗暴弹回现实。

她哼了一声，用力甩开南宫流云的手，偏过脸去，“胡说八道什么呢？谁快哭鼻子了？你以为你是谁啊。”

“哟，还敢嘴硬，刚才是谁啊，那泫然欲泣的小表情，就像被丈夫抛弃的妻子一样。”南宫流云好笑地点点她娇俏的鼻翼，不太高兴地哼哼，“不过你这丫头也真是过分，外面的女人都欺负到头上来了，却还不声不响地忍着，任由别人欺负。看你平日里倒是张牙舞爪得很，关键时刻就蔫了。”

苏落横他一眼，“外面的女人？那是怎么来的？还不是某个不负责任的人引来的？”

南宫流云棱角分明的脸笑得不无得意，“嗯，那是外人，只有本王的落丫头是内人。”

“懒得理你。”苏落转头去看风景，心情却莫名其妙好了许多。

别说瑶池仙子了，她也被南宫流云这一手弄得措手不及。

现在静下心来细细回想，刚才瑶池仙子在她面前耀武扬威的时候，她心中确实有些酸酸涩涩的，难道自己竟然真的……喜欢上南宫流云这厮了？

苏落偷眼朝南宫流云瞄去，却见他似有所感，视线正好朝自己投射而来。

苏落心头有些慌乱，急急避开眼去，心脏开始加速跳动。

此时，她方才有些领略南宫流云那句话。

他说他是让瑶池仙子陪着演一场戏，让自己看清楚自己的内心……

就在苏落内心的小人不断纠结时，南宫流云却气定神闲地笑看着她。

北辰影此时才捶了南宫流云胸口一下，笑道：“你这厮做事还真是出人意料，这戏也演得好，如果不是知道内情，只怕就连我都给你骗过去，还以为你真的跟李家丫头情意绵绵呢。”

北辰殿和瑶池宫素来关系复杂。别看北辰影当面瑶瑶妹妹长瑶瑶妹妹短，若说关系，他们之间还不如他和苏落来得亲近。

蓝渲笑着点点头，“嘿，刚才嫂子眉头一共皱了七下，冷笑了五次，拳头握紧三次……二哥，来点实惠的呗？”

南宫流云从怀里摸出一块晶石朝蓝渲丢去，嘴角微微勾起一抹浅笑，“做得不错。”

蓝渲笑嘻嘻地接过那块青色晶石，朝北辰影得意地扬了扬。北辰影扑上去，两个幼稚的二货顿时打成一团。

苏落听到他们的对话，不由得有些恼怒。

好啊，原来这几个人竟然都知道真相，就只瞒着她一个人，害得她内心纠结了半天。

苏落气呼呼地瞪了南宫流云一眼，谁知这厮还很无辜地摊手，“这可不怪本王，本王之前不是跟你说过无数次，晋王妃的位置只有你一人能坐，谁叫你从来都不信？”

苏落不由瞪眼，“搞得好像我很稀罕那晋王妃的位子似的，你爱给谁给谁。”

北辰影和蓝渲顿时笑了，朝南宫流云握拳，以资鼓励，“二哥，革命尚未成功，看来你还需努力哦。”

南宫流云宠溺地揉揉苏落的小脑袋，有些哭笑不得。这丫头还真难伺候，他都做到这份上了，还不满意?

其实他与李瑶瑶自小一起长大，人非草木，说一点感情都没有，那怎么可能？只是她和落丫头无法共存时，他只能做出选择。只是往后……南宫流云目光幽幽，飘向渺远的海面。

往后落丫头的安危，他得费些心思了。

说说笑笑间，游轮已经距离那座紫鱼殿不远了，抬眸望去，能够清晰地看到一座紫荆鱼形状的宫殿悬浮在海面上。

越接近，能发现这座紫鱼殿简直大得不得了。苏落难以估计其范围有多大。

就在此时，边上一艘游轮超越南宫流云这艘奢侈豪华的游轮，飞速往前掠去。

“次奥！”蓝渲直接就是一句口头禅。

“那是太子的游轮。”北辰影冷哼一声。

“难道是……李傲天？”暗夜冥沉吟半晌，开口说道。

“必然是李傲天，李家素来以风系法术著称，速度方面向来是顶尖的，能够超过我们游轮的就只有他了。”蓝渲冷然接口道。

没想到李傲天还真是有趣得很，原本还以为他们弃紫鱼殿的宝贝而去了，谁知道一转头就投靠了太子。

暗夜冥不怀好意地瞟了南宫流云一眼，挑眉笑道：“难道你就一点都不介意瑶池宫转头去扶持太子？”

南宫流云目光清冷，“你觉得……他扶得起来？”淡淡一句话，却道尽了南宫流云无尽的自信。

北辰影笑着点头，“就是，也不想那南宫流绝是什么样的德行。李家素来清高，会看得上才怪了。”

苏落却默默退到一边。其实瑶池仙子有一句话还是说得对，如果不是她的出现，南宫流云和李家的关系不会变得这么紧张。

南宫流云一把拉住苏落，顺手一带就将她圈在怀里，笑容妖娆华丽，“小丫头跑什么？”

“谁跑了？不过是想出去透透气罢了。”苏落死活不认账。

南宫流云看着她。聪明如他，又如何会不知道苏落心中所想？

“不要把责任往自己身上揽。矛盾本身就存在着，只要我一日不娶李瑶瑶，我与李家的关系就一日不能融洽。”南宫流云笑着说道。

其实他没说完的是，瑶池李家之所以会看中他，原因并不是那么简单的。

却说太子殿下的那艘豪华游轮。

太子现在的心情实在是难以用言语来形容，用一个否极泰来就足以概括一切。

原本他因苏落而输得精光，欠下一辈子都还不了的债务，但是没想到大海中央竟然出现了百年难得一遇的紫鱼殿，这也就罢了，没想到竟然还在海上遇到瑶池李家的人。

李傲天，堂堂六阶巅峰人物。李瑶瑶，人称瑶池仙子，东陵国第一美女，才貌双全，小小年纪天赋武功已经是五阶，未来前途绝对不可限量。

这两个人竟然上了他的游轮，而且还答应进了紫鱼殿后会助他一臂之力。

“你们不是和南宫流云是一伙的？为何要来帮我？”太子有些疑惑，实在是想不通。

李傲天听到南宫流云四个字，顿时面色变得铁青，双手紧握成拳，显然气愤到极点。

瑶池仙子那双红肿的双眸顿时盈满泪光，我见犹怜，让人见之心碎，太子的魂魄顿时被勾走了大半，心中对瑶池仙子怜惜得不行。

瑶池仙子眼中闪过一丝毒辣的光芒，一字一顿说：“南宫流绝，你想不想登基做皇帝？”

“啊？”太子顿时被唬了一跳。这样大逆不道的话，瑶池仙子说起来还真是顺口，毫无顾忌。

毫不犹豫地屏退下人，太子殿下眼热地问：“你说什么？”

“南宫流绝，如果你想做皇帝，我们瑶池李家可以帮你，但是你必须要答应我一件事。”瑶池仙子双眼犹如毒蛇般，闪着毒辣的光芒。

接触到瑶池仙子的目光，太子心中顿时被唬了一跳，什么梦幻旖旎都在这一瞬间消退得干干净净。这是个强势霸气的女人，内心绝对不是外表那般柔弱。

太子殿下正色道："你说。"

"把苏落那个小贱人追回来。"瑶池仙子阴冷着声音，"什么时候你能把她从南宫流云手中夺回去，我们瑶池李家就什么时候出手帮你！"

太子殿下也不是蠢人，他一下子就想明白了事情的关键。他就说嘛，李傲天和瑶池仙子怎么好好的不去南宫流云的游轮，转而到自己这游轮上来，原来是因为苏落啊。看来这臭丫头也不是永远给他帮倒忙的。

能看到南宫流云和瑶池李家闹翻，最高兴的莫过于太子殿下了。

不过，瑶池仙子提出的这件事倒是让他为难了。

"苏落那臭丫头在南宫流云手中，你也看到他有多宝贝那臭丫头了，要想夺回来，难。"太子摇摇头。

原本他还真以为南宫流云会娶瑶池宫的这位小公主呢，但没想到，斜刺里跑出来一位苏落，竟然将南宫流云的魂都给勾走了。

随着那丫头不断大放异彩，太子殿下也不得不承认自己之前眼光不好，放走了这样一位能下金蛋的母鸡。想起自己欠了她一千五百颗绿色晶石，太子脸上顿时沉得能滴出水来。

瑶池仙子皱眉，有些不悦地哼道："不就是个草包废物？你在犹豫什么？"

草包废物？太子殿下顿时有些无语地看着瑶池仙子。

那丫头名声是不好，草包废物的标签在她身上贴了十几年，自己也正是因为如此，为了将这个包袱甩开，所以用计将其退婚，但事实真是如此吗？

她能够被誉为新一代天才的苏清当作对手，约下生死战。她能够在众目睽睽之下钓那么多紫荆鱼，将自己打击得无地自容。这样的她，还是当初那个草包废物？根本就完全不是一个人好不好？

太子缓缓摇头，一字一顿地说："瑶池仙子，只怕你的信息有些落后了，难道你不知道现在苏落已经有三阶的实力了吗？"在她这个年纪，有这样的修为，即使不算天才，也算是很优秀了。

瑶池仙子果然皱眉，不悦道："什么？她……竟然是三阶？难怪……"难怪她派出的几个丫鬟一个个都有去无回，想必都被她杀了吧。

原来苏落这么多年来竟然韬光养晦，在人前以废物自居，难怪能够勾引得三师兄神魂颠倒，果然是个人物。

不过三阶……呵呵，也不过才三阶罢了。

"不仅如此……"太子殿下幽幽叹了口气，"瑶池仙子有所不知，这臭丫头也不知道身上有什么奥秘，她今日大放异彩、夺人眼球啊。"

“什么意思？”瑶池仙子蹙眉。

“瑶池仙子果然不知道。唉，你可知今日钓紫荆鱼钓得最多的是谁？”太子神色有些抑郁，这是他心中最深的痛。

“难道不是三师兄？”瑶池仙子有些讶异地问。往年钓得最多的绝对是三师兄，这根本就是毋庸置疑的。

“不是。”太子干脆回答。

“那是谁？”

“一个你怎么猜都猜不到的人。”太子殿下的神色非常复杂。

“不要告诉我，那个人是……苏落？”瑶池仙子讶异出声，继而嘴角勾出一抹冷笑，觉得自己这个想法荒谬极了。

怎么可能是她？就算她现在是三阶的修为，在这里的一群人中那都是垫底的，怎么可能钓到第一？她能钓到一两条已经算运气很好了。

然而，太子殿下的话却彻底打碎了她的梦想。

“你猜得没错，今日钓紫荆鱼钓得最多的人，不是旁人，正是那个臭丫头！”太子提起此事就咬牙切齿，他恨不得时光倒流，回到自己没有和她打赌之前。若只是这臭丫头与他打赌也就算了，可偏偏北辰那几个人也都掺和进来，让他想毁约都不行。

“你说什么？！”原本坐在紫檀木椅子上的瑶池仙子瞬间站起身来，一把揪住太子的衣领，面目狰狞而凶狠，“你给我再说一遍！”

太子殿下几乎整个人被瑶池仙子提起来，对上她那双狠戾狰狞的眼眸，只觉得心头顿时有些发凉。明明美得如同仙子，却怎么给他一种脊背发寒的感觉？太子怎么都想不通。

“还不快说！”此时的瑶池仙子哪里还是那个清冷孤傲、如同不食人间烟火的女子？活脱脱就是恶毒狰狞的巫女。

太子忍下心头的寒意，冷哼一声，故意打击瑶池仙子，“告诉你又何妨，今日的钓鱼冠军就是那个臭丫头，不信你出去打听打听，众目睽睽之下，谁能说谎？”

“这不可能！除非三师兄将他自己钓的分给她。”瑶池仙子怎么可能会信？

“哼，本宫也希望此事是假，可大家都看得清楚，那臭丫头清清楚楚钓了一千五百条紫荆鱼！”太子殿下甩开瑶池仙子的手，气呼呼地说。这件事他本不想再提，奈何瑶池仙子一直在问。

“一千五百条……紫荆鱼？你确定不是普通的鱼？”此刻不止瑶池仙子，就连李傲天都讶异了，他双目如电，死死盯着太子殿下。

瑶池仙子更是一脸错愕地盯着太子，似乎想从他面上看出说谎的迹象。

但太子殿下却很干脆地双手一摊，“你们要不信，出去随便拉个人问问就一清二楚了，反正今日之事大家都看得清楚。”

不等瑶池仙子行动，李傲天已经飞身出去，转眼便抓了几个人回来。

一一质问后，他惊讶地发现太子殿下所言句句属实，而且悲催的是，这位太子殿下竟然还输给那个小贱人一千五百颗绿色晶石。

瑶池仙子简直呆住了，除了震惊、嫉妒外，她还觉得丢脸。

此时，想起刚才在游轮上的事，她的脸上闪过一抹绯红。她终于明白刚才在三师兄的游轮上时，提起钓紫荆鱼，为何那几个人的面色会那么讶异了。

自己确实错估那小贱人，不、不止错估，是大大地低估了。可是，一千五百条紫荆鱼……她到底是怎么办到的？难道她身上有什么不为人知的秘密？

瑶池仙子就算把脑子想傻了都想不明白苏落竟然是空间系法师，而且还有小神龙提醒她将天灵水混进鱼食里。

时间慢慢过去，此刻游轮已经到了紫鱼殿前。

李傲天拍拍她纤细的肩膀，声音低沉，“别胡思乱想，找个机会将那丫头抓来问一问不就知道了？如果没猜错的话，那丫头身上应该隐藏着一个秘密。”李傲天从来不考虑对方会不会配合审问的问题，因为他有千百种方法可以让对方乖乖地将实情说出来。

第三十二章 生死石碑

一行人快步走出游轮。

气势恢宏一眼望不到尽头的紫鱼殿就伫立在众人眼前。

李傲天步出游轮直接就往紫鱼殿冲，因为越早进入紫鱼殿，就意味着机遇越大，但是他却在殿门口被迫止住脚步。

紫鱼殿那扇朱红色的殿门紧紧关闭着。

李傲天冷哼一声，拔出扛在肩上的巨剑，那剑身如一道寒芒闪过，森冷逼人。

只见李傲天高高举起巨剑，对着那殿门直接就挥刀砍下。

一阵剧烈的空气波动，似乎连地面都有些震动，但那殿门却纹丝不动，上面连一丝被砍的痕迹都没有。

怎么会这样？他可是六阶强者！这不可能！

李傲天不信邪，他再次凝聚出所有的灵力，全部灌注在巨剑上，剑芒暴射而出。

只听见嗞嗞嗞空气破裂的声音不绝于耳。

这一斩，气势无可匹敌。

然而，当这一剑斩下时，那扇朱红的门扉周身弥漫着淡淡的光芒，似乎有一层与生俱来的保护层将其包裹，还将李傲天那柄巨剑重重反弹回去。

若不是李傲天反应迅速，及时握住那柄巨剑，他这次的脸面就丢大了。

“这扇门被强者下了封印。”李傲天极为气恼地大声叫嚷。

太子的神色顿时有些阴鸷。

他们紧赶慢赶，就是为了能先一步到达，最早进入紫鱼殿。

无数前辈留下的攻略里都说，最早进入获得宝贝的几率会大很多，然而却没有一个人说，进入紫鱼殿还需要打开大门的封印。

现在这一耽搁，南宫流云的游轮转眼就到了。

北辰影最先跳出游轮。

北辰影时时以打击太子为己任，他笑嘻嘻地对蓝渲道："哟，还以为有些人早就进了内殿呢，却没想到这么热情地站在门口等候我们呢。"

蓝渲挑眉笑道："傻蛋，真以为他们在列队欢迎咱们哪？人家恨不得咱们立刻消失才好呢。他们那是进不去，若是可以进去，早就跑得没影了。"

太子面色铁青地朝蓝渲横去一眼。这臭小子有和北辰影看齐的趋向，说话都毒得很。

蓝渲嘴角勾起一抹浅笑，扬着下巴，瞟了太子一眼，那世家公子哥的姿态摆得足足的，强势十足。

李傲天试验了不行，加上瑶池仙子也不行，最后加上太子带来的一行人，依旧还是不行。

太子有些急了。因为紫鱼殿出现的时间是有限制的。每百年出现一次，每次却只停留一日，这每一分每一秒都很宝贵啊。太子只要一想到那成堆成堆的宝贝他无缘得到，心头就像在泣血。

自从南宫流云出现后，瑶池仙子的视线就一瞬不瞬地盯着他。自小到大喜欢了这么多年，又岂会因为一句拒绝的话而放弃？更何况李瑶瑶虽然外表弱不禁风，但她内心之强势坚毅，是许多男人都无法望其项背的。

看到南宫流云自然地牵着苏落的手缓步而来，瑶池仙子深吸一口气，抚平内心情绪，面容绽放一抹清浅笑意，"三师兄，既然大家都是为了这紫鱼殿而来，何不一起将这封印打开？"

南宫流云原本对她视而不见，待苏落撞他手臂，他才淡淡地瞟了瑶池仙子一眼，不置可否地挑眉。

瑶池仙子的面容有一瞬间的僵硬，但她依旧保持嘴角那抹弧度，笑容绚烂如花，似乎之前在游轮上的不愉快从未发生过。

"三师兄不会还在怪瑶瑶之前的失礼吧？若是如此，瑶瑶就给苏姑娘道歉。"瑶池仙子嘴角含着淡淡浅笑，神色自若，仿佛她还是那个超凡脱俗的瑶池仙子，他还是那个宠溺她的三师兄。

南宫流云似笑非笑地瞟她一眼，却没说话。

苏落见此，心头却掠过一丝戒备。

若瑶池仙子依旧楚楚可怜装柔弱白莲花，那倒好对付。但是这么短短时间内她就能抚平情绪，一副若无其事的样子，一如苏落初见时那超凡脱俗不食人间烟火的瑶池仙子。这般隐忍，这般心计，实在叫人忌惮。

想来之前在游轮上，能够刺激得她暴露本性，可见南宫流云那番话对她的刺激有多严重了，不过往后想要再看到她失态的样子，可就难了。

太子咬咬牙，挤出一丝笑，对南宫流云道："二弟，眼见着时间一分一秒过去，难道你都不心急？不如我们大家齐心协力一起将这封印打开？"

南宫流云淡淡地瞥了太子一眼，低眸宠溺地揉揉苏落的头发，"本王的落丫头说了算。"

太子顿时神色一僵。

瑶池仙子的神色在一瞬间简直难看至极，她咬咬牙，脸上扬起一抹若无其事的淡定笑容，"苏姑娘，后面那么多人眼巴巴地看着，你不会让大家失望的哦？"

苏落回眸一看，果然见一片黑压压的人群，听到瑶池仙子的话，都对她猛点头。动作非常一致，似乎若是她拦着，就是十恶不赦的大罪人一样。

苏落没好气地白了南宫流云一眼，"想让我替你当这个坏人？想得倒美！你给我走开。"

此话一出，顿时全场倒抽一口冷气。

这对苏落来说是再正常不过的对话，但是看在大家眼中却完全不是如此。此时的他们就如那日的苏府众人，被苏落的言语震得心都抖了三抖。

晋王殿下那是何等凶残嗜血的人物？能让他宠溺到这种程度，按道理说被宠的那位姑娘该烧香拜佛了吧？可这位姑娘她竟然还呛声，不仅如此，她还一副不高兴的样子。她以为她是谁啊。

她面对的可是晋王，喜怒无常阴晴不定凶残暴戾的晋王殿下，她这简直是在找死啊。

此时，几乎所有人都惋惜地看着苏落，因为在他们眼中，晋王殿下怎么可能不发怒？就连一向对南宫流云很熟悉的瑶池仙子，此时，那双灵动的美眸也幸灾乐祸地看着苏落。在她眼中，南宫一向脾气不好，最不喜欢的就是忤逆和拒绝。

然而，让所有人大跌眼镜、让瑶池仙子几乎咬碎牙龈的是，他们所期待的一幕完全没有发生。

相反，南宫流云还亲昵地凑上去，讨好地对她笑，"本王哪里舍得让你做坏人？好了好了，本王出力气，好名声全记你头上，可以了吧？"

天、天、天啊。这人真的是晋王殿下吗？那个传说中嗜血残忍、暴戾无度，连长公主的胳膊都眼不眨直接斩断的晋王殿下？这简直太颠覆了！

瑶池仙子更是气得下唇都咬出血了。她的手紧握成拳，在衣袖中青筋突暴，不断颤抖。

在无数目光之下，苏落见好就收，“这样倒是可以，你快去吧。”说着，她直接就将南宫流云推到那扇木门之前，动作熟稔得很。

此举又是让大家惊呼不已。

一般人，谁敢将自己的后背交给旁人？更何况是晋王殿下这类高手？常人根本无法接近他后背好不好？但是苏落不但可以，而且还做得非常熟稔，可见晋王殿下对她有多信任！

无视周围众人震惊的目光，苏落淡淡地站在一边，好整以暇地看着南宫流云。

北辰影双手叉腰，上上下下打量着这宏伟建筑物，不由得有些感叹：“都说紫鱼殿宏伟壮阔，今日终于得以一见，果然名不虚传啊。”

蓝渲踹了他一脚，“别废话，赶紧过来帮忙打开封印。”

南宫流云淡淡扫了他们一眼，果断抬手，“不用。”

难道晋王殿下想以一人之力打开封印？这不可能吧？刚才他们所有人齐聚，那扇门都纹丝不动。

南宫流云静静地打量着那扇门，细细地看着。

四周很静，大家都傻傻地看着晋王殿下，不明白他为何一动不动地站在那。

大约过了有半个时辰，南宫流云忽然嘴角勾起一抹了然的笑意，他衣袖轻扬，直接在面前形成一道疾速旋转的光圈。光圈之内，似乎蕴含着无穷灵力。

“去！”南宫流云一声暴喝，那光圈便如惊涛骇浪般朝那殿门暴涌而去，势不可挡。

“当！”

当光圈碰上殿门，发出一道重重的撞击声，空气发出嗞嗞的响声，这一方天地似乎都剧烈晃动起来。

“封印要破了……”众人的脸色被那光圈映照得惨白一片。

那原本笼罩在殿门上阻挠着大家进入的光幕正在以肉眼可见的速度逐渐化为虚无。

周围的人都远远退去，生怕被那灵力波及。

不过此时他们脸上的震惊却到了难以置信的地步。

好强大的实力，好剧烈的灵气波动！更为难得的是，晋王殿下对于灵力的施展运用几乎到了出神入化的境地，简直让人佩服得五体投地。

能来紫荆岛的都不是庸者，别的七阶强者他们或多或少都见过，但像晋王殿下这般威力的却根本没有。

瑶池仙子痴痴地深情凝望着南宫流云，那双美眸中，水光潋滟，崇拜得几乎痴呆。

他七阶的实力，几乎和父亲八阶的相差无几，如果他们战斗到一起，胜负简直难料。

在这样的年纪，有这样的实力……瑶池仙子眼眸微眯，双拳紧握。这样的男人，她怎么可能会轻易放弃？不，就算死，她也绝对不会放弃对他的爱，一切阻挠者……

瑶池仙子静静地扫了苏落一眼，美眸中闪过一丝冰冷的杀意。

只听见砰的一声巨响，殿门的封印在太子那群人集合所有的力量都无法撼动分毫，却被南宫流云以一人之力就打开了。

对比之下，双方实力可见一斑了。

太子殿下的神色有些僵硬，眼见那紫鱼殿门缓缓打开，他朝李傲天暗中使了个眼色，李傲天顿了顿，继而微微颔首。

不等南宫流云收掌，太子殿下将全身灵力凝聚到双足之上，身子犹如脱缰的野马猛然朝内殿蹿去。

李傲天亦是如此，不过他还是拉了瑶池仙子一下，顺手将她带进去了。

"告非！"北辰影暗骂一句，"这都是什么人啊。自己打不开封印也就罢了，请南宫打开了，他们却溜得这么快。"

暗夜冥扫了他一眼，"不要废话了，咱们也赶紧进去吧。要是迟了，那条水晶紫鱼被他们寻到就不太妙了。"

蓝渲连忙点头，"别的宝物也就罢了，但那条水晶紫鱼咱们怎么都要拿到手！"

嗖——嗖——嗖——

三条人影迅速朝内殿飞速掠去，然而很快他们就觉得不对劲，回头一看，南宫和苏落竟然不见了。

"怎么回事？"北辰影急得朝汹涌的人潮中大叫一声。

此时，汹涌的人流不断地朝里边挤去，一个个红着眼朝前冲，生怕迟了宝贝就被人拿走了，那争分夺秒、凶狠拼命的劲简直无法用言语来形容。

好不容易等人群齐齐碾压过去了，北辰影三人才算看到那姗姗来迟的两人。

北辰影急得快冒烟了，急着嚷嚷："我的晋王殿下，你怎么还这么悠闲淡定？再迟水晶紫鱼就没啦。"

何为水晶紫鱼？为何大家都争抢着要得到它？

据说每一次出现的紫鱼殿里都会有一件紫鱼宝贝。这件紫鱼宝贝别的本事没有，但却会吐晶石。就跟蚕会吐丝、母鸡会下蛋一样，这条紫鱼会吐晶石，且不是一天一颗，而是照三餐，一天三颗。若是得到这条水晶紫鱼，那么往后的晶石就不用愁了。

它吐出的晶石并没有规律，据说完全靠运气和人品，若是人品爆发，吐出紫色晶石也不是没有可能。

而这紫鱼的寿命，就只有一百年，等下一次紫鱼殿开启之日，前任紫鱼就会完成使命光荣退役了。

所以北辰影的急躁，苏落可以理解。

然而南宫流云却似乎一点都不急，他淡淡挑眉，气定神闲的样子，四个字就将北辰影打发了，“你们先去。”

“那你呢？”北辰影大声问。

“难道你们三个还打不过那几个废物？”南宫流云邪邪一笑，挑眉看着北辰影他们几个。

北辰影看看苏落，气得似乎想说什么，却被南宫流云瞪了一眼。

最后北辰影索性破罐子破摔了，甩甩手，“行了，随便你吧。我倒是希望这次的紫鱼被李瑶瑶他们拿走，气死你。”

南宫流云含笑看着苏落，却不言语。

北辰影三个人最后又扫了苏落一眼，重重瞪了南宫流云一眼，气恼又无可奈何的样子，最后才如流星般消失在他们面前。

苏落看了南宫流云一眼，皱眉道：“其实你完全不必如此，我不用你陪着。”

虽然北辰影他们没有明说，但是苏落大致也能猜得到南宫流云为何不跟着他们一起疾速前行。因为他们几个人的速度，她跟不上。

他宁愿错失宝贝，也要陪在她身边慢慢闲逛，悠闲得如同逛自家后花园。

南宫流云美眸含笑，轻点她额头，“本王都没说，你竟全都感应到了，真是与本王心有灵犀。你说，这辈子除了本王你还能嫁谁？”

苏落不由扶额叹息。这厮怎么无论什么话题都能扯到逼嫁上来？好像真的非她不娶的架势？只听说别人恨嫁，倒没听说过恨娶的。

苏落好努力又将话题扭转回来，“难道你都不担心吗？那水晶紫鱼听起来似乎很了不起的样子呢。若是你得到，往后的实力绝对会上升好大一个台阶。”

“紫鱼再好，能比得上你？”南宫流云不甚在意地摆摆手，“对本王的作为很感动？有没有感动到以身相许的地步？”

一高一低的两具身躯就这样立着，南宫流云颀长挺拔的身子反衬得苏落越发娇小柔美。

两人距离极近，苏落能够清晰地闻到他身上好闻的气息，那样的清幽醉人。

苏落觉得心脏跳得有些厉害，下意识地便别过脸去。

南宫流云爱死了她这羞涩的小模样，也不说破，那双美眸含笑，静静地看着她。

苏落清咳一声，顿了顿，又好不容易将话往正题上带，“你真不后悔？以后可不许说是因为我才使得你没得到紫鱼，然后逼我嫁给你做补偿！”苏落不得不未雨绸缪，因为这厮真的做得出来这种事。

南宫流云眼眸中闪过一丝狡黠，面上却一副无奈叹息的模样，“竟然被你猜出来了，这可如何是好？”

苏落为之气结，她气呼呼地瞪向南宫流云。

南宫流云却笑着捏捏她鼻翼，“好了好了，不逗你玩儿了。不过落丫头，难道到现在你还没发现你自己最大的优点是什么吗？”

苏落想了好一会儿，却始终想不出头绪，不由狐疑地问：“是什么？”

看着眼前这一脸迷茫的小丫头，南宫流云心头浮现宠溺的情绪，他笑着牵她的手，慢悠悠地走着，边走边说了两个字：“运气。”

“什么？”苏落一时有些没反应过来。

“你最大的优点是运气，难道到现在还没发现吗？”南宫流云笑看着她，“不信的话你自己数数，你的运气究竟好到怎样逆天的地步。”

南宫流云不说还好，他这一说，苏落倒真的是心有戚戚焉。

从一开始吞下龙之戒来到这里，到后来的天赋测试，再到落日山脉里的一次次奇遇，就连之前钓紫荆鱼也是……如此种种，细细想来，这其中的运气倒真的占了很大一部分。

不过有运气又怎样，运气也是实力的一部分。

苏落眼眸晶亮，不无得意地扬着下巴，“谁叫我人品好呢，这种事是羡慕不来的，你就一边儿嫉妒去吧。”

南宫流云邪邪一笑，“确实羡慕不来。本王这不就陪你闲逛了？说不定你这丫头走在路边都能踢到水晶紫鱼呢。”旁人自然不可能，但是苏落……这丫头的运气还真不好说呢。

苏落正想调侃他一句，忽然，她的脚步停住了。

之后，她神色复杂地看着南宫流云，眼眸一时间有些怪异。

“怎么了？”见她停下，南宫流云也不得不停下。

苏落手中白光一闪，玉雪可爱的小神龙就出现在怀里，不等苏落动手，它自己就飞一般朝原路飞奔回去。

南宫流云狐疑地瞟了苏落一眼。

苏落嘿嘿一笑，实在是不知道怎么说才好。

她拉上南宫流云快步跟在小神龙后面，一边追着跑一边跟他解释：“这小东西……是寻宝专用神器，跟着它准没错。”

小神龙此举，自然是发现宝物了。

南宫流云自然是见过小神龙的，但他却不知道小神龙竟有寻宝的用途。

此时大殿内空荡荡的，除了南宫流云和苏落两人之外，所有人全都争先恐后地涌到里面去了。

小神龙没有在大殿内多做停留，它娇小玲珑的身子灵活如狸猫，直接沿着通道朝外奔去。

南宫流云虽然有些不信这小狗有寻宝的能力，但既然苏落喜欢，他便陪着她一起胡闹。只要是在她身边，无论做什么他都是欢喜的。

小神龙的奔跑持续了大概半炷香的时间，等他们站定的时候，苏落有些无语。

小神龙停留的地方还真是……这里竟然是大殿的门口，刚才几乎所有人都站立在这里，黑压压的一片，大家都在此商量着如何才能打开封印进去里面。

这下面难道还真藏有宝贝不成？若果真如此，只怕大家知道会后悔得肠子都青了吧？

只见小神龙伸出两只前爪不断地刨地面。

它的爪子锋利如刀，比很多武器都要锋利。

南宫流云神色怪异地看着那只刨地的小狗，嘴角微微抽了下。

这地面，每一块砖石都是坚硬异常的玄寒石，但是在这小家伙的爪子下，就跟泥土没分别，一爪子下去，一块砖头被掀飞，如此反复循环。

忽然，南宫流云眸光一转，从被挖的那个小洞里，他感应到了强烈的灵力波动。

难道真有宝贝？南宫流云的视线朝那黑洞望去。

只见那黑洞直径很小，只容小神龙通过，旁人最多也只能伸进去两只手。

小神龙身子缩成一团一跃而下，再出来时，它嘴里叼着一个小小的精致的紫檀木盒子，邀功似的递给苏落。然后小尾巴高高翘起，黑白分明的清澈大眼睛望着苏落，一副求表扬的可爱模样。

苏落揉揉它脑袋，挠挠它下颌，小神龙顿时高兴得不得了，兴奋地滚进苏落怀里，小爪子扒着她的衣襟不松手。

呜呜呜，它都好久没出来透气了，一直被主人关在里面吞晶石修炼，现在立功了，主人不会再将它关小黑屋了吧。

苏落此时的注意力都落到那小小的盒子上。

她想打开盒子，却发现怎么都打不开，就跟那扇门一样，似乎被人下了封印。

苏落非但没有郁闷，反而更高兴了。能够被强者烙下封印的，绝对是好东西，她打不开没关系，身边还有位高手啊，免费的高手不用白不用，自然要物尽其用嘛。

苏落很自然地将那盒子递给南宫流云，“给，打开看看吧，不知道里面是什么宝贝呢。”

南宫流云神色复杂地瞟了苏落肩上那可爱的小狗一眼。他是真没想到，这小小的一只狗，竟然真的是寻宝神器。

有这样一只寻宝神器，在这紫鱼殿可谓是占尽便宜。想至此，南宫流云的视线又落到苏落身上。这丫头的运气……他都开始怀疑，她走路会不会踢到水晶紫鱼了。

“快点打开看看。”难得南宫流云也有走神的时候，苏落伸手在他面前晃了晃。

“嗯。”南宫流云收回思绪，凝神探测到这紫檀木盒子里。

这封印对于苏落来说很难，但是对于南宫流云来说却未必。

只听砰的一声响，盒子的上半部分忽然就向上弹开了。

紫檀木盒子里静静地躺着一块小小的圆球，有成年人拳头那么大，通体乌黑。按照苏落的看法，这东西跟手榴弹倒是有七分相像。

南宫流云在看到这东西的时候，神色微微一凝。

苏落暗忖：能够让南宫流云都微微吃惊，这玩意儿到底是什么？

南宫流云小心翼翼地将那紫檀木盒子盖好后，随手在上面绘制了一个封印，见苏落瞪眼，他嘴角勾起一抹笑，“无妨的，这封印三阶的实力就能解开，如果不封印起来，你自己拿着都有危险。”

“这东西到底是什么？”苏落好奇得很。

“灵弹球。”南宫流云佩服地看着苏落，“你的运气，放眼天下，何人能敌？简直是所向披靡，整个天下都找不到对手。”

“哪有这么夸张。”苏落没好气地说，“你倒是说说这灵弹球啊，到底什么东西，有什么用？”

“七阶以上强者死亡的时候，可以将自身灵力凝聚成灵弹球，所以，每一颗灵弹球都有七阶以上的威力。不过，这是消耗品，用过一次就没了。”

南宫流云将那紫檀木盒子递给苏落，“不过倒是保命的好东西，收好了，轻易不要拿出来。”

“哦，这枚灵弹球威力大不大？”苏落小心翼翼地将灵弹球放回空间，然后问南宫流云。

南宫流云点点头，“威力堪比七阶强者全力一击，倒是还可以。”

七阶强者全力一击？对于现在三阶的苏落来说，七阶强者已经是很强大的存在了。

这东西跟手榴弹还真有异曲同工之妙，不过手榴弹伤不了那些强者，但是这枚灵弹球却可以。论威力，这灵弹球可比手榴弹强多了。

“如果有很多很多的灵弹球，那该多好啊。”苏落有些叹息。

南宫流云敲了她一记栗暴，“这世上哪有那么多七阶强者？若是战斗而死的七阶强者，就算凝聚出灵弹球，那也是被对方拿走，又怎么会去凝聚？所以传世的灵弹球历来是极少极少的，就算有，那也一般都是大家族一代代传承下来的，能流传出来的极少，你这丫头运气简直逆天了。你可知道，这枚灵弹球放到拍卖会上，可以拍出怎样的价格？”

“会很贵吗？”不就是七阶强者的全力一击吗？

南宫流云正色地点点头，“用金币简直无法估量，而且根本不可能买到，用晶石的话，大概需要五十颗绿色晶石。”

“好贵！”苏落暗中惊呼一声，然后兴奋地揉揉小神龙的脑袋。

今日旁的先不说，单说这颗灵弹球，就能回本了。

忽然，苏落仰头笑看着南宫流云，“也就是说，如果我现在拿这枚灵弹球去杀李傲天的话，就能杀死他了？”

苏落素来感官敏锐，她能够清晰地感觉到李家兄妹对她的杀意。她知道，南宫流云执意放慢速度也要留下来陪她，也是基于这部分的考虑。

南宫流云神色微微一顿，继而嘴角勾起一抹邪魅的笑意，淡淡笑道：“可以，如果不出意外的话。”

“如果去杀瑶池仙子呢？”苏落笑嘻嘻地看着他。

南宫流云手指捏捏她鼻翼，“能杀就杀好了，试探本王没有用。”

“谁试探你了，想得倒挺美。”苏落轻哼一声，心情似乎不错。

两人一边说一边走，犹如闲庭信步般悠然自在。

第三十三章 大发横财

过了大约有半个时辰，隐隐传来一道道说话声，似乎前方有不少人。

那些人看到南宫流云和苏落犹如闲庭信步般走来，一个个都错愕极了，也无语极了。

不愧是晋王殿下，为了一个小丫头，竟然放弃这紫鱼殿内的宝物，将这紫鱼殿当成了闲逛的场所。

南宫流云视线扫去，这些人顿时噤声，敬畏地低下头去，再不敢窃窃私语。

前方是一条长得望不见尽头的通道，而通道的两旁则是一间间石室，多得几乎数不清楚，目测一排至少也有几百间。

通道前方竖着一块生死碑。碑上左边写着“九死一生”，右边刻着“天材地宝”。下面的小字清晰地刻着生死碑的规则。

生死碑下共有四百九十九个石室，每个石室各不相同。运气好的，或许一进去就是天材地宝。运气不好的，或许一进去面对的就是洪荒猛兽。

天材地宝的房间倒还好，随时可以出来，但是洪荒猛兽的石室，除非杀死里面的驻守猛兽，否则就等着被对方撕裂。

若是实力相当，等紫鱼殿在一日后消失，那么人也会跟着消失，如果能够抵住一百年的饥饿，或许百年后还会出来，但这可能吗？所以，风险与机遇并存，风险越高则机遇越大。

每一个人只能选择进入一个石室，谁也不知道自己即将面对的是什么。

有的人望而却步，不敢进入，有的人却为了天材地宝勇往直前。

此时，很多人都显得很犹豫，一个个都站在石室门口，徘徊来徘徊去，一副想进又不敢进的样子。但是苏落完全没有这种忧愁，因为她拥有小神龙，而小神龙对于寻宝历来是很热衷的。

小神龙此时显得特别神气活现，神采奕奕。它的鼻子在周围嗅了嗅，然后撒开小短腿就往前面跑。

南宫流云嘴角微微一抽。

紫鱼殿的创造者估计也想不到，有朝一日会有这样一只小狗，能够通过嗅觉来辨认里面是否藏有宝物吧。这简直就是作弊，而且还作弊得理直气壮。

此时小神龙屁颠屁颠跑得飞快，而苏落和南宫流云则慢悠悠地闲逛着，似乎那只撒欢的小狗只是自己在玩耍，与他们并无关系。

最后，小神龙停住步子，欢喜地停在一处石室门口。石室编号：123。

只见在这座石室门口，站着一位身姿曼妙、面容绝美的姑娘，这位姑娘苏落很熟悉，不是旁人，正是那位瑶池仙子。

此时，她正站在门口沉吟，手中拿着一个罗盘一样的测试仪器。只见她柳眉微蹙，徘徊了许久也没有拿定主意要不要进去。

小神龙见这位姑娘站在这个石室门口，顿时急了：这里面的宝物可不能让别人抢了去。

小神龙一急，顿时朝瑶池仙子龇牙咧嘴，凶狠咆哮。一般动物都有护食的本能，而小神龙比较高级，有护宝的本能。它看中的宝贝，怎么可能会让别人捷足先登？

小神龙只一心想赶人，完全不知道，小小的它绷着一张一本正经的小脸有多可爱。

瑶池仙子的沉思被打断，低头看到一只小狗正朝自己生气低吼，再一眼，就认出了这只小畜生是苏落的灵宠。

当初，原本可以一箭将苏落射死，但这只小东西，竟然出人意料地将那箭矢给啃了。当时她就对这小东西留心了，现在一见，顿时私心一起。

这小东西很明显不是普通的小狗，很可能是某种稀少的神奇灵宠，但是它已经跟苏落签订了契约。不过没关系，只要苏落一死，契约自动解除，这小东西就是自己的了。现在完全可以先搞好关系。

瑶池仙子展颜一笑，蹲下身子，和善地朝小神龙微微一笑，伸出纤细白皙的手指逗弄它下颌，“小东西，你的本体真是一只狗狗？我可不信哟。”

一个“哟”字出口，她的手指才刚伸向小神龙的下颌，却见眼前红光一闪，一道血雾喷薄而出。

“啊！”瑶池仙子顿时发出一道凄惨的叫声，一掌就朝小神龙拍去。

此时的瑶池仙子，那根原本要逗弄小神龙的右手食指前半截，竟然被小神龙一口给咬断了。连肉带骨，齐齐咬断，鲜血狂飙而出。可见小神龙的牙口有多好了。

小神龙是龙族中最稀有的神龙血脉，过了婴儿期就有五阶实力，此时的它最少也有四阶的修为，所以速度快得几乎如闪电。

在瑶池仙子一掌拍向它时，它早已经一跃而起，小小的身子直接跳到瑶池仙子头顶，两只爪子紧紧揪住瑶池仙子的头发。

瑶池仙子几乎快被这小东西气炸了。她以为自己一掌就可以灭掉这灵宠，却完全没料到小狗的速度快得这么惊人，简直不可思议。

瑶池仙子朝自己脑袋上抓去。她还不信了，自己连一只小狗都对付不了。然而，让她快吐血的是，这只小狗在她抓过去的时候，身子弹起，当她放松的时候又高高落下。更让她崩溃的是，它竟然把她的脑袋当作它游戏的工具，在上面踩来踩去，犹如踩高跷一样，踩得还挺欢。

瑶池仙子气得简直快昏过去了。她一向完美得一丝不苟的发型被这只小狗踩踏得简直不成样子了，狼狈得如同乞丐婆，不，比乞丐婆都不如。

自诩为不食人间烟火的瑶池仙子如何能忍受得了这个？心中发狠，她重重一掌朝自己脑袋上的小东西拍去。

然而，小神龙却灵活得不得了，眼见那一掌拍来，它嗖的一声跳到瑶池仙子脑门前，抓着她的头发在她身边荡来荡去。更为可恶的是，它时不时还很色狼地用两只小爪子踩着瑶池仙子的酥胸。

不远处，拉着南宫流云站在角落的苏落一见小神龙这架势，简直无语了，她扶额望天。

这还是婴儿龙啊，婴儿龙！这么小小一只就这么色，长大还得了？

小神龙完全不懂自家主人内心的哀号，此时它玩得正高兴呢。一会儿荡到后方，一会儿又缩进瑶池仙子的衣袖中，在瑶池仙子要抓它的时候，它又从瑶池仙子的裙底爬出来，那玩法简直是五花八门，只有想不到的，没有做不到的。

而且这东西吧，它还真有一点小色狼的狼性。

怎么说呢？就是它在瑶池仙子身上钻来钻去的时候，它还不忘利用两只锋利的爪子，将她的衣裙扯得稀巴烂。

从躲进袖子开始，它就将瑶池仙子的衣袖从下往上给一分为二了。从裙底下钻出来的时候，又很随手地将瑶池仙子的裙子撕成碎片了。

见此，苏落嘴角抽抽，很艰难地挪过眼去。

这谁家小破孩子，快领回家去吧，实在是太丢人了。苏落无语地偏过头去。

瑶池仙子气得整个人都快疯癫了。这里并不是只有她一个人啊，而且大多还都是男人。

这般众目睽睽之下，她一向超凡脱俗、冰清玉洁的形象，顿时被这小色狗给毁得半分也没了。此时，瑶池仙子恨不得将小神龙给撕成碎片。

“我要杀了你！”瑶池仙子怒不可遏，再也抑制不住心口的愤怒，愤而拔剑。

能将瑶池仙子惹到暴怒，小神龙也算是绝无仅有了。

小神龙眼见瑶池仙子杀气腾腾而来，它本能地觉得有危机感，顿时嗖嗖嗖，转身就开始跑，速度简直快到不可思议。

瑶池仙子发丝凌乱、衣衫不整地在后面提着剑追。

周围几位男子目瞪口呆地看着他们心目中的女神被小狗蹂躏，继而怒不可遏地拔剑追杀，心中全都震惊不已。大家面面相觑，不知该说什么好。

瑶池仙子是五阶巅峰修为，论实力比小神龙高了许多，小神龙不过是占着速度快，真要打起来却毫无胜算。

小神龙也不笨，它转身就朝苏落这边跑来。

可能是出于自救的本能，它看都不看苏落，直接一个起跳，小小的身子立即缩成一团滚进南宫流云宽大的衣袖中，瞬间隐去了踪迹。

瑶池仙子拔剑冲来——她亲眼见到那可恶的小狗藏进南宫流云衣袖的。

此时，她完全忘记了自己披头散发、衣衫凌乱的狼狈模样，气呼呼地对南宫流云道：“三师兄，请您务必将那小东西还给我。今日不杀它，实在难消心头之恨！”她的手指就那样被活活啃掉一截，这让一向以完美著称的瑶池仙子如何忍受得了？

南宫流云面露迷茫之色，声音清冷，“什么小东西，本王可什么都没看见。”说着，他双手交负在后，抬着双眸，面上一副无辜的表情。

瑶池仙子一听这话，顿时委屈得不得了，“三师兄，你怎么变得这般无情？你瞧我的手指，我的手指被那只小狗硬生生咬断了。那只小狗明明在你衣袖中，我亲眼见到了，难道你还要包庇吗？难道在你心目中，我竟然连一只狗都比不上？”

瑶池仙子眼眸带泪，哭得梨花带雨，看着楚楚可怜，委屈得不得了。

南宫流云皱眉，声音冷淡，“本王确实没见到你口中的那只小狗，不信你自己瞧瞧。”说着南宫流云很光明正大地挽起衣袖，还很好心地抖动衣袖，瞟了她一眼，“看清楚了，什么东西都没有，更没有你口中的小狗。”

怎么会这样……她一直眼观八方，那只小狗根本没有从他身后逃走啊。

瑶池仙子的视线移到苏落身上。

苏落也很光棍地摊手，“我这身可是窄袖，想藏也藏不住。”

瑶池仙子愤怒的目光射向苏落，怒道：“那小狗是你的灵宠，你预备怎么办？”

苏落很无辜地摊手，“什么灵宠？发生什么事了？我怎么不知道？”

捉贼拿赃，捉奸捉双，她的小神龙溜得贼快，又没有当场被抓住，当然是要否认到底的啦。苏落完全没有一点心理负担地把自己给撇清了。

瑶池仙子怒不可遏，“你简直无耻！”

苏落很不悦地冷哼道：“无耻的是阁下吧。口口声声指责我的灵宠，有本事你拿出证据来啊。”

谁提出谁举证嘛。她的小神龙之前确实是躲在南宫流云的衣袖中，但是后来南宫流云将双手交负在后，她就趁机将小神龙收进空间里去了，任凭瑶池仙子如何找，那都是找不到的。

瑶池仙子没想到苏落会如此无赖，她又求救地将视线投向南宫流云。

让她从失望到绝望的是，她的三师兄一双眼眸一瞬不瞬地注视着那个小贱人，似乎周围的人包括她在内都是透明的、不存在的。

“好，很好，苏落，你给我记住了！”瑶池仙子捂住鲜血淋漓的断指，面目狰狞，眼底闪过一丝毒辣的光芒，“有本事就将你的灵宠藏好了，否则——哼！”说完，瑶池仙子甩袖就走。

南宫流云叹气地看着瑶池仙子的背影，“往后凡事小心些。”

苏落也用同样遗憾的眼光望着瑶池仙子的背影，缓缓摇头叹息，“唉，好宝贝就这样与她擦肩而过，想必她如果知道真相，会气死吧？”说完，苏落抬眸望向南宫流云。

南宫流云笑着揉揉她脑袋，“走吧。”

说着，牵起苏落的手，两个人在123号石室门口站定，按了门口的蓝色按钮，顿时，他们脚下出现一个白色光圈，将他们全身都笼罩进去，再睁眼的时候，周围已经换了环境。

很显然，他们已经进入了123号石室。

睁开眼，苏落就被强烈的光芒刺得有些微眯起来。

四周都是寒铁玄冰，光芒刺眼，能够清晰地倒映出他们二人的身影。

此时，躲在苏落空间里的小神龙身体直立，两只小爪子趴在空间壁上，不断地拍打着，小脸上急得不行，恨不得立马就飞奔出来。

苏落无奈一笑，心神转动间，小神龙已经出现在眼前的空地上。

小神龙甩甩眩晕的脑袋，在看到周围环境时，顿时双眼发亮，直接朝前面石台方向飞奔而去。

这间石室大约有近百平方米，空空如也，只有前方的石台上似乎摆放着什么东西。

南宫流云和苏落跟在小神龙身后，好奇地朝石台快速走去。

石台，更准确地说应该是玉台。

玉台大约跟乒乓球桌差不多大小，用上好的白玉雕刻而成，玉面光洁细腻，清晰得几乎能照出人影。

玉台上，静静摆放着一只巴掌大的紫色锦鱼，而在它面前，则是一个通体碧绿的大海碗，两者比较之下，更显得那紫色锦鱼小得可怜。

这只碧绿大海碗中此时竟然装满了一块块晶石。

赤、橙、黄、绿、青……竟然每个颜色都有，而且装了大大一海碗。

苏落见此不由倒吸一口冷气。

这些泛着七彩光芒的晶石，里面不乏绿色、青色晶石，在外面是何等的珍贵？想想自己辛辛苦苦地赌石，也顶多才挣了十几颗晶石罢了。

苏落的视线紧紧盯着这海碗以及各色晶石。这些晶石足足有几百颗吧？若是拿出去，几乎能引起巨大的轰动。

此时的苏落有些呆呆的，就如同一个穷困潦倒的乞丐，乍然间看到自己面前出现一屋子的金砖，而且还是可以随意取用的状态，这如何能叫人不兴奋？

继而，苏落的视线落到那只紫色锦鱼身上。

这小小的巴掌大的小东西……不会是她想的那样吧？

“水晶紫鱼？”南宫流云面色微变，惊呼出声。

天下无数人梦寐以求的水晶紫鱼，就这么突兀地、毫无征兆地出现。苏落不由倒吸一口冷气。

她刚才不过是小小地猜测一下，没想到竟然真的是水晶紫鱼。

就在此时，水晶紫鱼忽然张开口，顿时，一枚青色晶石自它口中喷出，悄然射向那只大海碗。

但是，那只大海碗装满了水晶，已经装不下这颗了。

让苏落惊奇且后悔万分的事发生了。

只见那枚青色晶石被射到堆满晶石的大海碗上，由于惯性的作用，这枚青色晶石竟然从大海碗内滑落到玉台上，此时，让苏落惊奇的一幕发生了。

只见那枚青色晶石砰的一声掉落到玉台上，然后、然后以肉眼可见的速度，消失不见了！

“怎么会这样？”苏落有些傻眼了。

那可不是赤色或者橙色的晶石，那是青色晶石啊。君不见当初柳家老爷子为了这么一颗青色晶石，竟然敢打到晋王府来吗？由此可见青色晶石有多么稀少，在大陆上又是何等的珍贵。现在苏落眼睁睁地看着一枚青色石就在她眼前消失了。

明明唾手可得，却失之交臂，这种感觉才是最虐心的。

“这到底是怎么回事啊。青色晶石呢？跑哪里去了？”苏落不高兴地趴在玉台上，仔仔细细地找寻着，但是哪里还能找到青色晶石的一丝踪影？

“应该是被玉台吞噬了。”南宫流云观察了一会儿便得出结论。

“这玉台还能吞噬晶石？”苏落简直难以置信。难道玉台还有灵性不成？

南宫流云点点头，“世间万物，相生相克。这水晶紫鱼能够口吐晶石，实在太过逆天，按照世道法则，总归要有些限制才对。”顿了顿，南宫流云又道：“水晶紫鱼一日能吐三次晶石，各档次晶石又是随机出现，这上百年吐下来，那晶石数量会是何等的惊人？只要出世，绝对能引起整块大陆的动荡，所以必须要做出限制。应该是超出海碗的晶石会被玉台吞噬，也可以理解为水晶紫鱼自动收回，因为这玉台与水晶紫鱼一向是连在一起的，难分难解。”

闻言，苏落立马从空间中拿出麻袋，准备将那大海碗的晶石都装回去。

小神龙忽然凑上来，两只小爪子轻而易举地抓起一把晶石就朝自己嘴里送去。

就在苏落愣神的当口，小神龙又迅速抓起一把晶石塞进口中。

被它两爪子之后，那硕大的海碗里的晶石，顿时就只剩下了三分之一。

然而，不等苏落反应过来，小神龙就因为贪嘴吞噬过量晶石，两只圆滚滚的大眼睛如蚊香状，小脑袋晕晕乎乎的，小身子摇摇晃晃如醉酒一般，最后，小身子朝地上一歪，顿时就人事不知了。

苏落当真是又好气又好笑。这小东西何必吃得这么急？自己又不是不养它。

南宫流云查看过后，顿时笑了，“放心吧，没事，应该是吞噬过量晶石自动进入昏睡修炼状态，等它苏醒的时候，实力应该会有一些变化。”

“但愿如此吧。”苏落抱起地上跟醉酒状态差不多的小神龙，将它收进了空间。

托小神龙的福，水晶紫鱼总算是找到了，苏落的心情显得很愉悦。

之前瑶池仙子可是在这间石室外面徘徊了许久的，几乎要进来的时候，却被小神龙弄得狼狈不堪。

上次柳乘风也是，他那块要切的原石被小神龙看中，它抢不过直接就在上面撒了泡尿，将柳乘风给恶心走了。

如果瑶池仙子知道，她因为小神龙打岔而失去了水晶紫鱼，不知道会不会悔得肠子都青了呢，真的好想看看她懊悔到抓狂的样子啊。

不过，能从瑶池仙子手中将水晶紫鱼抢到手，这种感觉还真是爽呢。

苏落一边想，一边将手按在玉台上，直接将整个玉台，连带着水晶紫鱼，全部都收进空间里去。

她的空间用那大海碗里的各色晶石又扩大了数倍，现在里面大得很，完全不用担心空间不够用的问题。

苏落有些愧疚，南宫流云陪了她一路，这一路上收的两样宝贝都给了她，南宫流云却没有任何收获，这让苏落有些过意不去。

她心中暗暗下决心，一定要找机会给南宫流云寻一样有用的宝贝。

南宫流云被苏落看得有些心底发毛，摸摸她脑袋，“眼睛滴溜溜地转，又在打什么鬼主意？”

苏落笑道：“秘密。”

出了石室，两个人信步而走，依旧优哉游哉地犹如在逛大街。

走过黑暗的甬道，前方传来一道道人语声，听声音似乎人数还不少。

苏落和南宫流云对视一眼，两人加快速度朝前走去。

前方黑压压站了一圈人。

北辰影、蓝渲、暗夜冥，一个不落地站在一边。

另一边，太子、李傲天和瑶池仙子也在。

看到南宫流云过来，北辰影的眼中闪过一丝懊恼，皱眉道：“完蛋了你知道不知道，水晶紫鱼竟然让南宫流绝他们得到了。”

南宫流云和苏落对视一眼，两人面面相觑。水晶紫鱼明明在苏落的空间里，怎么可能太子手里还有？

此时，太子趾高气扬地朝苏落走来。他满脸喜色，得意扬扬的样子，似乎得到了天下第一宝贝。

他傲慢地朝苏落挑眉，阴冷一笑，“臭丫头，你来迟了，水晶紫鱼已经在本宫手里了，哈哈哈哈哈……”

苏落嘴角微微一扯，似笑非笑，“水晶紫鱼？在哪儿呢，我怎么没看到？不会就只是你自己说说的吧？”

太子眼底浮现一抹冷笑，一直放在身后的手拿出来，那手掌心上，赫然便是一条紫色的锦鱼。

苏落仔细瞧去。

她发现这条紫色锦鱼无论大小还是颜色，都与自己那条几乎一模一样，唯一不同的是它面前少了大海碗，还有那平滑如镜的玉台。

苏落有些想不通了，难道水晶紫鱼还真的会有两条？

见苏落蹙眉，太子殿下更得意张狂了。他哈哈大笑起来，指着南宫流云好不得意道：“水晶紫鱼在我手里，哈哈哈哈哈，以后，我再也不会输给你了，再也不会了！”

南宫流云那张绝美无双的脸上是邪气肆意的笑容，声音低沉，“是吗？”

水晶紫鱼这么逆天的宝物，紫鱼殿每隔百年才会出现一条，也仅仅只有那么一条而已，而那一条就在他的小落落手里。

太子以为南宫流云面上佯装不在意心中却嫉妒得要死，笑得更欢了。

“南宫流云啊南宫流云，你太自信、太自以为是了。难道你以为你那样慢悠悠地闲逛就能得到水晶紫鱼？所有的宝贝都等着你去捡？现在后悔了吧。哈哈哈……”难得能赢南宫流云一次，太子简直高兴得忘乎所以，兴奋得几乎要疯了。

南宫流云怜悯地看着这位他名义上的哥哥，幽幽一叹。他怎么忍心告诉太子，紫鱼殿中是有假的水晶紫鱼的，而假的水晶紫鱼可是会……咳咳。

苏落见太子奚落南宫流云，不知为何，护短的她心中闪过一丝恼意。可能连她自己都没意识到，她已经将南宫流云当成了自己人。

苏落决心不让太子好过。计策很简单，挑拨离间也。

只见苏落淡淡一笑，指着那水晶紫鱼对太子道："真是恭喜太子殿下了，水晶紫鱼可是好宝贝呢，不过……"苏落的视线扫了周围一圈，最后将视线定格在李傲天和李瑶瑶身上，她状似苦恼地叹了一句，"不过这水晶紫鱼才一条，李家兄妹又是出了大力气的吧，这水晶紫鱼可如何分是好呢？"

太子殿下微微一怔。

这条水晶紫鱼可是他从石室里取到的，自然是归属他的，跟李傲天他们有一毛钱关系？

但是……太子殿下下意识地朝李傲天看去，看到他那双眼眸盯着水晶紫鱼时发出的精光，顿时心中一凛，面色接着便是一沉，神色布满阴霾。

苏落淡淡一笑，别过脸去。

南宫流云好笑地揉揉她的脑袋。

虽然他不在意南宫流绝的态度，但这丫头有心为他出头，足以证明在她心中已经有了自己的位置，这一发现让他很是高兴。

她的计策很简单，却的确有效。

只一句话就将太子和李傲天暂时缔结的同盟划出一道裂缝。怀疑的种子种下，生根发芽茁壮成长也不过是分分钟的事。

南宫流云看着眼前这清丽可人的小丫头，不由得有些叹气。

怎么办？好喜欢好喜欢这小丫头，简直喜欢得快窒息了呢，真是恨不得将她拴在身边，寸步不离地带着。

此时，大殿里的气氛有些诡异。

太子殿下在南宫流云面前得意扬扬地炫耀。

南宫流云却瞟都不瞟他一眼，只顾着宠溺爱怜地凝望着苏落。

瑶池仙子愤恨而嫉妒地盯着苏落，恨不得用目光将她脸上戳出一个洞来。

而苏落，则淡定自若地在太子殿下和李傲天之间挑拨离间，试图让他们自动分崩离析。

就在这古怪的氛围中，北辰影轻轻叹息一声，将这诡异的平静打破。

"时间不多了，前面还有最重要的一关，你们倒是去不去啊？"北辰影有些恨铁不成钢地瞪了南宫流云一眼。

前方那一关与水晶紫鱼有着莫大关系，而现在，水晶紫鱼被太子拿在手里。

要不要动手抢呢？北辰影有些不怀好意地瞟了眼太子殿下手中的那条水晶紫鱼。

太子被北辰影这一眼看得顿时从得意扬扬中回过神来。

他带的人数目不少，还有李傲天和李瑶瑶这两个暂时的盟友，但是太子殿下不得不承认，若是南宫流云执意要抢夺的话，这条水晶紫鱼他肯定是保不住的。

太子朝南宫流云冷哼一声："堂堂的晋王殿下，不会堕落到要抢旁人的宝贝吧？"

南宫流云似笑非笑地勾起嘴角，挑眉看向那水晶紫鱼，"你真觉得那是宝贝？"

太子殿下心头一震，继而阴笑连连，"吃不到说葡萄酸。没想到你南宫流云也不过如此嘛。"

言下之意，南宫流云得不到水晶紫鱼，所以故意说他的水晶紫鱼是冒牌货，分明就是嫉妒他。

南宫流云淡淡一笑，不置可否。

南宫流云漫不经心、云淡风轻的态度，彻底点燃了太子殿下心中的怒火，他冷哼一声："如果我证明这条是真正的水晶紫鱼，你待如何？"

"又要赌？"南宫流云不怀好意的目光上上下下打量着太子殿下，继而用怜悯的口气叹息一声，"还是不要了吧？你都输给我家落儿一千五百颗绿色晶石了，再欺负你有些过意不去了。"

南宫流云说的是实话，然而总有人将别人的实话当反话听，太子殿下就是这样一个人。

南宫流云这句话，完全激怒了太子殿下，只见他阴冷地怒喝一声："南宫流云，你欺人太甚！好，我跟你赌！既然你刚才提到了一千五百颗绿色晶石，那么，如果你输了，这一千五百颗绿色晶石的欠债就转嫁到你头上，如何？！"说完这句话，太子殿下顿时为自己的快速反应鼓掌。瞧他多聪明，直接将那一千五百颗的绿色晶石转嫁到南宫流云身上，自己就是无债一身轻了。至于南宫流云还不还得起债，那就不是他要去考虑的事了。

此时，围观的群众全都瞪大眼睛，震惊地看着前方的这一圈人。

都知道太子殿下与晋王殿下不和，但一直都没正面对上，现在两人直接掐上了，这样的好戏平日里可是难得见到啊。

围观群众一个个都兴奋异常地盯着两个人，猜测谁会赢。理智告诉他们，晋王殿下从来不会输。但眼前的事实却告诉他们，太子殿下手中就拿着那条水晶紫鱼，千真万确，如假包换！这场赌局，到底会走向何方呢？大家都好奇极了。

南宫流云淡淡瞟了太子一眼，"如若你输了呢？"

太子殿下一噎，随即又得意起来。水晶紫鱼就在他手里，怎么可能会输？如果这次不狮子大开口，他都觉得暴殄天物，对不起老天爷给他的机遇。

太子顿时傲慢地冷哼数声：“如若我输了，我便赔你一千五百颗绿色晶石！”

换言之，两个人的赌注就是一千五百颗绿色晶石。

一向对下赌注没兴趣的南宫流云，这次却一反常态，挑眉而笑，“可以。”

“南宫！”蓝渲讶异出声。

虽然南宫的眼光独到，但这次……南宫流绝手中的那块水晶紫鱼难道真是假的不成？

北辰影笑嘻嘻地撞撞蓝渲的手臂，“你有见南宫什么时候输过吗？”

既然南宫敢接下赌注，那就说明他心中早有胜算。这厮根本就是不见兔子不撒鹰的主，才不会让自己吃亏呢。

蓝渲转念一想，事实确实如此。于是，他和北辰影笑嘻嘻地盯着太子殿下瞧，瞧得太子殿下心底发毛。

太子殿下一开始心中有些忐忑，毕竟那是一千五百颗绿色晶石啊。再说先前他还欠了苏落一千五百颗绿色晶石，这要是输了，他可得拿出三千颗绿色晶石，就算杀了他都赔不起。

但是，太子殿下看到北辰影和蓝渲朝自己挤眉弄眼，他随即就心安了。哼，没想到南宫竟然用这种不入流的手段想哄骗自己反悔不赌，真是幼稚！

太子殿下唰唰唰写下一张之前与苏落那张类似的保证书。

在大家都签下名后，一式三份。太子殿下一份，南宫流云一份，还有一份依旧是在北辰影手里。

“现在，要如何证明太子殿下手中的这颗水晶紫鱼是真的呢？”北辰影装模作样地摸着下巴，“有一个很简单的办法。真的水晶紫鱼一天会吐三次晶石，早中晚，一次不落，那么，我们现在要等下去吗？”

南宫流云淡淡瞥了太子一眼，“何必舍近求远？”

北辰影立即很有默契地接上一句，“水晶紫鱼与这紫鱼殿有着千丝万缕的关系，据说有了水晶紫鱼，就能有感应，可以在前方九条路中选定一条，而且这条路直通秘籍馆。”

能吐晶石的水晶紫鱼自然是宝贝，不过拥有了水晶紫鱼后便能直达秘籍馆，对于修炼者来说，这才是最大的诱惑。

秘籍馆，顾名思义就是珍藏秘籍的书馆，据说里面馆藏的武功秘籍非常丰富，各种元素法系的都有。

这才是众人进入紫鱼殿且一个个争夺水晶紫鱼的真正目的。

第三十四章 危险重重

此时大家所站的是一处宽广的平台，前方云雾缭绕看不真切，但展现在大家面前的有九条路，几乎每一条都一模一样，根本看不出它们有什么分别。

但是，这九条路中只有一条是安全通向秘籍馆的，其余的八条危险重重，九死一生，还未必能够直通秘籍馆。

太子殿下手中拥有水晶紫鱼，而水晶紫鱼跟秘籍馆是遥遥相呼应的，如若太子手中的水晶紫鱼是真的，那么太子就能寻到一条正确道路，直通秘籍馆。

太子殿下阴冷一笑，“好，就让你们见识一下水晶紫鱼的奥秘。”

太子殿下手掌心托着那只小小的晶莹剔透的水晶紫鱼，一瞬间，他将周身的灵力全部朝水晶紫鱼身上灌注进去，试图与水晶紫鱼进行精神上的沟通。

水晶紫鱼那原本黯淡光泽的身子瞬间就亮起来。而且原本透明中带紫，此时却变得越来越红，越来越亮，光芒四射，灼人眼球。

太子殿下蔑视地瞟了南宫流云一眼，冷笑道：“瞧见没有？这是真正的水晶紫鱼！”

南宫流云但笑不语，似笑非笑地挑眉看他，而且，还很自觉地拉着苏落往后退开一步。想了想，他又很自动地拉着苏落再退后一步，似乎觉得这样已经退到了安全范围。

南宫流云这一举动，顿时把太子气得不轻，恨不得将南宫流云撕裂。

但是他没有办法，因为南宫流云的武功修为比他强上太多，真要打起来，他就只有被凌虐的份。

太子殿下只能将满腔的怒意全都灌注在水晶紫鱼身上，源源不断的灵力冲入水晶紫鱼身上，后者变得更加鲜红、赤红，而且如果注意的话，还能看到那冒出来的丝丝缕缕的烟。

太子试图与水晶紫鱼沟通，但让他失望的是，水晶紫鱼却像没有灵魂的傻子，不论他如何呼唤，它都不给他任何反应。

太子殿下以为是自己输入的灵气太少，只能再加把劲往它身上输送灵气。但还是不行。

李傲天皱眉了。

“我来。”他上前去，伸手就欲夺那块水晶紫鱼。

若是之前太子殿下或许还会松手，但是被苏落那么一挑拨，他哪里还能信任李傲天？只见太子淡声道：“你帮我一起给这水晶紫鱼输送灵力，我就不信我打不开它！”

李傲天很想早一步进入那秘籍馆，见太子如此自私小气，却也不得不答应。

两个人凝聚全身的灵力，全部灌注到那水晶紫鱼身上。

苏落好奇地张望着。

沟通水晶紫鱼需要这么难吗？反正她与水晶紫鱼沟通是很简单的。滴血认主之后，她只要心神一动，就能够清晰地与水晶紫鱼沟通，能够感觉得到从它身上传来的那种深深的孺慕之情。

就在苏落胡思乱想的时候，南宫流云又拉了她后退几步。

北辰影和蓝渲几人之前还没注意到，等回头想与南宫流云说话时，却见他已经后退开许多步了。

北辰影是何等机灵的一个人？这几位自小就跟南宫一起长大，对他的腹黑睿智那是打心眼里崇拜的，大家的默契都好得很。

北辰影见南宫流云这架势，二话不说，嗖的一声就往南宫流云身后蹿去。

蓝渲和暗夜冥也毫不落后，速度飙到最高，嗖嗖两声，也到了南宫流云边上的位置。

他们此番举动，动静有些大，更何况他们一直是被关注的焦点，一举一动都有无数的目光盯着看。

见他们连番逃窜，众人面上都浮现一抹惊慌之色，还未等众人询问出声，事情便毫无预兆地发生了。

却说太子殿下和李傲天两个人全部的注意力都放在那只小小的水晶紫鱼身上。

随着输入的灵力越来越多，那水晶紫鱼身上的红色越来越亮，越来越烫手。

即使是太子殿下的修为，都感觉有些拿不住了。

李傲天觉得有些不对劲。

根据李家藏宝阁里的暗册记载，上面并没有提到，打开水晶紫鱼会这么麻烦，而且它也不会发烫到这种程度。

就在李傲天心中隐隐浮现不安感觉的时候，灾难，毫无征兆地发生了。

只见太子手中那火红色的水晶紫鱼瞬间犹如巨大的炸弹，轰然一声，火速爆炸开来。

刚才他和太子两人输入的全部灵力被转化为力量，呈椭圆形朝周围散开。

李傲天反应迅速，身手敏捷，速度快如闪电般往后退去。

但是，因为猝不及防，他的前胸还是被那突然炸裂的力量灼烧，痛得他几乎要昏厥过去。他能够清晰地闻到自己胸前传来的肌肉被烤焦的味道。

李傲天都这样了，太子自然是更惨了。

只见他那只拿着水晶紫鱼的手几乎被炸得粉碎，脸上黑漆漆的，完全认不出本来面目。

他身上被烈火点着，火苗在他身上乱窜，头发几乎被烧焦了一半。

不过太子身上似乎穿了护身软甲，所以身体倒还没受什么伤害，只是脖子以上看起来狼狈极了。

除了李傲天和太子之外，这次被爆炸波及的人数还不少。

有几个聪明的，之前看到北辰影他们的举动后也跟着迅速后退，但绝大多数人都因为好奇地想看那水晶紫鱼且试图以第一时间冲进去，身形没动。所以，很多人都被那股狂暴的力量波及。

一时间，很多人头上身上到处都是火苗，狼狈得不得了。

这火苗蕴含着太子殿下和李傲天的灵力，岂是那么好扑灭的？一时间，周围乱作一团，到处能听到叫骂声、惨叫声。

为数不多的干干净净好整以暇看戏的就是南宫流云他们几个。

此时北辰影脸上的表情别提多精彩了。

他指着太子那狼狈不堪的模样，叉腰哈哈大笑起来，笑得眼泪都快出来了，“你们快看，南宫流绝那模样，哈哈哈，简直就跟从炭堆里扒拉出来的一样，简直太好笑了。”他捧着肚子哎哟哎哟直叫，乐得几乎直不起腰来。

蓝逭叉腰大笑，“哎哟哎哟，最好笑的是，之前南宫流绝还将那西贝货当真的水晶紫鱼，还在我们面前炫耀得什么似的，哈哈哈。假货倒也罢了，竟然还着了假货的道，你们说，这是不是报应不爽啊？”

暗夜冥倒没他们两个那么张狂夸张，不过他的心情显然也很不错，美眸中浮现一抹神采，笑着摇头，“可怜的太子，跟谁斗不好，偏偏要找南宫斗？”

苏落也觉得这戏剧性的一幕很好玩，她笑看着南宫流云，“你这厮也太腹黑了吧？你肯定一早就知道那块假的水晶紫鱼会爆炸是不是？而且输入的灵力越多，爆炸就越剧烈，是不是？”

南宫流云气定神闲地双手交负在后，扬眉道：“什么话，本王是那种不顾大众的人吗？”

苏落轻哼一声。这厮明明就是，却还说得那样冠冕堂皇，简直虚伪。不过她还蛮喜欢他这副装模作样的虚伪样呢，怎么办？就像神气活现的小正太，做了好事想向大人邀功却还一副傲娇的小模样，简直可爱到爆。

苏落想至此，下意识地就笑着去捏南宫流云的面颊。

就在她双手捏住南宫流云面颊上两团粉嫩的肉肉时，她忽然感觉到周围有些寂静。

一回头，北辰影那三个人呈雕塑状，目光痴呆傻愣地盯着她的手，眼底尽是震惊震撼之色。

难道她做错了什么？苏落清咳一声，很自然地将手收回来，淡淡地瞟了北辰影他们三个人一眼，“看什么看？怎么不去看大戏了？”

北辰影那双大眼含着激动的泪花，几乎要给苏落跪了。这姑娘知不知道自己在做什么？恃宠而骄也不是这样啊。难道她不知道，南宫最讨厌的就是有人碰他，最恨的就是有人捧他的脸？最最厌恶的就是有人捏他的面颊？

犹记得当年，宫里最得宠的李贵妃为了表示她的贤惠和善，假意去捏小南宫的脸，正欲逗弄，几乎……北辰影几乎不想回忆当时的场景。

这位苏姑娘不仅做了，她还做全套啊。

她竟然、竟然拿手去捏南宫的面颊……这不是找死是什么？

虽然说南宫确实喜欢她，但是这些原则，他肯定不会允许被破坏的是不是？

就在北辰影盯着南宫的手，试图在南宫下狠手时准备冲上去把苏落救下来的时候，南宫流云的动作却几乎颠覆了他十几年来的认知，让他深深地怀疑，这十几年来，他是不是白活了。

只见南宫流云非但没有生气，反而反手去捏苏落面颊上鼓鼓的小肉肉，笑容邪魅，“竟然敢捏本王，长能耐了你。”

南宫竟然没有生气，这大大出乎了那三个发小的意料之外。

三个发小面面相觑，难以置信，最后只能默默地将视线投到苏落身上，表示崇拜至极。

今天这事也就是她，若是换作旁人，早就横尸当场了。

他们真的得重新估量这丫头在南宫心目中的地位了。他们之前虽然已经很看重她，但事实证明，她一再挑战南宫的底线，南宫却一再纵容……可见他们还是低估了她的分量。

南宫淡淡扫了他们一眼。

于是，三个人动作一致地齐齐将视线转到前面的热闹戏码。

此时太子身边的人一拥而上，帮太子将那一簇簇的小火苗扑灭。

但是痕迹还在。

太子身上的锦袍黑不溜秋，还有一个个被火舌吞噬的小洞，看起来比穿着最破烂的乞丐都不如。

最抢眼的是他的右手。之前他还用那只手拿着水晶紫鱼在那里炫耀，但是现在他的右手却被假的水晶紫鱼给炸了。虽然已经止住血，但手指却少了好几根，看起来触目惊心，毛骨悚然。

太子左手握住右手手腕，气呼呼地朝南宫流云这边走来，怒气冲冲地朝他放声咆哮："你是不是早就知道这只紫鱼有问题？！"

虽然用了问号，但太子根本就是陈述的语气，认定了南宫流云一早就知道。

南宫流云淡淡看他一眼，目光扫向北辰影。

北辰影笑嘻嘻地站出来，哈哈一笑，"哟，太子殿下，您这是来还债的？这么快就凑齐一千五百颗绿色晶石了？"

原本怒不可遏的太子殿下顿觉胸口一闷。他傻呆呆地看着北辰影，好半天才回过神来。

天，刚才他竟然傻得跟南宫流云打赌那水晶紫鱼是不是真的，赌注就是一千五百颗绿色晶石！想起这回事，太子殿下的脸色顿时就绿了，嘴巴张张合合，几次都说不出话。

北辰影笑嘻嘻地拍拍他的肩，"不急不急，反正借据在，咱们回去后再还不迟嘛。放心啦，南宫不会现在就催你的。不过……三千颗绿色晶石哟，我的太子殿下。"

太子殿下只觉得脑门嗡嗡作响，顿时一阵天旋地转，脑中更是一片空白。他恨不得自己立马昏过去，当作什么事都不曾发生过。

但是即便他昏过去，该还的绿色晶石他还是必须得还。

北辰影促狭地笑看着他，蓝渲、暗夜冥也似笑非笑地挑眉看他，看得太子殿下狼狈不堪地落荒而逃。

见太子跌跌撞撞地逃走，北辰影双手叉腰哈哈大笑起来。

太子听到他不怀好意的笑声，跑得更快了，带着一群人朝着那路飞奔而去。

前面的九条路，因为没有水晶紫鱼的感应，所以每一条路对于他来说，风险都是一样的。既然风险是一样的，那么众人一起走，总比一人单打独斗的好。

太子和李傲天商量后，便决定走第一条路，周围的围观群众全都眼巴巴地看着晋王殿下，希望能够跟在他后面。

南宫流云却淡淡哼了一句："本王最后一个走。"

言下之意，便是拒绝让人组队跟随了。

大家都不是傻子，既然晋王殿下摆明了不让人跟，你要是跟着的话，以他那冷情凶残的性子，你不是被路途上的魔兽杀死，就是被晋王殿下杀死，所以，此路不通。

大家无可奈何之下，只能不情不愿地选择跟在太子殿下身后朝第一条通道走去。

第一条通道，很多人往往反而不敢去选，而太子却选了。

所谓反其道而行，他大概是这样想的吧。

瑶池仙子远远站着，望向苏落这个方向，见南宫流云和苏落你侬我侬的样子，眼中闪过一抹恶毒的光芒。

李傲天拉了她一把，冷声残酷道："走吧，再看也没用。"

不管她如何深情凝望，三师兄连看都不看自己一眼。李瑶瑶不悦地收回视线，皱眉道："我们真要跟着那个蠢货一起走？"

不知道是不是迷信，自从他们和太子一路后，倒霉事就跟着来，实在晦气得很。

李傲天声音冷淡，"有免费的挡箭牌不用白不用。走吧，别看了，他已经变心了，心里没你了，你再如何都没用。"

瑶池仙子神色一变，美眸中闪过一丝狰狞，拔高声线，"不，三师兄是我的，他必须是我的！"

李傲天见她如此激动，有些微愣，继而心中又为这个妹妹叹息。

"二哥。"瑶池仙子的声音幽幽响起，清淡如风，如若不仔细听很难听得清楚，只见她声音中暗含一丝铁血杀气，"帮我杀了她！"

这个她，指的是谁，李傲天自然一清二楚。

李傲天非但没有拒绝，反而重重点头，"瑶瑶你放心，那个丫头如此欺你，二哥岂能容她活在世上？"

瑶池仙子嘴角勾起一抹冷笑，回眸深深看了苏落一眼，转身潇洒离去。

二哥一向说到做到，苏落，你就等死吧。

苏落他们完全没有听到李傲天他们的对话，此时，周围的人都走光了。

北辰影有些不解地看向南宫流云，"该走了吧？走哪条啊？"他是左看右看都看过了，但是觉得每条路都一样。要他选的话，绝对跟太子一样，纯粹碰运气。

南宫流云嘴角勾起一抹邪魅妖娆的笑，挑眉看向苏落。

苏落会意，心神一动，一只精致小巧的紫色锦鱼就出现在她摊开的手掌心上。

白皙如玉的手掌心上，静静躺着一只娇俏可爱的水晶小紫鱼，那只小紫鱼似乎是活的，两只黑色眼睛似乎还眨了眨。

“水晶紫鱼！”北辰影瞬间蹦过来，双眼发亮。

“不会真的是水晶紫鱼吧？”蓝渲也跟着过来，满脸神奇。

“这个……好像真的是水晶紫鱼。”暗夜冥观察了半晌，慢悠悠地得出结论，继而目光复杂地看了苏落一眼。

“什么好像？本来就是真的。”南宫流云瞟了他们一眼，对他们的怀疑表示不满。

北辰影似乎想到了什么，顿时乐得不行，“好啊，原来你早就知道真正的水晶紫鱼在嫂子手里，所以才有恃无恐地去讹太子的，是不是？”

“那不然呢？”南宫流云气定神闲、理所当然地扬眉。

“你们两个……”北辰影正义感十足地指责，“一个之前用紫荆鱼讹诈了太子一千五百颗绿色晶石，另一个又用水晶紫鱼讹诈了太子一千五颗绿色晶石。你们、你们还真是……不是一家人，不进一家门，天造地设的一对超级腹黑！”

南宫流云表示，北辰影最后一句话深得他意，所以对于北辰影的指责，他不仅全盘接受，还满意地点点头，“说得挺好。”

蓝渲又凑上来，满脸疑惑，“可是水晶紫鱼怎么会在嫂子手里呢？不是好的石室都被大家抢走了吗？你们不是最后才到的吗？”

北辰影、暗夜冥也纷纷表示疑惑。

南宫流云单手搂住苏落的细肩，挑眉得意道：“那又如何？”

那又如何？北辰影讷讷出声，“那表示你们几乎不可能得到水晶紫鱼啊……”往年好的房间编号都被大家记下来了啊。

南宫流云似笑非笑，指指苏落，“可不可能得问我家小落落。”

“嘶——”北辰影三人倒抽一口冷气，“这水晶紫鱼……是嫂子得到的？”

南宫流云比他自己得到还自豪、还得意，扬着下巴哼哼道：“那当然，也不看是谁的。”

苏落没好气地白他一眼，“不管是谁的，那也不是你家的。”

北辰影三人顿时扑哧一声笑出来。

南宫流云没好气地捏捏苏落鼻尖，“你这丫头，不拆台会怎样？就这么不给本王面子。”

北辰影三人真是对苏落服气了，简直佩服到五体投地。

像南宫那样的男人，有无数的女人洗干净了排队等他临幸，他要什么样子的女人没有？可偏偏他就在苏落这一棵树上吊死了，不仅心甘情愿，还得意扬扬。实在不知道该如何说他好，实在是让他们这些发小咬牙切齿。

苏落推开南宫流云，“别打搅我，做正经事呢。”

此话一出，大家全都静默下来，双眸灼灼地盯着苏落手掌心的那只小紫鱼，等待着它告诉大家正确路径。

苏落双眸紧闭，细细地安抚着这只充满灵性的小紫鱼。

小紫鱼似乎寂寞了许久，好不容易出现一个气息让它很喜欢的主人，顿时兴奋得不得了，滔滔不绝地说话……

苏落脑海里被迫接收了无数条信息，很多都是好远古的信息。

这些信息绕得她晕晕乎乎，好半天兴奋的小紫鱼才停下来，歇口气的瞬间，苏落见缝插针地询问该走哪条路。

小紫鱼不无鄙夷地扫了苏落一眼，随手一指中间那条路，也就是第五条，“当然是这里啊，这还需要说吗？”

好吧。被鄙视的苏落睁开眼，对上一群眼中满满希冀的男人。

苏落很女王地抬手，“跟我走！”

于是，一行四个少年，每一个名字说出去都能让西陵国地面抖三抖的世家公子，全都小弟般亦步亦趋地跟在苏落身后，一副唯她马首是瞻的样子。

北辰影凑上来，“嫂子，这水晶紫鱼真是你找到的啊？”

“那不然呢？”苏落没好气地看他一眼。

“到底是怎么找到的啊？”北辰影实在是好奇极了。

他们几个冲得那么快，每个人都占据了好房间，怎么就没她这么好的待遇？

苏落的解释听在他耳中，让他更是郁闷了。

“就那么走进去，拿到的啊。”苏落很无辜地说，“哦，对了，当时瑶池仙子正徘徊在门口，她放弃了之后，我们才进去的那个房间。”

北辰影瞬间觉得有些头晕目眩。得运气好到什么程度，才能从情敌手中不动声色地抢走宝贝？

“那进去后，就没什么魔兽挡道？”北辰影有些好奇地问。

他的运气当真是奇差了。进去的时候门口就有锯齿虎守着，越深入，锯齿虎就越多，如果不是他的武功还马马虎虎过得去，只怕今日就要交待在那里了。更悲催的是，别说宝贝了，他连一根毛都没得到。

蓝渲在一旁猛点头，可怜兮兮的样子，“守护水晶紫鱼的魔兽应该很厉害吧？”

他进去的石室比小影子好一点，好歹有点破铜烂铁，但魔兽却是以堆计算的，杀得他进进出出十几个来回才将魔兽给清了，保着一条命出来。

苏落神色有些无辜，“魔兽？什么魔兽？我们根本连魔兽的毛都没见到啊，南宫，你说是吧？”完了，苏落还很好心地跟南宫流云求证。

南宫流云挑眉而笑，“傻丫头，他们之前跑那么快，就是想找几只魔兽锻炼锻炼。”

原来如此。苏落很乖地点头，对北辰影说：“跟着我们走就不会碰到魔兽的，不过如果你还想锻炼的话，就换另一条路吧。”

北辰影欲哭无泪。他哪里要锻炼了？那些魔兽都很威风凛凛的好不好？

北辰影扯着苏落的衣袖，“嫂子，不要抛下我……”

南宫流云拎起他，像丢抹布一样随手就丢到一边去，“走远点。”

“为什么？”被丢开的北辰影表示很不服气。

“你吐出的空气太臭了，会熏坏了我家小落落。”南宫流云随便找了个理由搪塞他。

北辰影指着南宫流云，简直有些无语地瞪着他。

无耻，陷入情网的男人简直太无耻了。有异性没人性！

南宫流云却鸟都不鸟他，只对着他的小落落嘘寒问暖废话连篇，这样的差别待遇，简直让北辰影嫉妒死了。

苏落对南宫流云翻了个白眼，“快到了，准备战斗。”

随着苏落一声令下，大家都做好了战斗准备。

在甬道的前方，开始出现一点细微的光亮。

大家紧随苏落脚步，小心翼翼，蹑手蹑脚，凝神屏息地往前走。

南宫流云则是一下将苏落拉到身后，自己走到队伍的最前方。

或许这是他下意识的举动，但正因为如此，苏落才感到特别窝心。她抬眸看了南宫流云一眼。此时他正全神贯注地将注意力凝聚在前方，侧脸如古希腊神祗那样完美，神色认真谨慎，与平日玩世不恭的形象完全不同。

苏落忘记是谁说过，认真的男人最迷人。此时，她觉得这句话很对。看多了他桀骜不驯、玩世不恭的模样，乍然看到他认真的一面，竟觉得格外迷人，几乎叫她挪不开眼去。

就在此时，前方传来一道低沉的魔兽吼叫声。

南宫流云的神色微微一变，停下脚步。

“怎么了？”北辰影压低声线小声问。

南宫流云没有看他，一字一顿、认真凝重地说出四个字：“八阶魔兽。”

“嘶——”北辰影三人顿时倒抽一口冷气。

这一路行来都安全得很，连一根魔兽的毛都没看到，没想到快到尽头时，竟然出现一只八阶魔兽。

八阶魔兽，那是怎样的概念？

他们三人都是六阶，南宫厉害些也不过七阶，苏落……那点实力就忽略不计好了。

三个六阶一个七阶，如果是人类强者的话还可以一战，但对方是魔兽，魔兽与人类在同阶时，实力可是高出许多的。

北辰影顿时觉得头痛极了，有些懊恼地问：“不是说这是条安全通道吗？一路畅通无阻的吗？竟然会出现八阶魔兽？”

一时间，所有的视线都集中到苏落身上。水晶紫鱼是她的，也是她与它沟通的，责任自然在她身上。

苏落表示非常无辜，“我这只水晶紫鱼绝对是真的。”说着，她向南宫流云求证。

南宫流云微微点头，表示他可以证明。

苏落很无语地抓抓头发，“可明明这小东西告诉我要走第五条的啊，不是说按照水晶紫鱼的指示走就成了吗？”

北辰影三人一脸狐疑地看着苏落，“你确定是第五条通道？”

“小紫鱼是这么说的。”苏落很肯定地说。她再次掏出水晶紫鱼想要问个明白。然而，让她一脸黑线的是，她在脑海里敲这小家伙的时候，它竟然在呼呼大睡，睡得天昏地暗，无论她怎么叫，对方愣是完全没有回应。

苏落只能无奈地朝那三人摊手，实话实说：“它睡着了。”

北辰影嘴角抽抽，恨不得拎起这小家伙的尾巴打屁股。

“那怎么办？”北辰影最后还是将决定权交由南宫流云。

南宫流云神色复杂地看着苏落，想了想，便道：“落落留在这，我们四人过去就行了。”

“等等！”苏落自空间里掏出一个精致的紫檀木盒子，小心翼翼地递给南宫流云，“这个拿着，或许会有用。”

南宫流云显然心情很好，笑容看起来有点傻。

他紧紧搂住苏落，好一会儿才放开，将那紫檀木盒子重新送回到苏落手中，刮刮她鼻尖，眉开眼笑，“能得你关心在意，这点危险算什么？”说着，他便转身离去。

“南宫——”苏落唤住他，南宫流云停住脚步，苏落朝着他的背影认真喊道：“一定要小心，不许受伤回来！”

“好。”南宫流云背对着她，嘴角勾出一抹愉悦至极的浅笑，简直魅惑众生。

话音刚落，他便带着北辰影三人快步而去。

很快，前方便传来魔兽的震怒咆哮声和打斗声。

苏落想了想便跟上去。她岂能真的在这里等着？若她真的没有自保之力，上去会给人添乱，那她自然会乖乖听话候在这里等结果，免得给自己队伍惹麻烦。但现在她手中有一枚灵弹球，一枚七阶巅峰强者临死之前凝聚的灵弹球，威力惊人，只怕比南宫的实力都还要强大。如此一来，她又岂会乖乖待在原地，却让她的同伴去替她出生入死？

苏落将那枚灵弹球扣在手中，施展出灵舞步，悄无声息地朝前方掠去。

柳家没有一个人练成灵舞步，反倒便宜了苏落。若是柳家老爷子知道，只怕又要气得吐血了。

不多时，苏落便到了双方战斗之地。

这里是一个近百平方米的空地，四周光线很亮。

与南宫他们战斗在一起的，是一只黑色猛虎。

黑色猛虎看上去异常凶猛，毛发泛着淡淡光泽，面目狰狞，獠牙锋利，那强壮有力的身躯一看就攻击力十足。

南宫他们分别站在四个方向，呈正方形状，将它围困在中央。

南宫流云主战，略显吃力地吸引黑色猛虎的仇恨值，全盘接住它的所有攻击。对上八阶魔兽，七阶的他竟然没有丝毫慌乱，招式稳健，出招连绵不绝。

北辰影等三人则不断地对猛虎偷袭、暗杀，试图给它造成致命伤害。

双方战斗非常激烈，除了南宫流云外都挂了彩。

北辰影更惨，他似乎被黑色猛虎盯上了，虽然逃窜得快，但身上的衣服几乎被猛虎的利爪撕碎，几缕碎布挂在身上，比乞丐还狼狈。完美无瑕的脸蛋上也被利爪撕出几条血痕，看起来有些狰狞恐怖。

黑色猛虎也不是傻子，很快就看出了南宫流云的计谋，它拼着被刺伤的风险，一脚就朝左侧的蓝渲踹去，将他狠狠踹到墙上，再贴着墙滚落地面。

蓝渲捂住胸口不住地咳嗽，抑制不住喷出几口鲜血，精神才算有点缓过来。

黑色猛虎踹开蓝渲后，又一爪子就朝右侧的北辰影拍去。

对于这几只不断上蹿下跳的小跳蚤，黑色猛虎觉得不胜其烦，还是先干掉这些，再集中精神与那最厉害的拼斗。

那只巨爪虎虎生威，挟带无尽的力量，以雷霆万钧之势，猛然朝北辰影脑袋拍去。

“小心！”南宫流云神色微变。

南宫流云隔得远，扑过去相救已经来不及了。若是北辰影被那巨爪拍到，整个脑袋非变成糨糊不可。

就在这紧要关头，苏落出现了。

谁也不会想到，就连苏落自己都没想到，她的出现会将这场己方处于下风的战局彻底改变。

就在她欲将灵弹球丢向黑色猛虎的时候，却忽然神色一变——灵弹球换成了水晶紫鱼！

倒不是因为苏落舍不得用灵弹球，而是因为这是水晶紫鱼在她脑海里尖叫的结果。

苏落力道控制得很好，她直接将这只水晶紫鱼砸向黑色猛虎那威力十足的爪子。

原本那爪子距离北辰影的脑袋就只有十厘米的距离了，但因为北辰影脑袋上方多出了一只水晶紫鱼，那黑色猛虎猛然间收住爪子，一把抄起水晶紫鱼，直接将北辰影丢弃不管了。

黑色猛虎双手捧着水晶紫鱼，有些难以置信，又有些激动万分。

原本激烈的战斗因为黑色猛虎的停战而平息。

南宫流云快步走到苏落身边，黑着脸冷声呵斥："不是叫你乖乖待在后方吗？怎么这么不听话？"

苏落有些不好意思地吐吐舌头，却什么都没说。

"不是跟你说了这是八阶魔兽，你一个小小的三阶来瞎掺和什么？嫌死得不够快是不是？"南宫流云面容冷肃，气势汹汹地质问，眼眸中闪过一丝担忧和后怕。

还真凶……苏落吐吐舌头。

"人家还不是因为关心你。"苏落低低地说。

"你说什么？"南宫流云原本震怒的神色瞬间一僵，继而有些不自然地问。

"没听到就算了。哼，如果不是我来了，你们还打不过它呢。"苏落不无得意地扬眉，"我可是救了北辰影一命的。喂，北辰，这救命之恩你认不认？"

"认认，当然要认，必须得认。"北辰影摇摇脑袋，好不容易清醒了，这才心有余悸地拍拍胸口，"刚才还真是从鬼门关走了一趟，我这心到现在还扑通扑通地跳。"

苏落得意地朝南宫流云挑眉，"瞧见没，是我救的。"

南宫流云有些哭笑不得，最后只能深深叹口气，宠溺地揉揉她脑袋，"这次是你运气好，下次可要听话，记住了吗？"

"我哪次运气差了？"苏落有些不服气了，"运气也是实力的一部分，这个你们必须得承认。"

几个人说话间，被黑色猛虎一脚踹到墙上的蓝渲捂住胸口，一步一拐地走来，他非常不解地插话："这是怎么了？停战了？"

北辰影没好气地踹了他屁股一下，指指那依旧激动万分的黑色猛虎，没好气地翻白眼，"长眼睛没有？还看不明白？明明可以避免的事，我们却……唉，我们这架算是白打了，这伤也白受了。"

蓝渲这才醒悟过来，双眼瞪大如铜铃，因为太过难以置信而结结巴巴，"原来所谓的得到水晶紫鱼就能顺利通过路径是真的。竟然是这样的方式。我们真是傻透了，竟然还跟这只大笨虎干架！"

明明只要亮出水晶紫鱼就好啊，可他们竟然选择了最愚蠢最原始最野蛮的方式。

蓝渲摸摸胸口，刚才还不觉得疼，现在知道真相后他觉得疼极了，疼得几乎快昏过去了。

一时间，周围的气氛有些复杂，大家集体无语地瞪着那只抱着水晶紫鱼的黑色猛虎，一个个咬牙切齿，却无从发泄。

苏落清咳两声打破尴尬的气氛，“好了好了，这不是没经验吗？吃一堑长一智，下次就知道了。”

蓝渲默默瞟了她一眼，又默默地摸摸胸口，没被踹到墙上过的人如何能明白他此刻的复杂心情？

苏落很好心地拍拍他肩头，“你要往好处想，若不是水晶紫鱼正好出现，你这胸口也不止被踹一次。”

蓝渲：“……”

苏落的注意力回到那黑色猛虎身上。她小心翼翼地朝前走上一步。

虽然战况已经平息，但水晶紫鱼还在黑色猛虎手里，要如何将其拿回来呢？很明显那只笨老虎对水晶紫鱼有某种异样复杂的情愫。

苏落才走一步，南宫流云就一把将她拉到身后，还不忘瞪她一眼，“找死呢？”

苏落瘪瘪嘴，暗道：这小气的男人，怕是还没消气吧？

苏落脸上挤出一抹带点讨好的笑容，“不要这么紧张，水晶紫鱼可是认主了的，那大笨虎怎么会攻击我？你就放心吧。”说着，苏落推开南宫流云又上前一步。

就在此时，风云突变！

只见那只大笨虎从激动的情绪中缓过神来，那双凛然的眼威严地射向苏落这边。然后，庞大的身躯纵身朝苏落猛扑过来。

“小心！”南宫流云神色微变。

“嫂子小心！”北辰影三人迅速在苏落面前集结成防御墙，将苏落稳稳护在身后。

然而那只大笨虎却速度不减，依旧凶猛地朝苏落扑来，两只前爪锋利如尖刀，寒光闪闪，煞气逼人。两只爪子飞舞，嗖嗖嗖，一连三道声响。

北辰影、蓝渲、暗夜冥三人分别被这只大笨虎给掀飞了，然后一个个撞倒在墙壁上，痛得他们龇牙咧嘴。

南宫流云神色冷凝，凝聚全身的灵气对大笨虎全力一击。

然而大笨虎却朝南宫流云的手张开血盆大口。

就在这紧要关头，苏落一把将南宫流云推开。若是不然，南宫流云的右臂就会活活被大笨虎吞噬掉。

只见白光一闪，苏落手心已经扣住那枚灵弹球，就在她义无反顾地准备将那枚灵弹球用在大笨虎身上时，谁知，大笨虎却一把将苏落给熊抱住！

硕大的脑袋在她肩上蹭来蹭去，湿润的大舌头在她脸上卷过，糊了她一脸口水，最后留下一片黏腻的涎水。

苏落呆了。

南宫流云愣了。

飞奔而来欲救人的北辰影、蓝渲、暗夜冥也傻住了。

那大笨虎见苏落没有回应它，似乎有些不高兴，冲着苏落低声咆哮，吼吼地乱叫，似乎是在吸引她的注意力。

苏落一擦脸上黏糊糊的涎水，顿时有种想仰天长啸的冲动……她这是招谁惹谁了啊。

大笨虎还以为苏落很喜欢它的亲近，欢喜一声，又冲上来对着苏落的脸卷过大舌头。

大笨虎的身形非常高壮，那舌头比铁扇还大，一遍卷过，苏落就感觉一阵狂风吹过来，身子都有些摇摇晃晃。那腥臭的味道让她简直快哭了……

北辰影一开始还很羡慕，能被这大笨虎喜欢，那得多自豪啊？可看到苏落那苦逼的模样，顿时对她就报以万分同情之色。

北辰影悲壮地看着苏落，暗道：为了维护短暂的和平，嫂子实在是太不容易了。

南宫流云见苏落闭眼皱眉呆愣愣地站着，顿时有些哭笑不得。他一把拎过苏落，用衣袖给她擦脸，一边擦一边笑，“怎么样？还行吗？”

好不容易擦干后，苏落这才深深吸一口气，好半天才道：“总算能呼吸了。太不容易了！”

刚才那黏黏的液体将她整个脸都糊住，让她有种被做了面膜的感觉。

大笨虎那庞大的身躯蹲坐在苏落面前，大眼睛默默地、委委屈屈地看着她，眼中似乎有一种被嫌弃的感觉。

苏落顿时就无语了。

这是威武雄壮的大猛虎啊，能打得南宫他们四个人联手都溃不成军的八阶魔兽好不好？难道它不该是趾高气扬神气活现傲娇得不得了吗？干吗对她露出这种求抚摸求安慰的卖萌样子？她才是最委屈的那个好不好？

大笨虎朝苏落低低呼唤几声，又可怜兮兮地垂下眼眸，似乎很伤心，情绪很低落。

苏落不解地抓抓头发。这到底是怎么了啊？

南宫流云观察入微，最先看出来，只见他微微蹙眉，“它似乎是垂涎你身上的某样宝贝。”

她身上的某样宝贝？苏落陷入深深的疑惑中。

她身上的宝物说多不多，说少也不少，难道还要拿出来让它一一挑拣？唉，若是小神龙在就好了，它应该可以跟大笨虎沟通的。

可惜那个贪吃的小家伙，现在正四仰八叉地躺在空间里呼呼大睡，圆滚滚的小肚肚随着呼吸一鼓一鼓的，看起来别提有多可爱了。

苏落的视线扫过空间，忽然，她在某一处顿时了悟了。

是了，她怎么把这宝贝给忘记了？

当初小神龙就是因为那口灵泉才勾引过来的，后来在龙鳞马身上做实验，很显然龙鳞马对天灵水非常喜欢，再后来，她凭借加了天灵水的鱼食大杀四方，足足钓了一千五百条紫荆鱼。以上种种迹象都表明，魔兽非常喜欢天灵水。

难道，这大笨虎是在找寻天灵水？但，大笨虎如何知晓自己空间里有天灵水……苏落的视线瞟到被大笨虎紧紧握在手掌心的水晶紫鱼上……

好吧，这绝对是个小叛徒。

苏落半信半疑，自空间里取出一杯天灵水。

还没等她拿稳，大笨虎猛然间朝她冲来，巨大的身子直接扑到她身上，苏落趔趄地后退一步，南宫流云反手将她拎住让她站稳。

她手中的杯子晃了晃，还没等天灵水倾倒出来，就已经连水带杯子被这只大笨虎全给吞进去了。连咀嚼都不用咀嚼，一口就吞得干干净净。

还没等苏落回过神来，大笨虎又热情地朝苏落扑来，伸出长长厚厚的舌头朝她脸上刷去。

毫无疑问，这绝对是大笨虎对人热情的方式。

可苏落实在是受不了这种热情方式，她举手投降，又取出一杯水倒在它的血盆大口中，阻止了它对自己的亲热。

不是苏落不舍得给天灵水，实在是这只大笨虎不好伺候。若是她直接给它一木桶的天灵水，那么，它绝对还是不肯满足，到时候自己还是走不了。所以一开始，基数就要小，这样增起来才不会太困难。

果然，大笨虎又很幸福地饮下这杯天灵水，继而又装可怜地看着苏落。

苏落双手一摊，“没有了。”

“嗷呜——”大笨虎不甘心，又扑上来对苏落各种热情，苏落无奈地闭上眼闭上呼吸，惨遭它各种蹂躏。

若是它一求，她就给，那么它肯定以为自己还有很多天灵水，今日是绝对走不了的，所以苏落决定不惯着它的小脾气。

果然，任凭它如何热情，苏落只皱眉闭眼没反应。好半晌后，大笨虎放开苏落，可怜兮兮地走到一边，蹲在墙角，偶尔又委屈地瞟苏落一眼。

南宫流云又干起了清洗的工作，将苏落收拾得干干净净，这才叹道：“好重的口味。”

苏落哼哼两声：“要不然换你上去？”

苏落脑补一些南宫流云被大笨虎轻薄的画面，忽然，扑哧一声笑出来。

看到那水晶紫鱼还被大笨虎握在手里，苏落想了想，便取出一只小小的木桶，提着空木桶来到大笨虎面前，示意这桶天灵水跟它换水晶紫鱼。

大笨虎看看水晶紫鱼，又看看那木桶，有些笨拙地抓抓脑袋，实在难以取舍。

腹黑狡诈的苏落深谙讨价还价之道，她拉着南宫流云佯装要走，光长个头的大笨虎果然上当，嗷呜嗷呜地冲上来，一把将水晶紫鱼递给苏落，硕大的手指捧着小木桶递到苏落面前。

苏落眼底闪过一抹得逞的笑意，一抬手，一道水箭飞射而出，一会儿就将小木桶灌满了。

看着苏落等人离去的背影，大笨虎有些笨拙地抓抓脑袋。

直到离开那地段之后，北辰影才缓缓呼出一口浊气，他简直崇拜死苏落了，一双美眸亮晶晶地看着她，“嫂子，这支队伍没你果然不行。往后你就是我们的小五吧。”

蓝渲立马跟着起哄：“就是就是，如果今天不是嫂子出手，咱们绝对逃不出那大笨虎的手掌心。当然这不是重点，重点是嫂子不战而屈人之兵啊，不费一兵一卒啊，这才是最最厉害的存在！”

暗夜冥高深莫测地点点头，“附议。”

南宫流云单手搭在苏落肩上，嬉皮笑脸，邪魅挑眉，“不必那么麻烦，落丫头已经是本王的人了。”

北辰影三人全都不屑地撇嘴，偏过脸去。这厮真无耻，明明还没追到呢。

果然，苏落没好气地瞪眼，“饭可以乱吃，话不可以乱说。”

南宫流云幽怨控诉：“你不负责任！”

苏落扶额，这厮又抽哪门子的风啊？

苏落一把将他推开，“也不看看现在是在哪里，老没正经的样子。再过几个时辰紫鱼殿就要消失了，咱们还是加快速度吧。”

苏落不提还好，这一提大家都想起来现在的处境。

秘籍室还没找到呢。

第三十五章 分派秘籍

大家全都加快脚步向前走。

南宫流云幽幽怨怨地扯着苏落衣角，像个受了委屈的小媳妇，拿那双眼一直控诉地瞪她。

此时两人看上去，苏落很像走在前面的老牛，而南宫流云则是跟着老牛走的犁。

苏落走，南宫流云走。苏落停，南宫流云也停。

苏落嘴角微抽，无语望天，她顿住脚步回眸瞪他。

苏落瞪他的时候，他还心情很好，朝苏落咧开嘴笑，露出雪白的牙齿，笑容看起来有些傻。

苏落懒得理会他，自己走自己的。他又故态复萌，开始幽怨委屈地瞪她，扯着她的衣角亦步亦趋地跟着。

苏落对他简直无语到极点。

这个男人还能再幼稚点吗？！五岁的孩子都比他懂事好不好？非要自己将注意力全集中到他身上才好？苏落完全被他打败了。

对他用硬的，简直是一拳打到棉花上，他绝对会装弱给你看。所以，苏落只能选择用柔软的方式。

苏落扯开他拉住自己衣角的手，纤白柔荑牵住他的手，大步地往前走。

南宫流云这幼稚的孩子可高兴了，嘴角翘起弧度，眼角眉梢都是笑意，笑得傻乎乎的。

“笑什么笑？再笑把你嘴巴割掉！”苏落凶巴巴地吼他。

这厮惯会得寸进尺，给他阳光他就灿烂，给他颜色他就敢给你开染坊，所以苏落才不让他得意呢。

南宫流云心情甚好，得意扬扬道："是你主动牵本王的手的。"

"那又怎样？"苏落没好气地应声。

"既然牵上了，就别想再松开，你要负责到底。"南宫流云傲娇地抬着下巴，有种诡计得逞的得意。

"负责什么？负责你一辈子的吃喝拉撒？"苏落哼哼两声。

"一辈子？好，就这么说定了。"南宫流云搂住苏落，在她唇上落下一个印记，就这么盖棺论定了。

南宫流云的速度快如闪电，他在她唇上盖印后，苏落才反应过来。

苏落顿时呆住了，她傻傻地望向南宫流云。她刚才说什么了？怎么就忽然被盖印了？

南宫流云眼角闪过一抹小得意，目光游移不定，四处张望，只不看苏落，口中却说："说出口的话，盖过印的唇，可是不能反悔的哦。"

苏落顿时郁闷了，"你作弊！"

南宫流云不置可否，却不容置喙地说："反正你不能反悔了，谁反悔谁是小狗。"

西陵国民间确实有这样的习俗，以唇碰唇，盖印之后，说出口的话便生效了，南宫流云就是欺负苏落速度没他快。

"我不和你说话了。"苏落气呼呼地别过脸去。

别过脸后，她发觉自己的面容有些发烫，心跳动得有些快。身体的本能反应很能说明一些问题，但是都被苏落刻意忽略过去了。

在他们身后，北辰影、蓝渲、暗夜冥三人面面相觑。

南宫流云这厮的作为，再一次刷新了他们对他这么多年的认知！

没想到，真是没有想到啊。平日里这厮一副道貌岸然、清高冷傲、端着的模样，在追求心仪姑娘的时候，竟然会是这样的无赖。坑蒙拐骗这四招，他是不是预备一一用上了？若是其他姑娘知道她们心中的男神，神祇般高高在上的晋王殿下会是这样一副幼稚到极点的模样，只怕这些姑娘轻则吐血重则昏厥吧？就连他们几个发小看了都抖三抖啊。

三人正在用眼神交流讨论，忽然感觉到一阵冷飕飕的风吹来，顿时，一股寒意从脚底慢慢爬升，沿着脊背流窜到四肢百骸……

三人很有默契地齐齐转头，正正对上南宫流云那张寒光森森的深邃眼眸。

"咳咳咳——"北辰影最沉不住气，被南宫流云只这么一看，顿时就咳出来。

"你们很闲？"南宫流云的声音云淡风轻，听在他们三个耳中，却如冷冬寒风呼啸。

"没、没啊，我们很忙的、很忙，特别忙。"蓝渲装作一脸无辜的样子，很正常地接话。

“看来回去后得找几只魔兽给你们玩玩了，免得闲成了三姑六婆。”南宫流云似笑非笑地看着他们。

“啊，不要啊。”北辰影率先回过神来，大叫一声，“二哥，最英俊潇洒天下无双风流倜傥花见花开的二哥啊，求放过，求别虐，求当我们不存在吧……”

呜呜呜，鬼才要跟魔兽战斗呢。南宫天生变态啊，自己六阶的实力，他绝对会找来两只六阶的魔兽，然后把它们和自己关在一起的……呜呜，好可怕。

走在前面的苏落听到动静，不由得回过头来，淡声问：“怎么了？”

北辰影还未来得及求救，就被南宫流云的眼神瞪住，直接就僵住了。

南宫流云搂着苏落的双肩，笑容殷勤，一脸讨好的模样，“北辰觉得自己实力太差了，下决心要好好练练，免得下次再连累你，之前的事他感到好羞愧呢。”

苏落点点头，朝北辰影投去一抹笑，“这样也好，靠山山倒，靠人人跑，还是自己有实力最可靠。”

北辰影苦着一张脸，想诉苦，苏落却早已被南宫流云这厮给拉走了。

有异性没人性啊。强烈要求同等待遇啊。北辰影想喊，却又不敢。

于是，苦命三人组面面相觑，一个个都苦逼着一张脸，一步步地挪着向前。

北辰影更是在心中幽怨地叹息：这辈子他家老娘怎么就没把他生成个姑娘呢？这差别待遇也太严重了啊……

一路上说说笑笑，走了不知道有多久，一行五人便走到了路的尽头。

这一路上，确实没有遇见任何的魔兽，就连一阶的魔兽都没有，安全得近乎无聊。

路的尽头是一座石门。石门上方刻着三个醒目大字：秘籍室。

终于找到地方了，大家都有种如释重负的感觉。

然而他们却不知道，这才仅仅只是开始。

靠近石门，苏落惊讶地发现，这并非是普通的石门，而是由特别的材料制成的。

白如羊脂玉，材质又冷硬冰寒，门上还散发出淡淡寒气。

“石门上有封印，很强。”南宫流云观察了大约一盏茶的时间，便得出结论。

“那怎么办，能解开吗？”苏落有些担忧地问。

能够让南宫流云说出很强这两字的评价，可见封印是真的很难破解了。

南宫流云变得认真凝重，沉吟半晌，缓声道：“勉力一试吧。”

苏落和北辰影等后退几步，只留南宫流云一人站在石门前。

南宫流云神色冷凝，细细地、一寸一寸地从上到下、从左到右地观察着那石门上的铭文，口中似乎在计算着什么。

四周变得很静。时间一点一点过去，比破解之前那大殿之门的时间还要久。

苏落和北辰影他们几个都有些着急。紫鱼殿可是不等人的，十二个时辰到了之后，会自动消失在海面。如果被困在石室里出不去，这辈子都别想出紫鱼殿了。他们剩下的时间已经不到一个时辰了。

南宫流云站了许久，忽然，他脸上闪过一道奇异色彩，唇微微翘起，显然心情不错。只见他双手在胸前结印，一道道繁复的印记自他手中飞出，射进那座石门的铭文上。

“嗤嗤嗤——”

一道细微的声音从门上传来。

南宫流云结出的印记仿佛有着极强的腐蚀效果，他所点之处，石门上那透明的保护屏顿时便被腐蚀开。

印记小小的犹如黑色蝌蚪。不是一个两个，而是无数个。以点盖面，四处蔓延，很快，白色光幕上便爬满了黑色点点。黑色点点不断地蔓延、扩大，最后，几乎爬满整个保护屏。

那变为黑色的保护屏发出一阵剧烈的抖动，保护屏开始碎裂，裂痕越来越大，最后只听见哗啦啦的响声，那块原本坚不可摧的保护屏终于爆裂成碎片，最后消失在空气中。

苏落终于呼出一口气。

“哗啦啦——”

一阵轻微的声响，那紧闭的门扉缓缓朝左右两边打开。

正在此时，忽然，外面传来一道急促的脚步声。

苏落回头一看，神色顿时有些复杂。

来者不是旁人，正是太子殿下那一伙人。

原本他们这队人浩浩荡荡，人数很多，但是现在苏落扫去一眼，发现只有寥寥几个人，其余的人竟然全都不见了。

而此时的太子等人也是极其狼狈的。

太子之前被假的水晶紫鱼炸过，已经很狼狈了，但是跟现在比起来，那只能算小儿科。只见太子殿下头上、脸上、身上全都是血，血迹斑斑，几乎认不出本来面目。

紧随其后的李傲天也没好到哪里去。只见他头发上的血凝聚成块，脸上血水混合着汗水，发出一阵淡淡的腥味，右手有包扎过的痕迹，衣服上也是血迹斑斑，看起来极是狼狈。

瑶池仙子也没好到哪里去。她一贯是一身素衣白裙，犹如超凡脱俗不食人间烟火的仙子，平日里都是一尘不染，但是现在，她那身素白罗裙上染满了血迹，一张绝美无双的脸上，有被魔兽抓过的痕迹。

苏落在打量他们，他们也在打量苏落。

相比较起来，北辰影他们简直太干净、太整洁了。

“你们——”太子有些震惊地瞪向北辰影，“你怎么可能会活着过来？”

北辰影存心气太子，一副嬉皮笑脸的样子，得意扬扬，“哟，好狼狈的太子呢，经过了一场恶斗吧？怎么样？魔兽很厉害吧？”

太子怒瞪向他，“彼此彼此。”

北辰影没好气地哼哼：“谁跟你彼此彼此？我们根本没遇到一点危险，反倒是你们，呵呵，够狼狈的啊。”

“吹牛不打草稿！”太子脚步朝石门口挪动几步，口中冷哼。

北辰影得意地挑眉，“我们是像遇到魔兽的样子吗？也不看看我们队伍里有谁！”

有苏落在，那是万事大吉，所有的凶险都靠边站，就好像她头顶上有某种光环似的。起初他们几个也不信，但是后来的事实却一再证明：信苏落，得永生。

瑶池仙子冷声插话：“有三师兄在，你们自然能够化险为夷，如果三师兄在我们队伍里……”

北辰影似笑非笑地挑眉，扫她一眼，淡声哼道：“瑶瑶妹妹，这次你可猜错了。”

瑶池仙子冷笑道：“我哪里猜错了？不是三师兄，难道还是你们口中的那位苏姑娘不成？别说笑话了，一点都不好笑。”

北辰影心中暗道：瑶瑶妹妹，你这回说的是真相了。

南宫流云扫他一眼，北辰影便不预备告诉她真相了，只和蓝渲几个嘿嘿嘿地笑着，笑得人有些心底发毛。

就在此时，忽然，一道光影迅速朝大门内冲去。紧接着是第二道、第三道人影。

“南宫流绝还真会捡便宜，老二好不容易打开封印的门，却便宜了他们！”蓝渲气得大声叫嚷起来。

“那还等什么？咱们也赶紧进去啊。”北辰影二话不说，撒开脚丫子就往里面冲。

暗夜冥也紧随北辰影之后冲进去。

只有苏落和南宫流云没动。

苏落抬眸望去，清晰地看到南宫流云嘴角勾起一抹高深莫测的弧度。

苏落好奇地问南宫流云：“你怎么不进去？为他人作嫁衣不是你会做的事。”

以她对南宫流云的了解，这厮是绝对不会让自己吃半点亏的主。

南宫流云那张俊美无双的脸上满是邪气万分的笑容，“再等等，稍后带你看一场好戏，保管你会喜欢。”

刚才在解除封印的时候，他就感应到里面有些不对劲，所以并没有急着进去。

“哦？难道里面……唉，让他们给你冲锋陷阵，你也太腹黑了吧。”苏落指控他，随即便忍不住笑起来。

可怜的太子，到哪里都会被南宫流云算计。他以为自己冲进去是占便宜，不过这便宜好不好占，就只有他自己才知道了。

想至此，苏落不由得有些同情这位屡战屡败、屡败屡战、坚韧无比的太子殿下了。

这么些年来，他在南宫流云的手掌心挣扎，还能身心健康地活到现在，简直太不容易了，想想都觉得可怜。

南宫流云弹了她光洁的额头一下，好气又好笑的样子，“小丫头又在腹诽本王呢？”

“哪能啊。”苏落坚决否认，一本正经道：“我可在心里夸你呢，你怎么能这么诬蔑我？”

南宫流云轻柔地抚摸她黑色的发丝，笑得如狐狸般狡猾，“夸本王又不是什么丢脸的事，大声说出来便是，何必在心中默念？来，说两句给本王听听。”

苏落哪里是真的夸他？她那些腹诽的话说出来，非把他气得暴走不可。所以她只是嘿嘿一笑，却没如他的意，而且很聪明地转移话题，“这都多久了，里面怎么一点动静都没有呢？不会真的全军覆没了吧？”

南宫流云眉角挑起一抹笑，眼中是浓浓的宠溺，他牵起苏落的手，“算算时间也差不多了，我们进去看戏。”

苏落随着南宫流云踏入玉门，发现这里空间非常大，一排排石室位列其中。

此时，出现在他们面前的是一座小小的石室，上书“秘籍室”。

门是虚掩着的，一推就开了。

石室内弥漫着淡淡雾气，能见度很低，即使是苏落这样的三阶，也只能看到周围十平方米范围内的场景。

只见石室内周围靠着墙壁，堆放着一个个黄花梨木书架，书架上三三两两放着书籍，书籍上还贴着条目，写着各种书名。

石室的中间除了一座石台，便空荡荡的，什么东西都没有。

“咦，北辰他们几个呢？”苏落表示很奇怪。

大家不都是奔着秘籍而来的吗？怎么秘籍室里看不到他们的身影？

南宫流云面色闪过一抹凝重，嘴角挂着漫不经心的笑意，“抬头看。”

苏落顺着南宫流云的话往上看，不由得惊呼一声：“呀——”

在石室的上方，挂着一个个气球状的透明物体，苏落能够清晰地看到，每一个球状物体里都装着一个人。

北辰影、蓝渲、暗夜冥、太子、李傲天、瑶池仙子……

足足十几个球状物体，囚禁了十几个人。

他们就像被装进麻袋里，挂在高空中，被风吹得摇来晃去，看起来滑稽可笑，又显得非常狼狈。

苏落嘴角微僵，“这……”到底是怎么了？

南宫流云笑得温柔而妖魅，“这就是他们争着抢着进来的后果啊。”

苏落嘴角微抽，无语地看了南宫流云一眼。

为了演戏演全套，这黑心的男人竟然没有告诉北辰影他们几个里面的机关陷阱……唉，有这样的朋友，真是他们几个的不幸啊。

苏落能够看到北辰影，北辰影他们自然也能够通过透明球看到苏落，只是他们被隔绝了，发出的声音传不出来罢了。

北辰影眼泪汪汪悲悲切切地看着苏落他们二人，神情那叫一个悲催凄惨啊。

此时北辰影才想明白了，南宫从小到大可曾吃过一点亏？他能让自己辛苦了半天的劳动果实被太子夺走？仔细一想就知道，这厮肯定在算计着什么啊。

可恨他们几个关心则乱，跟随在太子后面飞奔进石室里，结果呢？

结果刚踏进石室没多久，地面就忽然喷出一道道烟雾，很快烟雾将石室笼罩起来。

当时他们一心想拿秘籍，也没有多在意，谁知在伸手拿秘籍的一瞬间，忽然脚底下就出现一个张开大口的透明袋子，将他们整个包裹起来，然后嗖的一声，还来不及反应，就已经被系紧袋子挂到半空中了。

这透明袋子速度快得惊人，常人根本来不及反应，他们六阶的实力在这透明球面前，就如同羸弱的婴儿，毫无反抗之力。

此时，北辰影两只手贴在透明球上，可怜兮兮地巴望着苏落。这形象，简直就像被关在监狱等着被探望的囚犯，看起来可怜极了。

见此情景，苏落很没良心地捂住肚子哈哈大笑。这样的北辰影真是太可爱了，好萌好萌。

南宫流云笑容温柔妖娆，挑眉问她：“这场戏可还满意？”

为博她一笑，刚才他在解除石门封印的时候，就故意触动里面石室的机关，第一批进去的人自然就遭殃了。

苏落双手交负在后，在下方走着，笑嘻嘻地看着这些不断在透明球里挣扎的人，顿时乐得不行，闻言忙点头道：“嗯嗯，好玩极了，就只为这一幕，今日的紫鱼殿就没白来，哈哈哈。”

特别是太子殿下，他被苏落盯着，犹如动物园里的动物被围观一样，觉得窘迫得不行。

他不断地挣扎想要跳出来，但很遗憾的是，那透明球的材质也不知是什么，太子刚一站起来就滑倒，摔得四仰八叉，那样子特别搞笑。

苏落捂住肚子，顿时又哈哈大笑起来。好玩，简直太好玩了……

太子气得在透明球里破口大骂，但是声音一丝都传不出来，只见他的嘴巴不断地一张一合。

苏落的视线朝瑶池仙子瞟去。

她倒是有些好奇，在这般窘迫的情况下，瑶池仙子是怎样的状态？是否会像柔弱白莲花一样朝南宫流云求救呢？

瑶池仙子的态度有点出乎苏落的意料。

只见她双腿盘膝而坐，双眸紧闭，似乎对外界的一切毫不在意，一心沉浸在修炼当中，那形象，当真犹如超凡脱俗的仙子一般。

瑶池仙子当真如此心平气和、心绪宁静？

苏落盯着她瞧，半晌之后，那双紧闭的眼眸果然微微张开一抹细缝……

苏落见此，高深莫测地笑了。

“乖，别浪费时间了，将这些秘籍好好拣一拣挑一挑。”南宫流云宠溺地揉揉苏落脑袋，笑着提醒。

一语惊醒梦中人，苏落忙点头。

看他们的好戏随时都可以，但千辛万苦来到秘籍室，却连秘籍都带不回去，那岂不是很亏？

苏落速度极快地闪到墙壁边缘，目光如电地在墙壁上搜寻。

“咦——”苏落的眼睛瞬间一亮，发现有一个书架上刻着空间系。

空间系修炼法？

竟然还有空间系的修炼秘籍，这一发现顿时让苏落喜出望外。

要知道大陆上的空间系法师是极其稀少的，流传下来的空间系修炼法门更是少之又少，即使是南宫流云出马，也几乎找寻不到。

苏落是空间系元素，但是她的空间除了储存，几乎就没别的用处了，因为根本找不到修炼空间系的秘籍，根本无从修炼。

但是现在，这么好的机会摆放在她面前……苏落嘴角勾起一抹得意的笑容。

就在苏落伸手去拿那本秘籍的时候，空中高挂着的那些人全都目不转睛地盯着她。

刚才他们几个就是拿秘籍的时候毫无反抗地被挂上来，现在苏落去拿，她能逃过这样的命运吗？瑶池仙子嘴角挂着一抹嘲讽冷笑。

现在她是倒霉了，但是，苏落绝对会陪着她一起倒霉，这样她的心也就平衡了。

北辰影倒是很好心，他不断地拍打着透明球壁，试图提醒苏落不要去拿秘籍。

因为一旦拿了秘籍就会被挂上去，而一旦挂上去，根本就没有任何法子再跑出来。北辰影好担心，会不会随着紫鱼殿的消失而永远消失，所以他不希望苏落去冒这个险。

其实这单纯的孩子哪里知道，南宫早早地将他们这批人全当成了试验品。

就在他不断地拍打着透明球壁提醒时，苏落的手指却已经接触到那本《空间修炼法则》了。

让所有人大吃一惊的是，苏落竟然取出了那本秘籍，而且她的脚下……竟然什么东西都没弹出来。

四周一片寂静。

没有任何的异常。顿时，太子呆了。北辰影傻眼了。瑶池仙子快要疯了。

简直太不可思议了！

明明大家接触秘籍后都会被惩罚、被挂起来，为什么就唯独她不用？

这到底是怎么回事？谁能告诉他们，到底是怎么回事？！为何会有这种差别待遇？！

难道苏落真的是幸运女神的私生女，所以运气特别特别好？

瑶池仙子瞪着一双大眼睛，死死盯着苏落，那双美眸中闪着毒辣光芒，双手捏得死紧，尖锐指甲深深陷入肉里。

苏落拿了《空间修炼法则》后也不看，随手就将其丢放到衣袖中，实则是放到了空间里。

《风魔武动》《冰川万里》《纵横火海》……

这些秘籍若是放在外面，每一本都能引起强者抢夺，但是在这里，就跟最普通的书籍一样，被随意丢在书架角落。

因为限定一个人最多只能拿七本，所以苏落挑选得有些吃力。

拿不定主意的时候她便问南宫流云，后者总能给她最好的建议。

被挂在上空的那些人，眼见着苏落在下方神气活现地挑选秘籍，那姿态悠闲得就跟逛菜市场似的，他们眼中全都是羡慕嫉妒恨啊。恨不得拿秘籍的人是自己！

平日里这些秘籍一出世就会引起轰动，但是现在就犹如最便宜的地摊货，随便扫荡。

这丫头挑秘籍就挑吧，她还奢侈地拿一本丢一本。丢一本便丢一本吧，可那些被丢到地上的秘籍很快就化作一道青烟，消失在室内，竟然直接消失了！

被挂在上空的那些人简直嫉妒得眼睛都要滴出血来了，他们恨不得扑过去将苏落直接掐死。那是秘籍啊秘籍！拿到外面，最差的秘籍拍卖价都在五十万金币以上啊！这臭丫头她竟然奢侈地随手丢在地上！他们的心简直在泣血。

其实苏落也挺无奈的。她有空间，再多的秘籍都能带得走，但也不知道是哪路神仙，竟然规定一人最多只能取走七本秘籍。

她为何会知道呢？事情很简单，就在她拿第八本秘籍的时候，脑海中叮咚一声，就响起了这句提示。所以她迫不得已才挑挑拣拣，把先前一股脑扫进来的秘籍挑出来丢掉，只精挑细选价值最高、最有用的。

太子此时眼睛嫉妒得几乎释放出两簇火苗，继而熊熊燃烧。他不断地捶打着透明球，但无论他如何努力，透明球就是纹丝不动。

北辰影的心此时是扑通扑通地跳个不停。他紧张兮兮地盯着苏落，很想大声告诉她，自己要的是水系和风系，他也不求多，只求嫂子别忘记他，给他顺带一本啊。

忽然，他眉心微皱，惊呼出声："不好！"

此时，苏落也发现有些不对劲，抬眸望去，竟然发现第一排墙壁上的书架和秘籍笼罩着一团浓雾，等浓雾散开时，那个书架竟然凭空消失在众人眼中。随后是第二个书架、第三个书架……

"秘籍开始消失了。"

大家全都意识到这一点。被高挂在半空的那些人就更加焦急了，急得满头大汗。若是秘籍消失，他们岂不是什么都没得到?

他们一个个全都急得不行，对着透明球拳打脚踢，然而透明球就像一团棉花，软绵绵的，就是困着你，不让你出去。

苏落加快手中的动作。她已经拿到六本了，还有最后一本的资格。忽然，她发现脚下踢到一样东西，不由得低眸望去。

"咦？这是什么东西？"苏落好奇地蹲下身，细细地看着这块火红色的石头。

瞬间，她觉得脑子有些眩晕，有一阵神思恍惚的感觉。然后，猛然间便回过神来，心有余悸地瞪着这块火红色石头。

这石头里面绝对有古怪！刚才她不过盯着看久了些，竟感觉自己的灵魂似乎被吸住，几乎整个心神都要被控制住一样，简直让人心生忌惮。

苏落伸手捡起这块火红色石头。这石头里面虽然有古怪，但是却似乎有一种神秘的力量。她隐隐中觉得，这块石头会是她的机遇。

"快收，没时间了。"南宫流云见苏落蹲在地上傻呆呆的，不由出声提醒。

"哦、哦哦。"苏落这才回过神来。她随手将那块火红色石头收进空间，打算留待以后再细细研究，现如今最重要的是挑选秘籍。

然而，等苏落的视线再度望向墙壁上的书架时，却发现书架几乎已经消失大半了，她只来得及随手扯出一本，那书架就彻底消失在她面前。

更让人无语的是，随着书架消失，石室内的雾气也开始消散、退却，最后恢复一室光明。

困住大家的那透明球表皮变得越来越薄，最后一声低微轻响，透明球就裂开了。

李傲天最先跳出来，他出来的瞬间就朝那最后一个书架飞扑而去。

那个墙壁上的书架已经消失到最后一层了，就在李傲天将手伸过去的时候，书架很顽皮地消失得干干净净……周围的墙壁全都恢复成了雪白色墙壁。

李傲天看着自己空空如也的双手，顿时气得青筋暴起，重重一拳砸向墙壁。

石室的墙壁也不知道是什么材质制作而成，简直坚硬得不行，李傲天那一拳头砸下去，顿时，他的手就鲜血淋漓，而且肿得老高，墙壁却纹丝不动。

李傲天简直气得快疯了。那双眼睛饱含血丝和怒气，杀气腾腾地瞪向苏落。凭什么这个臭丫头这么好运，而他却连一本秘籍都得不到！

此时，北辰影也已经挣脱出来了。他犹如花蝴蝶般轻盈地飞向苏落，一双眼巴巴地看着苏落，双手扯着她衣袖，略带撒娇的口气，“嫂子、嫂子……”

那欲说还休的小模样，那撒娇的小表情……闭着眼睛都知道他要表达的是什么意思。

堂堂的佣兵公会会长大人，咱能不能别这么丢人？

苏落无奈扶额，随手丢给他一本捡来的秘籍。

北辰影接过来一看，顿时高兴得不得了。

“嫂子，我爱死你了。”嫂子竟然真的精挑细选了一本最适合他的秘籍。呜呜……好高兴，高兴得好想以身相许怎么办？南宫会不会生气？北辰影偷偷瞟一眼南宫。

南宫流云剑眉微蹙，直接长臂一拎，提起北辰影就像丢破布一样随手丢开。

可是，北辰影拿到秘籍是事实啊。这下蓝渲和暗夜冥心里都不平衡了。大家都是发小嘛，凭什么嫂子只给小影子不给他们啊？

他们难以近苏落的身，只能远远地看着苏落，可怜兮兮地、眼巴巴地、幽幽怨怨地瞟着苏落，明显在控诉她的不公平，且强烈要求同等待遇。

苏落不由扶额。这些都是些什么人啊！怎么一个个好的不学，偏偏跟南宫流云学幼稚。她不是照顾他们的老妈子好不好？

苏落单手叉腰，另一只手无奈地朝他们招招手。于是，两个世家纨绔子弟涎着脸，屁颠屁颠地快速跑来，其间连鸟都没鸟南宫流云一下。

苏落从空间里掏出两本秘籍分别递过去，“给，小蓝子的是风系，小冥子的是水系，都拿好了，可别说我偏心哦。”早在之前拿秘籍的时候，她就想好了要给他们预备的。

“嗯嗯！”两个世家子弟忙不迭点头，狗腿地冲上来，一个要给苏落扇风，一个要倒水给她解渴。

南宫流云岂能容忍归属他名下的落丫头被这俩人接近，他负手而立，目光幽冷地瞪向他们。于是，两人迅速逃窜，立马就自动滚到北辰影身边了。

三个好兄弟人手一本适合自己的秘籍，围在一起窃窃私语，幸福得嘴角高高翘起，看得那些同样被挂却没得到秘籍的人嫉妒得快疯了。

苏落见他们满意，心中也有些满足。

之前在挑拣秘籍的时候，这几个那眼睛跟探照灯似的，简直黏在她身上了，她不想给拿也得拿啊！倒是南宫流云……苏落有些狐疑地抓抓头发。之前她忙着挑选秘籍，隐隐间余光扫过，他似乎没挑选秘籍……

第三十六章 自怨自艾

就在苏落想问的时候，前方的太子殿下带着手下气势汹汹朝他们走来。

太子那双冰冷的眼睛死死盯着苏落，简直恨不得将苏落碎尸万段！

他恨啊，他简直是前所未有地恨。

原本一切都好好的，但是自从这臭丫头出现之后，他就开始走衰运，那些事历数起来，件件都是不堪回首的血泪史。

从一开始被她设计比赛钓鱼，输了一千五百颗绿色晶石。之后，被南宫流云又设计坑走一千五百颗绿色晶石。而且，他好不容易，费尽千辛万苦得到的水晶紫鱼竟然还爆炸了。

爆炸就爆炸吧，竟然还把他给伤到了！

苏落这支队伍竟然还好命地走了安全通道，一路畅通地到达秘籍室，自己的队伍却要经历九死一生，最后他带来的那些好手几乎全军覆没。

最最最让太子气得崩溃的是，好不容易进入这秘籍室，自己这方的人竟然全部被吊起来。是的，吊起来，高高挂在空中。然后眼睁睁地看着这臭丫头在那挑拣秘籍！

她好好挑拣也就算了，她还拿一本丢一本，那么浪费，那么奢侈，简直看得他想掐死她。

好不容易出来了吧，石室内所有的秘籍竟然全都消失了！

他不得不怀疑，这紫鱼殿到底是不是这臭丫头家里开的啊，简直是为她一个人量身定做似的。所有人都是炮灰，只有她一个人跟开外挂似的，一路顺到底。

太子一双阴鸷的眼睛死死盯着苏落，眼中跳跃着两簇熊熊烈火，那火势恨不得飞出去将苏落焚烧殆尽。

苏落却连理都没有理他，直接无视了，她转头低声跟南宫流云说着话。那旁若无人的样子，使得太子眼中的怒火更盛了。他气得单手就朝苏落抓去。

还未等他的手伸到，只见一道光芒闪过，太子口中顿时发出一阵惨叫声。再看去，他原就受伤的右手此时更是鲜血淋漓。

原来那道寒芒是南宫流云发出的。

“南宫流云，你敢攻击我！”太子殿下气势汹汹地指向南宫流云，“别忘了你对天发过的誓，这辈子你都不能杀我！”

苏落好奇地看向南宫流云。

如果太子这话是真的，那么，南宫流云是在怎样的情况下，立下的这样的誓言？

当年究竟是怎么回事？南宫要向太子做出不杀他的承诺？对瑶池宫又有要还的恩情……苏落有些好奇，有些迷茫，也有些心疼南宫流云的遭遇。

南宫流云搂着苏落，淡淡瞟了他一眼，煞有介事地点头，“本王一直记得。”

“记得就好。希望你一辈子都不要忘。”太子殿下趾高气扬地冷哼，下巴倨傲冰冷。

南宫流云淡淡一笑，“杀人而不死，嗯，倒也不难的。”

太子身子蓦然一僵，一双眼睛死死盯着南宫流云，恨不得在他身上盯出血洞来。

他这么多年来之所以在南宫流云面前有恃无恐，最重要的原因不是因为他的太子身份，而是当年南宫流云当着众人的面对他发过誓：将来无论他做错什么事，南宫流云都不会杀他。

正因为如此，这些年来他行事任性且肆无忌惮，南宫流云一直以旁观者的目光容忍着。

但是现在，他竟然直接对自己开口威胁。

太子殿下的身子有一瞬间的颤抖……他的目光从南宫流云身上移动到苏落身上。就因为这个臭丫头，南宫流云才变的。李瑶瑶说得对，这个女人不能再留了。

对苏落怀有杀害之心的，绝不仅仅只有太子殿下。

忽然，周围一阵地动山摇。

“不好，时间快到了。”北辰影惊呼一声，对南宫流云道。

南宫流云微微蹙眉，拉着苏落就往外走。

他的落丫头速度太慢了，只有带着她才能让她尽快出去。

就在此时，四周忽然弥漫着白色烟雾，很快，大家的视线就有些模糊。

苏落的好运似乎在这时消耗殆尽，一块巨大的黑色石头从天而降，直直朝苏落脑袋砸去。

“小心！”南宫流云眼中闪过一丝焦急，他直接扑而去，将苏落推远，身子又直接压倒在她身上，将她安全地护在他的羽翼之下。

黑色巨石砸下，顿了顿，竟然直接朝他们两人所在位置滚去。

巨石对旁人全都无视，似乎只对苏落有着无尽的仇恨，黏住她就不放，夹带着足以吞噬一切的力量碾压而来。

南宫流云他们身后只有光滑墙壁，避无可避。

南宫流云背部紧贴墙壁，双手运足所有力道撑住巨石的碾压。

黑色巨石虽然一时间被停住，但是它却似乎在发怒咆哮，不断地增加力道，地面嗤嗤作响，它的力量陡然间剧增。

此时的巨石犹如发狂的魔兽，没有理智，只一心往前冲，谁挡杀谁。

南宫流云面色虽然淡定无波，但是苏落看到他额上沁着一层细汗，凝聚成珠颗颗滚落。可见南宫流云的压力一定很大。

“快走！”南宫流云朝苏落暴喝一声。

苏落此时心中有些焦急，却没有听他的话立即离去。如果她走了，南宫流云怎么办？他一松开手，就会被那颗愤怒的超级巨石碾压，到时候性命堪忧啊！

“走，快走！”南宫流云脸上的汗水不断滑落，眼神此时无比凝重。

北辰影几个见此，也急吼吼地跑来帮忙，但是他们的力道与那巨石比起来，相差很大。

就在苏落无计可施的时候，地面却发出一阵咯吱咯吱的响声。忽然，南宫流云身后的那堵墙壁竟然凭空消失，他后背的支撑力顿时就没了。

“南宫！”苏落急着就往南宫流云背后冲去，她想以自己之力撑住他的后背。

但是苏落才刚迈出一步，瑶池仙子却一把将她推开，她自己却……

“三师兄小心！”李瑶瑶飞速朝南宫流云扑去，整个人几乎挂在他身上，将他牢牢抱住。

苏落被狠狠撞到墙壁上，脑子有些眩晕。

就在此时，黑色巨石发出惊天动地的咆哮怒吼，一瞬间发力，将南宫流云往后顶去。

在苏落来不及反应的瞬间，只听见哗啦啦的声响，一堵光滑墙壁从天而降，重新填补了那处空缺。南宫流云、瑶池仙子，还有那块黑色超级巨石竟然凭空消失了！那堵墙严丝合缝，就像从来不曾消失过一样。

苏落呆愣地看着眼前场景，有一瞬间没有反应过来。

“天啊，这是……”看到那墙上蓦然浮现的字迹，北辰影简直惊呆了，但很快他便转头震惊无比地望着苏落。

苏落被他的注意力吸引，抬眸就望去。

然而，北辰影犹如被火烧屁股般一跃而起，飞奔过去，身子靠向墙壁，似乎这样就能挡住墙上的字迹。但是，肢体的动作又怎么比得上视线快？当苏落的目光注视着墙上的字迹时，整个人都僵住了，眼眸中是一片震惊的神色。

“这……不可能。”苏落缓缓摇头，声音又轻又淡，似乎在喃喃自语。

蓝渲和暗夜冥也都看到了那墙上的字迹，两人脸上的神色也都很复杂，一时间不知道该怎么去安慰苏落才好。

蓝渲张了张口，好半天才憋出一句，“嫂、嫂子，你要相信二哥！”

暗夜冥的神色也有些凝重，他朝苏落郑重点头，“你放心，老二一定不会背叛你的，你要对自己有信心，对老二也要有信心。”

苏落傻傻地看着那光滑如平镜的墙壁，脑子里一片空白，最靠近心脏的位置闪过一丝揪痛。刚才她没有看错，那墙壁上分明写着三个字……

“哈哈哈哈哈——”看到苏落怔怔的模样，此时的太子殿下忽然爆发出一阵狂笑。他笑得前俯后仰，似乎有一种大仇得报的快意，“哈哈哈哈哈，臭丫头，你也有今天。哈哈哈……”

苏落面色沉静似水，没人能看出那平静表面下的波涛汹涌。

太子殿下又叉腰狂笑起来，“哎哟，他们两个人进了合欢室哟，臭丫头，你说你可怎么办呢，人家两个正在里面行夫妻之礼呢。”

苏落面色阴沉，无视他的挑衅。太子说得没错。刚才那墙上浮现的正是“合欢室”三个字。合欢室……谁不知道这里面的意思？

太子似乎还嫌不够，继续奚落苏落道：“老二当真是好福气，那可是瑶池仙子呢，多少男人梦寐以求的仙子哟，就这么便宜了老二。看来出去后就能喝他们的喜酒了。”忙着打击苏落的太子似乎忘记了自己的立场。

苏落面色淡定无波，一双平静的眼眸似笑非笑地瞟他一眼，“太子殿下莫非忘记了？如果南宫和瑶池仙子真的成事了，强强联合之下，损失的可会是你这位太子殿下的利益哦。”

被苏落点醒，太子顿时面色一僵，不由得有些懊恼。她说得没错，若是那两个人真的玉成好事，损害最大的是自己才对。

太子偷眼朝李傲天望去，却发现李傲天竟然不见了！

怎么会不见呢？李傲天躲到哪里去了？难道他已经放弃自己了吗？他心中闪过一丝惊慌，面上却依旧强硬，讥讽而嘲弄地瞪着苏落，“本宫还想给你个侧妃做做，你倒是给拒绝了。呵呵，现在又如何？你觉得南宫流云还会娶你？简直可笑！”

苏落身侧的手紧握成拳，面色却淡淡的，嘴角噙着一抹冷淡的笑意。

北辰影见苏落不悦，顿时面色阴沉，站到苏落面前，皱眉瞟向太子，“你这是找死呢？”

太子狂妄地盯着北辰影，“你有胆子杀我？别忘了，我可是帝国的太子！”

北辰影双手抱胸，似笑非笑，“你觉得，凭你们几个就能打得过我们？信不信我们直接把你杀了，然后毁尸灭迹？”

“北辰影，你敢！”太子殿下眼睛阴鸷，狂暴怒喝。

“只要把你们全灭了，谁知道是我们下的杀手？”北辰影似乎真有这个打算，朝蓝渲他们使了个眼色，三人围成圈齐齐朝太子靠近。

太子殿下心下有些慌乱，指着他怒骂：“北辰影，南宫流云可是发过誓的。你们别过来，你们给本宫站住！”还真是如北辰影所说，在这里灭口，简直再适合不过了。

“老二是老二，我们是我们，我们可没发过誓不杀你哟，傻太子殿下。”北辰影笑嘻嘻地朝太子殿下靠近，另外两人也越靠越近。

太子眼底闪过一丝惧意。南宫流云确实发过誓，但是他没替他的几个发小发过誓。他知道这几个人很厌恶自己，说不定真的会……

北辰影三人呈三角形，将太子殿下合围在中间。此时的太子犹如困兽之斗。

就在这最后的紧要关头，忽然，地面发出一道轻微的响声。

“不好！”北辰影脑中突然浮现一抹不好的预感，他急忙往后退。

这石室简直太古怪了，怎么处处是机关陷阱？

此时，地面竟然凭空出现一个洞，北辰影三个人连带着太子齐齐掉进黑洞中。一瞬间，四个人的身影便消失无踪。眨眼间，地面又恢复了原来的样子，似乎从来不曾出现过黑洞。

苏落咬住下唇，紧贴着墙壁而站，眉间闪过一丝焦灼。

这到底是怎么一回事？怎么接连不断地有人消失？就好像无形中有一只手在操控着这一切，而他们就像对方手中的棋子，任由他玩弄。

眼见着时间不多了，也不知道北辰影他们会不会出事。还有南宫流云……苏落眼眸中闪过一丝担忧。

忽然，苏落觉得眼前一黑，一道挺直的人影出现在她面前。她抬眸就对上对方那双怨毒而阴鸷的眼睛。

“李傲天！”苏落咬牙低呼出声。

此时的李傲天嘴角绽出一抹冷漠而嘲讽的笑意，他阴森的目光紧紧盯着苏落，一瞬不瞬地盯着，给人一种阴森诡异的感觉。

苏落觉得脊背有些发凉。

李傲天终于张口了，声音温柔得如同对待情人，“怎么，害怕了？”

这样子的李傲天，比冷漠的时候要可怕十倍。他一步一步逼近，苏落只能不断后退。怎么办？李傲天眼中的杀意是那么明显，苏落一眼就看出来了。

他要杀自己，而且不是一刀了断的那种，是要不断地折磨自己……直到死亡。

苏落从来不曾像现在这样希望自己拥有无比强大的实力。此时的她才三阶，而李傲天是六阶，在他眼中，自己就是砧板上的鱼肉，任他宰割且毫无反抗之力。

他那双眼中，分明已经将自己当成了死人，一个死人……

苏落深吸一口气，面色镇定而从容，淡淡笑道："李傲天，为什么就你一个人没事？"

"你不也没事吗？"李傲天步步逼近，似笑非笑地凑近苏落。

"北辰影他们几个消失，难道是你搞的鬼？"苏落试图转移他的注意力。

李傲天闻言，顿时狂笑起来，"哈哈哈。既然你都要死了，那就让你做个明白鬼吧。是，北辰影他们几个确实是我动的手脚。其实不止如此，哈哈哈，南宫流云也是我弄进去的呢。"

"你……那是你妹妹！"苏落咬牙，神色冷凝。

"那是瑶瑶的主意。"李傲天笑得狂妄，"你以为好运的就只有你一个人吗？告诉你吧。瑶瑶被吊起来之前就已经拿了一张这座石室的机关地形图。哼！"

苏落此时才明白，为何她会有一种被玩弄在掌心的感觉。原来李瑶瑶刚一进来就得到了这座石室的机关地形图，她故意将她自己和南宫关进合欢室内……这个女人还真无耻至极，竟然用这种方法逼南宫！还超凡脱俗不食人间烟火的瑶池仙子呢……苏落心中泛起一阵恶心。

苏落冷笑地看着李傲天，"世人皆传瑶池宫清高冷傲，超然物外，然而谁会想到，为了得到一个男人，堂堂的瑶池仙子竟然会使出此等卑劣手段？她就真的嫁不出去了？要这么倒贴一个男人？"

"你给我闭嘴！"李傲天气冲冲地捏住苏落下巴，恨恨地瞪向她，"你敢这么说瑶瑶，信不信我直接掐死你！"

"难道不是吗？"苏落眸光一闪，继续刺激李傲天，"哈哈哈，你这是要杀我灭口？但凡做了卑劣之事，就杀人灭口？哦，原来瑶池宫的美名就是这么得来的？看来也不过如此嘛。"

李傲天气得不行，手上更加用力。苏落被掐得几乎透不过气来，但是，她的眼眸中却没有一丝害怕，反而还有一丝冷笑。

就在李傲天怒气大盛且毫无防备之际，只见苏落抬起一脚，狠狠踹向李傲天的命根。

她怎么说也是三阶巅峰，全力一踹，实力那也是不弱的，更何况李傲天根本就没有防备。

“啊——”只听见一道惨烈的叫声响起，李傲天顿时放开苏落，双手捂住那个地方，痛得他几乎跌倒在地上打滚。

苏落一踹成功，哪里还敢停留？她撒开脚丫子就开始跑。跑跑跑！现在南宫流云不在她身边，她唯一能做的就是自救。

这一切的罪魁祸首就是瑶池仙子。想起这个女人，苏落眼眸中便闪过一丝怒意。

上次在落日山脉，也是因为这个女人，自己被漫山遍野地追杀，几乎九死一生。不过当时追杀她的人才三阶，她还能稍稍应付一下。但是现在追杀她的人是李傲天，六阶的存在，天知道她能不能逃出他的追捕，若是被他捉到就惨了。

苏落身形如闪电，暴射而去。

李傲天设下天罗地网，刻意将她与北辰影他们隔开，为的就是要将她杀死，怎么可能那么容易让她逃脱？

现在他又被狠狠踹了命根子一下，一时间新仇加旧恨，李傲天眼中闪过熊熊烈火和森冷杀意。今日不把那个臭丫头杀了，他李傲天誓不为人！

李傲天忍住下身的剧痛，迈开脚步，飞快地追在苏落身后。

李傲天六阶的实力与苏落简直是天壤之别，即使特殊部位受伤，速度还是非常惊人。

苏落马不停蹄地跑着。在选择哪条逃生路线上，她犹豫了一瞬间就选择了第五条通道。

因为别的通道虽然魔兽横行，或许能够抵挡住李傲天的袭击，但是她却根本不熟悉。第五条通道不同。这里有大笨虎，大笨虎可是八阶实力，只要能够跑到它身边，她绝对就安全了。正是因为有着这样的信念，所以施展灵舞步的苏落速度简直是狂飙。

李傲天追在她身后，气得几乎要骂娘了。这臭丫头是不是吃了什么特殊药剂啊，怎么速度这么快？不过没关系，这条通道很长，他有的是时间将她捉住。

因为实力本身的差距，李傲天与苏落之间的距离不断拉近，越来越近，几乎在一伸手就能够到的距离了。

苏落看到眼前的拐角，顿时心中一喜。如果她没记错的话，那里就是大笨虎栖息的地方，之前大笨虎可就是待在这里的呢。

有救了！苏落迅速朝那个拐角蹿进去。然而，让她感到绝望的是，她刚才一直坚持的信念，那只被她寄予厚望的大笨虎，它竟然不见了！

倒霉！苏落在心中暗骂，急得不行。她已经准备好拿出大量的天灵水去贿赂这只大笨虎了，谁知道它无福消受。

苏落这一愣神间，李傲天就追杀到了。

这次，李傲天根本就不跟苏落废话，只见他神色肃穆，双手结出一个个结点，他的背后出现一片白茫茫的雪域，无尽的冰雪悬浮在四面八方。周围的空气瞬间下降至冰点，冰冷刺骨的冷气像刀子一样弥漫。很快，苏落发现自己头发上、衣服上都出现白色霜花。

“果然很强大！”苏落心中暗惊。没想到李傲天是杀伤性强大的冰系法师。

此时，皑皑白雪，寒风刺骨，李傲天犹如站在雪域高原上的神祇，神色淡漠，杀气却不减。

“天下雪舞！”李傲天大声喝道。

顿时，四周无尽的风雪朝苏落疯狂涌过去。他凝聚出的雪花，每一朵都有碗口大，六角晶莹，每个边角都闪着寒光，如尖刀一样锋利十足。

千万雪刃齐齐朝苏落压制，几乎完全将她覆盖其中。苏落眼中闪过一抹骇色。原来六阶强者是这样的实力。她的实力与之相比起来，简直不堪一击！

但是，事已至此，不拼不行！苏落不是轻言放弃的人。只见她面色冷凝，一道黑色的大掌印悬浮在自己头顶，快速放大，将她抵挡在下方。

“哼，小小的三阶，也敢抵挡我的天下雪舞？做梦！”李傲天负手而立，神色冷漠而高傲。

只听见一阵轰隆隆的响声，无尽的风雪朝苏落席卷而去，将她包裹其中。地面在震动，所有的墙壁都被染上白色冰霜。可怕至极的寒流，足以毁灭一切的力量，几乎无可阻挡。眨眼间，她的大手印顿时化为粉末，消失在空气中。

而苏落整个人则被冰封在里面，然后呈现在李傲天眼前的是一座冰做的人形雕塑。

冰雕白光莹莹，寒气闪闪，可以清晰地看到里面的苏落。此时的苏落单脚提起，双手摆好战斗的姿势，一动不动，看起来实在是凄惨，却也搞笑。

李傲天神色高傲冰冷，上前几步，似笑非笑地围观被冰冻在里面的苏落，嘴角勾勒出一抹嘲讽的冷笑。

“臭丫头，你也有今天。”李傲天捏着下巴，一边走还一边啧啧出声，“这动作还挺有意思的，若是放在外面让大家欣赏，倒也不错。”

苏落虽然被封在里面，耳朵却不聋，心里冷哼一声。

李傲天站在苏落对面，忽然，他眸光一闪，想出一个极美的主意来。

“算你这臭丫头好运，这次还真不能杀你，倒是亏了你这副好身子。”李傲天阴冷一笑，“若是南宫流云看到你不着寸缕被冰冻成雕塑，然后在街头任人围观，想必，再怎么喜欢，他也不会再要你这臭丫头了吧。”

苏落心中闪过一丝怒意。一开始她还以为李傲天不过是冷傲罢了，没想到他竟然这么变态！不过，这个主意对于她来说，倒也并不坏，因为至少给她争取到了时间。

李傲天想了想，最终还是决定暂时留下苏落的性命。直接杀了她，不如凌虐她来得爽。

李傲天也没有将苏落解放出来，只见他长臂一伸，轻松地将雕塑状的苏落扛在肩头，往外行去。

其实，苏落很想大声问他，难道他就不关心他妹妹？难道就任由瑶池仙子待在那合欢室？毕竟这紫鱼殿消失的时间也几乎快到了啊。

但是，看李傲天那毫无担忧的神色，苏落就知道，南宫流云应该没事。只是不知道，他会不会把持不住。对着瑶池仙子那样的姿容，要把持住应该很不容易吧？苏落眼中闪过一丝复杂的光芒。

不过，现在最重要的是她自己的安危。李傲天的想法那么变态，若是他付诸行动，那自己还真不如一头撞死算了。只要一想到自己不着寸缕地站在街头任人围观，苏落就觉得头皮发麻。

她忽然想起上次被追杀时，瑶池仙子的那丫鬟可是说了，瑶池宫有一种药，可以控制人的心志……现在倒还好，若是落到瑶池仙子手里……苏落打了个寒战。唉，果然如她自己所说的那样，靠山山倒，靠人人跑，最靠得住的就是自己。不行，不能再这么拖下去，她必须自救。

被扛在李傲天肩膀上的苏落，因为受到寒气侵蚀，脑子运转得有些慢。不过，还是给她想出了个不算主意的主意来。

苏落之前曾试验过，因为她是火系元素，所以她试图用自身的火系去融化这层坚冰。但让她绝望的是，她努力了很久，才只融化了一点点，若等她真的融化出来，只怕到时候黄花菜都凉了，自己早就被剥光然后展览了。

但是苏落笨拙的脑袋终于运转对了。她将全部火系灵力都凝聚在右手上：第一，那里冰层相对来说比较薄；第二，只要给她出手的机会，只要李傲天没有防备，那么，她还有一线逃出生天的机会。

于是，在李傲天带着她飞速往外赶路的时候，苏落却凝神屏息，将所有的灵力往右手凝聚。全身融化是很难，但若是只有一个点的话，倒不是不可能。

大约过了有小半个时辰，前方已到大殿门口。大殿之门敞开着，有一种空落落的萧条感。

苏落见此不免有些感慨。犹记得一天前，还有很多人站在这大殿门口，但是现在，踏出大殿之门的，竟只有她和李傲天。

在李傲天踏出殿门口的时候，苏落手心上的冰层已经只剩下一点点了。为了不让李傲天察觉，苏落是一边融化冰层，一边将水珠往空间里收。

出了殿门之后，李傲天却忽然望向苏落，正欲对她说话之际，余光正好瞄到她那只突破冰层的手。

苏落顿时心中一凛。她瞬间就将那枚无数次想用却直到现在才用的灵弹球投进李傲天的后领口，在丢出灵弹球的瞬间，用灵力点燃这只灵弹球。

“臭丫头，你在做什么？”李傲天怎么都想不到苏落竟然还有反抗之力，他用力一甩，将苏落重重掷出。

可怜冰雕状的她重重撞落在地，由于地面平滑，李傲天的力道又重，她顿时被滑到广场的边缘。

广场的边缘以外，就是无尽的大海。

若要问李傲天惨不惨……只能用超级惨来形容了。

灵弹球，那可是七阶强者的最后一击，实力何其强大！更何况李傲天才只有六阶。

其实在苏落刚将灵弹球投入到他后领的时候，他就意识到了这是什么。他来不及细想，下意识地就往大海里跳。只有跳入水中，才有一丝的生机。

砰！海面上爆发出一道剧烈的响声。

苏落心中闪过一丝喜色。李傲天，难道这次还炸不死你！

不过，苏落乐极生悲了。她的好运气真的是在之前全部耗光了，现在剩下的都是霉运。

灵弹球爆炸，威力非常巨大，李傲天整个人都被炸不见了。

然而，苏落却忽略了灵弹球引发的后续，而这后续对她的影响则是巨大的。

只见爆炸点周围，在那一瞬间顿时巨浪滔天，卷起千堆浪花，哗啦啦一声响，如野兽般朝四面八方扩散开来。

苏落之前被李傲天狠狠甩开，顺着光滑地面滑到广场边缘。

其实，当时的苏落已经一只脚横在海面上，只稍稍一个风吹草动，她就能被吹到海水里。现在则是滔天巨浪夹带着寒风朝她席卷而来。

苏落眼中闪过一抹惊骇，心中悔得肠子都青了，完了完了……

那只突破冰层的手死死扒着广场边缘，简直是连吃奶的力气都用上了，只要一松手，她就会掉进海水里去。

可惜的是她那只突破冰层的手，仅仅就只有两根手指头，而不是整只手，所以力气显得非常小。

在一个个浪花呼啸着席卷而来时，苏落再也坚持不住，手指脱离岸边的岩石，然后，她眼睁睁地看着冰雕状的自己哗啦一声，直接被海浪卷走……

寒冰的密度比海水小，所以冰雕状的苏落是浮在海面上的，而没有直接沉到海底去，这是不幸中的万幸。但是，让她感到痛苦的是，游轮就在前方，几乎触手可及的距离。

被浪花一拍打，她眼睁睁地看着自己被冲走，看着自己与游轮所在的方向背道而驰。想到自己即将在海面上漂泊的命运，苏落无奈得都快哭了。

东海辽阔无边，天知道自己会被卷到哪里去……只要一想到这，被冰封住的苏落顿时两条宽面条泪默默流淌。

然而，她那两只手指能做什么呢？在无边无际的海水里，她只能听天由命，随波逐流。在大自然面前，她这点微末实力，完全没有反抗的余地。可怜的她完全不知道，她今日的霉运才刚刚开始而已。

寂寥的夜空中，一颗残星的影子都见不到，原本黯淡的月牙也被厚厚云层遮住，四周漆黑一片，伸手不见五指。

苏落心中那叫一个悲催。

被海水拍打得东倒西歪，随波逐流也就算了，连躺在海水里欣赏夜空美景的机会也不给她？这方向也不知道是往哪儿漂……苏落越来越绝望，渐渐有些昏昏欲睡。

苏落没想到的是，更悲剧的事情发生了。

一道闪电在天际转瞬即逝，却留下刺眼的光芒。

苏落心中忽然涌起一种不好的预感。不会是她所想的那样吧？不会这么衰吧？正好赶上了海上风暴潮？

没有最悲剧，只有更悲剧。可以说，人倒霉的时候喝水也会塞牙缝，苏落典型就是这样的人。

很快，海面上便雷电交加，狂风大作，犹如猛兽般发出声声呼号，听得人胆战心惊。

原本昏昏欲睡的苏落顿时被惊得回过神来。一道闪电跃过，紧接着就是惊雷当空，直直砸下，劈在苏落这冰雕上。

幸好她是藏在厚厚的冰层里面，否则人立马就被劈焦了。

饶是如此，也把苏落吓个够呛。

只见她这冰雕表层散发着嗤嗤嗤的响声，不绝于耳。

这才只是开始，在这个漆黑的夜晚，悬浮在海面上的苏落，真真实实感受到了什么叫作风暴潮的惊心动魄。

被冻在冰雕里的她透过冰层，看到外面的电闪雷鸣、滂沱大雨。看到闪电如龙蛇般在天际飞舞、怒吼、咆哮。看到暴雨倾盆倒下，在海面上敲打出一个个深坑。而她的这坨冰块，犹如一叶扁舟，被浪潮拍打得摇摇晃晃，东倒西歪。巨浪席卷时，犹如过山车一样，她被高高卷起，离海平面足有几十米。巨浪滑落时又被重重抛下，毫不留情。

饶是躲在冰层里，苏落还是被抛得七荤八素，头晕脑涨。

苏落觉得自己苦逼极了。此时的她被拍打撞击得根本不知道方向，她只期盼着自己不要被冲到旋涡区域，要不然的话，被旋涡吸进去，自己就是真的完蛋了。

这一夜，苏落只能无奈地任由巨浪和狂风将她蹂躏，却无可奈何，她苦中作乐地想，这可是古代版且免费的过山车。

幸好此时的她是被冻在冰层里，身体受到保护，没有真的受到伤害，否则这一晚当真难过极了。

渐渐地，苏落觉得困意袭来。

狂风暴雨渐渐平息，放宽心的她不知不觉便闭目睡去。

睡过去的她，完全不知道后面有人在一路呼唤她。

再次睁开眼的她，是被炽烈的阳光晒醒的。

苏落睁眼往周围的环境一瞧，顿时眼中闪过一抹兴奋——她竟然看见了前方不远处出现一个黑点，隔得远看得不太真切。

在大海上能看到黑点，要么是船只，要么是岛屿，总比在海上漫无目的地漂泊要强很多。

苏落奋力地用那两根手指往前划。

昨晚上风高浪急，她的两根手指派不上用场，但现在海面上却很平静。

苏落奋力地往前划啊划啊，好不容易往前划了大约十米的距离，一道浪潮朝她迎面扑来。可怜的苏落立马被这浪潮卷得往后倒退二十米。

苏落心中默默流淌着两条宽面条泪，却又很快振作起来，奋力往前划啊划啊。

然后，又一浪潮迎面扑来，又将她打退得更远了。

苏落简直要仰天长啸了。

这是要闹哪样，荡秋千也不是这样的玩法啊。

是不是她之前把好运都透支了，所以现在要用厄运来还债啊？简直……太过分了！苏落气得朝老天竖中指。

也不知是不是苏落的怒意被老天感觉到了。没过多久，海上的风浪便改变了方向，浪潮开始从苏落后背推着她不断往前。

难道是老天终于长眼，否极泰来了？

有了浪潮的相助，苏落的行动顿时就轻松起来了，距离那目标黑点也越来越近。

苏落看清楚了，这果然不是什么船只，而是一座不大的荒岛。

荒岛周围布满暗礁，这些暗礁对于船只来说是天敌，但是对于她来说却有着莫大的帮助。

眼看着周围的风向将变，为了不让悲剧再次发生，苏落用上两根手指，奋力地往岸上游。

每当后面的浪潮送她往前推时，她就借力往前冲，而当潮落下去时，她就死扒着边上的礁石不松手，等着再一波的浪潮送她，她又奋力往前冲。如此反复循环，效率就提高了很多。

努力了大半个时辰，就在苏落的两只手指红肿得快破裂时，她终于摸到了海滩。

在海上漂泊了之后，才真正感觉到脚踏实地的感觉有多美好。

但是，即使漂到沙滩上，苏落还是呈现那副冰雕状，这是无法改变的事实。

也不知道李傲天这冰雪牢笼有多坚固。

这一整个晚上，风吹雨打，电闪雷鸣，还有巨浪滔天，齐齐蹂躏之下，这冰雕依然没有丝毫融化的迹象。

即使苏落一直没有放弃用灵力爆破它，可努力了这么久，也仅仅只伸出几根手指头而已，她的身子依旧被困在里面，犹如全身打了石膏。

沙滩上，海水退去，苏落静静地躺着，默默垂泪。

再这样下去可如何是好？在冰雕里待久了她的身子也受不住啊。

更何况自从前日出关到现在，她可是水米未进，现在肚子正饿得咕噜咕噜直叫唤。

唉，人倒霉起来真是喝凉水都会被呛到。

一世倾城

第三十七章 孤岛荒野

就在苏落自怨自艾之际，忽然，她感觉到上方出现一道阴影。难道这么快就天黑了？

苏落无奈地睁开眼。

怎么可能？！在看到眼前之人时，苏落简直难以置信。

只见他那件贵气十足的黑色锦袍被暗礁割得四分五裂，那张俊美无双的脸，那双爱笑的邪魅桃花眼，还有那完美的菱唇……此时正微微上翘，看着自己笑。

“南宫流云？！”苏落简直不敢相信。

事情变化太快，她简直来不及反应了。

南宫流云不是被瑶池仙子设计关进合欢室了吗？怎么可能会出现在这里？自己一定是被太阳晒久了头晕眼花，所以出现幻觉了吧？

苏落下意识地想伸手揉揉眼睛，却懊恼地发现，此时的她就跟木乃伊一样，根本动不了。

南宫流云嘴角扬着痞痞的笑容，还煞有介事地用手指弹了下这冰层，乐不可支地评价了句：“质量倒还不错嘛。”

夕阳余晖下，他的声音霸道中带着一丝懒洋洋的味道。还有他脸上那欠扁的笑容，就算化成灰苏落也不会记错。

这人一定是南宫流云，如假包换。

此时，合欢室、瑶池仙子什么的都可以忽略不计，重点是要赶紧将她解救出来啊。她都快憋不住了好不好？

于是，苏落横眉竖眼，在冰雕里义愤填膺地大喊：“还不快将本姑娘放出来！”

南宫流云邪魅一笑，缓缓摇头，“听不见。”

“找死是不是！”苏落怒气冲冲。

“除非你答应本王一个条件。”南宫流云煞有介事地在苏落身边坐下，扭头去看苏落，一副要促膝长谈的样子。

苏落简直快被气死了。现在什么时候了，还跟她玩这个游戏。

“你说话本王可听不见，不过，如果你答应的话，可以眨三下眼睛。”南宫流云有些苍白的脸上，尽是痞笑。

苏落心中不忿。这厮简直就是趁火打劫嘛。还说喜欢自己呢，喜欢自己难道不应该飞奔过来、二话不说就帮自己将冰层解开的吗？

“唉，你这么喜欢待在里面，那本王就坐在这里陪你吧。”南宫流云双手交负在脑后，与苏落并列仰躺在沙滩上，笑容邪气十足。

苏落简直是败给他了。虎落平阳被犬欺，这笔账她一定会讨回来！

南宫流云嘴角勾勒起浓浓的笑意，“嗯……想什么条件好呢？要不然，就让你嫁给本王吧？”见苏落目露凶光，南宫流云笑得更加邪魅妖娆，“不好不好，有点恃强凌弱的意味，本王可不是南宫流绝那个只会逼婚的废物。嗯……要不然这样好了，你答应和本王试着在一起三个月，如何？”

试着在一起三个月？苏落皱眉。

南宫流云见苏落考虑，就表示自己有机会了。于是，他趁热打铁，打蛇随棍上，“就试着在一起三个月，如果到时候你还是不喜欢本王的话，那本王就绝不纠缠你了，如何？”

但是追求方式可以换为强迫嘛。

苏落不知南宫流云心中的无耻想法，凝神思索：如果只有三个月的话，那倒是可以考虑……

南宫流云状似很无聊地敲敲这冰层，冰雕咚咚咚地响着。他笑容邪魅，挑眉笑道：“这姿势，啧啧啧，真真是难得一见，既然你想摆着，那就……”

这让躺在冰雕里的苏落万分懊恼。她也知道她这金鸡独立摆出一副起手式的模样很滑稽很搞笑，但谁知道当时会被冰封啊。如果早知道，她肯定会选择一个完美的姿势……呸呸，早知道，先前有南宫流云撑腰的时候就把李傲天给干掉。

南宫流云趁火打劫、威逼利诱后，带着担忧道：“唉，这眼看着又要潮涨潮落了，你这副样子怕是会被卷走吧？”

苏落心中那个怒啊。好歹认识这么久了，非得逼她答应了才肯施以援手，简直是土匪。

可恶、可恨！

苏落被逼无法，只能气呼呼地、重重地朝他眨了三下眼睛……

南宫流云见状，嘴角扬起一抹得逞的邪笑，神色愉悦至极。

苏落等了半天，见南宫流云还干坐着，不由得皱眉，继而细细看他的脸色。

之前，忙着生气倒没好好看他，现在仔细看，才发现他的脸色有些不对劲，苍白得有些过分了。难道是因为她的视线被冰层阻挡的关系？苏落有些疑惑地想着。

又过了好一会儿，南宫流云才起身。他手掌翻飞，不断地结出一个个火红色印记，点点火光落到冰雕上，由着火苗去融化冰层。

苏落觉得有些奇怪。按说以南宫流云的实力，不该只发出这点火苗的。他比李傲天可是强多了。李傲天六阶，他七阶，李傲天的天下雪舞对于他来说，要解开不过是分分钟的事。但是现在，过去小半个时辰了，南宫流云结出的小火苗还在焚烧……

这一夜……他身上到底发生了什么？难道刚才他与自己说话，是为了拖延时间，恢复自身元气？苏落脑子里思绪万千，脑门上顶着一个个硕大的问号，但现在她被冰封着，什么话也不能问，只能耐心等待，等出去再说。

又过了大约半个时辰，忽然，南宫流云嘴角流出一丝鲜血。

苏落猛然间心神一震。南宫流云肯定是受伤了，不然不会解一个冰层就成这样。她大声喊着让南宫流云停下，虽然声音传不出去。

南宫流云知道她在说什么，擦去嘴角的血迹，淡淡一笑，说了一句："现在停下，刚才的约定就不作数了，才不要呢。"

苏落顿时急了。

南宫流云此时的状况很不好，连身子都有些摇摇欲坠了，但他一直强撑着，手掌微微颤抖，额上的冷汗滴滴滚落。

又过了小半个时辰，终于，最后一块冰层破解了，苏落一下子恢复了自由身。

南宫流云看到苏落出来，这才长长嘘了口气。他的落丫头终于出来了。

南宫流云一阵心神恍惚，脚底下微微踉跄。苏落扑上去要扶他，但此时正手脚僵硬着，所以两个人双双跌倒在沙滩上。

南宫流云再也抑制不住，重重咳嗽出声。随着咳嗽声，他口中不断溢出鲜血。

苏落看着心疼极了，却毫无办法，只能轻轻地拍打他的背部。好不容易等他吐完了，苏落将他扶住，一边帮他擦拭嘴角的血迹，一边制止他，"我知道你现在有很多话要说，但时机不对，先别说话，好好休息调整一下。"

南宫流云凤眸迷离，半昏迷半醒着，看着苏落笑，挣扎着开口，"你……答应……"

这个男人到现在还惦记着那个承诺！苏落气得瞪他一眼，"知道了，答应了的事我苏落绝对不会反悔，不就是三个月吗？都记着呢。"

说完，苏落自空间中取出一杯天灵水，缓缓喂进南宫流云口中，“来，把这个喝了。”

此时，南宫流云表现得非常乖巧。他躺在苏落怀里，顺着苏落的手一口一口将整杯水都喝进去了。喝了天灵水后，他的脸色有些好转，眼皮却变得越来越沉，很快陷入了深深的睡眠中。

直到此时，苏落才有机会好好打量南宫流云。他的脸色苍白得可怕，身上的衣衫也略显狼狈，一双手被海水泡得有些浮肿。苏落其实很想问，合欢室里，到底有没有发生什么事……但是面对这样的南宫流云，她觉得，问这句话是对他的侮辱。

她一直照顾着他，一夜无眠。

第二日清晨，在晨光中，两人悠悠转醒。

饮用了那一杯天灵水之后，南宫流云的精神有些好转，但脸色依旧苍白得可怕，看起来虚弱极了。

苏落睁开眼的时候，见他正侧着身子，一手支着下巴，认真地打量着她。此时的他犹如一团温柔的火。苏落揉揉眼睛，嘟哝了一句：“干吗呢？”

南宫流云似乎有些不高兴，赌气地瞪着苏落。

苏落更加不解了。这大早上的，这男人怎么跟个孩子似的，又发什么脾气？看在他受重伤的分上，苏落倒没跟他计较，只问了一句：“你到底在气什么？”

南宫流云不说话，扁着嘴，用眼神传达他的怨气。

苏落有些摸不着头脑。问他又不说，还能怎么办？她无奈地伸了个懒腰，摸摸肚子，“好饿。”

南宫流云有些恶狠狠地说：“苏落，以后不许跟别的男人说你饿了。”

“嗯？”苏落有些不解地望着他。

“只许对本王说！”南宫流云傲娇味十足。

“德行。”苏落没好气地哼哼。

相比之前被困在冰雕里如木乃伊般的状态，脚踏实地、恢复自由的感觉真是好。苏落深深吸一口清新空气，转身问南宫流云道：“身子可好些了？”

“现在知道关心本王了？哼，迟了。”南宫流云别过脸去。

苏落简直要被他的幼稚逗笑了。难不成他早上赌气，就是因为自己没有关心他？可是她昨晚上明明守了他一夜，最后受不住才沉沉睡去的。

苏落瞪他一眼，“我一直都很关心你的好不好？不要这么没良心。”好声好气哄他，他还闹脾气。

闻言，南宫流云一下子坐起来，满脸喜色，“说，你都怎么关心本王了？”

“预备给你找吃的，算不算？”苏落懒得跟这幼稚的男人较劲。

苏落嘴里那么说着，但看到他那苍白无血色的脸，心底最深处还是闪过一抹揪痛。

“我要吃粥！”南宫流云提出要求，还郑重嘱咐：“煮得糯软的鸡丝粥。”

苏落没好气地白他一眼，又指指周围，“亲爱的晋王殿下，麻烦您睁开高贵的眼睛，看看这是什么地方，还鸡丝粥呢，你有办法变出米来吗？”

“你不是有空间吗？”南宫流云理所当然地说。

“但是空间里又不产米。”苏落很自然地接口。

南宫流云一下子抓住问题的关键，犀利地直指重点，“难道你空间里没放吃食？”

苏落面色微微一顿，然后缓缓地、郑重地点头，“是的，除了水，没啥食物。”不过，还有几个以前丢进去的馒头，只可惜都硬得不成样子了。苏落想了想，还是将那两个馒头拿出来，递给南宫流云，“要不，你先将就着吃点？”

南宫流云嫌弃地别过脸去，傲娇地说：“本王是病人，本王要吃落丫头亲手做的吃食。”

苏落顿时无奈了，她单手放在眉心遮阳，极目远眺。

这是一个荒凉的岛屿。他们现在所在的位置是一处沙滩，再过去几公里便是一片连绵不绝的山林。山林里绿树成荫，看起来生机勃勃，想必会有些飞禽鸟兽吧。

“我去林间看看能不能找点吃的回来。”苏落淡声道。

“本王随你一起去。”南宫流云挣扎着站起来。

苏落一把扶住他，“别乱动，你的身子还虚，在这里休息就好了。”

南宫流云转而眼巴巴地看着她，可怜兮兮道：“这里随时有野兽出没，难道你想将本王丢在这里自生自灭？你都不保护本王吗？”

苏落简直无语，到底是谁保护谁啊。

“谁敢保护你这个七阶强者啊。”苏落没好气地翻白眼，转身就走。

南宫流云对着她的后背，幽幽出声，“如果本王不是七阶了呢？”

他的声音很低，情绪似乎很低落，苏落却听得一清二楚。

不是七阶？苏落顿时转过身来，关切地看着他，口中重复道：“不是七阶？这是什么意思？”

南宫流云微垂眼睑，低声说：“就是字面上的意思啊，所以现在本王需要你的保护，你不许丢开本王不管。”

这是赖上她了？

果然，南宫流云一边说，一边拉住苏落的衣角，整个人歪在她肩上，一副耍赖的样子。

总不能将受伤的他推开吧？真是难伺候的主！苏落很无奈地扶着他往山林方向走去。一路上，她一边与南宫流云说话，一边细细观察他的举止。此时，南宫流云脚步虚浮，别说是七阶，就连她这个三阶都比不上吧？

这……苏落想了想，最终还是问出口："昨晚，到底是怎么回事？"

南宫流云臭屁地哼了一声，道："终于要问了？本王还以为你会忍多久呢。"

原来这断早就知道她好奇，故意等着她来问。亏她还在那里做了许久的心理建设，生怕一句话不小心就伤了他脆弱的玻璃心。现在，这断竟然还在那里拿乔。

苏落没好气地白他，"别卖关子了，快说快说。"

苏落的口气越凶，南宫流云嘴角的笑容就越大，他双手交负在后，得意扬扬地挑眉，"真想知道？"

"当然想知道了。"就是神仙，那也有好奇之心吧？

"为什么想知道？"南宫流云略带笑意，慢腾腾地问。

苏落见他一副气定神闲的样子，心中不忿，哼哼两声道："你到底说不说？这么啰嗦。"

南宫流云这才慢条斯理地瞟她一眼，凑到她耳边，调笑道："其实你真正想问的是，本王究竟有没有失身吧？"

这个人，还真是……厚脸皮，语不惊人死不休。

不过坦白说，她要问的可不就是这个吗？不过，如果她承认的话，岂不就变相承认自己很在乎他的清白？变相承认自己对他有意？才不让他得意呢。苏落别过脸去，"我哪里会关心你这个？我管你有没有失身，我关心的是，你究竟是怎么找到我的。"

这问题也很关键。毕竟她是完全任由风吹雨打去，再加上昨晚上风高浪急，在这样的随波逐流下，竟然能够找到她，不得不说是一个奇迹。

刚才还笑吟吟的南宫流云神色一黑，拉着她的手发紧，疼得苏落龇牙咧嘴。

苏落用愤怒的眼神瞪他：这人真的受重伤了？怎么力道这么重？

南宫流云又凑到她耳边，吹着气，语气温柔地道："落丫头，这句话，本王不喜欢。"

炙热的气息萦绕在她敏感的耳畔，苏落本能地往边上挪去，南宫流云却用力一扯，将她拉到怀里。苏落的鼻尖撞到他胸口，力道很重，撞得她鼻子很酸，酸得眼眶微红。还没等她捂住鼻子，南宫流云便用手指挑起她洁白尖细的下颌，俯身迅速吻上她的唇。

他的吻强势霸道，有着攻城略地般的疯狂。苏落顿时愣在原地，只觉得口中气息清香，一种酥酥麻麻的感觉布满全身。

就愣了那么一瞬间，她立即回过神来，当即本能地大力将他推开。

没想到这次，她轻易地就将南宫流云推开了。而且不止推开，南宫流云被她推得趔趄一下，摇摇晃晃地倒在边上的古树上，后脑勺砰的一声撞到古树躯干，一时间痛得他龇牙咧嘴。

“嘶——”他倒抽一口冷气，捂住胸口瞪向苏落，“死丫头，你谋杀亲夫啊？”

“谁叫你乱轻薄人家。”苏落气势汹汹地反瞪回去。可看他虚弱地挂在树上直喘气，她到底底气不足，又心虚地凑上去，低声问道：“那个……你没事吧？”

南宫流云哼哼两声，扭过头去，不理她。

难道连话都不会说了？苏落心中闪过一抹懊悔。

“到底怎么样啊？要不要喝水？”

亲就亲吧，又不是没被亲过，自己的反应怎么就这么大呢？再说南宫还伤得那么重……

苏落心中后悔极了。于是，她更加殷勤地围在他身边嘘寒问暖。

南宫流云典型就是给点阳光就灿烂，苏落这边围着他团团转，他倒是越发蹬鼻子上脸了，就是不回答她。苏落在左边，他的脸就偏到右边。苏落跑到右边，他的脸又偏向左边。真是小孩子脾气，怎么就这么别扭？

苏落只能低声下气地拉着他的衣袖跟他道歉，“好啦好啦，是我错了，我不该推你的，别气了好不好？”

南宫流云这才扭头瞪她，重重提示：“本王受伤了。”

“是是是。”苏落急忙点头。

“本王是病人。”南宫流云再次控诉。

“知道知道。”苏落忙不迭应声。

从前世到这一世，杀人对她来说如吃饭般简单，但是应付小屁孩她真的没多少经验啊。算了，就从南宫流云这厮开始好了。

控诉完了，南宫流云还不高兴着呢，只见他捂住胸口，气鼓鼓地瞪苏落，“既然知道，该怎么做？”

“怎么做？”苏落疑惑地瞥他一眼。

南宫流云傲娇地扬着下巴，眼神乱瞟，“补回来不会啊？”

“什么补回来？说清楚。”话就不能完整地说吗？如果不是看在他受伤的分上，她早就暴走了。

见苏落有些不耐烦，南宫流云顿时委屈了，那双桃花眼幽幽怨怨地瞟了她一眼，“伤了人家，也不知道亲一下补偿补偿……”那模样，简直就跟受欺负的小媳妇一样。

我亲爱的晋王殿下……您可是晋王殿下啊！别摆出一副小媳妇受欺负的表情好不好？苏落顿时暴躁了，但……接触到那双黑白分明的大眼睛，还有那张虚弱苍白的脸……她认、输、了，真是败给他了。

苏落凑过去，在他的面颊上蜻蜓点水般掠过一个吻。然后，她很无奈地问：“这下总行了吧？”

谁知这厮不满意，还挑三拣四，“不是那个地方。”

“找打是不是？”苏落佯怒瞪他。她算是摸索出规律来了，对小屁孩就不该给他脸，免得他蹬鼻子上脸。

南宫流云委委屈屈地看着她、控诉她，单手捂住胸口，就是不起来。

好几天水米未进了，苏落早就饿得虚弱了，这厮还在这捣乱，她顿时黑下脸来，伸手就去拉他，“别哼哼唧唧了，知道你没事，快起来赶路了。”

南宫流云却一直捂住胸口，理都不理苏落。

“还有什么不满意的啊？”苏落无奈，蹲在他面前，“胸口怎么了？难道真的受伤了？”苏落一边说一边伸手去掀他的衣袍。

“别——”南宫流云一把拉住她的手，摇摇晃晃就要站起来。

他这样子，苏落反而更加好奇了，她一把扯开南宫流云胸前的衣服。南宫流云的反应很大，大叫了一声：“女流氓！”

在看到南宫流云胸口的伤时，一瞬间，苏落鼻子一酸，眼泪直接就滚落下来。

他原本晶莹如玉的胸前肌肤，此时却布满狰狞的伤口。最严重的一道剑伤，是从左胸斜向右腹，至少有二十厘米长。两侧皮肉外翻，能够看到中间那条血缝，再经过海水的浸泡……那伤口狰狞而恐怖，看得苏落心都揪起来了。

她立即扶他重新坐下，埋怨责备他道：“你知道这伤口有多严重吗？为何还要瞒着我？”苏落眼眶微红，声音带着浓浓的哽咽。

南宫流云邪邪一笑，“终于见到落丫头哭鼻子了，好难得呢。难道你不知道，本王瞒着你，就是为了让你心生愧疚吗？”

都到这个时候了，还捉弄她！

想起刚才她重重一拳砸在他胸口，还将他推开，苏落蓦然心中一酸，低低说了一句：“南宫，对不起。”

“永远不要跟本王说对不起，本王不需要这三个字。”南宫流云温柔地抚摸着她的脸，“你只要乖乖待在本王身边，就永远不需要说这三个字。”

苏落蹲跪在他面前，犹豫了下，最终还是点点头。她关切地问：“你这伤怎么样？需要什么药？”她虽然已经是初级炼药师，奈何时间尚短，基础还没打牢固。

南宫流云在苏落的扶持下，慢慢站起身来，“凝血丹，这里应该有药材。”他抬头看看天色，又对苏落道：“先找个地方安顿下来，快要下雨了。”

苏落抬头望向天空。湛蓝的天空万里无云，哪里有要下雨的样子？但南宫流云这么说，肯定有他的道理。

苏落点点头，“好，一时半会儿也离不开这荒岛，是该找个地方安顿下来。”她愧疚地看了南宫一眼。

他伤得那么重，也不知道是怎么追上她找到这荒岛来的，这么虚弱，还冒着受内伤的危险，也要将她从冰层里解救出来……

南宫流云捏捏她的鼻子，笑容邪魅而妖娆，“既然觉得对不起本王，就好好伺候本王，不许再反抗，哼哼。”说着，他搭着苏落的细肩，几乎将整个人都靠在她身上，一副虚弱得随时会晕倒的样子。当真是言行合一。

苏落顿时哭笑不得，却哪里还敢推开他？只能半抱半扶着他缓缓前行。

南宫流云幸福地眯起凤眸，惬意而悠闲。

走了没多久，南宫流云脚步微微一顿，指了个方向给苏落。苏落顺着他的视线望去，便看到掩藏在紫藤萝下的山洞。

看来即使是受了严重内伤，南宫流云的洞察力依旧还是那么犀利。

“我进去看看。”苏落让南宫流云斜靠在一株古树上，认真地吩咐道。

南宫流云嘴角露出一抹笑。

那洞穴被紫藤萝和荆棘掩盖住，若是不仔细观察，绝对看不出来。

苏落掀开藤草，露出了一个仅容二人通过的狭窄洞口。

苏落点燃火把，拿着它小心翼翼地往前走。此时，她无比期盼小神龙快快醒来。习惯了它的存在，没它在身边还真是不方便。

沿着蜿蜒的洞穴走了大约二十米，前方豁然开朗。

这是块大约有二十平方米的空间，空荡荡的什么也没有，但是空气干燥，没有异味。

能够找到一个可以遮风挡雨的地方已经很不错了，苏落也没有奢望太多，她将周围的环境整理了一遍，然后开始检查自己的空间。她记得自己往空间里摆放过一张黄花梨木床，以及整套寝具，查看之下果然有，苏落顿时就乐了。

取出黄花梨木床靠洞壁摆好，床垫枕头等一应俱全。

因为前世的关系，苏落环境适应性很强，住哪里其实无所谓，但南宫流云现在伤得很重，能让他过得舒服些，苏落自然乐意去做。

收拾了一番，看看这里已经有了小家的气息，苏落满意地点点头，便出去找南宫流云。

可她出去的时候，并没有见到南宫流云，顿时有些急了。还未等她呼叫出声，南宫流云便从树后缓缓走出来，笑看着她。

“不好好歇着，还到处乱走？”苏落很自然地伸手去扶他。

南宫流云顿时就是一副虚弱状，把她搂得紧紧的，一瘸一瘸地随她往洞穴里走去。苏落脑门上顿时竖下三条黑线。这脸还能变得更快点吗？

苏落扶着他往里面走，一边走一边好奇地问：“刚才去哪儿了？”

南宫流云没好气地看她一眼，最后却只笑笑，“找草药。”

苏落看他空空如也的手就知道，肯定没找到。

说话间便到了里面。南宫流云一看里面的温馨布置，顿时就乐了，眼里闪过一道亮光，“这是要洞房花烛吗？”

“胡思乱想什么呢。”苏落一把将他推倒在松软的床上，正色命令，“把衣服脱了。”

南宫流云紧张地揪住衣襟，犹如被土匪恐吓的少女，略带惊慌地抬头看她，“你、你想干吗？”

真是好爱演啊，弄得好像她要霸王硬上弓似的。

被迫当了土匪角色的苏落双手叉腰，很无语地望天，“想象力还能再丰富点吗？还想不想上药了？”

“上药？”南宫流云狐疑地瞥了苏落一眼。

“嗯。”苏落自空间中端出一杯天灵水，“更准确地说，是给你洗伤口，坐好了不要动。”

南宫流云坐在床头，乖巧地任由苏落帮他解开衣带。看到那触目惊心的伤口，苏落只觉得鼻子又是一酸，“伤口被海水泡得都烂了，最好的办法就是把这些腐肉切掉，不然很难愈合。”

南宫流云挑眉而笑，慢腾腾地说：“会很痛的。”

“是。”

“但如果落丫头答应本王一个条件的话，倒可以考虑。”南宫流云慢悠悠地说。

苏落顿觉无力。这个男人当真是得寸进尺啊！这到底是谁身上的伤啊，还左一个条件右一个条件的。不过又不能凶他，一凶他，他绝对有本事立马幽怨控诉。

“你说说看。”苏落单手叉腰，无奈地看他一眼。

南宫流云高兴地拍拍那张黄花梨木雕花大床，“晚上陪本王一起睡。”

苏落不理会，端着天灵水坐到一边的床沿上，问：“要是我不答应呢？”

南宫流云很不高兴地哼哼道：“那本王就不治！”

“那是你的身子，你怎么一点都不关心？”苏落白他一眼。

“有你关心就行了嘛。”南宫流云顺口接道。

这是赖到她头上了？苏落顿觉无语，斜睨他一眼，“你这是赖上我了？”

南宫流云很认真地点头，一本正经地说：“本王是病人，病人最大。”

苏落简直是败给他了，真想把他现在这副样子拍下来全国散发，让大家都看看他们心目中那清冷高贵得不可一世的晋王殿下，私底下究竟是怎样的幼稚。

苏落白他一眼，“别太过分了，不然我可是会丢下你不管的。”

“本王的落丫头才不会呢。”南宫流云傲娇地挑眉。

“谁说不会？现在就消失给你看。”苏落将天灵水放到他手上，转身就往外走。

南宫流云看着苏落离去的背影，眼神变得有些落寞……

苏落倒不是真的生南宫流云的气，而是她想到，若是刮肉疗伤的话，必须先将凝血丹炼制出来。

炼制凝血丹所需要的药材倒不难找，苏落在外漫步了一圈，不到半个时辰，药材就被她全找到了。苏落将这些药材全都丢进空间，让自己的灵魂跑进去修炼就可以了。

此时，空间里的苏落忙着炼制丹药，空间外的苏落也没闲着，忙着寻找食物。

药材不难找，但是说起食物，真是难倒她了。这座荒岛上竟然连一只魔兽都没有，本来她还想寻只魔兽宰杀了烤来打打牙祭的。苏落找来找去只找到几棵野果树，树上的野果并不多，只有稀稀落落几十个。

她把浆果摘下来尝了尝，发觉味道还算可以，便一口气将所有的浆果全部摘下了，反正她有空间，再多的量也不怕装不下。

这样一想，这空间简直就是居家旅行杀人越货必备啊。没有魔兽，海里总归有海鲜吧。

苏落又屁颠屁颠跑到海边，也算她的运气极好，沙滩上零星地散落着一些牡蛎。牡蛎俗称生蚝，在现代可是好东西，放上切成碎末的香蒜，在火上烤了，可是极香的。苏落一股脑捡了小半桶的生蚝。

南宫流云受伤了，好歹要给他炖点鱼汤滋补滋补吧。苏落正想去捉鱼，却忽然想到，之前钓的紫荆鱼，她几乎挪了一小半进自己的空间，粗略数数也有几百条……她竟然把这个给忘记了。

苏落一拍脑袋，觉得这榆木脑袋肯定被冰封给冻傻了。

那么好的宝贝，她之前竟然没有想到。

第三十八章 生死时速

苏落很快又回到山洞，一眼就看到南宫流云怔怔地坐在床头，侧脸轮廓精美得如同古希腊神祇，让人一看就挪不开眼。

“想什么呢？”苏落伸手在他面前晃了晃。

南宫流云见是苏落，明显松了口气，随即又赌气地哼哼两声。

苏落对他的傲娇脾气已经了如指掌了，也不暴躁了，笑着在他身边坐好，摸出已经炼制好的凝血丹来。

“都准备好了，现在开始给你疗伤。”

“舍得回来了？”南宫流云扫她一眼，语气有些不悦。

“哪能真走了啊，给你找草药和吃食去了。”苏落像变戏法一样从空间里变出一样样东西，纷纷堆在地上。

南宫流云却瞟都不瞟一眼，换了个姿势，侧身对着她，看着角落里的杂草。

苏落有些哭笑不得，伸出手，重新解开他的衣带，看到那狰狞外翻的伤口，苏落鼻子一酸，问：“还疼不疼？”她的声音有些沙哑，带着浓浓的鼻音。

南宫流云瞟她一眼，又别过脸去，“反正你又不关心本王，疼死了也与你无关。”

苏落知道这个男人在赌气。

真是爱吃醋又爱赌气的傲娇小气男人。

苏落不理他，自顾自地准备好疗伤要用的器具。

将匕首用火球熏过后，苏落取了那枚凝血丹递给南宫流云，“吞下。”

南宫流云虽然还是不理她，但是乖乖张开口。

苏落哭笑不得地看着他，摸摸他脑袋，好声好气哄着："好了好了，我答应你，以后没有你的允许，不会一个人出去了，嗯？"

她其实一直知道，他装痴卖萌赌气，不过是在等她一个承诺。所以，她说出他爱听的那句话。

南宫流云却是漫不经心地说："可不是本王逼你，是你自愿的。"

苏落笑起来，"知道了知道了，是我自愿的。"

南宫流云这才高兴起来，挑眉看向苏落，"这还差不多。"

得寸进尺！

苏落懒得再理他，只淡声说了句："躺好，要下刀了。"

匕首寒光闪闪，泛着森冷的光芒。

衣衫褪下，露出胸前那狰狞的伤口。

南宫流云瞥了苏落一眼，皱眉，"若是留下伤疤，你要负责的。"

苏落无语地点点头。

"不许嫌弃。"南宫流云想了想，又加上一句。

苏落又重重点头，"知道了，真啰嗦。"

苏落算是很大胆了，但是眼前之人是南宫流云，她下手之际还是不可避免地抖了抖。

一刀切过，鲜血顿时狂飙出来。

苏落见此，鼻子不可避免地一酸，偏头去看南宫流云。

此时的南宫流云却连哼都没哼，只一瞬不瞬地盯着苏落看，眼底的认真犹如在看稀世珍宝。

尖锐的匕首将皮肉切开，在没有任何麻醉的情况下，怎么可能会不疼？苏落分明看到南宫流云额上沁着一抹细密的汗水，脸色显得更加苍白如纸。

凌乱的长发被汗水浸透，披散在宽阔的肩膀。但是他嘴角却挑起一抹清浅的笑容，似乎云淡风轻、漫不经心。

他一瞬不瞬地凝视着她，那么温柔、宠溺、醉人。

苏落与他的视线对撞，心，怦然而动，她瞬间回神，继续手中的动作。

看着那伤痕累累的肌肤，苏落眼中有一闪而过的杀气。

"昨晚是怎么回事？"苏落第三次问出口。

前几次南宫流云都避而不谈，但是现在，为了引开他的注意力，苏落却又再次提起。因为等下将凝血丹粉末撒上去的时候，那才叫真正的痛。

南宫流云妖魅的脸上闪过一丝玩味，笑容邪气万分，"放心好了，本王的身子要毁也是毁在落丫头手里，怎么会给别人？"

这叫什么话？搞得好像她很辣手摧花似的。

苏落没好气地瞪他一眼，“那你是怎么跑出来的？”

紫鱼殿里的机关何其厉害？既然被关进合欢室里，想要安全无虞地走出来，几乎是不可能的。

想起当时的情景，南宫流云妖魅的眼眸微微沉下来，“本王当时就坚定着保持清白之躯献给我家小落落的信念，这还能出不来？”

“怎么就伤成这样了呢？”

苏落手中匕首划过，又一块腐肉切下，南宫流云眉头都不皱一下，嘴里缓缓说道：“打架呗。那合欢室里，除了交欢还有第二种选择，倒是挺人性化的。”

温温柔柔的话，邪魅妖娆的笑，但是额上的汗水凝结成珠，颗颗滚落。

苏落鼻子一酸，别过脸去，装没看见，手下加快速度，口中却继续引他说话，“怎么个人性化？”

“这个嘛，简单说起来，就是自己与自己打架。”南宫流云有些眩晕，但他还是笑着。

“自己怎么跟自己打？”苏落看他一眼，又专注手中的工作。

南宫流云想了想，缓缓说道：“里面很奇怪，会模拟出另外一个自己，而这个人吧，他不论是灵力、招式，还是思维，都处于最完美的巅峰状态，很厉害吧？”

竟然还有这么诡异的事情？还能这么模拟？这究竟是古代，还是超现代……苏落顿时囧了。

“既然这样，你怎么打得过？”苏落顿了顿，接着就将凝血丹捏成粉末，撒落在他那鲜血狂飙的伤口。

伤口上顿时发出嗤嗤嗤的声音，与泼了硫酸的效果有些类似。

南宫流云脸色煞白，他深吸一口气，硬生生将那抹锥心痛楚忽视掉，“也不看看……本王是谁……怎么……可能……打不过……”

与最完美的自己干架，如果不拼着丢掉性命的危险，怎么出得来？

“那么……你出来了，瑶池仙子呢？”苏落不由得问出口。

南宫流云有一瞬间的迷茫，想了半天才终于想起来了，“哦，你说她啊，不知道。”

“什么？不知道！”苏落震惊了，死死盯着南宫流云，手中的匕首不小心划动，在他完好的晶莹肌肤上划出一道伤痕。

南宫流云咬牙切齿，恨恨地瞪她，“你想谋杀亲夫啊。”

“不是……你就将她丢在合欢室里，不管她了？”苏落真的有些难以想象。

“那不然还带着她跑路？你一个拖累本王就够了，再多的管不了。”南宫流云很直白。

虽然南宫流云用嫌弃的语气，但不得不说，这话听在苏落心里，还真是熨帖，简直让人心花怒放。

犹记得当时，在落日山脉，瑶池仙子与南宫流云的身影，她离去时候对自己的不屑……苏落心里喜滋滋的，嘴角抑制不住微微上翘。

南宫流云看了，嘴角扬起一抹笑，轻笑出声，“就这么高兴？”

“谁高兴了？”苏落凶巴巴地瞪他一眼。连她自己都不知道，那笑容竟带着丝丝甜意。

“可不就是对面的傻姑娘吗？”南宫流云轻笑地看她。

苏落没好气地白他一眼，“对了，你还没回答呢，昨晚上风高浪急的，你到底是怎么找到我的？”

说起这个，南宫流云又恶狠狠地瞪着苏落，恨不得扑上去将她吃掉。

苏落被他瞪得心底有些发毛，怔怔地问道：“我问错了什么……吗？”

见南宫流云磨着后槽牙，不知为何，苏落心虚极了，明明她没做什么错事啊。

“懒得说！”南宫流云狠狠瞪了她一眼，闭上眼睛假寐。

好吧，既然懒得说，那就不说吧。

苏落专心给他治疗，将最后一颗凝血丹撒在他的伤口上。

凝血丹分内服和外敷。这是最烈的一颗丹药了，痛楚比之前更是多了十倍。

南宫流云不断地深吸气，修长的身子一动不动，如果不仔细看，不会发现端倪。

“痛吗？”苏落心疼地问出口。

“不。”南宫流云缓缓吸了口气，又幽幽叹出一口气，“习惯了。”

蓦然间，苏落觉得鼻子一酸，眼眶微微发红，别过脸去。

她知道他指的是他身上的痛，那每个月都会发作一次的痛。

忽然，苏落脑中闪过一丝震惊。

南宫流云每个月都会病情发作，痛上一夜，算算时间……

苏落回眸，错愕地看着南宫流云，眼中的泪几乎滚落，声音带着一丝哽咽，“你昨晚……病发了？”

是的，她没有记错，就是每个月的十五，他会病发！

提起这个，南宫流云几乎是咬牙切齿，恶狠狠地瞪向苏落，“你还知道啊。”

苏落心里更发虚了……

南宫流云深吸几口气，最后狠狠地瞪着苏落，缓缓地、一字一顿地咬着后槽牙磨出来，“昨晚本王为了追你，简直……叫你你还不应！”

可以想象，昨晚上他受了这么重的内伤和外伤，又加上旧疾发作，又碰上海上风暴潮……倒霉催的，怎么什么霉运都给他碰上了。

而她呢？她那个时候在干什么？苏落一想到这个，简直要捂脸了。昨晚上在那样的风高浪急里，她……竟然睡着了。

可以想象，他艰难地拖着受了重伤的病体在后面追，在海里拼命地划啊划，跟着她的方向不断打转，而她则惬意地酣睡好梦……如此一想，苏落愧疚得几乎要给他跪了。

南宫流云挑眉，斜睨苏落一眼，唇角微扬，“现在知道错了吧？”

苏落默不作声，拼命点头。

南宫流云朝她招手，“过来。”

苏落屁颠屁颠就跑过去，乖巧地坐在他身前，默默地看着他。

南宫流云伸手摸摸她脑袋，“知道要怎么做了？”

“啊？”苏落表示不解。

南宫流云斜了她一眼，在床上寻了个舒服的姿势靠着，淡淡看着苏落，“本王现在饿了。”

苏落的目光落到他胸前的伤口上。撒了凝血丹之后，伤口已经止住血了，而且隐隐有愈合的趋势。苏落洗了一个浆果递给南宫流云。谁知他还挑剔得很，摇头，“本王不吃这些乱七八糟的东西。”

都流落到荒岛了，竟然还这么挑剔。苏落无语地白了他一眼，“除了浆果就只有牡蛎和紫荆鱼了。”

南宫流云特奢侈地来了一句，“那就紫荆鱼吧。”

一条紫荆鱼相当于一颗绿色晶石，拿来做烤鱼，那灵气基本是吸收不到了。不过苏落现在别的东西都缺，最不缺的就是紫荆鱼，一听南宫流云这么说，她二话不说就答应了。

对于烧烤这活，苏落是驾轻就熟，不到一会儿就烤出两条金黄色香气扑鼻的紫荆鱼。

苏落的烧烤技术非常好，鱼的两面黄而不焦，又酥又脆，闻之令人食指大动。

苏落将大的那条递给南宫流云，“可以吃了，拿着吧。”

南宫流云看了她一眼，委委屈屈地说：“你一点都没有诚意，好歹，你也得喂本王吧？”

“什么？”苏落饿极了，抓起烤鱼就往嘴里塞，含含糊糊地问。天知道她已经两天粒米未进了，饿得都快前胸贴后背了。

“本王是病人。”南宫流云有些耍赖。

苏落没好气地白他一眼，“你手又没事。”

“可本王是病人，病得快死了。”南宫流云气呼呼地瞪她。

不可理喻的男人，简直幼稚到不行。

怕他生气会影响到伤口，苏落只能举双手投降，“好好好，喂你就喂你，残疾人士。”

南宫流云显然还有些不悦，别过脸去，不看苏落。

苏落有些哭笑不得，说了声：“不是说了喂你吗？怎么还生气了？”

“没诚意。”南宫流云嘟哝了一句。

“怎么没诚意了？”苏落在他身边坐好，另一只手把他气呼呼的脸掰回来，“啊，张嘴……”

南宫流云幽幽地看了她一眼，慢腾腾地说：“还说有诚意，吃之前都不会试试温度是不是高了，会不会烫到本王。”

苏落算是服了这个挑三拣四的男人了。都沦落到这地步了，还坚持他的贵族做派。

见他无辜地盯着自己，苏落简直欲哭无泪。刚才她分明已经吃了一条，烫不烫手难道她还不知道？简直就是找碴儿。

为了将这别扭的男人安抚住，苏落只能就着那条紫荆鱼咬了一口，然后对南宫流云道：“好了，温度不烫也不冷，正好呢，快吃吧。”

南宫流云舒服地靠在软垫上，目光挑剔，手指指向被苏落咬的地方，很认真地说：“本王要吃那里。”

那一本正经的模样，让苏落一怔。难道鱼背上的肉特别好吃？自己也没挑剔，随意咬了一口啊。抬眸看到南宫流云那微眯的凤眸，微翘的嘴角，苏落顿时悟了。

“你这个……”她简直无语了，原来玄妙竟然在这里。

南宫流云慢条斯理地说了句：“不是说愧疚吗？愧疚在哪里？连鱼都不喂。”

好吧，苏落败了。昨晚她确实不应该。

苏落深吸一口气，等气息平稳了，拿着筷子一点一点地剔鱼肉给他吃。

南宫流云此时看起来乖乖的、笨笨的、傻傻的，哪里还有一点那残酷嗜血的模样？乖巧得就跟幼儿园里被喂饭的小朋友一样。

好不容易喂完了鱼，苏落觉得比跑了几百公里还困难。谁知道南宫流云这厮竟然还不消停。他颐指气使地对苏落道：“本王要洗澡！”

苏落顿时有种想拍死他的冲动。

“你现在是什么情况？还想洗澡？”那么严重的伤口才刚清理完，还没结痂，竟然又要洗澡！

南宫流云却很固执，摇摇头，只一味地坚持，“本王身上臭死了，要洗澡！”

“等伤口稍微好点再洗好不好？”此时的苏落，就像在哄一个闹脾气的小孩子，温柔又无奈。

“不好，就要现在。”

苏落几乎咬牙了，双手叉腰，“南宫流云，别这么幼稚行不行？你不是三岁小孩子了，该知道怎样对自己才是最好的。”

闻言，南宫流云委屈地别过脸去，不理苏落了。

苏落扶额。神啊，谁来告诉我，尊贵强势得不可一世的晋王殿下，怎么就变成这副幼稚、不可理喻的样子？

南宫流云背对着她，看着墙角的植物，一声不吭。苏落静静地站在他身后，有些无奈地看着他。四周很静，静得能听到风吹落叶的声音。

忽然，南宫流云甩开锦被，站起身来，下了床扭头就往外走。

苏落顿时急了，一把拉住他的手，气急败坏道：“你的伤还未痊愈，怎么可以下床，这是要到哪里去？”

南宫流云回眸看她，半垂着眼，慢腾腾地说：“洗澡。”

这个王八蛋，洗就洗！

正所谓一回生二回熟。现在苏落剥起南宫流云的衣服来简直驾轻就熟，哪里还像第一次那样紧张得连手指都颤抖？所以说，习惯是一种多么可怕的东西。

南宫流云乖巧地坐在凳子上，任由苏落手脚利落地将他剥光。

见苏落这麻利的动作，南宫流云倒是笑了，打趣地瞥了她一眼，“哟，这怎么回事？不脸红了？”

一看他脸上那欠扁的笑，苏落就想起那次被迫进晋王府，这厮故意拿她当小厮使唤，还气定神闲地假装没认出她，真是无耻啊。那次是被当作小厮，现在却是丫鬟……她在他面前的地位怎么就是提不上去呢？

“脸红你个大头鬼，你身上哪块肉我没见过？”苏落很得意地挑眉。

南宫流云立马义正词严地接了一句，“是你自己亲口承认本王全身都被你看光了，你要负责的！”

苏落一脸黑色，白了他一眼，“是你自己非要洗澡的。”

“可衣服就是被你剥光的，你想不负责任？”南宫流云脸上一本正经，句句紧逼。

苏落扶额。她心中不由暗想：这厮非闹着要洗澡，该不会就是要让自己看光光，然后逼自己负责吧？若是别人苏落自然不信，但是南宫流云……这厮的脑子异于常人，只有他想不到的，没有他做不到的。

南宫流云见苏落不作声，便又哼哼道：“本王为你守身如玉，现在又被你看光了，反正这辈子非你不可了，你看着办吧。”

这个无赖，竟然真的赖上她了。苏落白了他一眼：堂堂晋王殿下，一人之下万人之上，干吗非要逼她负责？又不是没女人。

“知道啦，试着在一起三个月嘛，要不行就分开。”苏落笑吟吟地说。

南宫流云听到后半句，面色一黑，但很快又恢复正常，慢悠悠地看着她，神色平静，眼神却含着浓浓的挑衅意味，“你敢？”

苏落懒得再跟他计较下去，立即转了话题，“你的武功是怎么回事？什么时候会恢复？”

“你倒是关心本王。”南宫流云淡淡斜了她一眼。

“我那是关心自己。”苏落没好气地说，“现在我们落到这荒岛上，也不知道什么时候才回得去，只有等你伤好了，才能考虑回去的事。”

南宫流云神色似乎有一丝不悦，“就这么不愿意和本王在这岛上住下去？”

苏落知道他误会了，便笑着跟他解释：“有没有人说过你很小气？”

“谁敢？”南宫流云霸气十足。

简直就是一位暴君，顺他者生，逆他者亡。苏落无奈摇头，跟他解释道：“我倒不是不愿意住这，只是之前跟苏清约定好了生死战，这眼瞅着就只剩下不到一个月了，你说怎么办？”

如果被困在这荒岛上，到时候她连出场的机会都没有，岂不是不战而败？这可不是苏落一贯的风格。

南宫流云神色间有一丝缓和，沉吟半晌，才给了苏落一个确切时间，“七日。”

南宫流云口中的七日，从第一日起就灾难不断。倒不是刮风下雨等自然灾害，而是人为灾难。

此刻，将南宫流云打理干净，苏落清理了地上的水渍，将水桶里的水拿去外面倒了。谁知，水桶里的水泼出去，却将一个人引来了。

看到面前那张狰狞恐怖的脸，苏落感觉到一丝丝的熟悉。这张脸上伤痕密布，坑坑洼洼，一只眼睛都被炸没了，看起来触目惊心。此刻，对方那只独眼，似乎淬了毒液，正死死地盯着苏落。惊诧、惊喜、憎恨、怨毒……全都汇聚到那只独眼上，泛出幽绿的光芒。

“李……傲天？”苏落好半天才认出来。这丑八怪竟然是李傲天？简直太不可思议了。

记得前几日，李傲天一身墨绿色锦袍，眉目俊朗，虽然不及南宫流云，但外貌也是极为出色的。但是现在，他简直丑得惊天地泣鬼神，贴在门上能辟邪，挂在床头能避孕。

李傲天死死盯着苏落，咬牙切齿，“臭丫头！天不亡我！终于让我找到你了！”说完，他手爪如鹰，如电般朝苏落肩头抓去！

从俊朗不凡到丑陋不堪，全都拜眼前这臭丫头所赐！毁容之恨，不共戴天。今日不杀了这臭丫头，他李傲天还有何颜面活在世上？

苏落来不及闪避，就地滑倒，堪堪避过他这一爪。

同时，苏落心中大为震惊！这到底是怎么回事？李傲天没被灵弹球炸死也就算了，他的武功修为竟然还精进了！而且还不是一点两点！

就在李傲天再次怒气冲冲朝苏落袭击而来时，一道人影悄无声息地出现在洞口，“住手！”

“南宫流云？”李傲天的手刹那间顿住，震惊地瞪着南宫流云，一时间有些回不过神。他跟瑶瑶不是被关在合欢室里吗？怎么又会单独出现在这里？难道瑶瑶也在这里？

南宫流云负手而立，身姿挺拔如松，神色凉薄而冷漠，双眸冷冷地扫了李傲天一眼，“你在做什么？”

被他的眼神一扫，李傲天本能地退缩了一下。之前的许多年，李傲天一直活在南宫流云的威望之下，对他有着一种本能的敬畏和服从。所以，南宫流云没有出手，只淡淡地站在那里，就能让李傲天心生戒备，忌惮地停下杀招。

“你怎么会在这里？瑶瑶呢？你把她怎么样了？”李傲天目光冷厉地道。

“本王把她怎么样？”南宫流云气定神闲地负手而立，似笑非笑地挑眉，斜睨他，“你怎么不问，她把本王怎么样了？”

闻言，李傲天顿时胸口一窒，眼神中闪过一丝不自然的情绪。合欢室的事其实他一早就知道，他也劝过，男人不像女人，即使发生了关系也绑不住南宫流云，但瑶瑶非要以这种方式逼南宫流云娶她，作为哥哥的他能怎么办？

“你到底把瑶瑶藏到哪里去了？”李傲天气急败坏地冲着南宫流云大声呵斥。

南宫流云依然傲慢地负手而立，慢腾腾地瞟他一眼，又偏过脸去。

李傲天顿时被气到了，气呼呼地瞪了他一眼，抬脚就往里面冲，四处找了个遍，却都没有李瑶瑶的踪迹。

“南宫流云，瑶瑶呢？”那是他最宠爱的妹妹，他绝对不允许她出事。

南宫流云淡淡地道：“你问本王，本王问谁？”

“瑶瑶不是跟你一起被关入合欢室的吗？你怎么可能不知道！”李傲天气急败坏地冲南宫流云喊。

南宫流云慢条斯理地说：“本王确实是被关了，她，就未必了。”

李傲天心中一惊。不愧是南宫流云，竟然这么快就看出不对劲！

“不管怎样，你必须把瑶瑶交出来！”李傲天怒气冲冲地道。

“李傲天，胆子肥了不少呢。”南宫流云气定神闲地负手而立，凤眸微眯，似笑非笑地冲李傲天道。他的语气那么轻缓，却煞气十足。

李傲天顿时一愣，继而眼中浮现一抹惊恐之色。

李傲天自小便认识南宫流云，他天赋卓绝也就罢了，偏偏毅力更加惊人，所以他的实力一直远超大家。说实话，李傲天真的是被南宫流云打怕了，所以面对他时，总有些底气不足。

此时，苏落站在南宫流云身边，心中腹诽不断：南宫流云还真会演戏。明明这时候他虚弱得快昏了，却仅凭几句话就能威慑住李傲天。

南宫流云又冷冷一笑，“若是你非要找李瑶瑶，便回你们李府去，这里可找不着。”

李傲天闻言，心里顿时就轻松了。南宫流云虽然没有明确说，但他的意思却很明白，瑶瑶是安全的。

李傲天一口气松下，这才冷冷地望向苏落，“臭丫头，纳命来！”大喝一声，就要朝苏落冲去。南宫流云却抬脚站到苏落面前，阴冷地盯着李傲天，“你想死，本王就成全你，只是别怪本王没有念着两家的交情。”

“南宫流云，这潭浑水你别插手。”李傲天嚣张地冲他叫。

南宫流云淡淡地瞥了他一眼，傲慢地扬眉，“本王的王妃，本王不护她，那要护谁？”

“你……”李傲天又气又急，无语地瞪着南宫流云，恶狠狠道：“南宫流云，这次你是执意要插手了？”

即使他与瑶瑶的事吹了，李傲天也不想和他闹僵，不想与这样的高手为敌。与他动手，自己就只有输的份儿。李傲天恶狠狠地瞪了苏落一眼，“好，这次看在南宫的面子上，就让你多活几日。”丢下这句话，李傲天瞬间化为一道黑影，消失在空气中。

南宫流云的身子虚弱地晃了晃。苏落立即上去扶住他，急切地问：“怎么样？还行吗？”

南宫流云淡淡地说了一句：“还撑得住，进去再说。”

苏落点点头，说不定李傲天就潜伏在周围。她扶着南宫流云慢慢走进洞穴里，一时间，两个人都没有说话，周围的空气有些凝重。好半天苏落才苦笑出声，“李傲天怎么就没被灵弹球炸死呢？”

南宫流云略带苦笑地望着她，伸出手揉揉她脑袋，“忘了告诉你，使用灵弹球的时候，其实有一点后续问题。比如说，有万分之一的概率，会让对方吸收灵弹球里的灵气。”

南宫流云手一摊，无奈地说：“这万分之一的概率，竟让他碰上了。”

“李傲天这是吸收灵弹球里的灵力了？”

“应该是了，他的实力比之前好了一点，现在应该是七阶了。”南宫流云苦笑道。

“七阶？”苏落眉心微微抽搐。她这是造了什么孽啊？之前本想趁机会将李傲天杀了，谁知反而送他上青天，他直接就突破六阶界限，飙到了七阶。现在在这荒岛上，自己实力不足，南宫流云又身受重伤……唉！苏落有些郁闷地拍拍自己的脑袋。她第一次使用灵弹球就砸出来个吸收灵力的，该说她运气爆好呢，还是运气超级无敌差？

“我们还是住这儿？”依旧住这的话，就等于随时等着李傲天想明白后杀上门。

“若是现下立即离开，就算他是头蠢猪，也该想明白了。”南宫流云云淡风轻地笑了笑，“现在只能赌，赌他七日之内不会想明白。”

难……苏落双手托腮，缓缓摇头。

一连三日，日子平淡无波地过去了。

第四日，苏落、南宫流云盘膝而坐，双眼紧闭。南宫流云身上的外伤已经好得差不多了，内伤也在有条不紊的恢复中。这后面的几日正是最关键的时刻，若是被人打扰，后果不堪设想。

苏落脑海中浮现出李傲天的身影。自从前几日出现过一次之后，这个人就像完全消失了一样。按说苏落该高兴才是，但是，她心中隐隐有一种不太好的预感。她的预感向来很准，或者说，她对危险的感知力比绝大部分人都要强得多。

就在苏落隐隐有一丝担忧时，外面传来一阵重重的脚步声。

李傲天！

苏落身侧的手紧握，神色间闪过一抹担忧之色，她的视线落到南宫流云身上。此时的他周身萦绕着淡淡的雾气，全身心沉浸在修炼中，完全没有感觉到外界的纷扰。

若是南宫流云此时修炼被打断，极有可能会伤其根本，往后他想要更进一步就难了。她绝对不允许南宫流云受到这样的伤害。苏落想至此，便毫不犹豫地掉头往外走——她要将李傲天引开。

南宫流云，这次换我来守护你。苏落大步往外走。

果然，她看到李傲天气冲冲地往这边行来。

苏落看到他，脸上故意出现惊慌之色，而她现在所处的位置，正好通向外面。

李傲天正冷冰冰地站着。

说实话，一开始他确实被南宫流云吓走，但是这几日，他越想越觉得不对劲。这里明显就是孤岛荒山，找不到人类居住的痕迹，但是那个山洞里，竟然连黄花梨木床、被褥、枕头都有。这说明了什么？！李傲天很难相信，却不得不信，在南宫流云和苏落之间，必然有一位是空间法师。空间法师啊，那是多么难能可贵的法系！

空间法师成长到后来，不仅在攻击和速度上有优势，而且还能制作空间戒指。这让李傲天垂涎极了。当然，他并没有被眼前的利益蒙蔽眼睛。当时在山洞中，除了这些以外，他还闻到一丝淡淡的血腥味。所以，他有些怀疑，南宫流云是不是受伤了。

若是真的如此……既然他非要一个臭丫头，也要放弃与李家的合作，那么，就去死吧。

李傲天眼中闪过一丝疯狂。他目光阴冷地盯着苏落，嘴角勾起一抹狠厉嗜血的冷笑，“臭丫头，准备好受死吧。我看这次谁还能救你！”

苏落面色惊骇地看着他，一步一步地往后退，“李傲天，别忘了是谁让你直接晋阶的。”

提起这个，李傲天正一肚子气，他宁愿要回那张脸，也不要晋阶却变成现在这副鬼样子。

“臭丫头，受死吧。”李傲天一巴掌拍向苏落后背。

苏落早有准备，直接往侧边滚去，同时朝李傲天大声呵斥：“李傲天，你这是找死！等南宫找好食物回来，他一定不会放过你的。”

李傲天原本是想弄出些动静，引南宫流云出手的。没想到南宫流云出去找食物了，真可惜！不过能杀了这臭丫头，也算是为自己为瑶瑶报仇了。李傲天想至此，出掌更是凶猛。

苏落从空间里掏出一个铜牌，对着李傲天就掷过去，“看我的灵弹球！”

李傲天对灵弹球阴影甚重，他想也不想就直接抱头滚远，滚落到一处泥塘里。

苏落转身就跑。此时不跑更待何时？她哪里还能再去找一枚灵弹球？那丢出去的铜牌正是柳家老爷子亲自送上门的那枚。这块铜牌里的灵舞步其实是残缺的，里面仅仅只是最初级的灵舞步，苏落已经全学会了。

李傲天抱头滚落泥塘中，好半天才发现所谓的灵弹球根本没炸开，再抬眸一看，发现竟然是一块黑乎乎的破铜烂铁！

李傲天想也不想，直接一脚下去就将这块铜牌踩成稀巴烂。

他的怒气值完全被苏落挑起来了，哪里还去管南宫流云受没受伤，也根本没想到此时是杀死南宫流云的最好机会。

“臭丫头，今日不杀你，我就不姓李！”此时一身泥浆的李傲天气得全身发抖，独眼赤红，那张面目可憎的脸上更显狰狞。

苏落眼见李傲天被自己算计，抱着脑袋滚进泥潭里，她一头扎进荒山密林里，不断地发足狂奔，速度快得惊人。

南宫流云还需要四天的时间，她必须用尽一切办法将李傲天拖住。不然，她和南宫流云两个人必会被李傲天斩杀在这荒岛之上。

苏落飞速在密林里狂奔，她能够清晰地感觉到，李傲天对她生命的威胁。

跑到丛林深处，苏落停下来深吸一口气。李傲天不会这么快追来吧？

看到前方有一处布满荆棘的山洞，苏落迅速扯开荆棘滚进去，很快又将荆棘恢复原样。

这个山洞并不小，与他们现在住的那个相比，还要大上一些。但是苏落并没有往里走，因为如果被困在里面的话，她就真的连最后一丝生存的希望都没有了。

苏落屏住呼吸，把自己的呼吸压抑住，就连心脏的跳动都压制到一个缓慢得几乎难以察觉的地步。生理机能被压迫，她周身的血液循环都慢下来，全身冰凉、僵硬，紧贴着墙壁坐着。这才一开始，就被逼到这种地步，往后的四天，该如何拖延？她的嘴角有些苦涩地微微翘起。

唉，千算万算，谁能算到当初那枚灵弹球会将李傲天砸成七阶高手呢？若是早知道……她砸自己好了啊。天作孽犹可违，自作孽不可活啊。苏落正感叹着，忽然，她感觉到脑子一疼，接着，一种心悸的感觉从胸口升起。陡然间，她有一种手脚冰冷的感觉。

被发现了！李傲天竟然用精神探索。他用精神锁定这一小片区域，一小块一小块地扫描自己的存在。

南宫流云说得不假，果然上了七阶后，会有一种质的飞跃。

苏落懊恼得几乎要捶墙了。

这里不能再待了，很显然李傲天已经搜索到自己周围这片区域了。苏落恢复体内生机，活动下手脚，然后飞速钻出山洞，快如闪电地往密林深处飞奔而去。

此时的苏落就像吊在狗狗面前的大骨头，要让李傲天追捕她，但又不能让他真的追捕到。同时，还要不断地骚扰惹怒这只狗狗，把它的仇恨值全都吸引到自己身上，以至于它没有时间去光顾旁人。

她得腾出时间，让南宫流云恢复，只要他恢复过来，那杀李傲天还不是分分钟的事？但是，这难度对苏落来说实在是太大了。若她的实力超过李傲天，那倒还罢了，但很显然，她在李傲天面前，几乎就是蝼蚁般弱小的存在啊。

苏落心中哀怨极了，但不管如何哀怨，该做的事还是得做。她飞快地奔跑着，两边的树木不断往后退，耳边是凛冽的寒风。她将灵舞步施展到极致，不过她虽然速度快，但每一步都小心谨慎，尽量不让自己留下痕迹。

李傲天在苏落后面狂追。本来他以为追杀一个小小的三阶，肯定是很容易的事，简直是手到擒来。但是直到他真正和苏落碰上，才知道这臭丫头有多狡猾，简直就跟滑不溜秋的泥鳅似的，沾手就溜，灵活得不得了。但越是如此，李傲天越是穷追不舍，此时的他完全将南宫流云忘到一边去了。

荒山密林里，道路多且杂乱，这让苏落的逃跑多了一丝生机。她专门拣最难走的路逃，但因为有灵舞步辅助，所以速度依旧可以快到极致。

很快，夜幕降临了。

这个夜晚，苏落没有生火，她选了一个小山洞将自己隐藏进去。山洞很小，仅容苏落一人蜷缩着才能藏进去。

今夜，格外的漫长。

洞外寒风凛冽，天空中，月亮被云层遮住，只留下一片朦胧的影子。不过，这对于苏落来说，是占了便宜。呼啸的风，能够吹走她留下的气息和痕迹，李傲天追捕她的难度就要增加了。

忽然，苏落感觉到空间里有些异动，她下意识地便往里面查探。让她感到有些惊喜的是，此时，空间里原本因为吞噬了大量的晶石而身陷昏迷状态的小神龙有了一丝苏醒的迹象。

随即，苏落的视线朝另一边望去。她看到了那块火红色的石头。当时在紫鱼殿的时候，她的脚踢到这枚石头，心神几乎被收走，还真让她心有余悸。

苏落从空间中取出那枚火红色石头，拿在手中细细把玩着。这块石头究竟是什么东西？它有着怎样的神秘过往？她总觉得，这块石头并不普通，它身上肯定有着悠远绵长的故事。

忽然，苏落感觉到手指微微一疼，她发现自己的指尖在摩挲火红色石头的时候，擦出一丝血痕。而那抹血痕很快就融入到火红色石头里，瞬间就失去了踪迹。

这石头还会吞噬血液？苏落顿时好奇极了。她想了想，便将手指戳破，鲜红的血液滴滴滚落到火红色石头上。

嘶嘶嘶——

她似乎能够清晰地听到火红色石头吸吮血液的声音。

这……怎么可能？苏落有些好奇地翻转打量着这块石头，没有再给它血液。忽然，火红色石头似乎不高兴了，发出一道尖锐的声音：“喵——”

这类似猫叫的声音，尖锐刺耳，响彻整个山头。

苏落顿时被吓了一跳，手脚都冰冷了。

这块臭石头，太会坏事了！

她好不容易找了个小山洞猫着，但是现在被它这么一叫，这山洞哪里还能待得住？

只怕不到一个呼吸的瞬间，李傲天就飘来了。

苏落气得拍了那火红色石头一下，直接将它揣进怀里，扒开洞口的草丛，飞速朝密林深处的方向奔跑而去。

果然，不到几次呼吸的瞬间，小洞口就出现李傲天那具挺拔的身影。

此时的他一身黑袍，在朦胧的月光下，脸上的伤疤显得越加狰狞恐怖，让人望之便心生惧意。

李傲天重重一拳砸向山壁，顿时，山壁被轰出一块巨大的深坑，乱石碎成粉末。

李傲天气得仰天大骂：“臭丫头，别让老子找到你！不然你就等着受尽天下最惨烈的痛苦吧。”

那张狰狞的脸，在朦胧的月光中，在黑暗的山林中，显得格外触目惊心，犹如幽灵界冒出来的厉鬼。

苏落逃得并不远，李傲天的话清清楚楚传到她耳中。

苏落站在山巅，朝着李傲天所在的方向冷哼数声：“想抓到本姑娘？有本事就来吧。”

苏落转身就撒开双脚，迅速钻进密林中，朝深山老林迅速飞奔而去。

李傲天毕竟已经到了七阶，对比苏落来说，即使她会灵舞步，在速度上他还是远胜于她。

所以，李傲天选择了正确道路后，很快就又锁定苏落所在的位置。

此时，苏落正坐在瀑布边喘气。

四周漆黑一片，伸手不见五指，正是黎明前最黑暗的时刻。

四周寂静得可怕，只有哗啦啦的瀑布冲下来发出的水花撞击声。

忽然，苏落发现自己精神一痛。她在心中暗骂一句。她这才休息了不过一炷香的时间，怎么又被锁定了呢？简直就跟狗皮膏药似的，丢也丢不开！

苏落气呼呼地重重叹一口气，思索着脱身之法。

因地制宜，方是良策。

苏落的视线不断地打量着周围。

前方高约百丈的山壁上，瀑布犹如白色银幕，水花冲到下方这处溪流，再迅速沿着这条瀑布往前冲。

可能是因为前几天刚下过暴雨的关系，水花的速度又急又快。

苏落眼睁睁地看着一块浮木眨眼间就被冲出老远。

忽然，瀑布上方滚落一棵枯木。枯木上还有一些绿叶，显然是被水流连根拔起了。

此时，河流大约有十丈宽，而这棵枯木则是在河流的最中央，它被瀑布的冲击力推着迅速往前冲。

苏落脑中灵光一闪，来不及多想，纵身一跃，身子犹如大鹏展翅，迅猛地朝那棵枯木扑去。

苏落的身子稳稳地落到那棵枯木上。她藏身在枝桠间，即使李傲天就站在她面前，都未必能将她找出来。

枯木漂流的速度很快。

苏落能够感觉到那抹精神枷锁的消失，她知道自己暂时又安全了。

第三十九章 千里追杀

却说李傲天。

他好不容易锁定苏落的位置，飞奔到瀑布水潭边的时候，又失去了她的踪影。

李傲天气得几乎快疯了。他完全没想到，自己已经进入到七阶了，却还是被苏落这小三阶玩弄于股掌之中。

李傲天不知道南宫流云是不是有伤，他更倾向于他没伤。因为这世上能够伤到南宫流云的极少极少。所以李傲天心中担心啊。他担心苏落转了个身又溜回去和南宫流云会合，以南宫流云的态度，他是必然会保这臭丫头的。

不行，一定要在南宫之前找到这臭丫头，此仇不报，他有何颜面存活于世？

这臭丫头究竟躲到哪里去了呢？李傲天对周围的区域展开搜索，这样耗费的精神力是极大的，但是他毫不在乎。

李傲天静默地立在瀑布前，眼神冷漠如寒冰，注视着这道瀑布。

他想起自家后山的一道瀑布，一个山洞隐藏在瀑布之后，但被水幕遮住，如果不说谁也不知道。穿过瀑布，那便是一处瑶池宫的藏宝之地。

李傲天眉目冷凝，冷哼一声，身形拔地而起，迅猛地朝瀑布冲去。

从百丈高的悬崖上冲击下来的瀑布的冲击力该有多大？即使是李傲天，也略感吃不消。但是仇恨使人坚强。李傲天被苏落吸引了全部仇恨值，恨不得将她撕成碎片，怎么可能会轻易放过她？

李傲天在巨大的水压冲击下，一寸寸地搜索着瀑布后面的悬崖壁，不放过哪怕任何一丝的疑点。

一寸寸地搜索，时间一分一秒地过去，李傲天感觉到吃力极了。

由于精神搜索用得太多，他有些头晕脑涨，但是又甩甩头，坚持搜索下去。

让他极度失望的是，这处悬崖壁上竟没有任何玄机，一个小坑都没有，更别说是山洞了。

李傲天气得一拳砸过去，顿时轰隆隆一阵巨响，乱石纷飞。一个深约五米的小型山洞出现在他面前——这小山洞是他自己砸的。

那臭丫头究竟躲到哪里去了？李傲天捂住有些刺痛的脑袋，不断地思索着。

忽然，他的视线往下望去，正好看见一块浮木以极快的速度被冲向前方。

他脑中灵光一闪。

还真的有可能！

李傲天脸上现出一抹狂傲冷厉的笑容，他飞身落在一块小小的浮木之上。

双脚踏在浮木上，他提着一口气，身体的重量几乎可以忽略不计，不仅如此，他还不断催动风力加快速度。

就这样，他沿着河岸飞速往前，速度比之苏落那块沉重的枯木不知道要快了多少倍。

却说扑在枯木上的苏落，由于逃脱了李傲天的精神枷锁，所以她放松了不少。

从白天到黑夜，又从黑夜到清晨，精神高度集中，速度又是飙到极致，这些让苏落有些吃不消，朦朦胧胧中，她感觉到脑子微微刺痛。

苏落倏然惊醒。

她趴在枯木上，隐隐看到后方有一片浮木漂来，那上面有一黑影。虽然看不真切，但是苏落却认出是李傲天。

还真是阴魂不散。苏落心中暗暗咒骂了一句。

怎么办？这棵枯木上也待不了了。如果逃跑的话，只怕也没那么容易。

苏落抬眸朝四面观察。

这里有点像长江三峡，两岸悬崖峭壁，陡峭如刀锋，江河水流湍急，几乎一个呼吸的瞬间就冲去很远。

眼见着李傲天就要追上来，时间紧迫，苏落来不及多想，扯下身上的外袍铺在枯木的夹缝间，似有若无——这样看起来，就好像她躲在枝桠下面一样。

前方拐弯处，在李傲天的视线盲点中，苏落纵身跃起，一把拉住悬崖峭壁上延伸出来的一根树枝。

苏落身轻如燕，借着树枝的力道纵身一荡，再一晃眼，已经不见了她的身影——她藏身在了那株枝繁叶茂的古树顶端。

这里四周都是绝壁，后面就是李傲天的追杀，她只要一露面，就会被他看见，所以苏落乖乖待在那棵树上，躲藏在繁茂的枝叶之后。

心脉律动、血液循环、呼吸声音等等所有的一切生理机能，全都收敛压抑。此时的她全身冰冷、僵硬，如同冬眠的蛇，几乎没有生命气息。

她在赌。她在赌李傲天不会滥用精神力在河面上搜索，因为河水的阻力比空气强得多。而且李傲天才刚晋升到七阶，他的精神力未必就能源源不断。

李傲天气势汹汹追击而来。

确实如苏落所料，之前因为搜索瀑布浪费了很多精神力，所以此时的他并没有再用，而是一心催动浮木快速追击。

李傲天的视线落到那棵枯木之上，原先没在意，但是很快，他就发现树叶间那一抹鹅黄的颜色。

如果没记错的话，苏落那臭丫头就是穿的鹅黄素裙。李傲天顿时心中狂喜，催动着足下的浮木就朝那株枯木飞速赶去。

于是，他就那么倒霉地经过苏落藏身的那株古树。

在他经过的时候，苏落眼眸微闭，将所有的生理机能几乎都停止了。

毕竟，她与李傲天的实力相差太大，若是有些微的异动，都会被他察觉到。所以苏落必须小心翼翼。

让她高兴的是，李傲天的注意力被那抹鹅黄的布料吸引，完全没有料到真正的她就躲藏在他触手可及的边缘。

李傲天毫无所觉地往前冲，速度还快到不可思议的地步。

看到李傲天冲过去之后，苏落这才慢慢恢复身体机能，稍微活动手脚，开始离开这株古树。

这里已经留下了她的气息，难以磨灭的气息。

李傲天只是暂时性地被她蒙蔽了，等他清醒过来，肯定会发现这棵古树的端倪。

苏落来不及多想，便朝悬崖峭壁攀缘而上。

除了水路，就只有攀登上绝壁，那才有一线生机。

苏落的速度极快，动作又极谨慎，一心往前冲的李傲天竟然没有察觉到。

李傲天一门心思都放在那株枯木上。

他凝聚灵力在足下那块浮木上，周围的风力推动着浮木飞速上前。

很快，李傲天距离那株枯木就只有百米的距离。

李傲天嘴角勾起一抹阴鸷冰凉的冷笑，眼中浮现毒辣的光芒。

“臭丫头，这次看你往哪里跑！”李傲天纵身而起，隔着百米的距离，直接飞跃到那株枯木之上。

“臭丫头，滚出来吧。”李傲天一掌朝枯木重重拍去。

为了防止臭丫头跳水逃亡，他几乎将所有的灵力都凝聚在枯木周围，就如同布下了天罗地网，一只苍蝇也飞不出去。

让李傲天绝望的是，他一掌拍下去，那条鹅黄色裙子顿时化为粉末，却连苏落的影子都没见到。

李傲天看着那被毁成粉末的裙子，心中顿时大怒：自己又被苏落那臭丫头给耍了。

那个臭丫头分明早已不在这株枯木之上，可是她却故意留下衣服，引自己前来!

一再受骗上当，而且每次都在同一个地方跌倒，李傲天气得哇哇哇狂暴乱吼。他一巴掌将这截枯木毁成粉末。

臭丫头不在这里，那么，她究竟躲到哪里去了？只要一想到苏落就躲在一边看着自己追着假货而去，他就恼怒得想杀人。

李傲天气势汹汹地往回赶。

这一路上，他丝毫不在意他的灵力，一路上都奢侈地用着。

在这样的情况下，李傲天很快就发现了那截树枝上苏落留下的气息。

这个位置，刚才他竟真的是经过的，而且还是在这里加速的。

原来当时那臭丫头就躲在这里看着我做蠢事，只怕当时那臭丫头还笑话我蠢吧。

李傲天简直气得不得了。他释放出灵力，跟随着苏落的气息不断找寻，最后沿着她走过的路，留下的痕迹，紧紧追踪在后。

却说苏落，将李傲天暂时甩开，却没有丝毫放松，因为她知道李傲天强她太多，随时都会再次追杀到。

苏落尽量隐蔽气息，快速在林中穿梭。

第四天安然无恙地过去。

第五天，已经过半。

苏落在心中暗叹，真希望第五天、第六天都过去，快点到第七天才好。

正想着，空间中传来一丝灵力波动。苏落心中一喜，精神力探到里面观看。

只见原本仰躺在草地上、打着小呼噜酣睡的小神龙，此时已经悠悠醒转。

它坐起圆鼓鼓的小身子，两只爪子揉着惺忪睡眼，小脸上的神情迷茫而无辜，呆呆傻傻的样子，简直萌到爆。

苏落直接伸手将它捞出来，高兴地戳戳它脑袋，“哎哟，这回终于是醒了，看你下回还敢不敢偷吃。”

回想起那几百颗晶石一晃眼就没了，苏落还是觉得肉痛得不得了。

小神龙被苏落这么一打趣，有些羞涩地捂住小脸，透着爪子缝隙偷偷打量苏落。

苏落好笑地将它两只小爪子掰开，戳戳它脑袋，“吞了那么多晶石，总该有些长进吧？”

一听到这个，小神龙立马就兴奋了。

只见它猛点头，两只乌溜溜的眼睛兴奋地瞪着，“嗷呜嗷呜——”好厉害好厉害。

它是苏落的契约兽，所以两个人精神交流起来完全没问题。

“怎么个厉害法？”苏落现在正被人追杀得四处逃窜，一听小神龙说它很厉害，她顿时就来了精神。

上帝啊，她的运气未免也太好了吧？那边才刚被追杀得苟延残喘，这厢小神龙就变得牛逼哄哄了？苏落沉浸在幸福无边的幻想中。

小神龙不知道主人的陶醉，只见它掰着小爪子开始数：“一、二、三、四、五——”见苏落不理它，它又开始继续另外一只爪子，“一、二、三、四、五——”

苏落看它数来数去就是数不上去，不由惊讶地问：“这一二三四五是吗意思？”不知为何，她隐隐有一种不太好的预感。

小神龙睁着一双无辜又可爱的清澈大眼睛，迷茫地看着苏落，“嗷嗷嗷——”主人，五阶，我五阶。

“什么？”苏落顿时觉得眼前一黑，差点跌倒在地。

之前她还以为小神龙真的很厉害呢，没想到竟然才五阶！

苏落无语又无奈，心酸又心痛地看着小神龙，不断地唉声叹气。果真是希望越大，失望越大。

小神龙不知道主人的情绪为何忽然间就低落了，有些惴惴不安地扯扯她的衣角。

苏落却笑了，揉揉它脑袋，“将压力放到你身上，是你家主人太没用了，不关你的事。”苏落有些无奈地叹口气。

论天赋论机遇她没有哪一点比别人差，但她唯一的弱点是时间。

她来到这个世界太晚了，起步比别人晚太多了，以至于要拼命地追赶。

十年的时间差距，要一下子就缩短这十年的差距，几乎是不可能的。不过，她坚信，只要给她时间，两年，不，只要一年，凭她的实力绝对能够踩上李傲天的脑袋。

小神龙扯扯苏落的衣角，有些忐忑不安。它还没告诉主人最新获得的技能呢。见主人唉声叹气的模样，小神龙很乖巧地坐在地上，双手托腮，两只黑白分明的清澈大眼无辜地望着它的小主人。

“嗷呜——”有坏人！

忽然，小神龙口中发出一道轻微的嚎叫声。

与此同时，苏落也感觉到危险来临。

李傲天，这个阴魂不散的人，竟然又追来了！

苏落捞起小神龙转身就跑。

小神龙此时的小脸上很严肃。要论起来，它对危险的感知力比苏落还要强，所以它能够清晰地感觉到敌人的强大。

这次李傲天似乎已经狂暴了，速度比之前几次还要快。

还未等苏落找出逃生的路径，李傲天已经站到她面前。

苏落顿时心中一惊，下意识地就将小神龙送进空间。

李傲天看到眼前的苏落，眼中爆出腾腾杀气。

“臭丫头，倒是有几分本事，在我的追踪下竟然还能逃上一天一夜。”李傲天目光阴冷地盯着苏落。

苏落心中忌惮，面上却淡定无波，浅浅一笑，“那株枯木还喜欢吧？”

苏落尽量拖延时间，脑中思索着脱身之法。

一提起这个，李傲天眼中燃烧着熊熊烈火，“臭丫头，你找死！”

苏落淡淡一笑，“你觉得你杀得了我吗？”

“那就试试，看看我能不能一掌将你这臭丫头击毙，省得你再出去为祸人间。”李傲天一副替天行道的卫道士模样。一边说，他一边凝聚灵力，就欲朝苏落脑袋劈去。

“慢着！”苏落手一抬，似笑非笑地挑眉看着他，“难道你对那些从紫鱼殿里拿到的秘籍，都没一点兴趣？”

李傲天的手掌顿时僵硬当场。他不由得一巴掌拍在自己脑袋上。

这几日，他满脑子都放在杀臭丫头报仇上，压根就忘记了，在紫鱼殿里，这臭丫头运气好到爆，一口气拿了许多秘籍。

那些秘籍，可是难得一见的，就连瑶池宫都垂涎。如果自己能拿回几本秘籍，想必家族对自己会更加重视。李傲天想至此，顿时神色冷凝，居高临下地瞪向苏落，“臭丫头，还不快将秘籍交出来！”

苏落又怎么可能会将秘籍交出去？不用怀疑，只要她前手将秘籍交出去，后脚他就能将自己劈死。

苏落面色有些为难，柳眉微蹙，“可是……秘籍被我藏起来了。”

“藏哪了？！”反正这臭丫头已经是他的囊中之物，早杀迟杀，都是杀。

苏落畏惧地看着他，神色略带紧张，“若我将秘籍交出来，你是不是可以放过我？”

李傲天神色一顿，眼中闪过一丝杀意，但是他却冷笑起来，“不杀你？这个可以考虑。”

只是考虑而已。苏落明白，他杀自己之心不死。他们现在不是她死，就是他亡。虽然深刻明白这样的状况，但是苏落面上还是装无辜装纯真。

见李傲天这么说，她似乎立刻就信了，“好，只要你能放过我，我就带你去找秘籍！”

李傲天上上下下打量了她一遍，眉毛紧蹙，“不要打什么鬼主意！”

“我哪里有什么鬼主意？”苏落一脸无辜地摊手。

李傲天想了想，还是不放心，“不行，你这臭丫头鬼主意太多，简直防不胜防。”

话音刚落，李傲天便取出一根绳索，将苏落双手反剪在后，干脆利落地捆绑起来。

一看那绳索，苏落顿时就乐了。

这东西她可是在不久前就见过的。

记得当初在落日山脉，鹅黄怕她逃脱，就将她捆绑起来，试图将她押解到瑶池仙子那里。但是很可惜，半道上鹅黄就被小神龙的爹给干掉了。

苏落记得当时那根绳子是红色的。鹅黄说过，那是捆灵索，专门捆没有灵力的罪犯。

苏落发现现在捆住她的这根绳子比当初那根颜色略深，她使用灵力想去解，却发现越用灵力，红绳越嵌入肉里去，痛得她龇牙咧嘴。

李傲天傲慢地扫了苏落一眼，冷笑道：“没见过世面的臭丫头，这是捆仙索，就算神仙被捆了也逃不了，我看你这次还怎么逃！”李傲天的视线扫向苏落双腿。若是臭丫头还想逃，他不介意敲断她的两条腿。

苏落微微蹙眉。

看来这红绳子与当初鹅黄的那根相比，算是升级版了。也难怪，瑶池宫二公子拿出手的东西，必是高级许多的。苏落不由得在心中暗自叹息。

虽然暂时保住了性命，但是被捆成这样，双手双脚都被这什么劳什子的捆仙索绑住了，想逃脱是难了。

李傲天阴冷地瞪她，“快点前面带路，今晚之前要是找不回来秘籍，我就砍你一只手！”

瞧瞧，动不动就断人肢体，多么暴躁的男人。苏落又幽幽叹了口气。

被李傲天赶着往前走，苏落却在脑海中紧急与小神龙沟通。

“这荒岛上可有什么厉害的魔兽？”苏落满怀期待地问。

小神龙歪着小脑袋思索了片刻，继而摇摇脑袋。它真的感应不到……

苏落又换了一种方法，“那有没有藏宝贝的地方？”

一听到宝贝小神龙立马就兴奋起来。

“嗷呜嗷呜——”有有有！

苏落心中暗想，藏宝贝的地方肯定有各种机关陷阱，倒是可以引李傲天过去。如此一想，苏落的心便稍稍放下了。

一路上，李傲天不断地对苏落冷言冷语，动辄呵斥。

“到底藏哪里了？若是你敢骗我，哼！”李傲天从鼻孔里哼出一道冷音。

苏落没好气地白他一眼，“跑的时候慌不择路的，我哪里会记得那么清楚。”

“臭丫头，你敢耍我！”李傲天神色气恼，眼中杀气腾腾。

“哪里敢耍你啊，瑶池宫二少主。”苏落瞟了他一眼，哼哼两声，“绳子绑得这么紧，我哪里走得快。”

李傲天冷冷斜睨她一眼，“绑着绳子或切断双臂，你自己选。”

苏落面色不忿，却只能噤声了。

她知道李傲天恨她恨到几乎要将她大卸八块的地步，如果不是有秘籍吸引着他，他保准已经动手了。

苏落面上装出一副畏惧又无奈的表情，脑海中却不断地和小神龙沟通，顺着它所指的方向，一点点地接近目标区域。

很快，夜幕降临，寂寥的天空挂着几颗残星。

李傲天倏然停住脚步，冷冷地朝苏落怒喝：“怎么还没到？臭丫头，你不会在耍我吧？”

苏落冷哼一声：“前面就快到了。”

“信不信我立刻就杀了你！”李傲天的耐心是极有限的。

若不是这一路上苏落不断地跟他提起秘籍的价值有多高，说不定他早就忍不住一掌劈了苏落了。

苏落看看天色，故意叹了口气，“看来今晚要到达目的地，只怕有些难了。”

“停下休息。”李傲天想了想，最终还是决定休整一下。

这一天一夜，苏落跑得头晕眼花，他在后面追也不轻松，特别是精神力，耗费太过，使得他脑子有些抽疼。他需要时间让精神力恢复一些。

李傲天随手又拿出一根红色绳子，朝苏落冷哼道：“臭丫头，是不是很想趁我修炼的时候逃跑？”

苏落坚定地摇头，“我怎么跑得了？”

“哼。”李傲天才不信她的鬼话，他一把将苏落推倒，红绳子在她小腿上绕上两圈，然后打了个死结。

“这下看你怎么跑。”李傲天站起身，面目狰狞地瞪着苏落，声音阴冷诡异，让人脊背生寒。

这条捆仙索，越是挣扎，捆得就越紧，越难解开。而捆仙索的捆绑法子有无数种，只有他才知道自己打的是什么结，也只有他才能解开结扣。所以，李傲天根本就不担心苏落会跑。

处理完苏落后，李傲天旋身而起，飞到一旁的古树上，闭目打坐。

他修炼的这个位置选得很好，角度刚好对着苏落，只稍稍睁眼，便能将苏落的一举一动尽收眼底。

苏落一开始自然是乖乖待着的。她靠着树干而坐，一动不动地闭目养神，似乎已经接受了自己是囚犯的事实，一副听天由命的无奈样子。

李傲天嘴角勾起一抹冷笑，眼中闪过毒辣的光芒。听天由命？在这荒岛上，在她面前，他就是天，随时可以叫她去死！但是直接杀了就太便宜她了。等拿到秘籍后，他要不断地折磨她，让她尝尝什么叫作生不如死。

李傲天十分相信他自己的实力，也十分相信捆仙索的威力。他认定苏落不可能逃得了。

事实上也确实如此。苏落此时的确是寸步难移。但是，苏落动不了，小神龙却可以啊。

在李傲天看不见的死角，苏落将小神龙偷偷放出来。

原本她是想吩咐小神龙去捣乱的，谁知这小东西看到她被捆绑着，顿时怒了，一口朝着她后背的红绳子咬去。

只听见轻微的一声咯嘣，传说中的捆仙索，李傲天自信十足的宝贝，直接就被小神龙给啃掉了。苏落顿时震惊了。这算什么宝贝啊，亏李傲天还在自己面前吹嘘，将它吹得天上有地上无的，谁知，根本抵不过小神龙一口牙。

李傲天察觉到异样，淡漠的眼神朝苏落扫去。

苏落再闭眼养神已经来不及了，急促间，她朝李傲天抛了个讨好的媚眼。

李傲天只觉得眼角一抽，淡漠地别过脸去。臭丫头现在知道害怕了？想使用美人计？做她的千秋大梦吧。李傲天冷哼一声便继续修炼了。

他哪里知道，苏落之所以如此，是示敌以弱，故意让他放松戒备，好为自己的逃亡做准备。

就在李傲天重新进入修炼状态后，苏落便将小神龙藏在裙子底下，让它将她腿上绑着的红绳子也给咬断。

小神龙很听话，这次还很乖巧地捂住小嘴，雪白尖锐的牙齿在绳子上慢慢地磨，生怕发出一丝声音。那小心翼翼的样子看得苏落心里熨帖极了。

很快，苏落腿上的捆仙索被小神龙啃断了，双手双脚都恢复自由。

苏落假意观察李傲天，见他深深沉浸在修炼中，她的嘴角勾起一抹淡淡的笑意。此时不走更待何时？

来不及多想，苏落一把捞起小神龙，几个起落的瞬间就消失在密林里。

这一切，悄无声息地发生着，沉浸在修炼中的李傲天完全没有察觉到。他根本就不知道，被捆仙索捆住的苏落竟然能逃跑。

时间一分一秒地过去。

过了大约有半个时辰，李傲天结束修炼，缓缓睁开紧闭的双眸。经过半个周天的循环，他的精神力已经恢复了三成。他决定，这次如果臭丫头再耍她，他一定先断她一只手臂，看看她以后还敢不敢。

李傲天的视线扫向苏落所在的方向。顿时，他嘴角那抹冷笑僵住了。

李傲天一脸的匪夷所思，旋身飞下古树，直接落到之前苏落坐着的位置。

人究竟哪里去了？不是被捆仙索绑着手脚吗？她竟然还能逃跑？李傲天简直难以置信。

此事已经超出了他的理解范围，他是怎么都想象不到，事情究竟是怎么发生的。明明被捆仙索捆绑住的人，越是行动，捆仙索就越陷入肌肤中，最后完全可以将人的双腿活生生切下来。但是，臭丫头却失去踪迹了。

李傲天释放出精神力，不断地在周围搜索着，试图找寻到因为逃跑而被捆仙索勒得奄奄一息的苏落。

然而，苏落早就跑得无影无踪了，哪里还能让他搜索得到?

李傲天几乎快气疯了！他早就知道这臭丫头狡猾得跟狐狸似的，他就应该在抓到她的时候直接将她拍成肉饼。但是，他却一次次地被她牵着鼻子走，一次又一次地大意了。

从之前将她冻成冰雕，到现在用捆仙索捆住她，原以为万无一失却总会在关键时刻出差错被她逃跑。李傲天几乎要怀疑，苏落这臭丫头上辈子是不是属猫，有九条命？怎么就能一次次化险为夷呢?

他发誓，这次再找到臭丫头，甭管什么折磨不折磨了，直接将她拍成肉饼最实在!

李傲天紧握拳头，大踏步离开原地。

第四十章 生死未卜

苏落这次逃得很快，又因为有小神龙指路，所以李傲天想像之前那样一下子就找到她，很难。

不知在丛林里跑了多久，天色朦朦胧胧。

东方一轮红日悠悠升起，打破黎明前的黑暗。

晨光初透，天空一片橘色红霞。

今日已经是南宫流云所说的第六天了。苏落有些无奈地苦笑。

这两天两夜的逃亡实在是惊心动魄、险象环生，每次都徘徊在生死边缘，若不是她机灵，早就不知道死多少次了。

再有一天，南宫流云就能恢复武功了，她就不必再像现在这样四处逃亡了。

苏落仰头看看天空的绚丽红霞，将小神龙捞出来，揉揉它的脑袋，“快些前面带路吧，我们时间不多了。”

小神龙会意，嗷嗷叫唤两声，小身子就迅速在林中穿梭，速度快得转眼即逝。

苏落跟在它身后，必要的时候都是利用灵舞步在树顶上逃窜。

红日渐渐移到当空，此时已经是中午时分。忽然，小神龙指着前方一个隐蔽的山洞，转过小脑袋对苏落直叫唤：“嗷嗷嗷——”有魔兽、有魔兽!

“魔兽？”苏落顿时惊讶了。

“嗷嗷嗷!”有幼崽、有幼崽。小神龙黑白分明的大眼中闪着兴奋喜悦的光芒，恨不得立即冲进去找魔兽的幼崽玩。

“这里怎么会有魔兽？”苏落觉得有些突兀。

毕竟整座岛上都不见有一只魔兽，这里竟然出现了，而且还有幼崽？

“这只魔兽厉害不厉害？”

“嗷嗷嗷——”七阶，七阶魔兽。小神龙激动得指手画脚，冲着苏落猛点头。

七阶魔兽！苏落心中猛然一惊，这荒岛上竟然有七阶魔兽？

她正想抱着小神龙绕道，却忽然脑中灵光一闪。

七阶魔兽……李傲天也是七阶呢……嘿嘿！苏落嘴角勾起一抹诡笑，她附在小神龙耳边，对着它嘀嘀咕咕数声。

小神龙显然对这种冒险的事很感兴趣，连连点头，一转眼，小身子已经消失在苏落眼前。

苏落用天灵水洒落在不远处的死角位置，引开那只魔兽妈妈，与此同时，让小神龙飞速进去，捞起一只幼崽就跑。准备完毕后，苏落趴在不远处的古树后面，看到一只巨大的七阶棕熊嗅着鼻子在找寻目标。

很快，它就找到了地上的天灵水。

苏落很狡猾，她把绝大部分水都洒落在地上，杯子里就只剩下一点点。

棕熊一口将那杯中的天灵水饮尽，很快，它就被这种神奇的味道吸引住了，就像吸毒一样，再也放不开。洞穴里的幼崽嗷嗷嗷叫，它也不管，只低头埋着脑袋在地上嗅来嗅去，将杂草连带泥土都吞进嘴里去。

小神龙已经将那小幼崽顺出来，跑到苏落面前，还未来得及邀功，那小熊幼崽就发出嗷嗷嗷的尖叫声。

苏落心中暗道一声：“糟了！”

果然，棕熊妈妈一看自家幼崽被人顺走，顿时就怒了。

“快跑！”苏落大叫一声，捞起小神龙和小熊幼崽放进空间，撒开腿就往回跑去——那里有李傲天！

棕熊妈妈哪里还顾得上地上的甘泉，撒开笨重的四蹄，飞一般朝苏落蹿去。

它的速度很快，在苏落占尽先机快一步逃窜的情况下，随着时间的推移，两者之间的距离在不断拉近。

苏落不由得在心中暗暗叫苦。之前她恨不得李傲天永远不要追来，现在却巴不得李傲天有如神降，下一刻就出现在她面前。

随着距离的不断拉近，苏落几乎能够感觉到棕熊妈妈对她咆哮时喷出的热气。

十米、五米、三米……两者之间的距离已经无限接近了。

眼看着棕熊妈妈就要一跃而起朝苏落飞扑过去了，正在这紧要关头，李傲天犹如神仙降临，挺拔的身影出现在前方大道上。他双手环胸、气定神闲地站在那里，似乎是在等苏落自投罗网。

苏落顿时心中一喜：不怕你在，就怕你不在！

她朝李傲天飞奔过去，同时欣喜地大声喊道："老大，你不是要吃棕熊幼崽吗？我给你找来了，拿去！"说话间，苏落将那小小的棕熊幼崽朝李傲天胸口抛去。

李傲天下意识地接住，同时，却也皱眉了。这臭丫头在胡说八道什么？谁是她老大？真是搞笑。不过棕熊幼崽……李傲天顿时双眼发亮。

据说棕熊幼崽对恢复容貌有奇效，自己现在容貌尽毁，可是最需要这棕熊幼崽了。臭丫头倒是做了件好事。

李傲天稳稳接住棕熊幼崽，然而，还没等他有进一步的动作，一只威武雄壮的大棕熊从苏落背后蹿出，狠狠朝李傲天扑去。

李傲天一时不察，脸上被棕熊锋锐的利爪划过，留下一道深深的血痕。

李傲天顿时心中一惊，不由大骂一句。早就知道臭丫头不安好心，原来设计了这茬在害他。

李傲天明知苏落设计他，还是得全力应战。

棕熊心中已经认定李傲天是主谋，是他要吃它的幼崽宝宝，对李傲天恨之入骨。李傲天脸又被毁，早已怒气冲冲，又怎么可能轻易放过这只大笨熊？于是，一人一兽就这样缠斗在一起。一时之间，打得是难分难解。

李傲天是七阶强者，大棕熊是七阶魔兽。两者之间实力相差无几，所以一时之间胜负难分。

苏落原本是打算落跑的，但现在却隐藏在丛林中，小心翼翼地观察着战局。鹬蚌相争渔翁得利，她不知道有没有这福气。

李傲天甚为狡猾。论真正实力，他是比不过天生神力的大棕熊的，但是他运气好，手中抓着一只棕熊幼崽，每当大棕熊致命一击时，他都巧妙地将小棕熊往前一送。棕熊妈妈顿时就投鼠忌器了。

一次、两次、三次……次次被戏弄，棕熊妈妈顿时怒了。只见它口中忽然酝酿出一口泛着浓浓腥臭味的黏液，迅速朝李傲天身上喷去。

在这口黏液飞射出来时，李傲天猩红的眼瞳中掠过一丝不安。他来不及多想，狠狠将小笨熊朝棕熊妈妈吐出的那口黏液扔去。

棕熊妈妈凄厉地大吼一声，身子飞扑过去，将小笨熊压在身下，堪堪避过那几乎能够腐蚀一切的黏液。那只小笨熊却完全茫然无知，滴溜溜转着清澈大眼，不解地看着它妈妈，又疑惑地看看四周。

就在此时，李傲天抓住机会，大喝一声："天下冰封！"

刹那间，四周的绿意顿时变成皑皑白雪，入目全都是苍茫白色。以大棕熊为中心，一道道冰刃利剑般向它飞射而去，简直想将它万箭穿心。

此时，苏落想跑却已经来不及了。她的身子直接被冻在当场，一动都不能动了。

大棕熊也不是省油的灯。

“嚎——”一声怒吼，一道道火苗暴涌而出，四处蔓延，很快便燎原开来。

噼啪噼啪，一声声剧烈声响，一块块冰雪被熊熊烈火焚烧化成水滴。

李傲天心中气恼。

“既然如此，那就给你些厉害瞧瞧！”李傲天口中念念有词。

忽然，在大棕熊站立之地的方圆几百米之内，一根根尖锐的冰刺爆出。大棕熊一时不察，腹部被刺了个洞，鲜血顿时狂涌而出。

“完了……”苏落心中哀号一声。

看来大棕熊也打不过李傲天了。苏落有些无奈地叹了一声。原本还想借大棕熊之手将李傲天灭掉，现在看来却是不可能了。她只希望大棕熊能够将李傲天伤得重一些，这样她的逃亡压力也会减少一些。

现在嘛……乘着李傲天被缠住，还是快跑吧，能跑多远跑多远。

苏落的冰封状态已经被大棕熊的烈火解开了，只见她悄然向后，一步步地退出，转身就快速逃窜。

跑跑跑，苏落在丛林里绕圈子。如果不是小神龙指点，估计她能把自己跑丢了。

不知过了多久，苏落停下，平稳气息，饮了杯天灵水补充水分。

“那机关重地在哪儿？”苏落一边饮水一边问，她必须为下一步做打算。

“嗷嗷嗷——”小神龙两只小短腿搭在苏落肩膀上，指着前方不远处的山脉，兴奋地嗷嗷嗷直叫。

苏落默默计算了一下，距离这里不过一炷香的时间，很快就要到了。

她正想起身，忽然，只觉得脑门一疼。小神龙亦是如此。

两者对望一眼，苏落眼中露出一丝无奈之色。原本还以为那只大棕熊好歹能拖住李傲天一些时间让她做准备，但现在看来，它是辜负了她的重托了。

苏落想也不想，转身就往前奔。

追在后面的李傲天，面色阴鸷，目光阴沉，死死追逐着苏落留下的一抹气息。

此时的他，原就狰狞的脸上被利爪抓出一道道血痕，皮肉外翻，深可见骨，触目惊心。

他的身上也是多处受伤，鲜血染红了整件袍子，血腥味非常浓郁。

但是看他那快如疾风的速度，似乎这些都是外伤，实力并未受损多少。反倒是那只大棕熊，已经没有了身影。

李傲天一边追捕一边冷哼：“臭丫头，好好珍惜这点喘气的机会吧，很快，你就永远不需要再呼吸了。”

那大棕熊厉害得很，如若不是它刚生产完没多久，他根本打不过它。魔兽就是魔兽，即使在它实力受损的情况下，依旧能与他打成平手，最后，他忙着追捕苏落那臭丫头，不得已将那小棕熊丢回去，不然的话，还有的打。

“臭丫头，看你往哪里跑！”李傲天面色阴冷，一声冷笑，雄浑的灵力一瞬间在足下凝聚，顿时，他的速度快到极致，身体只在空中留下一道残影。

他速度惊人地掠过丛林，紧紧追在苏落身后。

“糟了！”苏落偶然间回头，看到身后不远处，一道残影脚踏树顶，以极快的速度朝自己追踪而来。她知道李傲天暴怒了，不打算跟她再做纠缠，而是预备将她直接杀死了。他的耐心已经降至最低点。

小神龙似乎感觉到苏落的焦灼，嗷嗷嗷嚎叫两声，身上爆发出一道白色光芒，朝苏落双足挥去。

“嘶——”苏落顿时倒抽一口冷气。

她发现了什么？小神龙那白色光芒加诸到她脚上后，她的速度竟然得到增加，目测增加了百分之十左右。

苏落疑惑地看向小神龙，“这是怎么回事？”

她感觉到不仅速度得到增加，就连实力也跟着涨了百分之十。

小神龙回答：“嗷嗷嗷——”新技能，可增加主人百分之十的实力。

果真如此！苏落面色一喜，继续询问：“就只有百分之十吗？”

小神龙又说：“嗷嗷嗷——”主人每升一阶，都可以给主人多增加百分之十。

如果不是正在逃亡的路上，苏落恨不得抱起小神龙狂亲几口。

这奖励简直太棒了。她四阶的时候增幅是百分之十，五阶的时候增幅是百分之二十，六阶的时候增幅就是百分之三十……以此类推，简直是太幸福了。

只可惜她现在实力太弱了，再增加百分之十也没什么大用。苏落感觉到危险来临。就在这一刻，她利用足下加快了百分之十的速度，再施展开灵舞步之舞动奇迹这一招。瞬间，身子朝左侧倾斜，远远滑开，速度快得竟也只留下一道残影。

啪，就在苏落的身影滑开之际，一只巨大的手掌快速袭来，朝着苏落刚才所在的位置重重轰下。一时间气浪翻滚，周围一圈的古树全被连根拔起，地面更是留下一个足以将人掩埋的手掌形深坑。

苏落心有余悸地看着那尘土飞扬的深坑，转身掉头就往前飞奔而去。刚才若不是小神龙给她增加的百分之十的速度，只怕她会被李傲天直接一掌拍晕在那深坑里。

“该死！”李傲天一掌未击中，眼中燃烧起熊熊火苗。他脸上浮现一抹阴鸷狠毒的冷笑，“好，能避过第一次，看你有没有本事避过第二次！”

一击不中，李傲天根本没有放弃的打算。他的身形瞬间展开，足尖偶尔点着树顶借力，空气中一片残影。

他锲而不舍地追逐在苏落背后，在看到苏落身影的时候，他的嘴角勾起一抹冷笑。轰，又一道巨型手掌朝苏落后背重重拍去。

苏落能够感觉到那袭击而来的危险，她本能地想要逃窜，但让她绝望的是，那道掌力就跟黏在她后背似的，怎么都甩不脱，巨大的阴影朝她后背迅猛拍下，力道凌厉得可怕！

“噗——”苏落只觉得一股钻心的疼从后背蔓延开来，朝四肢百骸暴涌而去。她抑制不住，一口鲜血狂喷出来。

她一只手捏着一枚玉简，一只手捂住胸口，脚步不停留地往前逃窜。这枚玉简是小神龙的老爹赠送的，记录的是大虚空掌印的入门武功。一共三重，可惜她现在才不过修炼了第一重。将它使用了，固然能够将李傲天杀死，但是自己往后却再没希望在大虚空掌印上前进一步了。不到最后关头，苏落还是不舍得使用这枚玉简。

轰——又一道威猛的掌力朝苏落后背袭来。

“噗——”苏落又一口鲜血喷涌而出，胸前沾满了鲜血。

苏落依旧一直跑着，即使她的身影已经摇摇晃晃，东倒西歪，但是她依旧没有停留的意思。

苏落没注意到，藏在她怀里的那块火红色石头正在不断地吸收着苏落喷出的血液。原本火红色的石块慢慢地蜕变，变成羊脂玉般雪白的颜色，晶莹剔透。

追在苏落后面的李傲天嘴角勾起一抹冷漠残酷的笑。

“好玩，实在是太好玩了。”李傲天冷笑连连，“臭丫头，一举杀灭你，对你而言简直太幸福了，既然你要逃，那便逃吧。”

他朝苏落拍出的掌力只带了三分力道，所以苏落一次次呕血，却都没有致命。若是他全力出击，以他七阶强者的力量，只怕一招下去，苏落整个人都变成肉饼了。

李傲天又是一掌朝苏落后背拍去。

苏落感觉到自己后背的脊椎几乎要错位了，一口鲜血再次喷出，脚步踉跄得几乎当场便跪了。

此时的苏落速度已经变得很慢，身子摇摇欲坠，脚步艰难地挪着，眼神迷离又朦胧，只保持着些微神志，似乎下一秒就会昏迷倒地。

她心里明白李傲天在戏弄她，他要温水煮青蛙一样将自己拍死。而这，也是她逃生的唯一机会。

苏落拖着沉重的步子，即使一次次受掌，还是艰难地往前挪着。

她手中紧紧捏着那枚玉简。不，还没到最后关头，她必须坚持！强者的道路上荆棘密布，受这样一点伤，就要拿最后的底牌出来吗？她还可以坚持。苏落晃晃汗水血水混合的脸，坚决摇头。

小神龙早已经被她收回空间。不然，以它护主的性子，肯定会护着她。

“嗷嗷嗷！”空间里，小神龙两只后腿站起来，紧张地趴在空间壁上，激动地拍打着。

终于到了吗？苏落面色苍白而虚弱，她一擦嘴角的血迹，微微勾起一抹了然的笑意。

看来，这次李傲天又要后悔了呢。

前方出现一道火焰谷。这道山谷一眼望不到头，似乎无边无际，就那么突兀地出现在苏落面前。

在它的外围，四周都是瘴气，黑乎乎一片，伸手不见五指，只是气息炙热得可怕。

如果这座荒岛还有人的话，对方一定会劝告苏落：这火焰谷是孤岛最凶险之处，就算八阶强者都不敢随便深入。没人知道这道火焰谷有多长、有多广，只知道里面很凶险，进去的人从不曾出来过。在它的周围，除了瘴气，还有一股炙热的火气，似乎能将人烤干的炙热气焰。

身后，李傲天又一道掌风席卷而来。

这次，苏落没有任何防御，她让全身放松。

在那道强势的掌风来临之际，苏落的身子借着这股掌风的力道，轻飘飘地飞起，被这道掌的冲击力带得往前抛去。

只一眨眼的工夫，苏落的身影便消失在眼前这座火焰谷之中。

李傲天看到苏落瞬间失去踪影，不由得大为错愕，一双眼睛死死瞪着那火焰谷。

“臭丫头！”李傲天嘶吼着、咆哮着，最后狠狠拍了他自己脑袋一下。

他真是蠢猪啊！怎么老是记不住教训？每次都对自己说，直接杀了她就好，直接将她拍成肉饼就可以了，却每一次都想折磨她，狠狠地折磨她。可每一次，都让这臭丫头逃走了。

李傲天气得面色涨红，又瞬间铁青，他恨不得一掌拍死自己那猪脑子。

眼前这分明就是火焰谷。他是冰属性，冰火相生相克，此消彼长。如果这火焰谷的火焰力量比他差，那么，他就占据绝对优势。很可惜的是，这个火焰谷的火势非常强大，比之他的实力强大得多，若是他进去，很快就会被火舌吞噬。

话虽如此，让李傲天就此放弃，他是绝对不会做的。他冷哼一声，将灵力凝聚全身，很快，他身边便出现一层白色冰霜，将他与空气隔离开来。

“冲！”李傲天大喝一声，足下发力，身子犹如弹簧般朝谷口飞去。

苏落被李傲天一掌拍进火焰谷，好半天才爬起来。

在外面看，觉得整个山谷都黑漆漆的，到处都是火焰纷飞，等真正到了里面后，苏落才有切身体会。

四周那无数座林立的山峰将整个山谷包围起来，这片火山无休止地往天空蔓延，与晚霞相接，分不清哪里是晚霞哪里又是火焰。

站在外围看或许会觉得瑰丽至极，一饱眼福，站在火焰谷之内，切身体会，才能感受到火焰谷的恐怖狰狞。

幸好苏落身体内有火属性，对一切带火的东西天生具有亲和力，所以即使火焰的温度很高，可还在她的承受范围之内。

“李傲天，有本事你就追进来！”苏落捂住胸口，嘴角翘起一抹冷笑。

火属性能克制冰、水属性。在这火焰谷里，李傲天的冰系力量会被大幅度限制，实力会大打折扣。

苏落并没有停留在火焰山的入口，相反，她不断地深入。她相信以李傲天那愚蠢的自信，绝对不会守株待兔，会迫不及待地跳进来。所以，她必须将对方引到火焰谷深处。因为越是深入，地火的温度就越高。

不知道走了多久，苏落感觉到那里的温度已经快超出她的可承受范围时，她才停下，吃力地靠在岩石上，大口喘息。

随后，她从空间里掏出一把灵元丹。这些中级药效的灵元丹，在外面价值千金，而她却像嚼糖丸一样一颗又一颗地塞进嘴里，简直奢侈得不得了。

忽然，苏落感觉到胸口有异，她摸了摸，发现自己情急之下竟然没有将那块火红色石头放进空间，而是随手揣进怀里。在那样险象环生的情况下，竟然也没有遗失，实在是运气好。

苏落将那块火红色石头拿出来。

在触摸到那块石头的时候，她感觉到有些不对劲。原本炙热粗糙的石头，怎么触手温凉？苏落心中大为好奇，立刻掏出来定睛一看，不由得大为吃惊。

原本鲜亮如火焰的石头如今竟然如同温润的羊脂玉，透着白莹莹的光泽，清透得几乎能倒映出人影。这是怎么回事？苏落顿时纳闷极了。

就在苏落百思不得其解的时候，后面传来一道轻微的脚步声。

苏落顿时一惊，将这块石头扔进空间，转头就躲藏在一块巨石之后。

苏落将呼吸收敛，不让自己发出一丝声响。

很快，就在苏落之前站立的地方出现了一道人影。

只见他全身如同裹在冰霜里，白花花的，透着丝丝凉气。但是周围的气温实在是太炎热了，以至于他要不断地用灵力释放冰霜，以降低周身的温度。

李傲天！他竟然真的追到火焰谷里来了。苏落嘴角勾起一抹冰寒诡谲的笑。好，很好！

此时的李傲天眉宇紧蹙。

刚才还能感应到臭丫头的气息，怎么忽然之间就消失了？

李傲天将灵力凝聚到耳朵上，忽然，右耳微微抖动。他的身子顿时如大鹏展翅，猛然朝苏落所在地冲去。

“臭丫头，受死吧。”为了杀这臭丫头，他一次次被戏弄，简直狼狈不堪。一想至此，李傲天心中顿时涌起难以言喻的浓烈杀意。

但是这一次，眼见着他杀招而至，苏落竟然没有逃。

李傲天嘴角勾起一抹冷笑，掌风呼啸，夹带着丝丝冰寒。

苏落眼底浮现一抹嘲讽的冷意，只见她双手结印，一个个中等火球在她周身聚拢。

这里是火焰谷，对于苏落而言，就是如鱼得水、如鸟在林，对于李傲天而言就是龙困浅滩、虎落平阳。

周围的火焰取之不尽用之不竭，苏落不费吹灰之力就凝聚出无数的火焰，只听得轰的一声响，无数个火球，铺天盖地朝李傲天周身狂涌而去，犹如潮水般汹涌滔天。

李傲天此时才知道苏落这臭丫头竟然是火属性。

他恨得咬牙切齿。难怪这臭丫头敢只身跳进火焰谷，难怪她敢诱敌深入，原来她自己竟然是火系法师！

李傲天一时不察被苏落弄得手忙脚乱，略显狼狈。不过，毕竟两者之间的实力相差过大，李傲天很快便镇定下来，没有像之前那样自乱阵脚。

“臭丫头，你敢反抗！找死——”李傲天气得面色涨红。

一道道冰刃，密密麻麻，多不胜数，朝苏落疾射而去。李傲天还就不信了，这第七阶才领悟到的绝招，臭丫头还能抵挡得了。

苏落眼见无数的冰刃朝自己周身袭来，眼中闪过一丝警惕，与此同时，她迅速朝边上的火焰堆里滚去。

嗤嗤嗤——无数的冰刃射进火焰堆中，被炽热的火气化为雾气。

李傲天见此，顿时气得眼都红了。

就在他注意力全都放在苏落身上时，忽然，在他身后出现一只白色小奶狗，霍然张开小口，一个巨大的火球顿时从它的口中喷射而出，朝着李傲天的脑袋重重砸去。

火属性是小神龙众多属性中的一种。而且身为骄傲的龙族，与生俱来的火属性就比人类高档许多。这种三昧真火，苏落需要通过不断的努力去修炼，但是小神龙天生的火属性就是三昧真火，只要使用就行了。

这也是苏落无数次羡慕嫉妒小神龙身为龙族的天赋。龙族，真的是大地之母的宠儿。

李傲天一时不察，直到感觉到危险来临时，才下意识地躲避，往右侧边扑倒。那巨大的火球险险擦过他的左肩。

不愧是龙族的三昧真火，李傲天的左肩只被擦过一点，那地方的冰霜瞬间就被融化，还在他的左肩部位留下一道细微的伤痕。

他竟然被破防了？！而且是被一只会吐火球的小奶狗破防了？！李傲天瞪着那只在树林岩石间快如闪电般跳跃的小奶狗，面露匪夷所思之色。

眼前这只小奶狗绝非凡物。它口中所喷出来的火球比之前他战斗时遇上的所有火系法术的杀伤力都要强大。李傲天不假思索，双腿一蹬跃然而起，双掌平平推出，却蕴含着无尽力量，气势凛然逼人。

李傲天算是看明白了，在这火焰谷，他的冰系属性被压制得厉害，即使勉强使用，实力也大打折扣。

小神龙口中发出一声尖锐长嚎，只见它一个纵身，在岩石上左右跳跃，李傲天的攻击愣是拿它毫无办法。

李傲天被小神龙戏弄得几乎嗷嗷嗷直叫。

此时，苏落灰头土脸地从火焰堆里爬出来了。幸好滚进去的时候她用木系之力将自己全身包裹，且她自己本身就是火属性，所以受到的伤害很小。

苏落悄无声息地出现在李傲天身后，嘴角勾起一抹冷笑。倏然，只见一道大虚空掌印悬浮在李傲天头顶，犹如一块巨大巍峨的岩石。

“砸——”苏落大喊一声。同时，大虚空掌印朝李傲天脑袋狠狠砸下。

李傲天正忙着攻击速度敏捷到诡异地步的小神龙，哪里顾得上苏落？且他一直没将苏落的实力放在眼里，所以当大虚空掌印当空砸下时，李傲天躲闪不及，只听见一道砰的重响，大虚空掌印狠狠砸在李傲天脑袋上。

只可惜，苏落的实力与李傲天相差太多，所以大虚空掌印对李傲天实质上的伤害并没有多少。但李傲天头顶上那块冰霜被苏落狠狠砸破。

没有冰霜护体，热气一下子席卷而至。李傲天气得面色铁青。他转身就将注意力重新放到苏落身上。

他决定暂时放过那只小奶狗，集中精力将苏落这只小跳蚤给干掉先。谁知他才刚一转身对付上苏落，那隐藏在岩石缝隙里的小神龙就神气活现地蹿出来。

小神龙与苏落何等默契？不等苏落交代，它高高跃起，一口龙息就朝李傲天的脑袋上喷去。龙息蕴含诡异的三昧真火，见物即焚，那是何等的威力？

李傲天虽然又用冰霜重新凝聚，护住头部，但是还未等他凝聚完，小神龙便喷了龙息。

这一口龙息下去，李傲天脑袋上的护体冰霜顿时被吹成粉末。同时，他的头发也被吹得燃烧起来。

“啊！”李傲天口中发出凄惨的号叫，一道浓郁的冰霜朝自己脑袋砸去。

可是，三昧真火岂是那么好熄灭的？在三昧真火和护体冰霜一次次的较量中，在李傲天的头发几乎被焚烧殆尽时，他才终于将头发上的火给熄灭了。

这一切只发生在瞬息之间。

李傲天气得哇哇哇乱叫，此时的他狼狈得就跟一个山野老鬼一样。头发被烧得精光，脸上坑坑洼洼凹凸不平，眼睛又少了一只，身上的衣服血迹斑斑破破烂烂，最潦倒的乞丐看起来都比他好。

苏落和小神龙前后夹击，两者又都擅长偷袭，李傲天一时之间简直是疲于应付。不过，李傲天已经打定主意，不管那小奶狗如何偷袭，他只要先将苏落这臭丫头杀了就行。

此时的苏落双眸紧闭，手中结出一个个印记，李傲天周围的温度陡然升高。

“臭丫头，你以为这样，能赢得了我？做梦！”李傲天恼怒地大喝一声。

“有什么本事放马过来便是，废什么话。”苏落嘴角勾起一抹嘲讽笑意。

李傲天面目阴沉，手臂陡然伸长，手指变为钢筋利爪，挥动起来时，力道大得几乎连空气都能撕裂。

苏落心中一凛。李傲天不愧是瑶池宫的二少主，压箱底的宝贝果然不少。她手腕微微一抖，一道大虚空掌印狠狠朝李傲天那双利爪拍去。

李傲天嘴角扬起一抹嘲讽的冷笑，“不自量力！”一挥手，便将苏落的大虚空掌印撕成碎片，然后，他那双利爪毫不留情地朝苏落颜面抓去。

苏落不闪不避，就在那里冷笑地看着他。

李傲天心中凛然，却还未明白发生了什么事。忽然，他感觉到小腿一疼。低头看去，却发现那只早已失去踪影的白色小奶狗竟然一口咬掉自己小腿上的肉——不是一小块，而是足足有碗口大的伤口！

一股剧痛袭来，李傲天只觉得脑袋一阵眩晕。

李傲天那只利爪没有拍向苏落，转而就袭向挂在他小腿上的小奶狗。这小畜生简直太可恶了，多次坏他大事。如果不是它一次次破坏，臭丫头早已被他拍成肉饼了。

李傲天毫不留情地一掌朝自己大腿拍去，就跟常人拍蚊子一样。

可怜的李傲天很显然因愤怒而失去了理智，他完全低估了小奶狗的速度。就在那只手掌拍下之际，小神龙动作麻利，连抓带爬，一下子就滚进李傲天的裤管里。

可怜的李傲天一掌下去，却重重拍在自己那被啃了一大块肉的伤口上，顿时痛得他龇牙咧嘴，额暴青筋，眼泪都差点飙出来了。

可恶的小神龙在他裤管里灵光地钻来钻去，李傲天手忙脚乱，简直不知道该怎么办才好，急得那叫一个团团转。

小神龙这小东西往哪里爬不好，偏偏一脑袋钻进李傲天的裆部，一爪子拍下去。

“嘶——”突如其来的剧痛让李傲天疼得眼眶含满泪水。

“去死去死！”李傲天气得一掌朝自已那地方拍去。鉴于之前那次失误，这次他的动作力度并不大，也因此保住了他的子孙根。

苏落眼睛闪过一丝嘲笑。

这么好的机会，自己要是不利用，那才真叫傻了。苏落从衣袖中掏出那柄森冷匕首，悄无声息地朝李傲天的后背摸过去。

说时迟那时快，苏落手中匕首闪过一道白芒，朝李傲天咽喉划去。

如若是普通人，自然是一条血线出现，然后死不瞑目地倒地，但是李傲天……苏落没想到他的防御会那么强大。小神龙能够破他的防，她的匕首却不行。

当她在割他喉的时候，她能感觉到阻隔，即使她用再大的力，都割不进去——没想到李傲天肉体的强悍已经到了这强度。

一击不中，苏落赶紧往后退开。然而，却有些迟了。

此时的李傲天已经被这一人一兽逼得快疯魔了，还管什么底牌不底牌？他阴冷一笑，扬起衣袖。自他衣袖中飞出一条粗大青藤，猛然朝苏落袭去。

什么？李傲天除了是冰系，竟然还是木系法师，之前可从不曾听人说过。

苏落转身就跑，按照S形曲线，迅速撤离。

李傲天的冰系力量被火焰谷限制了，但是木系的限制相对来说就少得多了。

这根粗大的青藤就跟长了眼睛似的，紧紧咬住苏落不放，而且速度快得惊人。苏落之前被李傲天拍打得快昏过去了，五脏六腑都受了重伤，实力大受影响。她跌跌撞撞地跑着，但是没跑开几步，前方出现一块巨大岩石，正在她想绕路时，那根粗大的青藤已经袭击而至。

啪！粗大的青藤重重朝苏落后背抽去，顿时将苏落抽得滚落在地。还没等她爬起身，那粗大的青藤已经席卷过来，将她整个捆绑起来。从头到脚，齐齐捆住，高高吊起，随风飘来荡去。这形象，可真像在城墙上悬挂着的那些反贼……苏落简直是欲哭无泪，无奈极了。

小神龙一看自家小主人被挂成这样，就好像架起来等着烤成人干似的，顿时不干了。嗷嗷嗷地朝李傲天大声咆哮，自他的身前跃到身后，一下子钻进他后臀，照着他的屁股狠狠一口咬下去。

“呸——”小神龙很嫌弃地将到嘴的一口鲜肉吐出。

李傲天简直要被这臭小狗给气疯了。他捂住臀部，痛得眼泪都差点掉下来。这只小狗竟然还嫌弃他的肉！有没有搞错？！

这只小奶狗在他身上蹦来跳去闹得欢腾，偏偏又灵活多变，速度奇快，李傲天实在是无奈极了，简直拿这只小狗没有任何办法。于是，李傲天转身又去对付苏落。

苏落前方是一个火焰洞窟，洞窟大门敞开，里面是燃烧的熊熊烈火，犹如火海般连绵不绝，火焰比之外面，强了不知道多少倍。

李傲天控制住那条粗大的青藤，将捆成粽子的苏落直接就往洞窟里丢。

好炙热的火焰。还没进去，苏落就已经被烤得头晕眼花，如若被丢进去，那还得了？

就在这惊险万分的时刻，小神龙纵身飞跃而来，眼见着已经来不及，它灵机一动，两只小爪子吊在青藤上，锋利白牙朝青藤狠狠一口咬去。只听见咯嘣一声清脆声响，青藤在那小嘴下竟然应声断为两截。

距离洞窟仅有一臂距离的苏落倏然掉落地面，又是安全逃过一劫。苏落心有余悸地拍拍胸口。还好小神龙机灵，否则的话，自己可要被抛进火焰洞窟烧成一片青烟飘走了。

李傲天见苏落又一次被救，自己又一次功亏一篑，气得面色涨红，手上青筋暴起。

“臭丫头，看招！”一次不成，李傲天又再次施展青藤，试图将苏落捆绑住。

然而，让他惊讶的事发生了：他竟然发现青藤的尾端吊着一只小东西，粗粗一看，竟然是那只屡次坏他大事的小奶狗！只见它两只小爪子牢牢钳住青藤，口中不断地啃咬着、吞噬着，他养育了多年才长成的青藤竟然被它一寸寸地吃进嘴里！

这丫到底是什么生物啊？正常的狗会吃植物吗？李傲天觉得脑门两边的太阳穴突突突地暴跳，简直头痛极了。他当下也不去捆绑苏落了，直接催动青藤，试图将小奶狗捆绑起来。这么小的目标，捆绑起来总能直接将它勒死吧？

但是，李傲天错就错在他的脑子被气糊涂了。小神龙既然能够将青藤啃咬掉，它又怎么会被困住？

确实，一开始小神龙是被捆成了粽子，但是很快，接近它嘴边的地方露出一个圆形的洞，而且这个洞还越来越大，最后，小神龙轻而易举地从里边钻出来。

李傲天目瞪口呆地看着那钻出来的小奶狗，顿时一拍自己脑袋，无语望天。他这猪脑袋，简直就是猪脑袋！他认命了，真的认命了。小奶狗真不是普通的狗，简直比龙族还恐怖，他承认自己对付不了它。

李傲天原本以为自己很快就能将苏落拍死，但是一次次的挫折让他明白现状：已经在里面待得太久了，再这样下去，他的灵力都快枯竭了，所以必须在最快的时间内将臭丫头杀死！李傲天转而专心对付苏落。

他手中不知何时出现一片片雪花，雪花六角锋锐如尖刀，寒光闪闪，全都朝苏落袭击而去。

苏落之前从高处摔落，又震伤了五脏六腑，引发之前的伤痛，此时坐在地上靠着岩石休息，想要挪动一步都困难重重。

眼见着六角雪花瓣袭来，苏落艰难起身，一个驴打滚，滚到岩石背后，以炙热的岩石作为盾牌。她还未站稳，却见那断了半截的青藤直接卷起面前的岩石，将其丢开。苏落顿时暴露在那无数的雪花暗器之下。

小神龙早已纵身跃起，挡在苏落面前。此时的它以苏落为中心朝四面旋转，一口炙热龙息绵绵不绝地喷出。

“呼啦啦——”龙息绵长，雪花本就受制于火焰谷的威力，被小神龙的龙息一喷，威力又是大减，即使射到苏落身上，也不过是挠痒痒一样。

“李傲天，原来你这七阶也不过如此嘛。”苏落细眉微挑，似笑非笑地看着李傲天。

李傲天眼底闪过一丝阴狠毒辣的光芒，只见他哈哈大笑起来，“不过如此？哈哈哈，臭丫头，那就让你看看什么叫作不过如此。受死吧！”

陡然间，苏落所在的地面一瞬间长出无数冰刺，苏落猛然间跳起。

就在此时，呼啦啦，一道剧烈的破空声传来。

苏落转眸一看，眼中竟闪过一丝惊意。只见那根原就粗大的青藤在一瞬间暴涨十倍，实力也以同样的速度暴涨。这是怎么回事？李傲天到底做了什么？这青藤怎么可能会突然暴涨十倍？不过，此时已经不允许她多想。

苏落的右边就是那火焰洞窟，而这条青藤则是气势汹汹、杀气腾腾地自左往右，犹如横扫千军一样扫过去。砰！只听见一道撞击声响起，苏落的身子被高高卷起，在空气中划过一道抛物线，远远砸进火焰洞窟里面。

“嗷嗷嗷——”小神龙嘴里发出一声凄惨的哀嚎，纵身跃起，跟随苏落一起掉落在那火焰洞窟之内。不管前方有多危险，不管是生是死，它都选择和它的小主人共同面对。

“哈哈哈哈哈——”看到苏落掉进火焰洞窟，李傲天再也抑制不住，双手叉腰，哈哈狂笑起来。

报仇了、报仇了！他终于将这臭丫头弄死了。想想这一路追踪而来，有多么艰辛，多么不容易，他又被戏弄得多么狼狈……往事历历在目，简直不堪回首。现在好了，心腹大患终于被除去了，臭丫头终于死了！

就算她是火属性，那又如何？火焰洞窟里的温度绝不是她一个小小三阶武者能够承受得了的。只要一想起臭丫头现在已经被烧成焦炭，李傲天就眉开眼笑，比得了任何宝贝都兴奋。